अन्तर्वंशी

(उपन्यास)

वाणी प्रकाशन

नयी दिल्ली-110002

फोन : 23273167, 23275710, 51562621, 51562622

फैक्स : 23275710

e-mail : vani_prakashan@yahoo.com
vani_prakashan@mantraonline.com

अन्तर्वंशी

उषा प्रियंवदा

वाणी प्रकाशन

4695, 21-ए, दरियागंज, नयी दिल्ली 110 002

फ़ोन : +91 11 23273167 फ़ैक्स : +91 11 23275710

शाखाएँ

अशोक राजपथ, पटना 800 004, बिहार

कॉफ़ी हाउस कैम्पस, महात्मा गांधी मार्ग, इलाहाबाद 211 001, उत्तर प्रदेश

महात्मा गांधी अन्तरराष्ट्रीय हिन्दी विश्वविद्यालय, वर्धा 442 001, महाराष्ट्र

www.vaniprakashan.in
marketing@vaniprakashan.in
sales@vaniprakashan.in

ANTERVANSHI
by Usha Priyamvada

ISBN : 978-81-7055-705-0
Noval

संस्करण 2004, 2008
आवृत्ति 2018

मूल्य : ₹ 595

सिटी प्रेस, दिल्ली-110 095 में मुद्रित

वाणी प्रकाशन का लोगो मक़बूल फ़िदा हुसेन की कूची से

अभिन्न निर्मला जी को

भाग-एक

सड़क के मोड़ से राहुल की गाड़ी अन्दर मुड़ती है, हल्की-सी आहट, दरवाज़ा खुलने और बन्द होने की।

इतना काफी है। वाना की रुकी हुई साँस बाहर आती है, वह रजाई ऊपर खींचती है। कमरे में खुले हुए शीशों से प्रकाश मद्धिम-मद्धिम झरता है। कम-से-कम दो बजा होगा, वाना की दृष्टि घड़ी पर जाती है, दो बजने में कुल दो मिनट बाकी हैं। इतनी-इतनी रात राहुल अपने विभाग में क्या काम करता है ? वाना को इसका बिल्कुल ज्ञान नहीं है। पर जो भी करता है, उससे नाम और यश झरझर झरता है। उस रात को, बिजली के खंभे के नीचे खड़े राहुल को यशस्वी भव का आशीर्वाद देते हुए पिता, त्र्यम्बक पांडेय की जिह्वा पर अवश्य सरस्वती आ बैठी होगी।

बगल में शिवेश, पति की समगति में खुर्र-खुर्र खर्राटे जारी रहते हैं। इस बड़े शयनकक्ष से सटे हुए दोनों कमरों में बेटे, विकास और आकाश बच्चों की गहरी नींद में डूबे हैं। सहसा अपने कमरे में भी अँधेरा हो जाता है। राहुल ने अपने बरामदे की बत्ती, जो उसके आने तक जलती रहती है, बुझा दी है। वही तिरछी होकर इस कमरे के शीशे पर उजली-उजली परछाइयाँ डालती रहती है।

सब कुछ साफ-सुथरा, तरतीबवार, शान्त, स्थिर। घर के पिछवाड़े बगीचा, उसके बाद पुरानी घिसी-सीढ़ियाँ, और सीढ़ियों का हलकी-हलकी लहरों से छूता सहारा नदी का पानी, नीला और गहरा, वाना जैसे उठकर अँधेरे घर में चक्कर लगा रही है, पर चक्कर लगाने की आवश्यकता नहीं, सब कुछ, एक-एक आकार मन की तख्ती पर लिखा हुआ है। रसोई, झकाझक साफ, प्लेटें-कटोरियाँ, अलमारी में अपनी-अपनी जगह। सब कुछ धुला-पुँछा। कमरों में अलमारियों में कपड़े, साफ करीने से तहाये हुए। तौलियों की गड्डी ऊपर के खाने में, चादरें बीच के खाने में, तकियों के गिलाफ और ओढ़ने की चादर, कम्बल। दरवाजा खोलने पर सूखे हुए फूलों की खुशबू आती है। उधर यानी इस घर की दीवार के उस पार; जहाँ राहुल रहता है, सोने के कमरे में एक अकेला तंग-सा लम्बा पलंग। पास में दराज वाली मेज, टेलीफोन, और

राहुल की अपनी हाथ-घड़ी। तुम्हें कैसे मालूम कि राहुल रात में अपनी घड़ी कहाँ उतारकर सोता है ? बहुत सीधा-सादा उत्तर, वह एक बार जल्दी में घड़ी भूल गया था, और विभाग से उसका फोन आया था कि वह ताहिर कुरैशी के हाथ उसकी घड़ी भेज दे। यह प्रबन्ध तो दोनों की सुविधा के लिए हुआ था। शिवेश की आय और नौकरी ठिकाने से चल रही थी, अपनी भी कुछ न कुछ आमदनी हो ही रही थी। विश्वविद्यालय का घर तीन साल के बाद छोड़ना था। उस अवधि में कुछ महीने बाकी थे। यह सब कुछ नया था। ब्रजनन्दन और नन्दनन्दन सम्मिलित घर में दो-तीन साल रहे होंगे। सारी मशीनें, सारी दीवारें, सब नई थीं। बच्चों का स्कूल भी अच्छा था। शहर से बस आती-जाती रहती थी, मगर विश्वविद्यालय दूर है। राहुल ने धीमे से कहा था, "दूर तो है मगर..." वाना कहते-कहते रुक गई। राहुल ने ध्यान से उसे दुबारा देखा, संकोच से ताका। बीच में छोड़कर जैसे वाना के पश्चिमी ताने-बाने में वह पुरानी, बनारस के साक्षात्कार की वनश्री झाँक उठी, शरमाई-शरमाई आँखें, आधे खुले होठ, एक ओर को हलका-सा झुका सर। उसकी साड़ी मोटे सूत की थी, गंगा में धुलते-धुलते उसकी सफेदी मटियाली हो गई थी। सुबह-सुबह के उजियाले में, तुलसी घाट की सीढ़ियों पर खड़ी वनश्री ने अपने को कब यह अमरीकी वाना बना लिया ? वह उसे उत्सुक उत्कंठित दृष्टि से देख रही थी...अब इस समय अपनी एजेन्सी की यूनीफार्म पहने थी। काली स्कर्ट, सफेद ब्लाउज़, एकदम छोटे-कटे बाल, बाल तो उसके बनारस में भी छोटे थे, जैसे लम्बी बीमारी के बाद झड़ जाते हैं। यह बाल सुरुचि से कटे और बने थे। चेहरा बना-ठना, एक मुखौटा-सा, पलकों पर हलका-सा रंग, हलकी भौंहें, कानों में एक-एक शायद नक़ली मोती, जो उसकी लबों पर खूब फब रहा था।

राहुल के मन में उठा कि वह वाना को अपनी बाँहों में खींच ले, और धीरे-धीरे कोमलता से उसके होठों को चूमता जाए, चूमता रहे, गुलाब की पाँखुड़ी जैसे उसके अधखुले होठ। इस वक्त सिर्फ इतना ही, वह स्कर्ट ब्लाउज़ में सतर सीधी उसकी बाँहों में बँधी रहे, बसन्ती फूलोंवाली चमेली की लता की तरह, और वह उसे चूमता रहे। सहारा नदी की लहरें धीरे-धीरे तट से टकराती रहें, नीचे जंगल हो आये फूल अपनी खुशबू बिखेरते रहें। पर यह सब कुछ नहीं हुआ। एक निमिष मात्र का पागलपन था जो आधे में अटकी साँस के साथ बाहर आ गया। राहुल ने दूर तक देखा। सहारा नदी के उस पार (शाम के झुटपुट) में राजभवन की सारी बत्तियाँ जगमगा उठी थीं, वाना अभी भी, बालकनी का जंगला पकड़कर खड़ी थी।

छोटा-सा तूफान राहुल के अन्दर उठा और उसे झकझोरता हुआ थम गया। इसका उसे रंचमात्र भी अनुमान न हुआ होगा। "मुझे सोचने का समय चाहिए" राहुल ने अपने संयत, नापतौल कर कदम रखनेवाले लहजे में कहा। उसने वाना को एकदम कुम्हला जाते हुए देखा। मुरझाती हुई चमेली के फूलों की बसन्ती

लता—उसकी आँखें झुक गईं थीं, जैसे सारे दिन की थकान उसके चेहरे पर उतर आई।

"ठीक है," वाना ने कहा, "मगर देर तक इन्तज़ार मत करना" उसने अँग्रेजी में कहा। वाना की अँग्रेज़ी भी नाम और पहनावे के अनुरूप ढल गई है शत-प्रतिशत अमेरिकन। फोन पर सुनो तो पहचान भी न सको कि यह वनश्री है, बनारसवाली वनश्री। आकाश-विकास की अम्माँ, शिवेश मिशिर की बीवी।

"ओके," राहुल ने कहा। दोनों बालकनी से हट आये। नीचे आकर वाना ने बच्चों को पुकारा, "बच्चों, चलो घर चलना है।" दोनों लड़के घर के सामने गेंद से खेलने में व्यस्त थे।

"यह गेंद कहाँ से मिली ?" वाना ने पूछा।

"अन्दर पड़ी थी" विकास ने कहा, "ले लें ?"

"नहीं, जहाँ पड़ी थी, वहीं रख दो," वाना ने कहा।

"पर मौम," विकास ने ठुनकते हुए कहा, "घर तो खाली है।"

"तो क्या हुआ," वाना ने पूरी सख़्ती से कहा।

विकास ने खुले दरवाज़े से गेंद अन्दर उछाल दी। "चलो तुम्हें नई गेंद लिवा दें।" राहुल ने विकास की नाक पर हलके से ठुनका दिया।

"तुम जबसे आये हो, बच्चों को बिगाड़ रहे हो," वनश्री ने कहा।

"बच्चे तो लाड़ करने के लिए नहीं होते हैं ?" आकाश-विकास गाड़ी की पिछली सीट पर बैठने लगे। वनश्री, नहीं अब वाना, आकर साथवाली सीट पर बैठ गई। राहुल ने गाड़ी को घर की तरफ मोड़ दिया।

"यह नई गाड़ी ऐसे चलती है जैसे पानी पर तैर रही हो।" वाना बोली, उत्तर में राहुल ने क़हा, (प्रश्न नहीं केवल टिप्पणी) "साड़ी पहनना एकदम छोड़ दिया ?"

वाना ने छोटी स्कर्ट को नीचे खींचने की कोशिश की, "सब पुरानी हो गई हैं, फटफुट गईं। अब इसी में आराम रहता है।"

"पक्की पश्चिमी हो गई।"

"जैसे आप खुद नहीं," वह थोड़ा-सा हँसी।

"मगर अन्दर मन तो भारतीय रहता है और ऊपर की त्वचा भी।" वह गम्भीर हो आई।

"अच्छा, ऐसा ?" राहुल की आँखें हँसी से दिप उठीं।

"और नहीं तो क्या ? कम से कम मेरे साथ तो। आपकी तरह थोड़े ही, आये दिन नई-नई अमरीकन लड़कियों का साथ..."

"यह किसने कहा ? जरूर शिवेश ने कहा होगा।"

"तो क्या सच नहीं है ? ये मुझसे झूठ क्यों बोलेंगे ?"

राहुल ने हँसकर कहा, "शिवेश और झूठ न बोले ? मान गया, अन्दर से अभी भी भारतीय पत्नी हो, पति पर अटूट विश्वास।"

"गेंद, गेंद" विकास ने पीछे से कहा, "वह बाजार आ गया।"

राहुल ने गाड़ी रोक दी, "चलो, इन्हें गेंद ख़रीदवा दें।"

अंजी ने वाना को लहँगा पहना रखा है–ज़रा हटकर खड़े होकर लहँगे का घेर देख रही है। दाँतों के बीच सुई, हाथ में धागा काटने की छोटी, तेज़ धार की कैंची।

"ज़रा चलो।"

वाना कमरे में कुछ कदम चलती है। अंजी ध्यान से अपने हाथ के काम को देख रही है। सलमा, सितारे, ज़री का बारीक़-बारीक़ काम, लहँगे का घेर, वाना के चलने से हिलोरें-सा लेता है।

"कैसा लगा ? ठीक है न ?" वाना ने पूछा।

"ग्राहक की पसन्द," अंजी ने झुककर धागा कतरते हुए कहा, "मुझे क्या ?"

"रंग कुछ अजीब-सा नहीं है ? मेरा मतलब है पचास साला मिसेज़ मेहरा के लिए।"

"उनके रंगरूप के हिसाब से तो ठीक ही है।" अंजी कहती है, "बेटे की शादी में पहनकर नाचने के लिए।"

दोनों हँसती हैं।

"राहुल ने घर ख़रीद लिया।" वाना ने हलके से कहा, वह सभाँलकर लहँगा उतार रही है।

"कौन-सा ?"

"वही वाला, सहारा नदी के किनारे।"

"वह एक अकेले के लिए बड़ा नहीं है ?" अंजी कहती है, "वह तो दो फ़ैमिली होम है।"

"एक तरफ़ हम लोग रहेंगे," वाना कहती है। अंजी आँखें गोल-गोल घुमाती है।

"यह आँखें क्यों नचा रही हो ?"

"कैसी आँखें ?" अंजी ने अपने चेहरे पर हाथ फेरा।

"यही यक्षगान वाली मुद्रा में।"

"पता नहीं तुम क्या कह रही हो, मेरी आँखें तो थक गई हैं। उन्हीं को रिलैक्स कर रही हूँ।"

वाना को पूरा विश्वास है कि अंजी ने उसकी बात पर आँखें नचाई हैं। ज़रूर नचाई हैं, "हमें कहीं न कहीं तो रहना ही है। युनिवर्सिटी वाले फ्लैट की लीज़ ख़तम

हो रही है। तो हमीं क्यों न किराया दें। राहुल को मदद करें।''

''राहुल को मदद की कोई ज़रूरत नहीं है। ज़रा बचके रहना, लाड़ो !''

''क्या मतलब ?'' वाना नाराज़ हो आई है, अंजी साफ़-साफ़ बात बना रही है।

''अरे, मतलब यही कि वह एक अकेले सन्नाटे के आदी। तुम घर-गृहस्थिन, दो शोर मचानेवाले बच्चे⋯कहीं आपस में मन-मुटाव⋯।''

''वह नहीं होगा,'' वाना ने विश्वास से कहा।

''यह दोनों कॉलेज से दोस्त हैं। हमारे रहने से राहुल को आराम ही रहेगा।'' थोड़ा चुप रहने के बाद उसने कहा, ''असल में वैसा घर हमें कहाँ मिलेगा ? ऐसी विशेष जगह। एकदम झील के किनारे। इत्ते बड़े-बड़े तीन कमरे, रसोई तुम देखना, स्टेनलेस स्टील और ग्रैनाइट के काउंटर, अलमारियाँ, पारदर्शक। मैं उसमें कटग्लास के बर्तन सजाऊँगी। पीछे खूब बड़ी-सी जगह फूलदानों के लिए, बीच का दरवाजा बन्द रखेंगे तो राहुल को डिस्टर्ब नहीं होगा।''

वाना का चेहरा खिल उठा है। अंजी थकी-थकी आँखों से उसे एकटक देखती है। उसने लहँगा-दुपट्टा हैंगर पर टाँग दिया है। फिर वह बाँहें फैलाकर उँगलियाँ चटकाती है।

''तुम्हें कमीशन भी तो मिला होगा।''

''हाँ ! पूरे आठ प्रतिशत,'' वाना अब हँस रही है, ''नये घर में तुम्हें दावत खिलाऊँगी।''

''ज़रूर !'' अंजी ने कहा।

राहुल और शिवेश साथ-साथ बियर पी रहे हैं। राहुल की बैठक में एक नीचा-सा सोफ़ा है। एकदम नरम, मुलायम चमड़े का। सामने शीशे की मेज़, एक ओर लकड़ी की कुर्सी। वाना उसी कुर्सी पर बैठी है, जहाँ वह बैठी है वहाँ से रसोई का एक हिस्सा दीखता है। एकदम खाली–बड़ी खिड़की के पार एक झुका हुआ वृक्ष।

''आज मुझे एजेन्सी से चेक मिल गया,'' उसने कहा।

''कमीशन का ?'' राहुल ने पूछा।

''हाँ।''

''क्या करोगी उसका ?'' शिवेश ने लाड़ में भरकर पूछा।

''करूँगी क्या ? अपने लिए पाँच हीरोंवाली नाक की लौंग खरीदूँगी।''

''हीरे की लौंग ?'' राहुल ने बची हुई बियर बोतल गिलास में डाली। उसका स्वर अचरज से भरा हुआ है।

''हाँ, बहुत दिनों से अरमान है।''

"तो चलो, खरीदवा दें," राहुल ने कहा।

शिवेश की गाड़ी मरम्मत के लिए गई हुई है। राहुल दोनों को अपनी गाड़ी में लेकर आया है, "यहाँ कहाँ मिलेगी, वह तो कोई स्वदेश से आता-जाता होगा तो मँगवानी पड़ेगी।"

"वाना" शिवेश ने उठते हुए कहा, "चलो उधर से पर्दों का नाप ले लो।"

दोनों फ्लैटों के बीच सिर्फ़ एक दरवाज़ा है। वह अभी खुला है। नहीं तो एकदम अलग-अलग हैं। बाहर से एक बड़ा-सा घर दीखता है। पास आने पर पता चलता है कि खंभों के नीचे जो दूर से एक बड़ा दरवाज़ा-सा लगता है, असल में अलग-अलग दो दरवाज़े हैं, बायें दरवाज़े से घुसकर जो फ्लैट मिलता है, वह राहुल का है। बड़ी-सी चौकोर बैठक, खुली-खुली काँच की खिड़कियाँ—उसी से सटी रसोई, एकदम लम्बी, एकदम आधुनिक, चमचमाती, खाली। निश्चय ही वह रोज़ दो-तीन वक्त खाना बनाने वाले के लिए नहीं है। उसके सिरे पर सिंक और नल समेत बार है। काउंटर, ऊँचे-ऊँचे दो-तीन स्टूल, काउंटर के पीछे नल, सिंक। बोतलें रखने की जगह। वाना याद करती है कि दिल्ली में दस-बारह दिन राहुल के घर रहकर भी कभी उसे चाय के अतिरिक्त कुछ और पीते नहीं देखा। कैलीफोर्निया में तीन साल रहकर वह कुछ-कुछ पीने लगा है। काउंटर पर स्कॉच की काले लेबिल की आधे गैलन की बोतल रखी है।

उधर ही से ऊपर सीढ़ियाँ जाती हैं, ऊपर दो कमरे हैं, एक बड़ा, एक छोटा, दोनों से ही संलग्न दो गुसलखाने, सामान रखने की कोठरी, कमरों के आगे बालकनी, आधी घिरी आधी खुली। बीच में झिंझरीदार दीवार—उधर दूसरा फ्लैट। बड़े कमरे की दीवारों पर किताब रखने की शेल्फें हैं, जो अभी खाली हैं। बीच में पढ़ने की मेज़, छोटे-बड़े दो-तीन कम्प्यूटर, टेलीफोन, पर कमरे को संगीत से भर देनेवाले चार स्पीकर। पर वह संगीत इतने धीरे बजता है कि उधर उसकी आवाज़ भी नहीं आती। गज़लें, वाद्य, शास्त्रीय संगीत, नाम जो वाना ने कभी सुने भी नहीं हैं, पर वाना जानती ही कितना है, रसोई, घाट, कुछ फिल्में, अंजी की सोहबत में सिलाई, कढ़ाई, पाकिस्तानी सीरियल। और अब, घर कैसे शो करे, कैसे बेचे। यह नहीं कि उसमें बहुत सफल हुई है। ले-देकर, इतने महीनों में केवल राहुल को बेच पाया है। वह भी, वाना को लगता है कि शिवेश की दोस्ती के मुलाहिजे में राहुल ना नहीं कर सका। उसके अपने लिए एक फ्लैट ही काफ़ी होता। मकानमालिक बनने की उसकी अनिच्छा वाना के आगे स्पष्ट थी।

"नाम ?" चुनमुन–उसकी आवाज़ मन्द है, नई दुल्हन के अनुरूप।

"स्कूल का नाम," शिवेश ने पूछा।

"स्कूल का नाम भी यही," उसने कहा।

"यही यानी कि चुनमुन ?"

"हाँ चुन्नी बुआ और मुन्नी बुआ ने मिलकर यही पुकारना शुरू किया," उसका चेहरा फीका होता जा रहा है। अपनी नगण्यता के बोध से।

"ख़ैर, पासपोर्ट में कुछ कायदे का नाम होना चाहिए।"

"क्या नाम लिखूँ ?" शिवेश के हाथ में पेंसिल है।

"जो आपको पसन्द हो," वह नमित है।

"तुम्हें क्या पसन्द है ?" शिवेश ने पूछा।

"आप बतायें," उसकी कोई अपनी इच्छा अपनी पसन्द नहीं है।

"सुनीता ?" शिवेश कहते हैं।

"नहीं–" उसने हलके से कहा।

"कविता..."

वह चुप है, सोचती हुई, कहाँ चुनमुन, कहाँ सुनीता-कविता, यह कोठरी में रहनेवाली लड़कियों के नाम नहीं होते। वह तो बँगलेवालियों के नाम हैं, जो लड़कियाँ उस अँग्रेज़ी वाले स्कूलों में पढ़ती हैं। जिनकी बुआओं और मौसियों के नाम मोना और लीना और बँगले टैगोर टाउन या गोमती नगर में होते हैं।

"बँसरी," वह धीरे-से कहती है। कुछ तो कहना है।

"क्या कहा ?" शिवेश ने ज़ोर से पूछा।

वह सकुच गई। फिर मुस्कराई और कहा, "कहा तो बँसरी।"

राहुल कुछ दूर बैठा था, फ़ार्म भरने को तत्पर।

"लो भई," शिवेश ने कहा, "इनका यही नाम भर दो।"

वह पूरी पलकें उघाड़कर राहुल को देख रही है। राहुल पूरे ध्यान से पासपोर्ट का फ़ार्म टाइप कर रहा है। उसकी उँगलियाँ अक्षरों पर जैसे तैर रही हैं। टिप, टिप, टिप। पासपोर्ट बनकर आता है।

वह अपनी तस्वीर देखती है, माँग में सिन्दूर, माथे तक खिंचा हुआ, बड़ी-सी बिन्दिया, छोटे बालों को वश में लाने के लिए ढेर-सी चिमटियाँ। वह अचम्भे से उस तस्वीर को देखती रह जाती है। यह मैं ? श्यामलाल के हाते वाली, गणपतनिवास की चुनमुन ? क्या उस तस्वीर का इस 'स्वयं' से कोई सिलसिला, कोई सम्बन्ध है ? जैसे उसे सब एक मरीचिका-सा लगता है, जैसे राहुल का यह बँगला, सामने मखमली लॉन, गोभी जैसे साइज़ के गुलाब के फूल, माली, चौबीसों घंटे का नौकर जंग बहादुर–टीवी, वीसीआर। और कितना सन्नाटा, कैसी खुशबूदार हवा, पासपोर्ट में वह अपना नाम पढ़ती है। वनश्री मिशिर–कितना अजीब ? ऐसा नाम तो कभी

सुना ही नहीं।

"यह क्या नाम है ?" वह दीन-हीन मुद्रा में हलके से कहती है, न राहुल से, न शिवेश से, न अपने-आप से।

"कुछ और कहा था क्या ?" राहुल की आवाज़ खेद से भरी है।

"बँसरी कहा था," उसकी आवाज़ रुआँसी हो आई है। उसे ज़रा-ज़रा सी बात पर रोना आ जाता है।

"श्री किशनजी की बँसरी," शिवेश ने उपहासपूर्ण मुद्रा में कहा।

"छेदों से भरी, फूँको तो फुक-फुक करनेवाली। कितना पोएटिक नाम दिया राहुल ने। वनश्री—"

उसे पोएटिक का मतलब नहीं मालूम, चुनमुन से बँसरी, बँसरी से वनश्री। अमरीकन मालकिन ने उसे वाना ही बना दिया। लहँगे फरिये से फ़राक से साड़ी और अबकी स्कर्ट-ब्लाउज़ व क्रिस्टीन की दी हुई, छोटी, कसी काले चमड़े की स्कर्ट और सफ़ेद ब्लाउज, कालर पर हल्की-सी चुन्नट। बाल एकदम छोटे, सलीक़ेदार, सँवारी भौंहें, लिपस्टिक—जैसे किसी ने पकी जामुन को कुचल दिया हो। कितने दिन अटपटा लगा था, आगे न पल्ला, न दुपट्टा, जाँघों से लेकर नीचे तक खुली टाँगें, फिर आदत पड़ गई—अच्छा लगने लगा, जैसे किसी के वाना पुकारने पर हाँ कहने की आदत पड़ गई।

शिवेश हँसते हैं—यहाँ के नाम वहाँ नहीं चलनेवाले, कोई बोल भी नहीं सकेगा—वहाँ वालों की ज़बान सीधेसादे नाम की आदी होती है।

जैसे, "लीसा, टेरीसा, ज़ेन।"

चुनमुन कुंठित होकर अपनी और भी गहराई में डूब जाती है।

वहाँ, वहाँ के लोग, वहाँ ऐसा—शादी के बाद लगातार सुन रही है। कभी राहुल से, कभी शिवेश से—'वहाँ' कितना भयानक और डरावना-सा लगने लगा है। एक बहुत बड़ा अँधेरा, मगर साथ ही साथ, 'वहाँ' तो डाकवाला भी मोटरगाड़ी पर आता है। झाड़वाली भी। 'वहाँ' नौकर-चाकर नहीं होते, सब कुछ आप से आप करना पड़ता है। मगर मशीन होती हैं, हाय दैया, कैसे चलाएगी झाड़वाली मशीन मेरी नन्ही-मुन्नी चुनमुन चिरैया—चुन्नी बुआ उसका बक्स सहेजते हुए सहजादी नाउन से कहती हैं।

सहजादी ऊपर से नीचे अपने धराऊ कपड़ों और गहनों में सजी है। नीले घाघरे और गुलाबी चुनरी के बीच उसका चेहरा सलोने सौन्दर्य से दिप उठा है। वह चुनमुन की एड़ी में आलता लगाते हुए कहती है, "अरे ! पंडिज्जी को पूरे बनारस में चुनमुन बिटिया के लिए दुलहा नहीं जुटा कि सात समुन्दर पार भेज रहे हैं।"

"अरे, दुलहे को देखना," चुन्नी बुआ के कामकाजी कड़े हाथ रेशम की साड़ी को दुबारा-तिबारा तहाते हुए सहला रहे हैं, "एकदम कार्तिकेय ! विद्यावान ! कहाँ जुटता ऐसा दुलहा यहाँ देस में ?"

छुटकी ने उछलते हुए कहा था "दिदिया, देख ! देख ले न खिड़की से ! अपना दुलहा।" खाना-पीना रिश्तेदारी में हुआ था, वहीं जहाँ शादी में शिवेश की बहन ने चुनमुन को देखा था और पसन्द कर लिया था। चुनमुन वह बात भूल भी गई थी। शिवेश को आने में देर लगी थी—साल-डेढ़ साल। चुन्नी बुआ उसे बिना बतलाये फिर रिश्तेदारी में ले गई थीं, किसी 'कारज' में। उसी भीड़-भड़क्के, गपड़चौथ में शिवेश ने चुनमुन को देखा, वह अपनी इकलौती बढ़िया कोकाकोला रंग की नेपाली नायलौन की साड़ी पहने थी, काला ब्लाउज़, छोटी-छोटी बाँहें, छुटकी ने मैरून बिन्दी माथे पर सटा दी थी। चुनमुन सारी शाम, रात देर तक और मामियों और बहनों के साथ काम में व्यस्त रही थी। अपने भविष्य की दिशा के बारे में अनभिज्ञ, छुटकी ने उसे धक्का दिया था, चुनमुन ने बाहर झाँका, नीचे घरवालों की गाड़ी खड़ी थी, उसका हरा दरवाज़ा खुला था, उसके पास ही पिताजी खड़े थे। चुनमुन ने 'राहुल' की एक झलक देखी—लम्बा क़द, सौम्य चेहरा। दरवाज़ा बन्द हुआ और शायद उधर से प्रणाम के उत्तर में पिताजी ने अपने गंभीर, मृदुल स्वर में कहा, "यशस्वी भव !"

कभी-कभी पंडित त्र्यम्बक पांडेय की जिह्वा पर सरस्वती आ विराजती है। वह शाम भी वैसी ही रही होगी। पर्दों का नाप लेकर राहुल की गाड़ी की पिछली सीट पर बैठी-बैठी वह सोचती है। नहीं तो इतनी-सी उम्र में इतना नाम, इतनी इज़्ज़त। पैसा। क्या नहीं है राहुल के पास। उस समय क्या मालूम था कि शिवेश गाड़ी में बैठ चुके हैं। छुटकी के कहने और स्वयं खिड़की से झाँकने के दो क्षणों में। और इन्हें देखो। वह शिवेश के साथ बेईमानी कर रही है। इसका उसे पूरा-पूरा पता है। कॉलेज में दोनों साथ-साथ थे, दोनों ने साथ-साथ डाक्टरेट की, और यह हैं कि कहीं पढ़ाने तक की नौकरी नहीं मिलती। लेक्चरर तक नहीं। इतने दिनों से पीट रहे हैं और जूनियर साइंटिस्ट ही बने हुए हैं। जबसे इस शहर में नववधू बनकर आई है कितने परिवर्तन देखे हैं। आसपास के सभी लोग एक होड़ में, एक पागल दौड़ में रत हैं। छोटे मकान से बड़ा मकान, एक गाड़ी से दो गाड़ियाँ; सस्ते से महँगा ही महँगा। छुट्टियाँ बीतती हैं, स्पेन में, हवाई में, मैक्सिको में। रामबाग पैलेस और कोवलम में। हाथों की उँगलियों में बड़े-बड़े हीरे, झमकाती हुई वे सबकी-सब उसकी एकदम उपेक्षा करती हैं।

"जलती हैं सालियाँ," शिवेश कहता है।

"वे सब क्यों जलेंगी? और मुझसे ?" वह भोलेपन से पूछती।

"इस चेहरे से।" शिवेश ने उसे अपनी ओर खींच लिया। शिवेश के होठ उसे कुचल रहे हैं। लोभी हाथ उसे मसल रहे हैं—वाना शिवेश के भार को चुपचाप बरदाश्त करती है। यही तो है यहाँ की नियति। वहाँ से यहाँ पहुँचने का मूल्य। हरेक चीज़ का मूल्य चुकाना पड़ता है। तुम कुछ भी, चुपचाप, बिना किसी के जाने, दुकान से कुछ भी उठाकर थैले में नहीं छुपा सकती।

"बस, बस, बस," वह एकदम छटपटा उठी है। शिवेश की उपस्थिति उसे असह्य लगने लगती है। वह हथेलियों से शिवेश को ठेलती है। शिवेश हट जाते हैं। वह उठकर बैठ जाती है और लम्बी-लम्बी साँसें हिचकियों की तरह बाहर आती हैं।

"क्या हुआ ?"

"जी घबरा रहा है।"

"पानी दूँ ?"

"नहीं।"

शिवेश का पहला खुर्राटा कमरे में गूँजने लगता है। वह नाइटगाउन नीचे खींच कर पैर ढकती है। बालकनी पर राहुल के कमरे की बत्ती का उजाला है। वाना उसे खाली-खाली आँखों से देखती है। फिर थकान से उसकी पलकें झपक जाती हैं। वह जब दुबारा आँख खोलती है तो बाहर अँधेरा है। बत्ती बुझ चुकी है। शायद हवा ने जोर पकड़ लिया होगा, वह लहरों को पत्थर की दीवार से आ-आकर टकराते हुए सुनती है। यह सब आए दिन—जब भी शिवेश की इच्छा हो तब ! चाहे वह थकी हो, सिर दुख रहा हो।

"अब मुझसे और बरदाश्त नहीं होता," वाना कहती है। उसके शब्द वातावरण में खो गये हैं।

पर आगे कोई रास्ता नहीं है।

नदी में डूबकर मर जाने का समय यह नहीं है।

वाना उठकर बैठ गई है। घुटनों को बाँहों से घेरे वह मन-ही-मन अपने जीवन के सुख दोहराती है, दो-दो बेटे, सुन्दर, स्वस्थ, एकाग्र रूप से चाहनेवाले शिवेश। वह स्वयं स्वस्थ है। कोई बीमारी दुख नहीं, कितना अच्छा घर है, अंजी है, राहुल हैं, पर···

मन में और भी इच्छाएँ हैं। कितनी ढेर सारी इच्छाएँ, जो दिन पर दिन बढ़ती ही जाती हैं। अपना निजी घर, अपनी गाड़ी, जो आये दिन धोखा न दे, समाज में सम्मान। शिवेश की अच्छी नौकरी। यह नहीं कि हर साल नये कांट्रैक्ट का इंतजार। इस विभाग से उस विभाग तक। इतना पैसा कि किसी चीज़ का दाम न पूछना पड़े। यात्राएँ, जैसे कि और लोग करते हैं, पैलेस ऑन व्हील, राजस्थान, कर्नाटक,

केरल, हैलसियोन कॉसल, लन्दन ! होनो लुलू...

यह सब शेखचिल्ली जैसे विचार हैं क्या ? पर औरों को उपलब्ध हैं, एयरकंडीशन कम्पनी चलानेवालों को पर्दे और कुंडीवाले सप्लाई करनेवालों को, पेट्रोल पम्प और सुविधा स्टोर चलानेवालों के बच्चों और पत्नियों को। मगर शिवेश के प्रति विमुख होने का यह असली कारण नहीं है। वाना जानती है कि इसके मूल में क्या है; पर वह होठों तक कैसे लाये ? एक बार अगर उसने अपने से कह दिया तो फिर बन्द रास्ते के अन्त में दीवार पर सर पटकने के अलावा और कोई चारा नहीं बचेगा। और उससे होगा भी क्या, स्वयं आहत और लहुलूहान होने के अतिरिक्त। चुप रहो चुनमुन...बँसरी...वनश्री...वाना...सो जाओ।

वह जैसे अपने आप को स्वयं थपकियाँ देने लगती है।

राहुल

गोल-गोल छोटा-सा मुँह, उस पर जड़ी दो उज्ज्वल आँखें, शायद ज्वर के ताप से। असँवरी, बिखरी लटों को ढकती हुई हल्के धानी रंग की साड़ी के किनारे से ढका हुआ चेहरा। राहुल को दो उष्ण बाँहें भींच रही हैं, उसके कानों में एक क्षीण हृदय के धड़कने की आवाज़ पड़ रही है—धक्, धक्, धक्—मेरा सोना चाँदी, मेरा चाँद सूरज, मेरा चंटू-घंटू—

अरेऽअरेऽ यह क्या कर रही हो ? एक तीखी-सी आवाज़ जादू तोड़ देती है। बच्चे को बीमारी लगा दोगी क्या ? दो हाथ उसे उस उष्ण स्नेहिल दायरे से छीनकर अलग कर देते हैं।

वह खटोले पर लेटा है। खटोले पर एक पतली-सी चादर है। उसे ठंड लग रही है। उसके होठ कुछ ढूँढ़ रहे हैं। वह रोता नहीं, आँखें बन्द कर लेता है, मुँह में अँगूठा ठुँसा कर—

"राऽऽहुल ! राऽऽहुल !"

वह बड़े यत्न से आँखें खोलता है, कुछ क्षण दृष्टि अनचीन्हे भाव से अपने पर झुके चेहरे को देखती है।

"सूप लाई हूँ।"

अम्माँ ? नहीं वह कहाँ? तो फिर कौन ? अच्छा वो बाँसुरी—बाँसुरी नहीं वनश्री—वाऽऽना।

"सूप पियोगे न, देखो एकदम ताज़ा गरम" कटोरे में चम्मच हिलाती हुई वाना कहती है। उसने भरा चम्मच उसकी ओर बढ़ाया है, राहुल धीरे-से मुँह खोलता है। टमाटर का खट्टा-मिट्ठा गरम रस सावधानी से निगलता है। उसी गरम पेय से सारे अन्दर-बाहर की सारी चोटें एकदम से दुखने लगती हैं।

कहते हैं कि जन्म के साथ से ही स्मृतियाँ अवचेतन में रहती हैं। राहुल सोचता है, वह सपना था क्या ? दवाओं के प्रभाव से वह आधी नींद, आधी बेहोशी में अपने शिशुकाल का सपना देख रहा था। उसके अन्दर कहीं विश्वास है कि

वह सपना नहीं था, वह घटित हुआ था। मरती हुई अम्माँ ने अकेला देख खटोले से उठाकर उसे अपनी छाती से लगाया था, उसे चाँद सूरज कहकर पुकारा था। वह सच था। वह सब हुआ था। उसकी माँ, जो पैदा होने के समय से ही प्रसूति ज्वर से बीमार हो गई थी, उसे प्यार करती थी। बहुत-बहुत प्यार, और वह कब मर गई, कब बुआ के कड़े हाथों ने उसे खरहरे खटोले पर डाल दिया, यह सब न उसे याद है, न वह याद करना ही चाहता है।

वह बहुत थक गया है, वह आँखें मूँद कर सो जाना चाहता है, उसे नींद आ रही है। कमरे में धूप की चौंध भरी है, पर वह किसे पुकारे ? शिवेश अपनी लैब में है। बच्चे स्कूल में। बाँसरी, नहीं वनश्री-वाना रसोई में कुछ खटपट कर रही है। वह आँखों पर बाँह भी नहीं रख सकता–दोनों बाँहों में फ्रैक्चर है। दायें पैर में भी, पूरा शरीर सुन्न है।

वह बिल्केश्वर मंदिर के पास की झाड़ियों में उलझ गया है। उसका सारा शरीर काँटों से लहुलूहान है। एक पानी की पतली-सी धारा जो मंदिर के पास हमेशा बहती रहती है, उसके पास बैठकर वह अपने पैर धोता है। पानी हलका-हलका गुनगुना है। उसने कई बार सोचा है कि झाड़ियों के बीच, पहाड़ पर चढ़कर देखे कि इस धारा का उत्स क्या है, पर हमेशा एक आवाज़ उसे रोक देती है, "उधर मती जइओ बबुआ–उधर शेर-चीते रहते हैं..."

यह छोटी-सी लड़की जो कभी-कभी उसके साथ खेलने आ जाती है, डरपोक और कमजोर, हमेशा उसे ऊपर चढ़ने से रोक देती है, गोल-गोल चेहरे में उजली-उजली आँखें।

राहुल आँखें उठाकर ऊपर देखता है, कँटीली झाड़ियों की बाढ़ और घने पेड़ों की छाया।

"मुझे जाने दो न, कोई शेर-चीता नहीं है," वह छाती फुलाकर कहता है।

"नहीं, नहीं," लड़की ने उसका हाथ कसकर पकड़ लिया है, "माई कहती है कि नदी की गइया को शेर खा गया, तभी वो लौट के नई आई।"

वह एकदम डरपोक है। यह लड़की, गोल-गोल चेहरे वाली लड़की–जो न पढ़ती है, न स्कूल जाती है। सारे दिन इधर-उधर घूमती रहती है। कभी इमलियों के पीछे, कभी जंगल जलेबियों की झाड़ी के आसपास। जब राहुल स्कूल का काम करता है, वह रेल की खाली पटरियों पर हाथ में लकड़ी लिये इंजन बनी छुक-छुक दौड़ती रहती है। राहुल को जैसे, उस समय भी बिल्केश्वर मंदिर के पास की गुनगुनी धारा में हाथ-पैर धोते हुए मालूम है कि यह लड़की उसका भविष्य है, उसके भाग्य की रेखा है। कभी-कभी वह भी चाहता है किताब-कॉपी बस्ते में बन्द करके निर्द्वन्द्व, रेल की पटरियों पर दौड़ते-दौड़ते दूर चला जाना, उसे मालूम है कि यह पटरी देश के कोने-कोने तक जाती है। साबरमती एक्सप्रेस, दिल्ली-देहरादून एक्सप्रेस,

पठानकोट एक्सप्रेस—वह सब शहर कैसे होंगे, बिस्तर में लेटा-लेटा वह सोचा करता है।

"चलो सुरंग तक चलें," लड़की हाथ की लकड़ी हिलाते हुए कहती है। सुरंग ठीक एक मील है। राहुल ने बाऊजी से सुना है, रेलें हमेशा सुरंग में घुसने से पहले रुककर सीटी बजाती हैं।

राहुल असमंजस और दुविधा के बीच लड़की को देखता है। वह हँस रही है, उसके दाँत छोटे-छोटे और उजले हैं, वह कभी मंजन नहीं करती, कभी-कभी तो मुँह भी नहीं धोती, बाल शायद हफ्ते के हफ्ते धुलते हैं पर बनते नहीं, गोल-गोल चेहरे पर जटाओं की तरह फैले रहते हैं।

उसके पैर धूल में सने और एड़ियाँ बिवाइयों से फटी हैं। उस लड़की के पास मत जाया करो—शन्नो बुआ कहती हैं, उसके सिर में जुओं की उतरायन पड़ी रहती है।

लड़कों के सिर में जुएँ नहीं टिकते—लड़की हँस रही है। राहुल का मन होता है उसकी बातें सुनते रहने का। सुरंग के पार मालूम क्या है ? वह पूछती है। राहुल को मालूम है, नहरें हैं, गंगा है, घाटियाँ, शहर और पहाड़। कटावदार सड़कें, पहाड़ी शहर—दूर-दूर बिखरे अमीरों और अँगरेज़ों के बँगले, जंगल, कब्रिस्तान।

"क्या है ?" वह पूछता है, "तुम बताओ।"

"कुछ भी नहीं", वह ताली बजाकर हँसती है।

"सिर्फ़ पहाड़ हैं, पहाड़ ही पहाड़।"

"फिर रेल सुरंग में क्यों जाती है ?" वह अबोध बनकर पूछती है। उसे सब पता है। पर यह बेचारी लड़की बेवकूफ जिसे यह भी नहीं मालूम कि रोज मंजन न करने से दाँत गिर जाते हैं। पर उसके दाँत छोटे-छोटे सुगढ़, कतार की कतार बने रहते हैं। हँसती है तो राहुल को अच्छी लगती है। वह हर समय हँसती रहती है और हर समय राहुल को अच्छी लगती है।

"ऐ लड़की, इधर आना," शन्नो बुआ ने पुकारा। वह आकर खड़ी हो जाती है।

"इतनी फटी फ्राक पहनकर फिरती रहती है।"

चाची ने अपने बंडल में से एक फ्राक निकाली है—उसपर नीली-नीली धारियाँ हैं।

"जाकर टीन के पीछे नहा ले, यह ले साबुन। तेरी अम्माँ से बात कर ली है। आज शाम से आकर पढ़ना···"

"पढ़ना ?" उसके होठ काँपने लगते हैं।

"हाँ, हाँ पढ़ना, और बच्चे आते हैं कि नहीं···उन्हीं के साथ···"

वह नीली धारियोंवाली फ्राक बुआ को लौटा देती है, "मुझे नहीं पढ़ना" और

पीछे के दरवाजे से बाहर भाग जाती है।

बेवकूफ़ लड़की, भुच्च गँवार बनी रहेगी। निरक्षर भैंस, सारे दाँत गिर जाएँगे, क्या करेगी तब।

राहुल को उस पर दया आती है। शाम को जब सारे बच्चे दरियों पर बैठकर पढ़ रहे होते हैं, वह पटरियों के पार खड़ी-खड़ी आनेवाली गाड़ी का इन्तज़ार कर रही होगी, उसे स्टेशन अच्छा लगता है, भीड़भाड़, उतरना-चढ़ना, इंजन की सीटी और फिर गाड़ी छुक-छुक करती हुई चली जाती है। वह कभी पढ़ नहीं सकेगी कि गाड़ी पर क्या लिखा है ? या गाड़ी कहाँ जा रही है। उसे पता नहीं कि अपने देश में कहाँ पहाड़ हैं, कहाँ समुद्र–उसे गंगा के अलावा किसी और नदी का नाम भी नहीं मालूम–राहुल कितना कुछ जानता है, झेलम, रावी, बियास, चेनाब, सरस्वती, घघ्घर जो हरियाणा के पास कहीं लोप हो गई है। कृष्णा, कावेरी, नर्मदा, गोदावरी–नदियों के नाम, उसकी ज़बान पर लौटते-पौटते रहते हैं। एक दिन वह जहाज़ पर बैठकर दूर तक जाएगा, मिजूरी, मिसीसिप्पी तक, वह मिस्र में नाइल देखेगा–दुनिया के कोने-कोने को अपने पैरों से रौंदेगा। और यह लड़की–ऐसे ही कभी इंजन, कभी गाड़ी का डिब्बा बनी पटरियों पर दौड़ती रहेगी–बाल बिखराये, उँगली डालकर खुजलाती हुई, नहीं, वह अब नहीं खुजाती, चाची ने जुएँ निकालने की दवाई डलवाकर सब ख़त्म कर दिये हैं। नीली फ्राक की धारियाँ भी मटमैली हो गई हैं। हफ्ते भर तक लटकी रहती है। लड़की का बाप फौजदारी के मामले में जेल गया हुआ है। लड़की की माँ अब वह पनवाड़ी की दुकान चलाती है।

वह अच्छी औरत नहीं है। राहुल ने अक्सर सुना है। वह सचमुच अच्छी औरत नहीं है। वह बेटी को स्कूल नहीं भेजती, उसने मंजन किया है या नहीं, मुँह धोया है या नहीं, उसकी उसे फिक्र नहीं है। लड़की कभी-कभी आकर झिंझरी के पार खड़ी हो जाती है और औचक आँखों से उन बच्चों को देखती है जो बाऊजी के फ्री स्कूल में अँग्रेज़ी का रट्टा लगा रहे होते हैं। राहुल से जब नज़र मिलती है, तो वह छोटी-सी हँसी हँसती है–स्टेशन और पटरियों की तरफ़ हाथ उठाकर इशारा करती है। पर राहुल किताब बन्द कर उठ नहीं सकता। उसे किताबें पढ़ने में, होमवर्क करने में रस मिलता है। वह साल के साल फर्स्ट आता है। उसे पूरी दुनिया का भूगोल मालूम है। कौन नदी कहाँ से निकलती है, कहाँ गिरती है।

अन्दर बुआ की मशीन खटखट करके चलती है। फटी हुई धोतियों के किनारे जोड़कर थैले बनाने में वह माहिर हैं। जब वह आती हैं तो सारे पुराने, छोटे हो गये स्वेटरों को उधेड़कर ऊन धोती हैं। हलके रंग के ऊन को गहरे रंगों में डुबोती हैं। तार पर वह लच्छियाँ सुखाती हैं, फिर उनके गोले बनते हैं, और सोतेली माँ, जिन्हें वह चाची कहता है, जाड़ों भर नई चीजें बुनती रहती हैं, नये सिरे से स्वेटर, मोजे, छोटे-छोटे टोपे, नई बहन के लिए।

नई बहन राहुल से आठ साल छोटी है। छोटी-सी गदबदी बच्ची, राहुल को उसे गोदी में लेते हुए शरम आती है। पर वह लड़की जब भी आँगन में आती है, एकदम नई बहन को गोद में ले लेती है।

''मालूम ?'' बिल्केश्वर मंदिर की दीवार से पीठ लगाए वह बैठी है। ''मुझे तुम्हारी बहन बहुत अच्छी लगती है। मेरा दिल करता है कि मैं भी अपनी बेबी को ऐसे ही छाती से सटाकर दुद्ध पिलाऊँ।''

''पागल कहीं की।'' राहुल कहता है।

''माई कहती है कि आठ-नौ साल की लड़की को बच्चा नहीं हो सकता। पता नहीं कित्ते साल में होता है। अभी तो मेरे यहाँ कुछ भी नहीं है।" वह फ्राक उठाकर राहुल को दिखाती है।

''तुम एकदम बुद्धू हो।'' राहुल अविश्वास से सिर हिलाता है।

''माई भी यही कहती है। ज़्यादा चिपटो तो धक्का देकर भगा देती है। पर गारड साहब को धक्का नहीं देती।''

''गार्ड साहब ? कौन-से गार्ड साहब,'' राहुल को डर है कि वह फिर ऐसे प्रश्न पूछने लगेगी जिनका हिस्ट्री ज्यौग्राफी में कोई उत्तर नहीं है।

''और वह जोगी महात्मा जी, वही जो कभी-कभी भीमगोड़ा से आते हैं न ? माई ने उनके लिए खीर बनाई थी। खाते-खाते कहने लगे, 'हठयोग में स्त्री-पुरुष का संसर्ग वर्जित नहीं है लीलावती।' मैंने माई से पूछा तो उसने मारा चाँटा। क्या मतलब हुआ इसका तुम्हें पता ?''

राहुल सोचता हुआ कहता है, ''यह तो मुझे भी नहीं मालूम, कभी ये सुना ही नहीं। तू भी पागल है किताबोंवाले सवाल पूछ...।''

लड़की जंगल-जलेबियों के छिलके फेंक देती है, वह उछलकर खड़ी हो जाती है।

''तुम हुए न बुद्धू ? एकदम बुद्धू...''

''तुम भी न ?''

''दोनों ही दोनों, फिर तुम बेकार किताब पढ़ते हो।'' स्टेशन की तरफ़ मुँह करके वह रेल की तरह सीटी देती है, ''कु ऊऽऽऽ''

और इंजन बनकर भागने लगती है।

गार्ड साहब, महात्मा जी, हठयोग—राहुल सोचता हुआ घर की तरफ़ चल देता है। यह सब किसी से कहने की बातें नहीं हैं। इतना वह अच्छी तरह जानता है।

बाऊजी का ट्रांसफर हो रहा है। राहुल कहता है, वह उसकी तरफ़ मुँह करके देखती है। भरपूर दृष्टि काली-काली चंचल पुतलियाँ अब टिकी हैं पूरी तरह उस पर।

राहुल को प्रतीक्षा है कि वह पूछेगी कि ट्रांसफर क्या होता है।

''मुझे पता है। तुम जानेवाले हो, सुरंग के पार, उधर देहरादून।''

अब कुछ कहने को रहा ही नहीं। ऊपर साफ़ आसमान है। बिल्केश्वर मंदिर की ध्वजा, गर्म तेज़ हवा में फड़फड़ा रही है। लड़की चुप बैठी है, किसी सोच में।

"मुझे वहाँ नये स्कूल में जाना पड़ेगा," राहुल कहता है, "बाऊजी कहते हैं कि वह बहुत बड़ा स्कूल है।"

"कितना पढ़ोगे ?"

"बहुत, जितनी भी कक्षाएँ होती हैं, वह सब पढ़ूँगा, और हो सका तो उसके भी आगे।"

"क्यों ?"

"मुझे पढ़ना अच्छा लगता है।"

"मुझे तो बिलकुल नहीं।"

"पता है, तुम तो बनी रहोगी जट्ट गँवार, अनपढ़..."

"क्या होगा पढ़कर–"

"मुझे चिट्ठी लिखतीं–बतातीं कि कब आम में अम्बियाँ लगीं, कब फरेंदे फरे–"

"यह कोई चिट्ठी में लिखने की बात होती है ?" वह उसे दयनीय भाव से देखती है, "चिट्ठी में ये लिखते हैं, परमप्रिय प्राणेश्वरी, मैं जल्दी ही क़ैद पूरी करके घर पहुँचने वाला हूँ, तुम किसी चीज़ की चिन्ता मत करना। लिखानेवाला परसुराम और लिखनेवाला श्री मुन्ननप्रसाद, झाँसी वाला।"

वह आगे कहती है, "बप्पा का कारड आया था, माई ने गारड साहब से पढ़वाया था–"

"तुम्हें पढ़ना-लिखना आता तो फिर गार्ड साहब से क्यों कहना पड़ता।"

उसने घुटनों को बाँहों से बाँध लिया है। टुकुर-टुकुर राहुल को देखते हुए कहती है, "आगे पढ़कर फिर बनना, कलक्टर साहब–नहर के पार जैसा बड़ा बँगला है, उसमें रहना, चपरासी और दूसरे लोग आसपास चक्कर काटेंगे।"

"और तुम ?"

"मेरा क्या ?"

"तुम रहोगी मेरे साथ उस बँगले में ? गाड़ी पर साथ-साथ घूमेंगे।"

"पागल कहीं के। हँसेंगे नहीं लोग ?"

"लोग क्यों हँसेंगे ?"

"तुम तो मूरख हो मूरख," वह धीरे-धीरे कहती है, "किताबें पढ़ लोगे तो भी मूरख के मूरख रहोगे।"

फिर वह एकाएक हँस पड़ती है, "मैं एक दिन आऊँगी तुमसे मिलने। गारड साहब की जब देहरादून ड्यूटी लगेगी तो कहूँगी कि मुझे भी ले चलो।"

और अब वह प्लेटफार्म के उस पार पटरियों पर खड़ी है। रेल सीटी देती

है, राहुल जंगले से सिर सटाकर उसे और अपने पुराने शहर को देखता है। उसे लगता है कि जैसे वह सुबकियाँ ले रही है। उसके रूखे बाल हवा में उड़ते हैं और फ्राक की बाँहों से वह बार-बार मुँह पोंछती है। पर जल्दी ही बरसात आएगी और वह बीर बहूटियों को इकट्ठा करने में जुट जाएगी। पता नहीं क्यों देहरादून में नये, बड़े स्कूल में जाने का चाव एकदम बुझ गया है।

राहुल को बस एक शौक़ है, बढ़िया, तेज़ गाड़ी रखने का। उसे रात को लम्बी यात्रा करना अच्छा लगता है। चौड़ी सपाट सड़कों पर गाड़ियाँ दौड़ती रहती हैं। लम्बे-लम्बे ट्रक, वैन, दूसरी गाड़ियाँ, शहर एक के बाद एक पीछे छूटते जाते हैं। थक जाने पर वह कहीं रुक जाता है, पर अधिक नहीं, उसे एक दिन में हज़ार मील जाना ही है।

अँधेरा अभी-अभी हुआ है। थोड़ी-सी बर्फ़ गिरी है। एकदम से ठंड बढ़ गई है। राहुल के हाथ स्टीयरिंग व्हील पर संयत हैं, रेडियो बज रहा है। जैसे कोई शहर पास आता है, रेडियो अपने आप स्पष्ट हो जाता है, जैसे-जैसे शहर छूटता जाता है, आवाज़ धुँधली और धीमी हो जाती है। राहुल दायें हाथ से डायल घुमाता है; सहसा सामने दूसरी गाड़ी की हैडलाइट्स चमक उठती हैं—यह क्या ? सामने से कैसे ? —विचार पूरा नहीं हो पाता, लोहे से लोहा टकराता है, और उसके बाद सब अँधेरा। विस्तार से शिवेश बाद में बताता है। दूसरी गाड़ी बीच का अंतराल पार करके सड़क के इस ओर चली आई थी। मालूम नहीं कैसे, शायद उसका ड्राइवर झपक गया होगा। राहुल की नयी टोयोटा और दूसरी वैन एकदम ख़त्म हो गई थीं—टोटल। वह ड्राइवर भी वहीं समाप्त हो गया। हेलिकॉप्टर एम्बुलैंस से राहुल को नज़दीक के अस्पताल में लाये—फिर वहाँ से शिवेश को ख़बर आई। राहुल के बैग में उसी का पता और नम्बर था। शिवेश का चेहरा और आवाज़ दूर जाती हुई खो जाती है। राहुल की आँखें झपक गई हैं।

सुबोध राय ने राहुल को नई गाड़ी की चाभी पकड़ा दी है। कंधे पर हाथ रखते हुए कहा, "बधाई दोस्त, एन्जॉय योर कार, यू मेड अ गुड चोयस, तुम्हारी पसन्द एकदम फर्स्ट क्लास है।"

सुबोध राय के चेहरे पर धूप तिरछी होकर पड़ रही है। उसके चेहरे पर आराम की ज़िन्दगी की छाप है। उसके बाल बढ़िया सैलून में कटे और स्टाइल किये गये हैं। उसका चश्मा, सूट और कोलोन महँगा है। सुबोध की सेकेंड हैंड गाड़ियों की एजेन्सी, न्यूयार्क महानगर के पास है। हर नया आनेवाला सुबोध राय का नाम

जानता है। उसे वहाँ पुरानी और चलाऊ गाड़ी अच्छी कीमत पर मिल जाती है। सुबोध अपनी तरफ़ से लोगों को ठगता नहीं, इसीलिए वह ईमानदार व्यवसायी के रूप में जाना जाता है। दूर-दूर से लोग उससे गाड़ियाँ लेने आते हैं। मर्सेडीज़, कैडिलक जो दो-तीन साल पुरानी होती है, उन्हें चमकाकर एकदम नई-सी बना कर बेचता है।

उसने राहुल को नई गाड़ी मँगाकर दी है, फैक्ट्री दाम पर सिर्फ़ पाँच प्रतिशत फ़ायदा लेकर, आखिरकार उसे एजेन्सी की इमारत का किराया देना है, सेल्समैन को रोज़ी-रोटी देनी है। राहुल के पास सिर्फ़ कैलीफोर्निया की ऊँची यूनिवर्सिटी का अपोइंटमेंटपत्र है। पैसा तो नौकरी शुरू करने पर आएगा। अभी उसमें दो महीने लगेंगे। उस पत्र को हाथ में सुबोध राय देर तक पकड़े रहा था। उसने कई बार पढ़ा था, फिर कुछ खेद और ईर्ष्याभरी लम्बी साँस के साथ उसने पत्र मेज पर रख दिया—उसके शानदार कमरे में दोनों काफ़ी पीते हुए सेल्समैन के आने का इन्तज़ार करते रहे। दोनों में से किसी ने कुछ नहीं कहा। बाहर क़तार की क़तार गाड़ियाँ खड़ी रहीं और हवा में झंडियाँ फरफराती रहीं। हर हिन्दुस्तानी पहले-पहल ख़रीद गाड़ी की करता है। बड़ी-सी गाड़ी, भले ही पुरानी हो, राहुल ने भी छात्रावस्था में ऐसी ही गाड़ियाँ चलाई हैं, खड़खड़िया, जर्जर, जंग लगी, कभी हीटर काम नहीं करता था, कभी दरवाज़ा ठीक से नहीं बन्द होता था। कड़क सर्दी में स्टार्ट ही नहीं होती थी, या फिर बीच रास्ते में टायर या बैटरी ही जवाब दे जाती थी, जब संगी-साथी धक्का लगाने को बुलाये जाते थे।

सुबोध ने एकाएक कहा, ''तुम विंडसर रुकोगे, शिवेश से मिलोगे न।''

''हाँ, पिट्सबर्ग में दो दिन रुकूँगा, उसके बाद फिर शिवेश के पास।''

''सुना है उसकी बीवी एकदम पटाख़ा है। बड़ी ही सुन्दर।''

''नहीं यार ! सीधी-सादी लड़की है। हाँ, देखने में ठीक-ठाक है।''

बौस्टन रहते हुए छात्रावस्था में राहुल को पूरी अवधि कोई न कोई स्कॉलरशिप मिलती रही। कभी-कभी तो सिर्फ उसी के पास नियमित रूप से पैसे आते थे। उसके फ्लैट में एक पुराना पर आरामदायक सोफा था; न जाने क्यों हमेशा कोई न कोई बेघर बे-पैसे वाला विद्यार्थी उस पर सोता रहता था। पहले-पहल पैसे ख़त्म हो जाने पर शिवेश आये थे। उन्होंने एक सुघड़ गृहिणी की तरह राहुल का घर सँभाल लिया था। रसोई, चादर तकियों, प्लेट प्यालों में तरतीब की थी। महीने के शुरू में वह पचास किलो चावल और दाल की बोरियाँ ले आते थे, रोज़ रात को उस फ्लैट में ताज़ा दाल-चावल बनता था। पतीले भी दो ही थे, वह भी बड़े-बड़े। शिवेश को कभी दो जनों लायक खाना बनाना नहीं आया, हमेशा ही पूरा पतीला भरकर पकता था, और हमेशा तीन-चार इच्छुक खाने के समय आ जाते। उनमें कुछ परदेस में अकेलापन दूर करने के लिए आते थे। कुछ यदि न आते तो भूखे रहते। जब

उनमें से एक को फूड साइंस विभाग में नौकरी मिली तो हर सप्ताहान्त अंडे तले जाते, मुर्गे कटते, शिवेश ने अपना बिस्तर भी सामने के कमरे में लगा लिया था। अक्सर रात को दो-तीन बजे तक कम्प्यूटर साइंस लैब से लौटकर राहुल पाता कि फर्श पर दो-तीन प्राणी अपने-अपने स्लीपिंग बैग में लिपटे सोये हुए हैं। सुबह किसका चेहरा चाय की मेज़ पर नज़र आएगा यह उसे नहीं मालूम होता। उसे यह भी मालूम नहीं था कि एक विद्यार्थी की छात्रवृत्ति में इतने लोग कैसे गुज़र कर लेते हैं। शायद सप्ताहान्त में सेल पर बिकती हुई गाजर, और अन्य सब्ज़ियों पर।

सुबोध राय उसके साथ इलाहाबाद में पढ़ा था। पढ़ने में तेज़ था, छात्रवृत्ति समाप्त हो जाने पर वह अमेरिका में अवैधानिक रूप से रह रहा था। राहुल का नाम और पता, पुराने विद्यार्थियों की सूची में पाकर विंडसर चला आया था, और महीनों वह सादी दाल और चावल खाकर उसी सोफे पर सोया था। पुरानी गाड़ियाँ खरीदकर थोड़े लाभ पर बेचने का धंधा भी उसने वहीं शुरू किया। राहुल की रुकी हुई गाड़ी में धक्का लगाने को वह हमेशा तत्पर रहता था क्योंकि गाड़ी उसी की बेची हुई होती थी।

आज वह लखपती है—पुरानी गाड़ियाँ बेचना तो उसकी आर्थिक मजबूरी थी, जब वह नामी यूनिवर्सिटी में पढ़ने का साधन जुटा लेगा तब तक के लिए, वह आगे पढ़ेगा, राहुल की तरह पी-एच.डी. करेगा, कहीं प्रोफ़ेसर बनेगा।

वह अपनी आबनूसी मेज़ पर उँगलियों से तबला बजा रहा है।

"सुबोध—सब कुछ ठीक जा रहा है न ?" राहुल पूछता है।

"एकदम !" वह फिर लम्बी साँस लेता है। रात को राहुल उसी के पास ठहरा था। छः कमरों वाला बड़ा-सा घर, गोरी अमरीकन पत्नी, तीन बच्चे—दो गोरे, एक साँवला, सुबोध की तरह। राहुल गाड़ी का शीशा ठीक करता है, सीट बेल्ट बाँधता है। नया कैसेट लगाता है और सुबोध को दायें हाथ से विदा कहता हुआ एजेन्सी के गेट से बाहर निकल आता है। वह एकबार पीछे मुड़कर देखता है पर सुबोध मुड़कर सेल्समैन से बातें करने लगा है।

नई गाड़ी की खुशबू सामने आई नाइंटी हाइवे आह्वान कर रही है। अमेरिका के एक छोर से दूसरे छोर तक राहुल इसी गाड़ी से पहुँचेगा। कितने पहाड़, कितने शहर, रेगिस्तान, नदियाँ व झीलें पार करके वह फिर सुबोध के बारे में सोचने लगता है।

उसकी लड़कियों के नाम इन्द्राणी जेन, सीमा केट और बेटा सिर्फ़ श्रीकृष्ण है। सुबोध ने कहा, "यह नाम सारा के ही रखे हुए हैं," सारा, सुबोध की पत्नी मुस्कराती है, उसकी माँ ट्रैवल एजेंट है, अक्सर भारत जाती रहती है। सारा पहले उसी ट्रैवल एजेन्सी में रिसेप्शनिस्ट थी। वहीं सुबोध का परिचय हुआ था, राहुल

की दृष्टि में सारा एक बहुत साधारण लड़की थी, वैसी जो कि दसवीं-बारहवीं पास करने के बाद साधारण-सी नौकरी करने लगती हैं। किसी ने कुछ प्रकट रूप से नहीं कहा, परन्तु सारा के पास अमेरिकन नागरिकता का प्रमाणपत्र था।

दोनों के न्यूयार्क चले जाने के साल-डेढ़ साल बाद एक प्रौढ़ सज्जन एक लड़की के साथ आये थे।

''हम सुबोध राय को ढूँढ़ रहे हैं।''

''आप कौन ?''

''मैं उसका बाप हूँ, और यह उसकी बीवी है।''

''सुबोध यहाँ नहीं रहता, आप अन्दर आइए न, थोड़ा आराम कीजिए। उसका पता मेरी कम्प्यूटर डायरी में है। मैं विभाग से लौटकर बताऊँगा।''

राहुल के लौटकर आने तक वे लोग जा चुके थे।

वह कई दिनों तक सोचता रहा कि सुबोध को फ़ोन करके बताये या नहीं।

उसने फ़ोन नहीं किया।

ऐसा भी कभी-कभी होता है। वह सोचता है, इस देश का आकर्षण ऐसा ही है। वह किसी मित्र के जीवन में या उसके विकल्प-निर्णय में क्यों दख़ल दे, तटस्थ और निरपेक्ष रहना राहुल का सहज स्वभाव है।

मंदिर छोटा-सा है, देवस्थान के आगे कुछ भी नहीं है। दो-तीन सीढ़ियों के पीछे परिक्रमा करने के लिए गलियारा है, और थोड़ा हटकर दो-तीन छोटी-छोटी कोठरियाँ। एक कोठरी में पुजारी जी पूजा व मंदिर का सामान रखते हैं। दो खाली रहती हैं, कभी-कभार, पर बहुत ही कम, कोई साधु-संन्यासी एक-दो दिन को रुक जाता है। ज़्यादा दिन रुकने को यहाँ है ही क्या; बियाबान, निर्जन पहाड़ियाँ, कँटीली झाड़ियाँ, न भक्तों की भीड़, न छकाछक प्रसाद। छोटा-सा सफ़ेद रंग का पुता हुआ शिवमंदिर, जिसकी पताकाएँ तेज़ पहाड़ी हवा में फड़फड़ाती रहती हैं।

वह बाहर गलियारे में बैठी है। एक चटक पीली साड़ी में, जैसी साड़ियाँ, भक्तगण बाजार में ख़रीदते हैं और गंगा को अर्पण करते हैं। पीली साड़ी पर लाल और जोगिया रंग के फूल छपे हैं जिनकी आभा उसके गहरे साँवले चेहरे पर जगमगा रही है। राहुल को देखकर वह थोड़ा-सा हँसती है। उसके उज्ज्वल, छोटे-छोटे दाँत चमकते हैं। उठकर खड़े होकर वह राहुल का हाथ पकड़ लेती है, ''आ गये तुम ?'' फिर एक साँस लेने तक के अवकाश के बाद, ''किसी ने देखा तो नहीं ?''

यह गर्मी की धूलभरी दुपहर है। ऊपर सिर पर सूरज तप रहा है। बाहर लू साँय-साँय कर रही है। दूर से उसने पुजारी जी को पगडंडी पर घर की तरफ़ जाते देखा है। फिर राहुल बिना किसी के बताये खुद चुपचाप घर से निकलता

है और पिछवाड़े से पगडंडी पकड़कर आया है।

"देखा तो।" उसने कहा।

उसके चेहरे पर भय और आशंका की छाया उतर आई।

"किसने ?" वह पूछती है।

"नबी की गाय-भैंसों ने। बंदर, लंगूरों ने—"

वह खिलखिलाकर हँस पड़ी; राहुल को अच्छा लगता है, जब वह इस तरह हँसती है। वह उसे मुग्धभाव से देखने लगता है। वह बरसों पहले की, भुच्च बाल और मैली फ्राक वाली लड़की जैसे बदसूरत कैटरपिलर से रंगभरी तितली की तरह निकल आई है। वह किवाड़ों पर बायें हाथ से धक्का देती है। कोठरी अन्दर ठंडी है। उसमें कोई खिड़की नहीं है। किवाड़ खुलने से प्रकाश अन्दर आता है। कोठरी के बीच में एक खटिया पड़ी हुई है। कोने में घड़ौंची जिस पर ताज़े पानी से भरा घड़ा, शायद वही भरकर लाई होगी, आसपास थोड़ा पानी गिरा हुआ है।

वह दोनों कोठरी में एक-दूसरे को देखते थोड़ी देर खड़े रहते हैं। राहुल निश्चल है, जैसे अब क्या होगा, की प्रतीक्षा में—और वह उसे आँखभर देख रही है, शायद राहुल अब क्या करेगा, की प्रतीक्षा में—एकदम राहुल को लगा कि जो भी अब घटित होगा, उसकी पहल उसी को करनी है।

इसलिए सबसे पहले उसने किवाड़ बन्द कर दिये—फिर पुरानी, जंग लगी साँकल भी लगा दी। जब वह मुड़ा तो पाया कि वह अर्धअनावृत है। उसने साड़ी का पल्ला नीचे ज़मीन पर गिरा दिया है। वह अपनी ब्लाउज़ उतार रही है, उसने हाथ बढ़ाकर राहुल को अपनी ओर खींच लिया, या राहुल ही उसकी ओर बढ़ गया; इसका अन्तर उस पागल, छटपटाते, आवेग भरे क्षण में डूब गया। खटिया चरमराई पर उन दोनों के भार से टूटी नहीं। राहुल उसके शरीर को हलके-हलके सहला रहा है, जैसे पहली पहचान बना रहा है। उसकी हथेलियाँ तप रही हैं; और वह उसकी बाँहों में बँधी चुप है। उसकी उद्विग्न, तप्त साँसें राहुल के चेहरे को बींध रही हैं—वह धीरे-धीरे उसे चूमता है, पहले माथा, फिर वह भौंहें, मोटी-मोटी पलक ढली आँखें; फिर होठ, और फिर उसके अपने होठ उसके वक्ष को पा जाते हैं। पहले वह चूमता है, हलके-हलके अपनी ज़ुबान की नोक से उन्हें चाटता है। तब उसकी बाँहें राहुल के इर्दगिर्द और कस जाती हैं। वह थरथरा रही है, उसके शरीर में से बरसात की भीगी माटी, महुए के फूलों और हलके पसीने की मिलीजुली मतवाली गंध उठ रही है।

"राहुल !" वह कहती है।

"हूँ।"

"तुम्हें मालूम नहीं कि क्या करना होता है ?" वह थमकर चेहरा उठाकर उसे देखता है। फिर अपने होठों से उसके होठ कुचलते हुए कहता है, "मालूम

क्यों नहीं ?''

''तो फिर–''

''फिर क्या ?''

''देर क्यों कर रहे हो ? तुमने कितना तरसाया है, हाय, गाल मत काटो, हई ऽऽ मर गई मैं–''

''झूठी, झूठी कहीं की–''

राहुल उसके कंधों पर हाथ रखकर उसे आधा बैठा लेता है; पर वह फिर खटिया पर गिर जाती है–वह उसे फिर खींच लेता है, दोनों आपस में गुँथे हुए बच्चों के झूले पर बैठे आगे-पीछे झूलते हैं। राहुल के मुँह से जो अकस्मात चीख़ निकलती है, वह आधे में ही रुक जाती है। उसने राहुल के होठों पर हाथ रख दिया है। राहुल अपने बालों की जड़ों तक में पसीने की बूँदें महसूस कर रहा है। उसकी कनपटियों से पसीने की धारें बह रही हैं। वह धीरे-धीरे अपनी आँखें खोलती है। वह मुस्करा रही है, राहुल के गाल को ठुनका देती हुई कहती है–

''जालिम !''

''झूठी !''

''तुम सब मर्द यही कहते हो, क्या औरत को दर्द नहीं होता ?''

सब मर्द ? राहुल ने सुना है, पर गुना नहीं है; क्योंकि इस क्षण सिर्फ वह है। नहीं, अबसे नहीं, हमेशा से उसे यह लड़की अच्छी लगती रही है। इस समय वह उस पर सारी दुनिया लुटा देगा।

वह स्वयं सकुचकर चुप हो गई है। फिर वह अपने कपड़े बटोरने का प्रयत्न करती है। वह उठकर खड़ी हो जाती है। राहुल उसे पूरी नज़र से देखता है। उसकी चिकनी रेशमी त्वचा को, उसकी कमर, उसकी लम्बी चोटी, उसकी सुगढ़ जाँघें–उसकी दृष्टि वहीं रुक गई है।

''साँप की बाँबी,'' उसकी आँखें राहुल की दृष्टि का पीछा कर रही हैं–वह अपने को साड़ी से ढाँप लेती है।

''तुम्हें एक बार नागिन ने डँसा तो फिर जिन्दगी भर उसे भूलोगे नहीं–''

''डँस तो लिया तूने–''

''फिर याद करोगे, जहाँ भी जाओगे वहीं...''

''जहाँ भी जाऊँगा, तुझे साथ ले जाऊँगा।''

इस बार उसने यह नहीं कहा कि सभी मरद यही कहते हैं। वह एकदम अनमनी हो आई। साड़ी को खोंसकर वह पास बैठ ज़ाती है। राहुल उसकी हथेलियाँ अपने हाथों में बाँध लेता है। दोनों चुप हैं, अन्दर बाहर एकदम अँधेरा है।

''अब से तू मेरे साथ रहेगी।''

वह खिसियाई-सी हँसी से कहती है, ''अभी तो दसवीं का इम्तिहान दिया

है। मुझे साथ रखोगे ?''

''हाँ, यहाँ'' राहुल ने उसका हाथ अपने सीने पर रख लिया है। फिर वह उसका पल्ला खींचता हुआ कहता है—''अभी फिर से कपड़ा क्यों पहन लिया।''

''जाना नहीं है क्या ?''

''अभी रुक न ?''

वह रुक जाती है।

नबी की गैया-भैंसें उठकर छाँह में चली गई हैं, बन्दर लंगूर नहीं हैं, सुनसान पगडंडी से घर की तरफ जाते हुए राहुल के पैर में जैसे कंकड़ चुभ जाता है—''सभी मरद ?''

पर उसे परवाह नहीं है। वह अभी से कल की दुपहर का इंतज़ार करने लगा है।

चाची शरबत बना रही है।

''कहाँ चले गये थे ? इतनी लू चल रही है।''

''कहीं नहीं, बेल तोड़ने चला गया था।''

''लाये ?''

राहुल खाली हाथ है, ''नहीं; उधर बहुत लंगूर थे।''

''लंगूरों से डर गया'' बड़े दा कमरे से निकलते हैं, ''देखो चाची, तुम्हारा लाड़ला लंगूरों से डर गया।''

चाची भी हँसती है।

राहुल कहना चाहता है, मुझे एक नागिन ने डँस लिया है। देखो मेरे शरीर पर दंश के चिह्न—उसका ज़हर मेरे शरीर में प्रवेश कर रहा है—मैं कहीं पागल न हो जाऊँ—''हुँह !'' वह बड़े दा की ओर आवेश से देखता हुआ अपने कमरे में चला गया है।

अगली बार खाट पर एक दरी बिछी हुई है। एक दरारवाला शीशा दीवार पर टँगा हुआ है। जब राहुल दरवाज़ा खोलकर अन्दर घुसता है तो वह उसकी तरफ़ पीठ किए ईंट से दीवार में कील ठोंक रही है।

राहुल उसे पीछे से ही बाँहों में भींच लेता है—वह हाथों से ईंट नीचे गिरा देती है। मुड़कर राहुल के समक्ष आती है, उसके अधखुले होठ राहुल के होठो पर टिक जाते हैं, राहुल के हाथ उसकी कमर को कसकर पकड़ लेते हैं। नहीं, ताज़ी खिली चमेली की तरह सुकुमार और अनछुई है—राहुल की तरफ़ देखते हुए उसकी आँखों में जो तरल चमक झरती है, वह सिर्फ़ उसी के निमित्त है।

आज वह फिर पीले रंग की साड़ी पहने है, रेशमी, उसके अंगों की तरह चिकनी और कोमल; उसके बाल गीले हैं, और जब वह झुककर राहुल का माथा चूमती है, तो वह उसके सीने पर ढल आते हैं, चन्दन और खस की महक से भरपूर, लम्बे-लम्बे काले, घुँघराले बाल–

उसे चटक रंग पसंद है। राहुल को भी वह रंग अच्छे लगने लगे हैं, गहरा गुलाबी, मोरपंखी नीला, तोतापंखी हरा–वह जो भी पहन लेती है, उसी में अच्छी लगती है। कपड़ा उतरने पर उसकी देह एक मंदिर भीति की प्रतिमा की तरह तराशी हुई दीखती है। उस खरहरे खटोले पर वह लबालब, छलकने वाले पात्र की तरह राहुल की प्रतीक्षा में पड़ी रहती है। राहुल उसकी छवि को, आँखों से उसके शरीर की सोंधी गंध को, उसकी उत्तप्त साँसों के स्वर को, उसके वक्ष पर अपने गालों के स्पर्श को पूरा-पूरा हर प्रकार से पीता है, अनुभव करता है।

"तू इत्ती खूबसूरत क्यों लगती है," राहुल के मन में से कैसे यह बातें निकलती हैं ? उसे अचरज होता है।

"कहाँ ? इत्ती काली, कलूटी," पर उसे अच्छा लगा है यह उसके चेहरे से ज़ाहिर है।

"काली कलूटी नहीं, खूबसूरत, जब मैं तुझे प्यार करता हूँ तो तेरा चेहरा जगर-मगर करता है।"

"तुम्हारे कारण," एक छोटी-सी आह उसके होठों से निकलती है। "तुम तो जनम के खूबसूरत हो, इत्ते लम्बे, इत्ते सुन्दर। मैं तो ठीकरी हूँ ठीकरी, तुम्हारे सामने, तुम तो हीरामणि हो।"

"तू ऐसी बातें क्यों करती है ? क्यों अपने को इतना गिरा समझती है ?" राहुल उसके चेहरे पर गिर आए बालों को हटाकर कहता है, "तू ठीकरी नहीं है, तू तो मेरी मणि है।"

"जिसे सब ठोकरें मारते रहते हैं, ऐसी मणि।" बाहर दोपहर ढल गई है, राहुल जानता है कि जाने का समय पास आता जा रहा है। वह उसकी बाँह पर सिर रखकर सिमटकर उसके पास लेटी है। आवेग समाप्त होने के बाद दोनों ऐसे ही समीप, अनावृत लेटे रहते हैं–एक-दूसरे की महक और स्पर्श से अनथक।

"तुम तो कितने तेज़ हो पढ़ने में। आगे बहुत कुछ बनोगे, मैं जट्ट गँवार–कहाँ तुम, कहाँ मैं..." वह जैसे अपने आप से कह रही है।

"मगर मेरे लिए तो तू ही है, सब कुछ।"

"क्या तुम सिनेमा जाने लगे हो ?"

"नहीं !" अचकचाकर राहुल पूछता है, "क्यों ?"

"एकदम फ़िल्मी हीरो की तरह बात करते हो।"

"तब तो फ़िल्म देखने जाना पड़ेगा," वह उसके होठों पर उँगली रखकर वर्जना

के स्वर में कहता है, "यह ठीकरी-वीकरी काली कलूटी, यह बात सोचना छोड़ दे। मैं बनूँगा इंजीनियर—नहर के पास वाले उस लाल बँगले में रहेंगे हम दोनों।"

"कब ?"

"जितना भी समय लगे।"

मंदिर में साँकल खुलने की आवाज़ आती है। "अरे, आज पुजारी जी जल्दी कैसे आ गये।" दोनों हड़बड़ाकर अपने-अपने कपड़े उठाने लगते हैं। पर साँकल बन्द होती है। खड़ाऊँ सीढ़ी पर उतरते हैं। और धीरे-धीरे दूर होते जाते हैं। राहुल की रुकी हुई साँस बाहर आती है। वह घड़े के पानी से अपने चेहरे पर छींटें दे रही है। "बाप रे" वह आँचल से मुँह पोंछती हुई कहती है, "इत्ती गर्मी लग रही है, बाहर भी गर्मी अन्दर भी...."

"तू तो इंजन के अन्दर की भट्ठी की तरह दहकती है।"

"जैसे तुम भी, अपने आप...."

रात को बिस्तर पर अकेला पड़ा राहुल स्टेशन पर से आती-जाती रेल की सीटी सुनता है। वह कल्पना करता है साबरमती एक्सप्रेस के इंजन के अन्दर की दहकती हुई भट्ठी की। अपनी माँ के पान के खोखे के पास कहीं खुले आसमान के नीचे धुली चमचमाती चाँदनी में, अपनी कथरी में लिपटी। राहुल को चाँद-तारों से जलन होती है। जब उसकी पलकें आँखों पर झुक आती हैं, तो वह कितनी सुन्दर लगती है। कितना लाड़ करती है वह, न जाने कहाँ से दरी ले आई है कि राहुल को खरहरी खटिया पर न लेटना पड़े।

मणि—वह रात के सन्नाटे में कहता है—मणि—मेरी हीरामणि !

"अब मैं तुम्हें रत्ना ही कहा करूँगा, वह अधिकार से उससे कहता है, तुम भी सबको अपना नाम रत्ना बताया करो।"

"रत्ना" वह कहती है, ठीक है कोई मुझे कल्लो कहेगा तो मैं कहूँगी शटअप ! मैं तो रत्ना हूँ।"

"बिलकुल सही।"

राहुल के हाथ अपनी हथेलियों में बाँधकर वह चुपचाप उसे टुकुर-टुकुर देख रही है। वह कुछ कहना चाहती है, पर बार-बार रुक जाती है।

"क्या कहना है, बोल न ?"

वह दोनों धरती पर बैठे हैं, पासपास दीवार से टेक लगाए हुए।

"कैसे कहूँ ?"

"कह तो सही।"

"मेरे लिए लोग बातें करते हैं न ?" थोड़ी देर के बाद उसने थमथमकर

कहा।

"कैसी बातें ? मुझसे किसी ने कुछ नहीं कहा—"

"कि मैं अच्छी औरत नहीं हूँ।"

"फिर वही बात, काली हूँ, अनपढ़ हूँ, अच्छी नहीं हूँ..." राहुल झुककर उसका गाल चूम लेता है। "मेरे लिए तो तू बहुत अच्छी है। सबसे अच्छी, सारी दुनिया से अच्छी..."

"कैसे ?"

"मुझे इतना प्यार कभी किसी ने ज़िन्दगी भर नहीं किया, जितना तू करती है।"

"सच कह रहे हो, तुम जानते हो न कि यह सच है।"

"जानता हूँ, तू भी जानती है ?"

"क्या ?"

"वही जो अभी मैंने कहा, उसका आगे का भाग—"

"आगे का भाग क्या ?"

"तू हर बात उलटकर सवाल क्यों बना देती है ?"

राहुल बनावटी गुस्से से कहता है—फिर वह उसे अपनी ओर खींच लेता है, उसका चेहरा अब राहुल की छाती से सटा हुआ है और उसकी काली-काली पुतलियाँ उसके चेहरे पर स्थिर हैं।

"यही कि मैं भी तुझे इतना प्यार करता हूँ कि ज़िन्दगी में किसी और को नहीं कर पाऊँगा।"

"कोशिश भी न करना, ज़हर खा लूँगी मैं।"

"नागिन पर ज़हर का असर होता है ?" राहुल हलके से हँसकर पूछता है।

वह अलग हो जाती है—"किसी दिन सब कुछ बता दूँगी तुम्हें आज नहीं।"

"फिर आज क्या ?"

"वही सब कुछ—" वह हँसती है और राहुल की कमीज़ के बटन खोलने लगती है।

वह आँधी की तरह दौड़ती हुई घर में घुस आई है, "नतीजा आ गया, नतीजा आ गया।" अन्दर सुबह की चाय हो रही है। चाची भगौने से प्यालों में चाय उँड़ेल रही हैं।

"ए कल्लो, क्यों चीख रही है ?"

"नतीजा आ गया, तुम पहले दर्जे में पास हो गये—" वह राहुल की तरफ़ बढ़ती है, ठिठक जाती है, बाऊजी, बड़दा और चाची की आँखें उस पर एकाग्र

हैं, सिमट कर वह अपने को संयत करती है, "स्टेशन मास्टर साहब ने संदेसा भेजा है। लखनऊ के अख़बार में नतीजा निकल गया। राहुलऽऽ बबुआ पहले दर्जे से पास हो गये हैं—" और वैसे ही उलटे पैरों लौट जाती है। राहुल उठकर उसके पीछे-पीछे जाता है।

"ए रत्ना, कहाँ चली, सुन न —"

बाऊजी और चाची एक-दूसरे को देखते हैं—

"ये रत्ना कबसे हो गई ?" चाची हल्के से पूछती हैं, जैसे अपने-आप से पूछ रही हों। राहुल लौट आया है। पहले बाऊजी के पैर छूता है फिर चाची के।

"खुश रहो—" बाऊजी उठते हुए कहते हैं, "ज़रा तुम दोनों साथ चलो। स्टेशन मास्टर साहब से दरियाफ्त कर लें।"

राहुल ने उसका खुशी से दमदमाता चेहरा देखा है, उसे विश्वास है, वह झूठ नहीं बोलेगी। हाईस्कूल का रिज़ल्ट आ गया है, वह फ़र्स्ट आया है। स्टेशन मास्टर साहब के बेटे नीरज ने भी इम्तिहान दिया है। राहुल का रोल नम्बर उन्हें सहेज दिया गया है कि जब अपने अख़बार में काम करने वाले संबंधी से बात करें तो राहुल का रिज़ल्ट भी पूछ लें।

उस दिन की गहमागहमी में राहुल एक क्षण भी अकेला नहीं हो पाया था। मन्दिर जाना तो दूर रहा, वह भी सुबह के बाद लौटकर नहीं आई। राहुल ने सारे दिन चुपके-चुपके उसी का इन्तज़ार किया, उसके लिए लड्डू बचाकर रखा है। जब बाऊजी के कॉलेज के लोग मिठाई, नमकीन खाते हुए चाय पीते हैं तो राहुल को मालूम है कि वह कोठरी में दीवार के सहारे टिकी बैठी होगी और उसके आने की प्रतीक्षा कर रही होगी।

स्टेशन मास्टर साहब का नीरू दूसरी बार घिसटकर पास हो गया है। पर राहुल फर्स्ट आया है। देहरादून के उस नामी स्कूल के सब लड़कों में ही नहीं, सारे प्रान्त में। उसने टॉप किया है। अख़बार में उसकी तस्वीर निकली है। चित्रगुप्त सभा ने उसे प्रशस्ति-पत्र और इक्यावन रुपये दिये हैं—अब वह कॉलेज जाएगा। साइंस पढ़ेगा, चाची का मन है कि वह आई.ए.एस. बने। बड़ दा तो रुड़की में इंजीनियरिंग पढ़ ही रहे हैं। यह दिन कितने मूल्यवान हैं, छुट्टियाँ सरक रही हैं और जुलाई में उसे फिर देहरादून जाना होगा। उसे लोग घेरे ही रहते हैं—जब कभी वह उधर जाता भी है तो कोठरी बन्द पाता है। उसपर पीतल का ताला जड़ा हुआ है।

लौटते वक्त वह देखता है कि वह आम के पेड़ के नीचे बैठी है, चुपचाप, किसी गहरे विचार में डूबी हुई। राहुल ने कंकड़ उठाकर उसकी तरफ़ फेंका, वह चिहुँककर मुड़ती है—फिर उसका पूरा चेहरा हँसी से दिप उठता है। बिना कहे वह उठती है, और बिना कहे दोनों मन्दिर की ओर चल पड़ते हैं। शरीर एक-दूसरे को पहचान रहे हैं और अन्तराल के कारण एक मीठा-सा अनजानापन भी उसमें

गुँथा हुआ है। राहुल को पहली बार महसूस हुआ है कि इतने दिन अलग होकर जैसे शरीर का हर रंध्र उसके लिए कलपता रहा है, पर वह चुप है—उसकी आँखें राहुल के चेहरे को पी रही हैं। वह अभी-अभी बादल की तरह उसपर बरस चुकी है—राहुल की हथेली को वह दाँत से हलके-हलके काट रही है।

"तुम फर्स्ट आये हो ?"

"तूने ही तो आकर अनाउन्स किया था।"

"पूरे देश में फर्स्ट आये हो !"

"पूरे देश में नहीं—मूरख ! सिर्फ प्रान्त में—"

"वह भी बड़ी चीज़ है। आगे ?"

"पढ़ना पड़ेगा।"

"अगर नहीं पढ़ोगे तो ?"

"तो क्या ?" राहुल कौतुक से कहता है, "मेरे पास इक्यावन रुपये हैं। सोचता हूँ तुझे भगा ले जाऊँ। कहीं दूर जाकर हम रहें—"

"भगाने की क्या ज़रूरत। मैं खुद ही भागने को तैयार हूँ। कहाँ ले चलोगे ? बम्बई ?" उसने भी अपने को राहुल के मूड में ढाल लिया था।

"धत्, बम्बई कौन बड़ी चीज़ है ? उससे भी दूर—समुद्र के किनारे। कोचीन, वहाँ नारियल के पत्ते छाकर एक झोंपड़ी बनायेंगे। हम दोनों मिलकर बाज़ार में केले और नारियल बेचेंगे—समुद्र में नहायेंगे। और तारों की छाँह में एक-दूसरे को प्यार करेंगे—"

"और फिर उस नहर के इंजीनियर वाले लाल बँगले का क्या होगा ?"

"उसे गोली मारो—"

"कोचीन ?" वह कहती है।

"हाँ !"

"पक्की बात ?"

"एकदम।"

वह एकदम मचलकर कहती है, "नहीं, मैं झोंपड़ी में नहीं रहूँगी, मैं केले नहीं बेचूँगी, मुझे तो बड़ा-सा पक्का घर चाहिए। संगमरमर का नहानघर, नौकर-चाकर, मोहक गाड़ी," "अच्छा-अच्छा" राहुल की हथेलियों के नीचे उसके कुचाग्र फिर जाग उठे हैं—उसकी साँसों में एकबार फिर गरमाहट आ गई है, वह अपने खुरदुरे तलवों से राहुल के तलवे रगड़ने लगती है। पास की कोठरी में खटपट होती है, दोनों एक-दूसरे में डूब जाते हैं, शब्दहीन मौन। चुपके-चुपके प्यार करते हैं, आँखों-आँखों में मुस्कराते हैं, और अब कुछ कहने की ज़रूरत भी नहीं बची है। बाद में उठकर वह पूरा का पूरा घड़ा अपने ऊपर उँड़ेल लेती है।

राहुल की दृष्टि उसपर से हटती नहीं, वह भीगे ही शरीर पर साड़ी बाँध लेती

है। दरवाज़ा हलका-सा खोलती है, बाहर देखती हुई फुसफुसाकर कहती है, "जाओऽ कोई नहीं है।"

राहुल हाथों में चप्पल पकड़े हुए दबे पाँव निकलता है और झाड़ियों के बीच खो जाता है।

उसकी माँ के पान के खोखे में आग लग गई, सब कुछ देखते ही देखते जल गया। राहुल को पता चला, वह उधर गया तो वहाँ कुछ नहीं था। वह चुपचाप नीचे बैठी हुई थी। पास में माँ बैठी विलाप कर रही थी। लोग खड़े थे–कुछ-कुछ बोल रहे थे।

वह देर तक राहुल को देखती रही। उसकी आँखें भर आईं और आँसुओं की धारा उसके गालों पर बहने लगी। फिर वह उठी और लोगों से अलग हटकर खड़े हुए राहुल के पास आकर खड़ी हो गई।

"माई गाँव जाने को कह रही है। वहाँ नातेदारी में ब्याह भी है और खेत भी बेचना चाहती है।"

"कब तक लौटोगी ?"

"क्या मालूम ?" वह उदास स्वर में कहती है, "सुनो।"

वह हिचक गई है। आसपास लोग हैं, "मुझे लगता है कि–" उसने बात बीच में फिर आधी छोड़ दी है।

"क्या ?" राहुल ने कहा, "तुम्हारे बिना..." वह वाक्य बीच में छोड़ देता है। यह फ़िल्मी डायलॉग का अवसर नहीं है।

"तुम्हें पैसे चाहिए ?" वह एकदम बड़ा और ज़िम्मेदार हो गया है।

"अभी नहीं, लौटकर आऊँगी तो पाजेब लिवा देना।"

"अभी लिवा दूँ।"

वह खिसियाई सी हँसी हँसती है, "अभी नहीं बाद में अब जाओ, लोग देख रहे हैं।" वह धीरे-धीरे चलकर भीड़ में लोप हो गई है। राहुल देर तक चुपचाप खड़ा रहता है। स्टेशन पर गाड़ियाँ आती हैं और चली जाती हैं, अँधेरे में इंजन की भट्‌ठी दहकती हुई क्षणभर को दीखती है। दूर सिगनल पर बत्तियाँ चमकती रहती हैं।

राहुल साइकिल पर आते-जाते जले हुए खाली पड़े खोखे को देखता रहता है। उसे सतत प्रतीक्षा है। वह उतावला है उसके कॉलेज जाने के दिन पास आते जा रहे हैं। वह जेब में इक्यावन रुपये डालकर घूमता रहता है। न जाने कब वह आ जाये और पाजेब लिवाने की माँग कर बैठे।

कॉलेज जाने का दिन एकदम सिर पर आ खड़ा हुआ है।

बाज़ार में उसे पानवाली दिखाई देती है। अकेली। वह कुछ खरीदारी कर रही है। राहुल के पूरे शरीर में हर्ष की लहरें उठने लगी हैं। वह पास जाकर पूछता है, ''कब लौटीं पानवाली ?''

पानवाली राहुल को चुपचाप देखती है, बिना कुछ कहे।

''बिट्टो कहाँ है तुम्हारी ?'' वह बेशरम होकर पूछ ही लेता है।

''बिट्टो अब कहाँ ?'' पानवाली वहीं बीच बाज़ार में धाड़ मारकर रोने लगती है, ''अरे मेरी पली-पलाई बिट्टो को भगवान ने उठा लिया।'' आसपास अपनी-अपनी तरकारियों के ढेर के आगे बैठे काछी उसे देखने लगते हैं।

''अब रोकर का करेगी कल्लो की माई।'' बूढ़ी काछिन जो चाची को भी सड़ीगली तरकारी मढ़ती रहती थी। कहती है, ''भगवान की यही मरजी रही।''

''क्या हुआ ? कहाँ है वह ?'' राहुल उसे झकझोरना चाहता है।

''जाती रही। नाग ने डस लिया। ओझा भी कुछ न कर सका—'' फिर रोना शुरू कर दिया।

''जाओ बबुआ,'' बूढ़ी काछिन कहती है, ''घर जाओ, संझा हो रही है। चाची फिक्र कर रही होंगी।''

बाऊजी के कॉलेज का पुराना चपरासी बंसी कहीं से राहुल के साथ हो लिया है।

''बबुआ ! आप ? मैं भी मास्टर साहब के पास सलाम करने आ ही रहा था। मेरा भीषम भी पास हो गया। आगे के लिए अर्ज़ी देनी है।''

राहुल चुप रहता है। पानवाली का क्रन्दन और विलाप अब सुनाई नहीं देता। ''एकदम मक्कार है ये औरत, ये पानवाली'' बंसी कहता है, ''इसकी बेटी को गरभ रह गया था गाँव ले गई थी गिराने के लिए। उसी में वह ख़त्म हो गई। उसी गाँव में मेरे भी नातेदार हैं।''

राहुल बीचोंबीच राह पर खड़ा रह गया था।

''क्या कह रहे हो तुम ?''

''सच बबुआ, कसम से, माँ तो धंधा ही करती थी, बेटी को तो बरसों से इसने हरिहर पंडा को बेच दिया था—जब पंडाजी नहीं रहे तो उनके घरवालों ने झाड़ू मारकर कल्लो को घर से निकाल दिया। जाने दीजिए, आपको इस सबसे क्या—यह तो घटिया, बाजारू औरतों के साथ होता ही रहता है।'' राहुल का हाथ उठा और उसने ज़ोर का झापड़ बंसी को मारा। बंसी की आँखें निकल आईं। वह लड़खड़ा गया।

''ख़बरदार जो कभी—'' आगे के शब्द अंदर, तीखा क्रोध पी गया। घिरते

अँधेरे में राहुल लम्बे-लम्बे क़दम रखता हुआ दृष्टिहीन व्यक्ति की तरह एक ओर चल पड़ता है।

हर घर की एक लय और गति होती है, दिल्ली में सुबह होती थी दूधवाले की घंटी से, जंग दरवाज़ा खोलकर दूध का पैकेट पकड़ता है, लोहे का जंगला बन्द होता है फिर थोड़ी देर के लिए सन्नाटा। फिर छत पर अख़बार गिरने की आवाज़, "साहब, चाय !" जंग उसके सिरहाने की मेज़ पर ट्रे रख देता है। अब यहाँ, श्रीमती लिडिया पोर्टर का अमरीकन घर शान्त नहीं है। सड़क पर चाहे जितना सन्नाटा हो, दीवार पर चढ़ी और शीत में सूख गई बेल की टहनियाँ हवा के हर झोंके से खिड़की के शीशे पर सिर पटकती हैं। कभी कोई रात का पक्षी चीख उठता है। नीचे भट्ठी चलती है, खट, खटाक्, खट्; कमरा गरम हवा से भर जाता है और वह पुरानी लोहे की मशीन एक झटके के साथ बन्द हो जाती है। सारी रात यही क्रम चलता रहता है। खट्, खटाक्, खट् और सन्नाटा।

वाना के बच्चे रात को नहीं रोते। सुबह छः बजे के आसपास भूखा आकाश ज़ोर से चीख़ मारता है। तब वाना झटपट उठती है, जल्दी रसोई की तरफ़ जाते हुए उसके स्लीपर फर्श पर धीमी-धीमी फटफट करते हैं। फिर रेफ्रिजरेटर खुलने और बन्द होने की आवाज़, वाना ने दूध की बोतल निकाली है। फिर सिंक में पानी झरता है। उसके नीचे गरम पानी में जब तक दूध गुनगुना हो तब तक वह केतली में चाय का पानी चढ़ा देती है। अपने कमरे में लौटती है, आकाश को बोतल देती है। विकास का रातभर का भीगा हुआ कपड़ा बदलती है। तब तक रसोई में पानी उबल जाता है। केतली सीटी दे उससे पहले ही वह स्टोव बन्द कर देती है। थोड़ी देर में उसके दरवाज़े पर हलकी सी थपकी देकर वह अन्दर आ जाती है। तिपाई सरकाकर वह ट्रे रख देती है। "आपकी चाय !" राहुल ऊपर सरककर पलंग के सिरहाने की टेक लगाकर बैठ जाता है। भभकती हुई गर्म चाय से रोज़ उसका तालू जलता है। पर वह रोज़ इतनी ही गरम चाय पीता है। वाना खिड़की पर से पर्दा खिसकाती है। काँच पर अक्सर बर्फ़ के कण जमे रहते हैं।

"कल सारी रात बर्फ़ गिरी है शायद–" या

"आज शायद सूरज निकले–" या

"कैसी तबीयत है ? दर्द कैसा है ?" तब उसकी सदय आँखें राहुल पर टिक जाती हैं। राहुल अपने सूखे होठों पर ज़ुबान फिराता हुआ कहता है, "सहनीय है।" उसकी दाढ़ी हमेशा से तेज़ी से बढ़ती है। शाम तक अगर ध्यान से देखो तो गालों व ठोढ़ी पर हलकी सी काली छाया दिखाई देगी। अपने सूखे बालों में उँगलियाँ फेरते हुए वह दुबारा कहता है।

"सहनीय है।"

"रात ठीक से सोये ? दवा ली ?" वह ट्रे उठाकर चलते-चलते ठिठक जाती है।

दरवाज़े पर ठक्-ठक् होती है। घंटी जाने कब से बिगड़ी हुई है।

"शायद मार्क आ गया।"

मार्क युवा अमेरिकन है जो रोज़ राहुल की मदद के लिए आता है। होम, हैल्प की तरह। राहुल की पीठ में गहरी चोट है, घुटना भी टूटा है, हाथों में प्लास्टर बँधा है। उसे उठने, नहाने और दैनिक काम करने में सहायता की ज़रूरत होती है। जब तक राहुल उसके साथ स्नानघर में रहता है, वह उसका बिस्तर ठीक करता है, चीज़ें सँवारता है। जब तक वह जाता है तब तक राहुल एकदम थका पलंग पर गिर जाता है।

उसके मन में क्रोध या आक्रोश नहीं है। यह तो जीवन का क्रम है। कुछ पाता है तो कुछ खोना ही पड़ता है। जैसे हर सुख, हर ख़ुशी बिना मूल्य के नहीं मिलती। कैलीफ़ोर्निया की यह नौकरी, नई गाड़ी का चाव, जीवन के नये मोड़ की उत्कंठा। नब्बे नम्बर की उस सड़क पर यह दुर्घटना न हुई होती तो वह अब कैलीफ़ोर्निया में होता। उसने विश्वविद्यालय में पढ़ाना आरम्भ कर दिया होता। नई नौकरी, सम्मान, ढेर-सा पैसा—

उसकी जगह वह कुचला, टूटा शरीर लिये शिवेश के घर पड़ा हुआ है। उसकी और वाना की कृपा पर—एकदम मोहताज। तीन साल भारत में रहकर वह सब जमा-पूँजी ख़र्च कर चुका था। यहाँ के अकाउंट में दो-चार सौ डालर पड़े होंगे। अस्पताल और बाकी खर्च तो उसकी ट्रैवल इंश्योरेंस दे रही थी जो उसने न्यूयॉर्क पहुँचते ही ले ली थी। जैसे भविष्य की सुरक्षा के लिए ही यह सद्‌बुद्धि जाग्रत हो गई थी।

गाड़ी तो एकदम चकनाचूर हो गई थी, नौकरी से छः महीने की अग्रिम छुट्‌टी मिल गई थी। रीढ़ की हड्‌डी को ठीक होने में समय लगेगा। उसे शिवेश के घर में विशेष असुविधा नहीं थी। शिवेश अभी भी जूनियर साइंटिस्ट बना हुआ था। कामचलाऊ आय थी। घर खूब बड़ा था, राहुल का परिचित। वह लिडिया पोर्टर के ऊपरवाले कमरे में दो साल तक किरायेदार रहा था। नीचे दो बड़े-बड़े कमरे थे। संलग्न गुसलखानों के साथ। शिवेश और वाना दोनों बच्चों के सहित श्रीमती पोर्टर के कमरे में थे। और राहुल के पास है क्रिस्तीन पोर्टर का कमरा जब वह बच्ची रही होंगी तब की सज्जा के साथ लम्बा, पतला, इकहरा पलंग, जिसके सिरहाने अभी बन्दर और भालू चित्रित थे। गुसलखाने में गुलाबी रंग का टब था और गुलाबी ही टाइलें—सिर्फ खिड़कियों के पर्दे नये थे, और उसी कपड़े का पलंगपोश। शिवेश अपनी लैब जाने के पहले बंगलादेशी दाई, जिसने आकाश और विकास दोनों का

जन्म कराया था, जमीला बुआ को उसके घर से लाकर छोड़ जाता था। वह विकास को नहलाती-धुलाती थी। और बच्चों को सँभालती थी जिससे वाना को दूसरे कामों के लिए समय मिल जाता था। जमीला बुआ ने राहुल के दरवाज़े के सामने अपना आसन जमाया था। और वहीं बैठी-बैठी सुपारी कतरती रहती थी।

राहुल को यह समझने में एक क्षण भी नहीं लगा था कि जमीला बुआ की उपस्थिति का मुख्य उद्देश्य राहुल और वाना पर आँख रखने का है। उसे हँसी आई थी। अगर उसका इरादा अकेली वाना का लाभ उठाने का होता भी, तो शारीरिक रूप से वह बाध्य है। वह बिना सहारे के उठ भी नहीं सकता।

तो क्या शिवेश को वाना पर भरोसा नहीं है ?

वाना जो अपनी गृहस्थी, अपने दो बच्चों जिसमें एक नवजात शिशु है, में इतनी रमी हुई है, जिसका चेहरा मातृत्व और गहरी तुष्टि से दमकता रहता है—वह आकर राहुल की स्थिति से लाभ उठायेगी ?

वह हँसना चाहता है, पर हँसी नहीं आती। शिवेश की पत्नी वाना सुन्दर है, चाहे वह 'मैं कितनी सुन्दर हूँ' के भाव को प्रकट न करे, पर वह आँख अपनी तरफ़ खींचती है, ज़रूर खींचती है।

राहुल वाना को पसन्द करता है, एक सहज सरल, स्वभाव, सीधीसादी, काट-कपट रहित स्त्री के रूप में, शिवेश की पत्नी के रूप में। विशेष तौर से जब वाना विकास को गोद लिये उसके कमरे में आती है। अक्सर विकास उसकी बाँहों में सो जाता है, उसका सर लुढ़ककर वाना के वक्ष पर टिक जाता है। कभी-कभी वह कुनमुनाकर नींद में ही स्तन ढूँढ़ने लगता है। तब उसे उठाकर वाना अपने कमरे में चली जाती है।

बिना माँ का राहुल। पर वह शिशु नहीं है। माँ के लिए अब क्या रोना ? पर वह जो मर गई, दूर गाँव में, साँप के डसने से, या गर्भपात से; या बेची गई किसी के हाथों जो तीन महीनों के संबंध में माँ भी थी, प्रेयसी भी; जिसकी रेशमी गहरी साँवली छाती पर गाल टिकाकर निश्चल पड़ा रहना राहुल के लिए अमूल्य क्षण होता था। गहरे-गहरे, गहरे सुख का बोध करते हुए वह उसकी सुगन्ध में डूब जाता था। स्वच्छ शरीर की भी एक गंध होती है। वही गंध राहुल को दो गोल, स्वस्थ आकारों के बीच के संधिस्थल में मिली थी, उसका एक रसायन था; ऐसा रसायन जिससे राहुल एकाकार हो गया था। हमारी उमर ही क्या थी, वह कभी-कभी सोचता है। वह मरने की उमर नहीं थी, हमने जाना ही क्या था ? उस बेचारी ने देखा ही क्या, कितने अनजान थे हम, उसे गर्भ रह गया और हमने समझा ही नहीं।

वह मर चुकी है, राहुल को हज़ार बार नकारने पर भी विश्वास हो गया है। अगर जीवित रहती तो कभी न कभी उसके पास पहुँचती ज़रूर। जैसे भी होता, देर-सबेर। और वह केवल चढ़ती तरुणावस्था का वेग भी नहीं था। अगर होता

तो अन्दर इतना बड़ा अभाव, इतना दर्द न छोड़ जाता। ऐसा नहीं कि राहुल तब से ब्रह्मचारी ही रहा है। सागरी, शालिनी और स्वयं क्रिस्तीन; मगर कोई उसे भरपूर बाँध नहीं सका। आकंठ किसी भी संबंध में डूब नहीं सका और इसीलिए वे सब टूटे भी। राहुल किसी को शारीरिक तुष्टि के अतिरिक्त कुछ और दे न पाया। शायद सब कुछ रीत गया था। या वह शारीरिक आदान-प्रदान के अतिरिक्त कुछ देना भी नहीं चाहता था। जैसे झंझावात के बाद सब कुछ एकदम शान्त हो जाता है। पीछे रह जाते हैं, जड़ से उखड़कर गिर गये पेड़। बिना छतों, खिड़कियों के खोखल मकान, टेढ़े हो गये बिजली के तार और खंभे। बाढ़ का पानी उतरने लगता है और साथ-साथ छोड़ जाता है मरे हुए ढोर, हर उम्र के शव, किसी की कथरी-गुदड़ी, पानी में डुम्ब-डुम्ब करते बर्तन-भाँड़े।

ऐसा ही सन्नाटा, मौत के बाद का सन्नाटा राहुल के मन में घर कर गया था। बंसी को मुँह बाये खड़ा छोड़कर वह तेज़ी से आगे बढ़ गया। स्टेशन पर गाड़ी खड़ी थी। राहुल के देखते-देखते इंजन ने सीटी दी और डब्बे धीरे-धीरे खिसकने लगे। राहुल ने दौड़कर हैंडिल पकड़ा और सीढ़ी चढ़कर डिब्बे में घुस गया।

घर में रात का अँधेरा फैल रहा होगा। ऊँची-ऊँची छतों और पुरानी पड़ती शहतीरों वाले कमरों में मच्छर गुनगुनाने लगे होंगे, मद्धिम पावर के बल्ब में बाऊजी अपनी आदत के अनुसार कुछ पढ़ रहे होंगे। दूसरे कमरे में बेबी और बड़ दा लूडो पर झुके होंगे और धुएँ से काली रसोई में चाची रात का खाना बना रही होंगी। दाल, एक गर्मी की रसेदार तरकारी, और रोटी। वह सब राहुल के इन्तज़ार में भूखे बैठे होंगे। चाची बार-बार अपने से कहती होंगी, ''कहाँ चला गया लड़का ? ऐसा तो कभी करता नहीं।''

मंदिर के पिछवाड़े की कोठरी में बिट्टो/कल्लो/रत्ना/मणि को बेइन्तहा प्यार करने के अलावा राहुल हमेशा आदर्श बेटा, विद्यार्थी और इन्सान रहा है। उसने हमेशा होमवर्क मन लगाकर और समय से किया है। कभी स्कूल को देरी नहीं की, कभी किसी चीज़ के लिए मचला नहीं, माँग नहीं की। बड़ दा के छोटे हो गये नेकर, जूते, कमीज़ें बिना तर्क किये पहनता रहा, इक्यावन रुपयों में उसने अपने पर एक पाई भी खर्च नहीं की है। दस-दस के पाँच नोटों को वह एक रुपये के नोट में लपेट कर रबरबैण्ड से बाँधकर जेब में डाले घूमता रहा है, वह गाँव से आएगी तो उसे देगा, पाजेब ख़रीदने के लिए।

रेल रात के अँधेरे में पागल-सी भागती जा रही है। बाहर एकदम अँधेरा है, पटरी और पहियों की रगड़ से कभी-कभी चिनगारियाँ उड़कर इधर-उधर बिखर जाती हैं। वही चिनगारियाँ उसकी आँखों में उतर आई हैं। वह दोनों हथेलियों से चेहरा

ढाँप लेता है। वह हथेलियाँ उसे छूने, दुलराने, सहलाने, नोचने-बकोटने को तरस रही हैं, उसे नुचवाना अच्छा लगता था।

राहुल चिहुँक उठता है, स्वयं अपने विचारों पर 'अच्छा लगता था'—क्या वह हँसती, मुस्कराती, गुनगुनाती, प्यार और चाहना से लबालब भरी लड़की सचमुच मर गई है। भट्ठी-सा सुलगता उसका शरीर अब नहीं है।

राहुल दूर-दूर कहीं दूर जाकर अपने को खो देना चाहता है; गाड़ी में बैठे-बैठे घण्टों पर घण्टे बीतते जा रहे हैं। कभी-कभी आँखें अपने आप झँप जाती हैं, सुबह दुपहर शाम सब गड्डमड्ड हो गई हैं, राहुल जहाँ बैठा है, बैठा ही रहता है।

गाड़ी अन्तिम स्टेशन पर रुक गई है। राहुल डिब्बे से उतरता है, गाड़ी के डिब्बे से लटकते पट पर लिखा है, अर्नाकुलम—कोचीन; तो यह जगह क्या है ? अर्नाकुलम या कोचीन ? अलग-अलग या एक ? क्या फ़र्क पड़ता है, भीड़ के रेले में वह भी स्टेशन से बाहर आ गया है। अनजाने, अनाम फूलों से सामने की झाड़ियाँ भरी हुई हैं और उनकी सुगन्ध भी अपरिचित है पर अप्रिय नहीं।

राहुल भीड़ के साथ-साथ चलता जाता है। जब उसे थकान महसूस होती है तो वह एक पुलिया पर बैठ जाता है। आसपास लोग आ जा रहे हैं, बाजार की गहमा-गहमी है। पुलिया के पीछे बड़े-बड़े टीन के शेड हैं, फूल-फल और सब्ज़ी की मंडी है।

भूख लगने पर उसने एक भुना हुआ भुट्टा खाया है, सड़क के किनारे के बम्बे पर मुँह धोया है, पानी पिया है, रात को वह शेड में एक खाली तख्त पर जाकर लेट गया है।

उसे नींद आ जाती है। उसे कोई लाठी से कोंच रहा है। वह हड़बड़ाकर उठ जाता है। सिपाही है। राहुल से वह कुछ कहता है जिसका एक शब्द भी वह नहीं समझता। वह तख्त से उतर कर एक ओर खड़ा हो जाता है। तख्त को झाड़कर एक बूढ़ी औरत अपनी टोकरी का सामान लगाने लगी है। साथ ही बड़बड़ करती जा रही है।

कितने दिन हो गये, वह सोचता है। अभी वह खड़ा ही है अनिश्चित, रिक्त, एक स्त्री उससे कुछ कह रही है। राहुल उसे ताक रहा है। स्त्री महँगे कपड़े पहने हुए है, उसके कानों में सोने के लम्बे-लम्बे बुन्दे हैं। वह ज़मीन पर रखे टोकरे की तरफ़ बार-बार इशारा करती है—फिर वह हाथ उठाकर सड़क की ओर संकेत करती है, जहाँ एक मोटर खड़ी हुई है। राहुल ने झुककर टोकरा उठा लिया है और उसके पीछे-पीछे चला जा रहा है। स्त्री को आता देखकर ड्राइवर ने झटपट दरवाज़ा खोला है। टोकरा अपने पास की सीट पर टिकवाकर उसने दो रुपये राहुल के हाथ पर

रख दिये हैं।

राहुल अपनी हथेली पर पड़े उन सिक्कों को कुछ देर देखता रहता है। फिर वह उन्हें जेब में रख लेता है। राहुल मज़दूरी करने लगा है। उसके कपड़े भी मटमैले हो आये हैं। घने काले घुँघराले बाल धूल और गर्द से अटकर उलझ गये हैं। खाली समय में वह पानी के पास बैठा रहता है और नावों को आते-जाते ताकता रहता है। उससे कोई बोलता नहीं, कोई पहचानता नहीं, राहुल को इससे बड़ी तसल्ली मिलती है। उसने सब कुछ सोचने पर पहरा लगा दिया है। देहरादून में कॉलेज, घर में प्रतीक्षित, चिन्तित, व्याकुल बाऊजी, चाची और छोटी बहन, बेबी, उसने परवाह करनी छोड़ दी है। वह बस 'है' एक बहुत ही आदिम स्तर पर जी रहा है। मेहनत करता है। फल और भुट्टे खाकर निर्वाह कर रहा है। शरीर को जितना त्रास मिलता है उतना ही उसे संतोष होता है। वह मर नहीं पाया, पर वह जैसे अपने को, पुराने राहुल को मारने के प्रयत्न में सतत तत्पर रहता है।

बूढ़ी का नाम एलम्मा है। बड़ा टोकरा लेकर उससे चला नहीं जाता; छोटी-सी दुकान लगाने पर कम बिक्री होती है। उस पर लोग ठगते रहते हैं। एलम्मा को दिखाई भी कम देता है। न चाहते हुए भी राहुल खरीद-फरोख्त की भाषा समझने लगा है। एकदिन वापस रेज़गारी गिनते हुए एलम्मा गड़बड़ा जाती है तो राहुल उसे उँगलियों से इशारा करता है कि कितने पैसे वापस देने हैं। एलम्मा तब भी हिसाब नहीं कर पाती, ग्राहक को राहुल के बताये पैसे देकर देर तक घूरती रहती है। पर ग्राहक पैसे गिनकर जेब में डाल लेता है और अपना थैला उठाकर चल देता है। तब एलम्मा राहुल की तरफ़ मुड़ती है। उसका झुर्रीदार, दन्तहीन चेहरा हँसी से खिला हुआ है। उसके बाद एलम्मा ने राहुल को अपना लिया है। रात को दोनों उसी के तख्त पर सोते हैं, कभी-कभी वह राहुल को चादर से ढाँप देती है। जिसमें से कच्ची तरकारियों की खुशबू आती है। राहुल उसका बड़ा-सा टोकरा उठाकर चलता है और हिसाब-किताब में मदद करता है। रात को वह हँडिया में जो भी पकाती है, वह राहुल को भी देती है और वह राहुल चुपचाप खा लेता है।

धूप में तपतपकर राहुल का रंग तांबई हो गया है। मेहनत और मज़दूरी से उसका शरीर मज़बूत हो गया है। नारियल के पेड़ों से घिरे पानी के पास बसे इस नगर में रहते हुए राहुल को अपना अतीत बहुत दूर लगता है। फिर भी वह समुद्र के किनारे चलता हुआ अपने आप बातें करता है। "देख न रतन ! केले नारियल बेचकर गुज़र हो सकती है। तारों की छाँह में, गुनगुनी रेत पर सोया जा सकता है—मैंने तुझसे कहा था न ?"

सुनसान रेत पर बैठा-बैठा वह लहरों के किनारों से पछाड़ खाते सुनता है। हर नई लहर के आने में छः सेकेंड लगते हैं।

जिन्दगी में आगे कुछ नहीं है। पीछे का सब दूर छूट गया है। उसे मुट्ठी

में बाँधकर रखा नहीं जा सकता। वह अब ऐसे ही रहेगा।

वह मन ही मन रत्ना से वार्तालाप करता है। उसकी उपस्थिति, उसकी सुगंध उसके शरीर में विष की तरह बस गई है, वह बच गया है, पर बौरा गया है। वैसे ही, जैसे हाई स्कूल की हिन्दी में कबीर का दोहा पढ़ा था—

बिरह भुजंगम तन बसै, मंत्र न लागे कोइ
राम बियोगी ना जिवै, जिवै त बौरा होइ

वह शिशु, अगर बंसी का कहना सच था, तो उसी का रहा होगा। राहुल को पूरा विश्वास है। वह उन तीन महीने, उस गर्मी में केवल उसी की थी, एकमात्र उसी की। अगर वह पहले पंडाजी के साथ रही भी होगी तो राहुल को कोई अन्तर नहीं पड़ता। वह जाते-जाते कुछ कहना चाह रही थी, दो बार कहते-कहते रुक गई थी। अगर कहती भी तो वह क्या करता ? उसे रोक लेता ? उसे चाची और बाऊजी के सम्मुख ले जाकर खड़ा कर देता ? उसे स्वयं नहीं मालूम कि वह क्या करता ? पर वह सरासर, निरानिर अपने को अपराधी पाता है। उसे उन दिनों विचार ही नहीं आया कि इस दिन प्रतिदिन प्यार की परिणति शिशु में होगी—उसे सोचना चाहिए था। ज़िम्मेदारी उसकी अपनी थी, वह पुरुष हैं और बचाव की ज़िम्मेदारी उसे लेनी चाहिए।

पर उस उद्दाम प्रवेग में बहते हुए, डूबते-उतराते हुए, उस पहले प्यार में यह विचार आया ही नहीं, वह जो तब एकदम सहज, स्वाभाविक, सुन्दर और अकृत्रिम था, कितना महँगा पड़ा, ज़िम्मेदारी उसने ली, उस कल्लो/बिट्टो/मणि/रत्ना ने।

क्या वह सचमुच मर गई ?

या वह कहीं छिपी हुई है ? कुछ समय बाद वह हँसती हुई प्रगट होगी, गहरे गुलाबी या मोरपंखी नीली साड़ी में, और कहेगी—"लो ! तुम्हारा..."

कैसा होता वह ?

राहुल कामवालियों के छोटे बच्चों को ध्यान से देखता है। पेड़ की छाँह में, गुदड़ी पर पड़े हुए बच्चे। छोटी-छोटी उँगलियाँ, क़ोमल हाथ-पैर, होठों पर अकारण मुस्कान, माँ के गोद में उठा लेने पर हर्ष की किलकारी—

राहुल सह नहीं पाता। वह वहाँ से हट जाता है।

वाना

गाँव का नाम है बिनसर, एक बड़े शहर की दक्षिणी सीमा पर छोटे-छोटे पहाड़ों, टीलों और नीले पानी की नदी समेटे वह एक सुन्दरी के गाल का तिल जैसा है। या दूध के ऊपर मलाई-सा, या गाढ़ी रबड़ी में मिसरी जैसा। शहर भी विस्तृत है। अपने में सुन्दर। पश्चिम में अच्छे रईस रहते हैं। बड़े-बड़े घर, हरे-भरे लॉन, सड़क के किनारे छायादार वृक्ष, पूरब में पुराने घर हैं। सँकरे और छोटे। दक्षिण में फ्लैट हैं जहाँ काले, स्पेनी, नेपाली और दूसरे अल्पसंख्यक रहते हैं। शहर की आबादी की तरह भारतीयों की भी वही गति है, पश्चिम में अमीर डाक्टर, व्यवसायी, इंजीनियर, कम्प्यूटर वाले। बीच में विश्वविद्यालय के पास प्रोफ़ेसर, छात्र और खाते-पीते लोग। शिवेश शुरू में वाना को सब जगहें घुमा लाये थे। अपना घर अच्छी सड़क पर था। डीन पोर्टर मालदार रहे होंगे। तीनेक साल भारत में भी बिता चुके थे। श्रीमती लिडिया पोर्टर की बैठक में एक के ऊपर एक, तीन कार्पेट बिछे रहते थे। लाल लकड़ी के मेज़ पर हाथी दाँत की महीन बेल थी। जैसे रेशम की साड़ियाँ वाना ने बनारस में दुकानों की शो विंडो में देखी थीं, वह काट-छाँटकर खिड़की पर पर्दों के काम आ रही थीं। कोने की अलमारी में चाँदी का टी-सेट, गिलास, और छोटी-बड़ी ट्रे सजी हुई थीं, पर वह मकान अपना नहीं था, किराये का भी नहीं था। वह तो मुलाहिज़े में आकर क्रिस्तीन ने रहने को दे दिया था। एकदम मुफ्त में। बिजली, पानी और मरम्मत की ज़िम्मेदारी शिवेश ने ले ली थी।

राहुल के एक्सीडेंट की ख़बर धीरे-धीरे शहर में फैल गई थी और लोगों का ताँता लग गया था। चाय और पकौड़ियाँ बनाते-बनाते वाना थकने लगी थी। पर शिवेश था कि जहाँ भी किसी आनेवाले का चेहरा दीखा नहीं कि चाय-पकौड़ी का ऑर्डर वाना पर ठोंक दिया।

“जाने भी दो यार...” राहुल ने कहा, “इतनी आवभगत की जरूरत नहीं है।”

वाना ने बिना कुछ कहे होठ भींच लिये।

"ज़रा-सी चाय-पकौड़ी में क्या जाता है ?"

शिवेश ने कहा, "तुम्हारे चलते कितने लोगों से सम्पर्क बढ़ रहा है।"

"होना-हवाना कुछ नहीं है," वाना ने जमीला बुआ से कहा, "सब खा-पीकर सटक सीताराम ! तीन साल में कभी किसी ने पूछा ?"

"कर दो बीवी ! मालिक की मर्ज़ी है।"

"मालिक की मर्ज़ी ! इनका क्या जाता है ? मेरा कितना काम पिछड़ गया है।"

पर उसने सत्याग्रह नहीं किया। आलू, प्याज़, बैंगन, मिर्च, सब काटती रही, बेसन में सानकर थाली भर-भरकर पकौड़ी बनाती रही और परसोती रही। वाना रसोई में स्टोव के आगे खड़ी है और रसभरी का जैम बना रही है। काउंटर पर क़तार के क़तार नीले रंग के, एक ही साइज़ के मर्तबान रखे हैं।

राहुल का प्लास्टर खुल गया है। सब हड्डियाँ ठीक-ठाक जुड़ गई हैं, पर अन्दर तक दर्द है, ज़रा भी हिलने से सारे शरीर में टीस-सी व्याप जाती है।

वह अस्पताल से सीधा रसोई में आया है, कुछ देर चुप खड़ा वाना का चेहरा देखता रहता है। वह टकटकी बाँधकर पतीले में खुदबुद करते रस को देख रही है। उसने एक फूलदार एप्रेन छोटी-सी स्कर्ट-ब्लाउज़ के ऊपर पहन रखा है। वाना बहुत छोटी, ऊँची स्कर्ट पहनती है। उसके ब्लाउज़ और स्वेटर भी तंग होते हैं जिनकी परतों के अन्दर उसके एकदम भरे हुए शोख स्तनों की गोलाइयाँ एकदम साफ़ दीखती हैं।

"अरे !" एकाएक उसकी नज़र राहुल से मिल जाती है। उसका चेहरा हँसी से भर उठता है। "उतर गया पलास्टर ?"

"हाँ, उतर गया।"

"कैसा लग रहा है ? इतने दिनों से जकड़े-जकड़े हुए थे।"

"अच्छा ! हल्का हल्का !"

रस पतीले के ऊपर से उबलने ही वाला था, वाना ने पटु हाथों से जल्दी से पतीला आग से हटाया, चम्मच डालकर धार टपकाई, और फिर एक मर्तबान उठाकर उसे भरने लगी।

राहुल दरवाज़े से सहारा लेकर खड़ा है और जैम की प्रगति और वाना के जल्दी-जल्दी चलते हाथों को देख रहा है। सारे मर्तबान जल्दी ही भरे जाने हैं, नहीं तो रस पतीले में ही कड़ा होकर जम जाएगा।

उसे चाची की ऊन-सलाई याद आती है। शन्नो बुआ की मशीन जो किनारे जोड़ती हुई खटखटाक चलती थी।

"यह सब कहाँ से सीखा ?" वह पूछता है।

वाना अब ढक्कन उठाती है, उसे पोंछती है और सावधानी से मर्तबान के

ऊपर जमा देती है। रसोई में रस और शक्कर के उबलने की गंध है : फ़र्क; पर वैसी ही सोंधी जैसी रसखीर की।

"तुम यहाँ क्यों खड़े हो ?" शिवेश अपने पीछे दरवाज़ा बन्द करते हुए पूछते हैं, "थक नहीं गये ? चलो एक-एक बियर पियें, खाने में देर है ?"

"कुछ नहीं, सब तैयार है।" वाना की नज़र अपने जैम के मर्तबानों पर है।

"कुछ ख़ास बनाया। आज राहुल का प्लास्टर खुल गया।"

उसने गर्दन मोड़कर शिवेश, राहुल को देखा—थोड़ा हँसकर कहा, "हाँ, गाजर का हलवा बनाया है।"

घर में सन्नाटा है। बच्चे सो गये हैं। जमीला बुआ को उनका बेटा लिवा ले गया है। शिवेश बिस्तर में लेटे शाम का अख़बार पढ़ रहे हैं। वाना दरवाज़े, खिड़कियाँ, बत्ती सब बन्द करती हुई राहुल के कमरे के आगे ठिठक गई है।

"एकदम ठीक होने में अभी समय लगेगा न ?"

"दो-तीन हफ्ते।"

थोड़ा रुककर, फिर जैसे अपने-आप से कहती है, "फिर तुम चले जाओगे।"

राहुल से कुछ उत्तर नहीं बन पड़ता। वाना का चेहरा अँधेरे में है, कमरे में उसकी खेदभरी-सी आवाज़ थोड़ी देर को काँपती है। फिर वाना हट आती है।

राहुल के अन्दर आवाज़ उठती है, "तुम रोक लो, तो रुक जाऊँगा—"

वह जानता है यह झूठ है, वह रुकेगा नहीं, किसी भी हालत में नहीं। जैसे ही हाथ-पाँवों में थोड़ी-सी शक्ति आएगी वह कैलीफ़ोर्निया चला जाएगा—वहाँ उसकी नौकरी है। और ?

और कहीं कोई नहीं है। आँखें बिछाकर राहुल की प्रतीक्षा करनेवाला कोई कहीं नहीं है। राहुल का माथा धीरे-धीरे दुखने लगा है। वह पास की मेज़ से शीशी उठाकर दो गोलियाँ निगल लेता है।

अन्दर से एक गहरी साँस उभरती है। वह करवट लेना चाहता है, पैर पूरे फैलाना चाहता है। पर चोटें भर जरूर गई हों, एकदम ठीक नहीं हुई हैं।

"राहुल" शिवेश की आवाज है, "कुछ चाहिए ?"

"कुछ नहीं, थैंक्स, सो रहा हूँ।"

पलंग मज़बूत है फिर भी शिवेश के भार से चरमर करता है। चर्र चूँ, खट खटाक। ऊपर से शिवेश की लम्बी साँसें—शिवेश का शरीर उसे रौंद रहा है। वाना समर्पित है। यही उसकी नियति है। यही पत्नीत्व की परिणति—उसकी पलकें फड़फड़ाती हैं; उसकी पुतलियाँ आधी ढलकी पलकों से छत को ताकती हैं, उसे लग रहा है कि शिवेश की हुम्फ़, हुम्फ़ बहुत तेज़ हो गई है, अगर बगल के कमरे में राहुल सोया

नहीं होगा तो क्या सोचेगा—इन्हें तो अपनी झोंक में दूसरे का ख़्याल भी नहीं रहता—वाना एकदम से महसूस करती है कि उसका पति उसे प्यार कर रहा है, और वह स्वयं अपने शरीर से कितनी दूर कितनी अलग हो आई है।

वह एक-दो बार दबी ज़बान से संकेत कर चुकी है। विकास अभी इतना-सा है। तीन महीने का भी नहीं, दो बेटे काफ़ी नहीं हैं ? पर शिवेश ने उसका कोई उत्तर नहीं दिया। वाना जानती है कि शिवेश 'सब ठीक हो जाएगा' में विश्वास करते हैं, और लस्टम, पस्टम सब ठीक हो ही जाता है। विवाह करके ले आये थे, ऊपर की दो छोटी-छोटी कोठरियाँ थीं, नीचे लिडिया पोर्टर का अपना आवास। घुसते ही संगमरमर का गलियारा, अगल-बगल बैठक, खाने का कमरा, उससे लगी तिकोनी रसोई, दो शयनकक्ष, और दोनों से संलग्न गुसलख़ाने। घर के चारों ओर गोलाई नापता बरामदा जो पीछे जाकर किताबों से ठसाठस भरी स्टडी बन जाता था। एक दिन चुपचाप लिडिया पोर्टर ही लुढ़क गईं, उनकी बेटी ने पूरा घर ही शिवेश की देखरेख में दे दिया, मुफ्त। विकास के जन्म को लेकर वह कितनी फ़िक्र में थी, बेचारे ने ज़रा भी कष्ट नहीं दिया, ऊपर से जमीला बुआ भी मिल गई। देखभाल करने को। बहू की खिटखिट से बचने दो वक्त का खाने और दोपहर में राहुल के कमरे के आगे झपकी लेने भर में सन्तुष्ट। कुछ दे दिया करेंगे, शिवेश ने लापरवाही से कहा, पर न जमीला बुआ ने कुछ माँगा, न शिवेश का हाथ कभी जेब में गया।

और इसी 'सब ठीक हो जाएगा' के बस पर गाड़ी चले जा रही है। शिवेश पर न जाने किस देवता की कृपा है कि वक्त ज़रूरत पर हमेशा 'सब ठीक हो जाता है।' या फिर उसका अपना भाग्य ?

इसमें थोड़ा नहीं काफ़ी श्रेय वाना को जाता है, बिछी हुई है वह शिवेश के ऊपर—अपनी इच्छाएँ, छोटी या बड़ी कभी उसने प्रकट ही नहीं कीं, जो भी मिला, उसी में बसेरा कर लिया।

अगर कभी झाँककर देखो तो हाय, मन में इच्छाओं का पिटारा ही पिटारा है। हाथ-घड़ी जिसमें बारह और छः पर दो हीरे जड़े हों; उँगली में कम-से-कम पाँच-छः कैरेट का हीरा, पत्थर कम-से-कम इतना भारी तो हो कि उँगली ही झुक जाए—मिसेज़ मूँदरा ने अपनी अँगूठी घुमाते हुए कहा था, पन्ने और माणिक के पोटे की तिलड़ी। छोड़ो जाने दो, वाना मसूर की दाल बीनती हुई अपने-आप कहती है, "छोड़ो ये शेखचिल्ली वाले सपने; धरती पर ही रहो लाडो। अरे, एक पुराना धुराना टीवी ही घर में होता, या इतना पैसा कि बिजली की बचत न करनी पड़े और घर इतना गरम रहे कि पर्त के पर्त स्वेटर न पहनने पड़ें।" शिवेश खुद पोल्ट्री साइंस विभाग

से दो मुर्गे लाए हैं, स्वयं बना रहे हैं।

"आज शालिनी मिली थी परिसर में–" शिवेश ने राहुल से कहा, "पूछ रही थी तुम्हें, लगता है कि चिंगारी अभी भी बाकी है। मैंने खाने पर बुला लिया। क्या मालूम पुरानी आग फिर भड़क उठे।" शिवेश अपने मज़ाक पर स्वयं खूब हँसते हैं। वाना चुप है। राहुल के होठ कृत्रिम हँसी में थोड़े से खिंचकर रह जाते हैं।

"शालिनी बरसों राहुल के पीछे भागी थी," शिवेश वाना को बताते हैं, "पर यह ? हमारे संत महराज ? इन्होंने खूब उसके घर दावतें उड़ाईं, सैर-सपाटे किए, और नहीं फँसे तो नहीं फँसे–रह गये सब अपना-सा मुँह लेकर–"

"तुम भी क्या फ़िजूल की बातें कर रहे हो," पर शिवेश तरंग में हैं, "यह मेरा दोस्त है न, हनी" वह वाना को अमरीकन संबोधनों से पुकारते हैं, "न जाने इसमें क्या ऐसा रसायन है कि लड़कियाँ पतंगों की तरह खिंचती आती हैं, गोरी, काली-साँवली–और खुद इनकी घ्राणशक्ति ऐसी ज़ीरो है कि कुछ असर नहीं होता–देखो न, तुम्हारी शक्ल भी जादू नहीं कर पाई।" जमीला बुआ के कहकहे पर चिढ़कर वाना कहती है, "छोड़िए भी, आपको कही-अनकही का कुछ ख़याल नहीं रहता।" वह थाली उठाती है और रसोई में चली जाती है। रसोई में खड़े-खड़े वह सोच रही है कि शाम को क्या वह राहुल की लाई खादी सिल्क की साड़ी पहने ? पूरी साड़ी पर नीले फूल छपे हैं, सफ़ेद ब्लाउज़ चलेगी, पर ब्लाउज़ तो नीले रंग की ही शोभा देगी।

पर वाना अभी रसोई में ही है कि शालिनी आ जाती है। कपड़े बदलने का समय नहीं है–काली स्कर्ट और गुलाबी कार्डिगन; वाना बाहर आने में झिझक रही है।

"जमीला बुआ–ये तो आ भी गईं, तुम ज़रा पतीला देखो, मैं झट से कपड़े बदल लूँ।" जमीला बुआ अपनी गद्दी पर आधी लुढ़की-लुढ़की कहती हैं, "ऐ दुलहन ! ठीक तो हैं ये कपड़े, चाँद को भला दीया दिखाना, ज़रा बाल ठीक कर लो बस।"

शालिनी के साथ एक लड़की और है–"मेरी मौसेरी बहन, सारिका। अभी आई है, हॉस्पिटल में रेसीडेंट है।" वाना ने भर आँख शालिनी को देखा, पहली दृष्टि में ही शालिनी उसे अच्छी लगी है। वह राहुल को देखती है, न जाने क्यों राहुल को अपील नहीं की। वाना ट्रे में चाय लाती है। हरा प्याला उठाते हुए शालिनी हँसने लगती है : "तो अभी अमरीक सिंह का पेट्रोल पम्प बरक़रार है ?" वह सारिका को बताती है, "अमरीक सिंह ने खोला पेट्रोल पम्प। ज़रा दूर पड़ता था इसलिए कम लोग जाते थे। तो उन्होंने हर बार एक मुफ्ती चाय का प्याला देना शुरू किया, तो मैचिंग प्लेट के लिए तो जाना अनिवार्य ही था। थैंक्स टु अस, चल निकला उनका पेट्रोल पम्प। कोई परिवार ऐसा नहीं बचा जहाँ ये हरे बर्तन

न हों।''

वाना हँस देती है, ''दूसरे कप भी हैं, कहो तो ला दूँ।''

''नहीं, नहीं, इन्हें देखकर पुराने दिन याद आ गये।'' वह राहुल से पूछती है, ''कितने दिन और हो यहाँ।''

''तीनेक हफ्ते।''

''ड्राइव तो कर नहीं पाओगे।''

''नहीं, और गाड़ी भी नहीं है, सुबोध वाली गाड़ी तो एकदम टोटल हो गई, तुम कब तक हो।''

''देखो ऽऽऽ'' वह राहुल की आँखों में आँखें डालकर कहती है।

शिवेश वाना की ओर देखकर तात्पर्य भरी हँसी हँसते हैं। शालिनी भौंहें टेढ़ी करके शिवेश को देखती हैं।

राहुल अभी भी शालिनी से विवाह कर सकता है—अच्छी है, आभिजात्यपूर्ण, पढ़ी-लिखी। वह राहुल को अभी भी पसन्द करती है, अभी भी स्वीट है।

सारिका प्रायः चुप ही रही है। दुबली-पतली, शालिनी की तरह गोरी नहीं, पर नाक-नक्श कटावदार और सलोनी। वह काफ़ी के रंग की बंगलोरी सिल्क की साड़ी पहने है जिसपर पतला ज़रीदार काला किनारा है। साड़ी के रंगों का मेल उस पर खिल रहा है। चिकने घने बाल सादगी से बनाए हैं, पीछे लम्बी-सी घनी चोटी।

दोनों उसी की उम्र की होंगी—वाना सोचती है, एक डाक्टर, एक पी-एच. डी.। कुँवारी, उन्मुक्त, सहज, पैसेवाली, कामकाजी। मेरे दो बेटे, आकाश और विकास, मेरे पति शिवेश कभी नौकरी है, कभी नहीं। मँगनी का मकान, रसोई में पतीली में मक्खनी दाल, साबुत गोभी और खुदबुद करते दो कटे हुए मुर्गे।

अपनी-अपनी सम्पदा—अपना-अपना राजपाट। जमीला बुआ बातें सुनने के लालच में उठ गई हैं और चाय के जूठे प्याले बटोरने लगी हैं।

शालिनी पी-एच.डी. करने के बाद शिकागो में नौकरी करती हैं। वह 'आसरा' नाम की शाखा में विशेषज्ञ हैं।

''मुझे तो पहले लगता था कि आसरा शाखा क्या चलेगी ? कभी पढ़े-लिखे लोगों में मारपीट देखी ही नहीं। पर यहाँ तो शालीन से शालीन पुरुष बीवियों को धुनक देते हैं।''

''ऐसाऽऽ'' वाना अचंभे से कहती है।

''नौकर-चाकर भले ही मारपीट करें, पर—''

''यहाँ की बात दूसरी है भाभी—'' शालिनी मठरी कुतर रही है। ''यहाँ तो जैसे कोई मर्यादा कोई सीमा ही नहीं है, जो हम सोच भी नहीं सकते, ऐसे-ऐसे केस हमारे यहाँ आते हैं,'' ''फिर उनका होता क्या है ?'' वाना ने पूछा, शालिनी ने

लम्बी साँस ली—थोड़ी देर चुप रहकर बोली, मगर वह वाना के प्रश्न का सीधा उत्तर नहीं है, "एक तो हमारी औरतें पिटकुट लेंगी, चुप रहेंगी, पति के ख़िलाफ़ ज़बान नहीं खोलेंगी, और कुछ दिन बाद 'आसरे' से घर लौट जाएँगी। और तो और अब यहाँ बच्चे माँ को तिरस्कृत करने लगे हैं।"

"बच्चे ?"

"हाँ, कि तुम काली हो, गन्दी हो, तुम इन रंगबिरंगे देवताओं को पूजती हो। हम नहीं उतारेंगे जूते, कोई अमरीकन जूते उतारकर घर में रहता है ? हम नहीं खाएँगे यह पीले रंग की दाल, हमें चाहिए पीत्ज़ा, हैमबर्गर– हौट-डौग–"

"ऐसा ?" वाना घबरा गई है। "हमारे बच्चे भी ऐसा करेंगे ?"

सब एक साथ बोलने लगते हैं, "ऐसा हर जगह नहीं है, यह तो अपवाद है।"

"फिर अब वहाँ भारत में ही कौन बच्चा माँ-बाप की सुनता है," शालिनी ने हँसकर कहा, "इस सारिका से पूछो।"

पर कमरे में सन्नाटा है, चुप्पी, फिर वाना धीरे से कहती है, "सिर्फ़ मारपीट ही तो ज़ुल्म नहीं, हम तो जकड़े हुए हैं, निषेधों में। सिर झुकाकर चलो, ज़्यादा हँसो नहीं, ऐसे उठो, ऐसे बैठो—क्या यहाँ की दुनिया में निषेध नहीं है ?"

"सिर्फ़ हत्या करना निषेध है" शिवेश ने कहा, वे हँस रहे थे, "अब खाना भी मिलेगा या नहीं ? रसोई में चलते हैं।"

कमरे में अब राहुल और शालिनी अकेले हैं, सारिका भी संग-संग रसोई में आ गई है।

"कितनी बढ़िया खुशबू आ रही है।" वह कहती है, "मैं तो सैंडविच खाते-खाते तंग आ गई हूँ।"

"क्यों तुम खाना नहीं बनातीं ?" शिवेश ने पतीली का ढकना खोलकर हल्के से चमचा चलाया।

"समय कहाँ मिलता है ? सारा दिन तो अस्पताल में निकल जाता है। रात-रात को ड्यूटी रहती है।" सारिका घर को देख रही है।

"शालिनी की माँ तो आपकी रिश्तेदार हैं न?" वाना ने पूछा।

"मौसी हैं बरसों से अनबन है, नाना की प्रॉपर्टी को लेकर।"

जमीला बुआ से रहा नहीं जाता, "ऐ बीवी ! मन का रिश्ता है, जाकर लिपट जाओ खाला से, सारा मन-मुटाव धुल जाएगा।"

सारिका के चेहरे पर खिन्न मुस्कान है, वह कुछ नहीं कहती।

राहुल जा रहा है और सारिका ऊपर के दोनों कमरों में पेइंग गेस्ट की तरह आ

रही है। वाना ख़ुश नहीं है पर शिवेश के मामलों में दख़ल नहीं देती। ऊपर के कमरे खाली पड़े हैं, शिवेश ने कहा, "रही खाने की, तो एक जन के खाने में क्या दिक्कत होती है। तुम्हें भी साथ रहेगा।"

वाना अक्सर सोचती है कि शालिनी, सारिका और उसका क्या साथ ? दो-दो बच्चे, उनका काम, फिर सारे घर का काम, वह अपने मोटे-गदबदे पति को उनकी दृष्टि से देखती है, ठीक है बायोकैमिस्ट्री में पी-एच.डी., अमरीका में रहते हैं। विंडसर विश्वविद्यालय के फूड साइंस विभाग में पोस्ट डॉक्टरल रिसर्चर हैं, बस ले-देकर यही। वाना देखने में जैसी भी हो, पर है तो चुनमुन। सरकारी स्कूल में नौवीं क्लास तक पढ़ी हुई। आजकल तो बी.ए., एम.ए. पास लड़कियाँ गली-गली में हैं, बस अपनी पढ़ाई टायफ़ायड के चलते छूट गई। आगे पढ़ने को किसी ने कहा ही नहीं। न दुबारा नाम ही लिखाया गया। नहीं तो वह भी हो जाती चुनमुन पांडेय, बी.ए., एम.ए., पी-एच.डी.। वह भी कत्थई रंग की बंगलोरी सिल्क की साड़ी पहनकर छम-छम करती।

"ओ मेरे सूरज चन्दा" वह दोनों बेटों को हृदय से सटाकर प्यार करती है। "ओ मेरे हीरा मोती, मेरे सोना चाँदी–" आगे उसे कुछ और नहीं सूझता। वह दोनों को गोद से उतार देती है। आकाश भाग जाता है और तीन महीने के विकास को वह पालने में लिटाकर गाने लगती है।

चार बहू आवें बाले की,
दो गोरी, दो काली,
दो झुलावें, दो खिलावें
ले सोने की थाली।

"सुना ," शालिनी ने मुड़कर राहुल से कहा।

"यही तो है हमारी माँओं की मनोवृत्ति–अब देखना यह है कि गोरी बहुएँ झुलाती हैं, और काली बहुएँ कौर पकड़ाती हैं–" बुरा मानकर वाना ने कहा, "यह तो सिर्फ गीत ही है। बच्चों का गीत–कोई सचमुच में ऐसा थोड़े ही होता है ?"

"नहीं होता ?" शालिनी व्यंग से कहती है।

"क्या तुम शिवेश की रात-दिन हाज़िरी नहीं बजाती हो ? शिवेश की मर्ज़ी शिरोधार्य। सच कहना वाना भाभी, तीन सालों में तुमने कभी किसी बात पर 'ना' कहा है ?"

"छोड़ो शालू" राहुल ने कहा, "हरेक को अपनी ज़िन्दगी जीने का अधिकार है, नहीं ?"

"पर अपने अधिकारों का ज्ञान ही न हो तो उनका उपयोग कैसे होगा ?"

"शालू, तुम्हारी वाना भाभी बहुत सुखी, संतुष्ट हैं। देखो, कैसे चेहरा हर वक्त दिपता रहता है। खूब खुश हैं अपने सूरज चन्दा में—" वाना की आँखें राहुल पर क्षणभर को टिक जाती हैं। दिपता रहता है मेरा चेहरा ? तुमने देखा राहुल ?

"सॉरी भाभी" शालिनी कह रही है, "सचमुच मैं हर जगह भाषण देने लगती हूँ, क्या करूँ, रहा नहीं जाता। सामने, दूर तक खुला क्षितिज है, और हम अपने को बंधनों में जकड़ लेते हैं, हम जानते ही नहीं अपनी ताक़त को।"

"शालू!" राहुल ने टोका।

शालिनी के जाने पर वाना ने चैन की साँस ली। पर जैसे उसके शब्द कहीं फाँस की तरह अटके हुए थे, "बच्चे बड़े हो जाएँगे, तो मैं नौकरी करूँगी" वह कपड़े तहाते हुए कहती है। शिवेश अख़बार पढ़ने में तल्लीन हैं। "पहले अँग्रेज़ी बोलना तो सीखो।"

"सीख लूँगी, वह भी सीख लूँगी।"

शिवेश ने अख़बार रख दिया, अँगड़ाई ली और कहा, "पहले इधर आओ।"

वाना एक क्षण अलमारी का पल्ला पकड़े खड़ी रहती है। कह दूँ कि नहीं आऊँगी; मेरा मन नहीं हो रहा है। सिर दुख रहा है। सो जाओ अकेले आज।

"आओ।" शिवेश कहते हैं, यह आज्ञा है, इसे वह टाल नहीं सकती। वह अलमारी हलके से बंद कर देती है। शिवेश ने बत्ती बुझा दी है और कमरे में अँधेरा है।

वाना मन ही मन विद्रोह कर रही है, कितनी हड़बड़ी रहती है इन्हें, जुट जाते हैं अपने सुख में। पूरा कपड़ा अलग करने का समय भी नहीं लेते। मेरा भी शरीर है, उसे भी दुलार-प्यार की माँग है। नहीं, मैं पत्नी हूँ, झुलाने, खिलाने, झेलने के लिए।

"क्या बात है ? इतनी लम्बी गहरी साँस।"

शिवेश ने सहसा पूछा।

वह कहना चाहती है, आपको क्या ? आप अपना मज़ा लें। पर वह कह नहीं सकेगी, यह सब शालिनी की करनी है। मीठे दूध की कढ़ाई में उसने खटाई डाल दी है। वह सोचती है।

शिवेश का भार पहाड़ जैसा लगने लगा है। वह घुट रही है, साँसें रुक गई हैं। शिवेश के अलग सरक जाने पर वह जल्दी से उठती है, उसका मन नहाने को हो रहा है। गुनगुने पानी की फुहार के नीचे खड़े-खड़े वह सोच रही है कि क्या करे ? शिवेश तो मानने वाले हैं नहीं, जल्दी से फिर तीसरा—मुझे अभी नया शिशु नहीं चाहिए, कहे भी तो किससे ? कहाँ जाये ? शिवेश से कहेगी कि डॉक्टर के पास ले चलो तो वह सुनेंगे ? टाल देंगे जैसे कि मर्ज़ी

के खिलाफ़ बातें अनसुनी कर देते हैं।

उसके गुसलख़ाने में जब पानी चलता है तो बगल के कमरे के पाइप आवाज़ करने लगते हैं, मकान काफ़ी पुराना है। पचास-साठ साल, हर चीज़ पुरानी है, वाना रात में क्यों नहाती है ?

राहुल सोया नहीं है, दो-तीन दिन में जाना है; हड्डियों का दर्द है, पर यह तो चलता ही रहेगा। शायद ठंड और जाड़े-पाले में दर्द और भी महसूस होता है। उसे चाहिए कैलीफ़ोर्निया की गुनगुनी धूप, खुली बालकनी। यह पहला अवसर होगा कैलीफ़ोर्निया में रहने का; कई साल बोस्टन, फिर विंडसर, फिर दिल्ली।

वह भी नलके से दो घड़े भर कर लाती थी और मंदिर के पिछवाड़े की कोठरी में रख देती थी। स्टेशन के पास माँ के पानवाले खोखे में नहाने की जगह कहाँ थी ? पास ही बिड़ला घाट पर डुबकियाँ लगा लेती थी, उसे सड़क के बम्बे पर नहाना ख़राब लगता था–हर आनेजाने वाला घूर कर देखता है। गार्ड साहब के दिये क्वार्टर में भी पानी की व्यवस्था नहीं थी। नल था, पर पानी की कई-कई दिन तक एक बूँद भी नहीं आती थी। वह पूरा घड़ा अपने ऊपर उँडेल लेती थी–"आग लगी है सारे तन-बदन में।" राहुल खाट पर बैठा जूते के फीते बाँधता है और एकटक देखता है, उसके निर्वस्त्र, गठे, तराशे हुए शरीर को। उसे छुआ तो लगता है कि जैसे अँधेरी रात में रेशम को सहला रहा है; त्वचा के नीचे जैसे सैकड़ों ज्वालामुखी सुलगते रहते हैं। उस समय राहुल की सारी शक्ति उँगलियों के पोरों में जमा हो जाती है। बस, सहलाते रहो उसकी चिकनी, कोंपल जैसी कोमल, लचकदार देह को और पीते रहो उसकी गंध; तुरंत नहाये होने पर भी उसकी अपनी विशेष गंध है, बालों की जड़ों में, गरम साँसों में–

"अब तुम चले जाओगे, आगे पढ़ने ?" उसका स्वर उदास हो आया था।

"छुट्टी में आऊँगा।"

उसने राहुल की हथेली अपने दिल के ऊपर रख ली, राहुल उसकी समगति से धड़कना महसूस कर रहा है। फिर वह अपना चेहरा वहाँ रख देता है; अब उसके कानों में दिल की धड़कन सुनाई दे रही है।

वह कैसे, कहाँ मरी, इसका भेद राहुल को किसी ने नहीं बताया। अरे, गरीब-गुरबे कैसे मरते हैं, दो-तीन दिन लोटते-पोटते रहते हैं, कराहते रहते हैं, फिर मर जाते हैं। राहुल ने किसी को कहते सुना था।

आज वह होती तो क्या साथ-साथ कैलीफ़ोर्निया जा रहे होते ? अब भी कभी लगता है कि वह कँटीले झाड़ों के पीछे से उसे पुकार रही है। "राऽऽहुऽऽल–" आधी नींद में लगता है कि वह खाट पर बैठा जूते बाँध रहा है और उसने उठकर पूरा घड़ा

अपने ऊपर उँडेल लिया है। वह भी जैसे एक नृत्य की मुद्रा है, झुकना, बाँहों में घड़ा उठाना, और सिर के ऊपर ढाल लेना।

उसके बाद फिर किसी को प्यार करने का प्रश्न ही नहीं उठा। हर मैत्री और शारीरिक संबंध की शुरुआत उसे भुलाने का खोखला प्रयत्न, पर जल्द ही नया संबंध जैसे एक मशीनी उपचार बनकर रह जाता था, 'हम' केवल अच्छे मित्र रहे—यह कहने पर लड़कियाँ कितना गुस्सा करती थीं, और फिर धीरे-धीरे वह अकेला ही रह गया, और उसे ज़िन्दगी से शिकायत नहीं थी। जो ज़िन्दगी उसने गढ़ी थी, वह अब उसके सामने थी। स्पष्ट खुली पुस्तक की तरह—राहुल करोली मैसेच्यूसेट्स स्कूल ऑफ टेक्नॉलोजी से डाक्टरेट, विंडसर में दो साल पोस्ट- डॉक, तीन साल दिल्ली आई.आई.टी. में और अब कैलीफ़ोर्निया की सबसे नामी यूनिवर्सिटी में पढ़ाने और रिसर्च करने की नौकरी।

एलम्मा तीरथ पर निकली है। राहुल साथ है, रेलगाड़ी में वह एलम्मा के सामने की बर्थ पर सोता है। नमकीन चिवड़ा खाता है। रेल दक्षिण भारत की नदियों, पुलों, खेत-खलिहानों को पार करती हुई भागती जा रही है। स्टेशन पर रुकती है तो राहुल गरम चाय लेने या लोटे में ताज़ा पानी भरने के लिए उतरता है। वह स्टेशन का नाम पढ़ नहीं सकता। उसे जानने की कोई इच्छा नहीं है कि लेख तमिल में है या तेलुगु में—एलम्मा कसकर बालों को जूड़े में बाँधे है, वह गहरे नीले रंग की मोटी सूती धोती पहने है, उसका पोपला मुँह खुशी से दमकता है। हर मंदिर में वह नारियल और फूल चढ़ाती है। राहुल प्रतिमा के सामने खड़ा नमन करता है। पर उसके मन में कोई वांछा, कोई कामना नहीं है।

कितने दिन हो गये, रुकते-रुकते, उतरते, घूमते हुए। एक रात गाड़ी किसी स्टेशन पर थमने को है। उसकी पटरियों पर खट्-खट् से राहुल जाग गया है। सहसा एक आवाज़ उसके कान में पड़ती है।

"चाऽऽय, गऽऽरऽऽम, चाय"

वह तेज़ी से उठकर बैठ गया है। खिड़की से मुँह निकालकर पूछता है, "क्यों भइया यह कौन-सा स्टेशन है ?"

"जबलपुर।"

एलम्मा उसकी ओर पीठ करके सोई हुई है—बिना सोचे-समझे राहुल धीरे से डिब्बे से उतरकर आया है।

"दिल्ली, देहरादून की गाड़ी किधर मिलेगी ?" चायवाला उसे बिना देखे ही

कहता है, "दो घंटे में, छः नम्बर पर।"

राहुल अँधेरे में बेंच पर बैठा-बैठा जिस गाड़ी से उतरा है, उसे स्टेशन से जाते देखता है। एलम्मा के साथ और यात्री भी हैं। उसे तकलीफ़ नहीं होगी। राहुल बिस्तर चादर, सिरहाने का थैला वैसा का वैसा ही लटका छोड़ आया, वह इन्तज़ार करेगी, फिर कोई उसके बिस्तर को लपेट कर रख देगा और नीचेवाली बर्थ पर सो जाएगा।

स्टेशन से उतरकर घर की सड़क पकड़ते हुए राहुल की नज़र पान के खोखे पर पड़ती है। वह रुककर पूछता है, "तुम्हारी लड़की ?" उसका हृदय एक निमिष को प्रत्याशा से भर उठा है।

"उसे मरे तो बरस होने आया बबुआऽऽ" पानवाली कहती है, "तुम कहाँ चले गये थे ? माँ-बाप रो-रोकर काँटा हो गये हैं।"

वह धीमे-धीमे बरामदे में घुसा है। कोने में दरियाँ तहाई हुई रखी हैं। दो खाटें खड़ी हैं, दीवार पर नई खड़िया से घर का नम्बर लिखा है 17/51।

उसने साँकल खटखटाई है, बस एक दो बार। वह चुप खड़ा है। दरवाज़ा फटाक से खुलता है। बिजली की तरह बेबी उससे लिपट जाती है।

"मम्मी, मम्मी, राहुल भइया मिल गया। राहुल भइयाऽऽ" और वह गला फाड़कर रोती जाती है। और उसकी छाती पर छोटे-छोटे हाथों से मुक्कियाँ मार रही है। "कहाँ चले गये थे छोटे दद्दा—राहुल, कहाँऽऽ ?"

यह साल तो ख़राब ही हुआ। बाऊजी कहते हैं, चलो कोई बात नहीं, अगली जुलाई में कॉलेज चले जाना।

वह पुरानी पहचानी सड़कों, गलियों, गंगा के किनारे, नहरों के पुलों के आस-पास भटकता रहता है। सभी उसे देखकर प्यार से बोलते हैं, उसका हाल पूछते हैं, चाची सबसे पहले उसी की थाली में परोसती हैं। गौरव और बाऊजी चुप रहते हैं। अधिकतर वह भी। सिर झुकाकर चुपचाप खाने का स्वाद लेता रहता है। घुटी हुई अरहर की दाल, आलू मटर की तरकारी, टीन की छत के नीचे की रसोई में से कोयलों पर फुलाई गई रोटी की ख़ुशबू चारों तरफ़ मँडराती रहती है।

वाना को लगता है कि उसपर चारों ओर से दीवारें गिरने वाली हैं। पुराना तो घर पहले ही था, पर लिडिया पोर्टर के क़ालीनों, हाथी दाँत की सजावट वाले फ़र्नीचर और रेशमी पर्दों से सजा था। फ़र्नीचर सारा क्रिस्तीन ले गई थी पर्दे, क़ालीन सभी, पश्चिमी वर्जिनिया में अपने फ्लैट के लिए। शिवेश ने रंग-रोगन किया था। पर रंग धुँधलाये हुए थे। पर्दे अपने आप उसी ने सिये थे, पलंगों पर साँगानेरी छापे के सस्ते भारतीय बेडकवर थे जो सिमटे सिकुड़े ही रहते थे। चाहे जितनी बार

सलवटें मिटाओ, और अपने कपड़े, गिनी-चुनी स्कर्ट-ब्लाउज, धोओ और पहनो। सुबह से लेकर शाम तक, घर, रसोई, बच्चे मेहमानदारी। शालिनी हमेशा ही अच्छे पश्चिमी कपड़ों में आती थी। रेशमी या ऊनी फ्राकें, बुने हुए लम्बे-लम्बे स्वेटर, गले में स्कार्फ, सुएड के बूट। सारिका अभी साड़ी ही पहनती थी। कभी रेशम पर चारख़ाने, या चौड़ा बॉर्डर या प्रिंट। कोई साड़ी हज़ार रुपये से कम की नहीं होती थी। कानों में मोती के टॉप्स जो उसके साँवले चेहरे पर फबते थे। वाना ने अपने नकली मोती और प्लास्टिक की बाली बुन्दे और मालाएँ चुपचाप उतार कर अलग रख दी थीं।

वह इस घर से, इस शहर से एकदम ऊब गई है। राहुल का कमरा खाली है, जब भी उसकी उधर दृष्टि जाती है, रुलाई सी आती है। वाना आजकल उदास है। पूछने पर कहती है, "बाप रे ! ऐसी ठंड और बर्फ़ में कौन हँसबोल सकता है। चार महीने ऐसे ही बीतेंगे। न कहीं आ सको, न जा सको। आसमान ? ऐसा ही मनहूस, जब देखो तब बरफ़, सूरज का नाम ही नहीं है।"

वहाँ सब जगह धूप होगी, गरम, गुनगुनी धीरे-धीरे शरीर और चेहरे को थपथपाती हुई; वहाँ बनारस में, जहाँ चुन्नी और मुन्नी बुआ अपनी दिनचर्या कामकाज में व्यस्त होंगी। बड़ियाँ, मंगौड़ियाँ तोड़ने में, आलू और साबूदाने के पापड़ बनाने में, गंगा स्नान और पूजा-आरती में।

और कैलीफोर्निया में, जहाँ राहुल सिर्फ़ एक कमीज़ पहनकर अपनी बालकनी में बैठा रहता होगा। उसकी अधिकतर कमीज़ों के बटन टूटे हुए थे। दिल्ली के धोबी की कृपा से। उसकी छाती के घने घुँघराले बाल झाँकते रहते थे। उनपर नज़र पड़ते ही वाना के पूरे शरीर में सिहरन होने लगती थी। और मुस्कराने पर दायें गाल का हल्का सा गढ़ा और माथे पर का तिल। कहते हैं जिनके माथे पर तिल होता है उन्हें बहुत यश मिलता है जमीला बुआ परदेसी रही हैं। अचानक हाथ रोक कर कहती हैं "मृगा हास कस्तूरी बास, आप न खोजे, खोजे घास।" वाना तुरपाई करते-करते रुक जाती है, वह जमीला बुआ को अचकचाई आँखों से देखने लगती है।

"माशाल्लाह–" मशीन फिर चलने लगती है।

"दो आँखों की दो पुतलियों जैसे बेटे; ख़ाविंद आगे-पीछे डोलता है; दूधिया रंग, घर जगर मगर करता है, ऐ बीबी तुम काहे को इन लड़कियों की बातों पर दिल छोटा करती हो ?"

"कौन सी लड़कियाँ ? क्या बातें ?"

बिना कुछ कहे जमीला बुआ मशीन चलाने लगती हैं–और थोड़ी देर में पर्दे सी कर उसके आगे रख देती हैं।

"अरे, ये पढ़ी-लिखी लड़कियाँ, न ब्याह न बच्चे, अपने आगे किसी को

समझती ही नहीं।"

"ऐसा कुछ नहीं है जमीला बुआ, दोनों क़ाबिल और समझदार हैं—और मैं क्यों उनकी बातों पर दिल छोटा करूँगी ?" मुझे क्या ? झूठी ! मक्कार !! वाना के अन्दर अन्दर कुछ चुभता है। सारिका के आने से पहले नये पर्दे ऊपर टाँग दिये गये हैं। कमरों का कूड़ा-कबाड़ बटोर कर फेंक दिया है।

कुछ दिन वाना चुपचाप सारिका का मूड और पसन्द भाँपने के प्रयास में रहती है। सारिका ने गाड़ी आते ही ले ली थी, सेकेंड हैंड, मगर अच्छी दीखती थी। अपना इकतीस इंच का टीवी और वीडियो उसने शिवेश की सलाह से बैठक में रखवाया था। वाना को यह अच्छा लगा था। वह सारिका की मदद करने ऊपर गई थी, सारिका का सूटकेस पलंग पर खुला पड़ा था और उसमें साड़ियों की ढेरियाँ पर ढेरियाँ थीं।

"मम्मी मानी ही नहीं" सारिका ने थोड़ा हँसकर कहा "इतना सामान बाँध दिया जैसे दहेज़ दे रही हो।"

"क्या पता, यहाँ कोई ऽऽ।"

"नहीं यहाँ का कोई नहीं। मैं तो सिर्फ़ काम करने और अनुभव के लिए आई हूँ।" वह अपने बाल थपथपाती है, "मेरे तो वहाँ हैं—"

"वहाँ ? कौन ?"

वह शरमा रही है, "मेरे मँगेतर।"

"तुम उन्हें तीन साल को छोड़ कर चली आईं ?"

"बड़ा मुश्किल है, पर यह चांस भी तो छोड़ना नहीं चाहती थी। लौटकर अपना नर्सिंग होम खोलना चाहती हूँ।"

"क्या करते हैं तुम्हारे वो ?"

"डॉक्टर हैं, मेरी तरह। आजकल कानपुर में पोस्टिंग है।" कहते हुए सारिका के चेहरे पर मुस्कराहट आ गई है।

वाना क्या कहे—समझ नहीं पाती। उठती हुई कहती है, "चलूँ, चावल चढ़ा दूँ, घंटे भर में खाना परोसूँ ?"

"मेरी फ़िकर न करो वाना ! जब सब खाएँगे तभी मैं भी खा लूँगी।"

नियमित रूप से भारत से सारिका के लिए पत्र आते हैं। सप्ताह में दो-तीन, कभी-कभी दिन में दो भी, सारिका के पास अस्पताल में गाड़ी का पास है; शिवेश को भी सुविधा है, बस लेने के बजाय वह भी साथ चले जाते हैं। अस्पताल से फूड साइंस विभाग एकदम पास है। वाना सारिका की चिट्ठियाँ टेलीफ़ोन के पास रख देती है। सारिका घर में घुसते ही पूछती है "मेरी कोई चिट्ठी ?" कोट, बूट, मोजे, स्कार्फ़ उतार कर टेलीफ़ोन की मेज़ तक जाने का उसमें धीरज नहीं है। कभी-कभी वाना उसे चिट्ठी हाथ में पकड़ा देती है, और सारिका खड़े-खड़े ही लिफाफ़ा फाड़कर एक नज़र में पूरा पृष्ठ पढ़ लेती है। वाना के धुले, पूँछे, साफ़-सुथरे किचेन

के फर्श पर सारिका के गँदली बर्फ़ से भरे बूट छाप छोड़ देते हैं, पर उसे इस बात का ध्यान ही नहीं है। अक्षरों में डूबी हुई कभी वह मुस्करा पड़ती है, कभी गंभीर हो जाती है। फिर वह चिट्ठी पर्स में डाल कर, ऊपर का कोट उतारती है, कुर्सी पर बैठकर बूट खोलते हुए अपराध भावना से भर कर कहती है "अरे, यह फर्श मैंने गन्दा कर दिया।"

"कोई बात नहीं, मैं साफ़ कर लूँगी। तुम चाय पी लो, तैयार है।"

चाय का प्याला लेकर सारिका ऊपर चली जाती है। वाना एक फटी-पुरानी तौलिया लेकर फर्श रगड़ती है।

उसके अपने लिए कभी कोई पत्र नहीं आता। पंडित त्र्यम्बक पांडेय अपनी पूजा पाठ में व्यस्त रहते होंगे, बेचारी चुन्नी और मुन्नी बुआ के पास आठ-दस रुपये कहाँ से आएंगे जो टिकट ख़रीदें। वह ख़ुद भी तो सुस्त हो गई है। क्या लिखे? वह सब सोचते होंगे कि चुनमुन बिटिया अमरीका में रानी बनकर रह रही है। वहाँ निरन्तर बिजली पानी चलता है। खाने की इफ़रात, चिट्ठी रसा तक गाड़ी पर चढ़कर डाक बाँटता है। दूध-दही के नदी-नाले, सड़कें सोने चाँदी से पटी हैं, डालों में फलफूल नहीं, पैसे फलते हैं, तभी न; जो आता है टमाटर जैसे लाल गाल होते हैं, सामान का अन्त नहीं, ढेरों सूटकेस खुलते हैं तो बर्तन, कपड़े, स्वेटर, घड़ियाँ, लाली, पाउडर, तमाम अल्लम-गल्लम। चुन्नी बुआ प्रेम किशोर के घर की पुरोहतानी है; उनकी बहुएँ जब आती हैं तो बुआ देखती हैं और घर आकर विस्तार में बखान करती हैं—"उनके घर लौस एंजेलीस में स्विमिंग पुल है।" चुन्नी बुआ क़ायदे तरीक़े से अँगरेज़ी बोलती हैं। "पर तैरना किसी को नहीं आता।" छोटी बहू नये घर की तस्वीरें दिखा रही थीं, मैंने पूछा, "ऐ बहूरानी ! तुम भी जाँघिया-चोली पहनकर तालाब में तैरती होंगी?" तो हँसकर बोली, "यह तो दिखाने के लिए है पुरोहतानी ! इनने भी सारे डाक्टरों की तरह बड़ो घर बनवायो है, तैरना हमें क्या आता है ?"

भोली भाली चुन्नी बुआ; दिल में ख़ुशी समा नहीं रही थी। हरेक अतिथि से कहती थीं, "हमारी चुनमुन का भाग्योदय हुआ है, कैसा कार्तिकेय-सा वर मिला है। कलकत्ता से पी-एच.डी.. है पी-एच.डी। लाखों में कमाई होगी—"

अपना घर कब होगा, क्या मालूम ? फूड साइंस की नौकरी तीन साल के लिए है, वह भी फुल टाइम नहीं, दो बच्चे, और शिवेश का बस चले तो लांग डोरी ही लगा दें—

वाना रसोई में अकेले बैठे-बैठे फिर मूडी हो आई है। वह मन में गुनती है, दो बेटे, यह घर, शिवेश की नौकरी—जमीला बुआ ठीक ही कहती हैं, ख़ैर गोरा दूधिया रंग तो यहाँ झाड़ूवाली का भी है। इसकी क़द्र तो वहाँ ही है, जिसकी ताक़त पर शिवेश के परिवार ने उसे ही पसन्द किया—न पढ़ी न लिखी, न समृद्ध परिवार—बस एक गोरेपन पर—और यह सब, इसी रंग की कृपा से मन में कुछ

घुटन-सी है, उसे कभी किसी ने प्रेम पत्र नहीं लिखा। सारिका के साँवले चेहरे पर अपनी चिट्ठी पढ़ते वक्त कैसी छवि आ जाती है। शिवेश कितना चाहते हैं मुझे; चूड़ियाँ माला, बाली बुन्दे नहीं ख़रीदे तो क्या ? पर मन में फाँस है तो है। कोई उसे अकेले में चुपचाप नहीं बैठने देता। सारिका, शिवेश, बच्चे, कोई न कोई कुछ न कुछ माँग करता ही रहता है। सारिका ने कहा—"वाना, अँधेरे में खोई-खोई-सी क्यों बैठी हो ? क्या सोच रही हो ?"

"कुछ नहीं। शाम को क्या बनाऊँ यही सोच रही हूँ।"

"वाना—रसोई के आगे भी एक संसार है; फैला हुआ अनन्त ! तुम हमेशा दाल-चावल के प्रश्न में उलझी रहती हो। ऊबती नहीं ?"

वाना ने छोटी-सी हँसी से कहा, "मेरा तो यही साम्राज्य है दाल-चावल, लौंड्री, बच्चे—यही मेरी दुनिया है।"

"और इसी में तुम सुखी हो ? आगे कुछ करने, कुछ बनने की चाहना भी नहीं।"

"आगे क्या बन सकती हूँ ? आकाश विकास की माँ, इनकी पत्नी—मेरे आगे विकल्प ही क्या है ?"

"आगे पढ़ना शुरू करो। अँगरेज़ी सीखो; बच्चे बड़े होने पर मनपसन्द नौकरी करो, वाना ?"

"ये मुझे नौकरी करने देंगे ? इन्हें तो गरम-गरम दाल-भात और बच्चों की लाँगडोरी चाहिए"—वाना ने उत्तर दिया।

"और तुम्हें ?" सारिका ने हलके मगर आग्रह से पूछा।

"अभी तो बस ये दो काफ़ी हैं, इन्हें पाल-पोस लूँ। हाँ, कभी-कभी मन में आता है कि मैं भी स्कर्ट ब्लाउज और ऊँची एड़ी का जूता पहनकर नौकरी पर जाऊँ। मेरी अपनी गाड़ी हो।"

"तो उसमें बाधा क्या है ?"

वाना चुप। कैसे कहे कि शिवेश ने पहले ही जता दिया है कि वह वाना को बाहर नहीं निकलने देंगे। "इन्हें पसन्द नहीं है।"

"उफ़ ! वाना" सारिका खीज रही है, "यह ज़िन्दगी है किसकी ? तुम्हारी न ? यह शरीर किसका है ? किसने दो-दो बच्चों को जन्म दिया है ? तुम्हें अपने जीवन पर उतना ही अधिकार है जितना शिवेश को।"

"अभी तो यह दो ही काफी हैं। देखती नहीं सारा समय इन्हीं में निकल जाता है, कैसे पढ़ूँगी आगे ? इस उमर में ?"

अगले दिन सारिका ने उसे दवा का लिफ़ाफ़ा पकड़ाया है, "वाना; यही गोलियाँ हैं, अभी तो तीन महीने की सप्लाई है; फिर नुस्ख़ा भी दे रही हूँ—और यह है कम्यूनिटी कॉलेज का कैटेलौग—आगे पढ़ने के सारे कोर्स हैं इसमें—"

वाना लिफाफा खोलकर देखती है, वह समझ रही है कि सारिका का अभिप्राय उसे मदद करने का ही है।

"शिवेश गुस्सा करेंगे–"

"उनसे कहने की ज़रूरत क्या है ? बच्चा तो तुम्हीं को धारना होगा कि नहीं–"

कैसा बड़ा लालच। शिवेश के खिलाफ़ क़दम या अनचाहा बच्चा। उसने गोलियाँ रसोई में छिपा दी हैं। अब वह रोज़ गोली खायेगी–

वाना सोचती है, कितनी आसान है शिवेश से चोरी। वह तो प्रसन्न हैं कि वाना अब उतना ना-नू नहीं करती, जब भी ख़ींचो, बिना प्रतिवाद किये झुक जाती है।

कभी समय मिलने पर आगे पढ़ने के लिए कोर्स कैटेलौग भी देखेगी। पर अभी नहीं–अभी तो उसके हाथ भरे ही हैं।

सारिका रोज़ उसे याद दिलाती है, चुपके से–"गोली खाई ?"

वाना धीमे से हँसी है, "खा ली है।"

"गुड !"

और शिवेश अपने में मस्त, अनभिज्ञ, नौकरी पर जाते हैं, मुफ़्ती का मुर्ग पकाते हैं और कभी-कभी रातों को हँस कर कहते हैं "राहुल के बग़ल के कमरे में न होने से काफ़ी आराम है न ? तुम्हें हमेशा डर लगा रहता था कि चर्र चूँ उधर सुनाई देगी।"

वाना चुप रहती है, न हाँ, न ना।

सारिका ने उसे अपने बारे में बताया है। जहाँगीर मलिक और वह साथ-साथ पढ़े हैं, कॉलेज में मिले और एक-दूसरे को चाहने लगे। रुकावट सिर्फ़ एक है, जहाँगीर की अपनी चचेरी बहन से सगाई की बात बचपन में ही हो चुकी है, सट्टा-बट्टा, यानी अपनी बड़ी बहन चचेरे भाई से ब्याही जा चुकी है। चाचा दुबई में हैं, बेतरह पैसा है, चाची के पास पन्द्रह किलो सोना है।

"पन्द्रह किलो ?" वाना ने चौंककर कहा, "कितने तोले बने पन्द्रह किलो में ?"

"अन्धे के आगे रोये, अपने दीदे खोये–"

सारिका ने खीज कर कहा, "मैं दुखड़ा रो रही हूँ–"

"सॉरी, कहो, कहो, सुन रही हूँ"–वाना ने अपने को एकाग्र करते हुए कहा।

पर सारिका ने मुँह फुला लिया है–भले ही कृत्रिम रोष से।

पन्द्रह किलो में कितने तोले होते हैं ? वाना कढ़ाई में करछल चला रही है, पर उसका मन इसी में उलझा है। वह जानना चाहती है कि पन्द्रह किलो सोना कैसे सहेजा जाता है। गहनों में, टुकड़ों में, सिक्कों में, ईंटों में, फिर ईंटें तुड़ाई कैसे

जाती हैं। यहाँ चार चूड़ियाँ भी नसीब नहीं हुईं। वह लम्बी साँस लेती है। फिर वह भिंडी काटने लगती है। दाल चावल रोटी भिंडी आलू, बच्चों के कपड़ों की धुलाई, उनको नहलाना-धुलाना, खिलाना-पिलाना, बर्तन धोना, रसोई का पोंछा, सारे घर की झाड़; बाहर चारों तरफ़ बरफ़ ही बरफ़ के ऊँचे-ऊँचे ढूह, गँदला, धुँधला आसमान, पत्र पुष्प विहीन वृक्ष, सड़कें खाली, बसें और सारे वाहन ख़ाली, सारा दिन यों ही बीतता है। जमीला बुआ को ठंड और खाँसी हो गई है, उनका आना बन्द है इसलिए घर में और भी सन्नाटा है। टीवी की अँगरेज़ी वह समझ नहीं पाती। सारिका ठीक कहती है, उसे अँगरेज़ी सीखनी चाहिए—वह अनमने भाव से विकास के पालने को धीरे-धीरे हिला रही है। इसके आगे भी क्षितिज का विस्तार है। पर वाना इस घर की चौखट से कैसे बाहर निकले। सबसे पहला प्रश्न तो यही है। सच बात तो यह है कि पढ़ाई-लिखाई उसके बस की नहीं। वह चाहती है कि शिवेश लाइन पर लगें राहुल की तरह कहीं पक्की नौकरी लगे; फिर ख़रीदें गाड़ी, और घर; वाना जो मन आये वही शॉपिंग करे। हर साल बनारस वापस जाये, आठ बड़े-बड़े सूटकेसों में खचाखच सामान ठूँसकर। ठीक है, भारत में सब मिलता है पर अपनी समृद्धि की नुमायश करने का भी एक सुख होता है—

क्या यह सब इच्छाएँ ऐसी अनहोनी, असंभव हैं। उसे शिवेश पर झुँझलाहट आती है। सुनती है कि दूसरे पोस्ट डॉक्टर; अंजनेयल, नागार्जुन, बामदेव, संजय रात-रात भर लैब में बैठे काम करते रहते हैं। शिवेश नौ से पाँच तक। सप्ताहांत ख़ाली। खाना खाया, अख़बार पढ़ा, बीवी को प्यार किया और सो गये। इसी में संतुष्ट हैं—इसके आगे कोई महत्त्वाकांक्षा नहीं है। वाना के कभी-कभी कोचने पर शिवेश कहते हैं, "नागार्जुन, बामदेव, सब बैचलर हैं। घर लौटने की कोई प्रेरणा नहीं। क्या तुम्हें अच्छा लगेगा कि मैं वहीं बैठा रहूँ ? तुम्हें अकेला नहीं लगेगा ?"

वाना क्या उत्तर दे ?

वाना अनजाने ही सारिका की प्रतीक्षा करने लगी है। सारिका आयेगी तो साथ-साथ चाय पियेंगे, शिवेश भी अक्सर उसी के साथ आ जाते हैं। चाय के साथ बिस्कुट, तली हुई मूँग की दाल, समय मिला तो मठरी, पर आकाश और शिवेश, दोनों बाप-बेटों को मठरी इतनी पसंद हैं कि इधर बनी, उधर ख़त्म। चाय के बाद अगर बाहर न जाना हुआ तो हाथ मुँह धोकर सारिका साड़ी पहनती है। बाप रे—सारे दिन यहाँ के कपड़ों में कसे-कसे—उसका कहना है—स्कर्ट, ब्लाउज़, बूट पहनकर जैसे बौनी हो जाती हूँ। वाना कभी कहीं उत्सव में जाना हुआ तभी साड़ी पहनती है, वह भी दो ही हैं, एक तोता पंखी दक्षिणी सिल्क, और एक हल्दी रंग की पोचमपल्ली, पहली राहुल का उपहार और दूसरी क्रिस्तीन का। सारिका को दूसरे तरह के रंग

पसन्द हैं, धरती के, मिट्टी के, समुद्री नीला, काही; इन सब फीके-फीके रंगों की साड़ियाँ उसके पास हैं। दराज़ की दराज़ों में साड़ियाँ ऐसी भरी हैं कि बन्द भी नहीं होती; वाना प्रतीक्षा में है कि यह लोग आएँ तो चाय बने। उसे एकाएक महसूस होता है कि जैसे उसके जीवन की डोर किसी न किसी इन्तज़ार से बँध गई है—शिवेश की अच्छी नौकरी के, यह पुराना, अँधेरा, ढहता घर छोड़ कर अपने नये चमचमाते घर में, अपनी गाड़ी, अपने फ़र्नीचर, बच्चों के बड़े होने के। पर वह तो बड़ी चीज़ें हैं, बाद की—वाना ने अपने आप से कहा, अभी तो दिन छोटे-छोटे इंतज़ारों में टुकड़े-टुकड़े बिखरा है, बच्चे सो जायें तो घर की सफ़ाई हो, बच्चे उठ जाएं तो खाना खिलाकर रसोई उठाए। शाम को ये लोग आ जायें तो फिर बाज़ार चला जाये, दूध, भाजी ख़रीदने के लिए। पहले तो शिवेश आते वक्त डेयरी विभाग से दूध व अंडे ले आते थे, पर जब उसे पता चला कि विश्वविद्यालय के फार्म पर इन गायों पर तरह-तरह के प्रयोग होते हैं, तरह तरह की दवाइयाँ खिलाई जाती हैं—तब महँगा होने के बावजूद वाना ने बाजार सें दूध लेना शुरू कर दिया। सारिका ने आज गहरे काही रंग की साड़ी पहनी है, उस पर अंगुल मर का सुनहरा बार्डर—"ओफ़ओह—" वह कहती है, "कितना डल जा रहा है। मौसम को देखो, बर्फ़ ही बर्फ़; सूरज का नाम नहीं, उधर अस्पताल में मरीज़ ही मरीज़ साँस लेने तक की फ़ुर्सत नहीं—वाऽऽना, चलो कुछ करें—"

"जैसे कि ?" वाना जानती है कि बिनसर शहर है ही ऐसा, ठंड पड़ेगी तो छः महीने तक बर्फ़ ही बर्फ़ और काला आसमान। सारिका एक कैटेलौग देख रही है, "चलो, कोई कोर्स ही ले लें—फ्रेंच पढ़ें; डिस्को डांसिंग करें, फ़िल्में बनायें—"

वाना हँसती है, उसकी सुरीली हँसी कमरे में हलके-हलके हिलोरें लेती है, "मैं करूँगी ये सब ? तुम सीखो—तुम्हारे काम आयेंगे, नाचना, फ्रेंच बोलना अपने मियाँ जी के साथ—"

"तुम क्यों नहीं ? अच्छा, अच्छा, आकाश विकास की अम्माँ जो हो—शिवेश मिशिर की धर्मपत्नी—तुमने तो जैसे अभी से बुढ़ापे का चोला पहन लिया।"

बात वाना को चुभ गई है, वह हँसना बंद कर दुखी दृष्टि से सारिका को देखने लगती है।

सारिका ने महसूस किया है, "अरे वाना, मैंने कुछ ग़लत तो नहीं कहा, बच्चे व पति का मतलब यह तो नहीं कि हर नई खिड़की और दरवाजे बन्द कर लिए जायें—"

"यानी कि ?"

"यानी कि, यह जो वनश्री है, इसके भी तो कुछ निजी आयाम हैं; कुछ चाहें कुछ सपने—नहीं ? तो फिर इन्हें क्यों दफ़न कर दिया जाए ? आकाश, विकास, शिवेश; यह जेलर तो नहीं—इनके साथ अपने लिए कुछ और भी किया

जा सकता है।''

''मेरी क्या चाहतें, मेरे क्या सपने ? मैं तो इन्हीं तीनों के लिए समर्पित हूँ।''

''और यही खुशी है तुम्हारी ?''

''अभी तो यही।''

''और आगे ?''

''आगे भी यही रहेगी।''

''आर यू श्योर ? हम दिन-दिन क्षण-क्षण बदलते रहते हैं। बाहर की दुनिया हमें आह्वान देती रहती है—किशनजी की बंसी धुन सुन कर गोपियाँ भी सारे बंधन तोड़ कर घर से निकल पड़ी थीं।'' वाना ने धीर स्वर में कहा ''देखो सारिका—हम अभी 10 केनमोर स्ट्रीट पर बैठे चाय पी रहे हैं, पर हममें उत्तर-दक्षिण का अंतर है, मुझमें कुछ करने, कुछ बनने की इच्छा को प्रोत्साहन ही नहीं मिला। मिलता भी कहाँ से; बाप पुरोहित, संस्कृत के अध्यापक; मुन्नी बुआ बाल-विधवा, चुन्नी बुआ के पति गँजेड़ी, भँगेड़ी, जिनसे तंग आकर वह हमारे यहाँ चली आई थीं, कौन कहता—आगे पढ़ो, डॉक्टर बनो—मालूम नहीं क्यों इन्होंने पसन्द कर लिया, यहाँ ले आये, तीन साल में दो बच्चे। बस पाल-पोस कर बड़ा कर दूँ ज़िन्दगी का यह मक़सद पूरा—''

''सचमुच, वाना ? सचमुच—''

वाना सिर हिलाती है, जैसे अपने ही दिमाग़ से जाले साफ़ कर रही हो।

''आगे का क्या मालूम सारिका ? कभी-कभी मन होता है कि तुम्हारी तरह स्कर्ट और सुएड के बूट पहनकर स्मार्टली नौकरी पर जाऊँ। अपनी निजी गाड़ी हो, सर्राटे से चलाऊँ—अमरीकनों की तरह फर-फर अँगरेज़ी बोलूँ—''

सारिका ने उठते हुए कहा, ''वाना ! विदेशी छात्रों के लिए यहाँ अँगरेज़ी क्लास होते हैं। उनमें तुम्हारा नाम लिखवाये देती हूँ—''

''और बच्चे ?'' हिचकिचाते हुए वाना ने कहा।

''क्लास शाम को होते हैं। शिवेश से कहना वह बच्चे देखेंगे, या फिर जमीला बुआ को बुला लेंगे। वाना—अपने सपनों का पीछा करो—'' अंतिम वाक्य अँगरेज़ी में—वाना ने प्याले-प्लेटें बटोरीं—नल की धार के नीचे धोते हुए कहा, अपने आप से ''जैसे ये रानी जी अपने ड्रीम चेज़ कर रही हैं, जहाँगीर मलिक को वीजा मिलेगा, वह यहाँ आयेंगे, शादी होगी, फिर साथ-साथ रहेंगे, फिर भारत जायेंगे लौटकर वहाँ अल्मोड़े में अपना क्लिनिक खोलेंगे, वह आँखों का इलाज करेंगे, यह बच्चों का—अपने बच्चे होंगे तो उन्हें नौकर चाकर, आया, नैनी देखेंगे। शाम को लौटकर लान में बैठेंगे, चाय पिएँगे, क़तार की क़तार गुलदाऊदी के फूल होंगे, अल्सेशियन कुत्ते, माली, ड्राइवर—प्याले धुल गए, वाना पोंछ कर उन्हें शेल्फ़ पर रख देती है

क्या यह सारिका का सपना है ? यह तो उसने स्वयं स्कूल से बस पर आते हुए बचपन में टैगोर टाउन के बड़े-बड़े बंगलों के लान पर देखा है। अभी तो बस यही, दाल, चावल, बैंगन भुरता, बच्चों के कपड़ों, चादरों, तकियों की धुलाई, घर की झाड़ू—''

हाथ पोंछते हुए वाना रसोई की खिड़की से बाहर देख रही है, बर्फ़ के छोटे टुकड़े तेज़ी से गिर रहे हैं—झाड़ियाँ, पेड़ों, घरों की छतों पर बर्फ़ की तह ऊँची हो रही है।

गाने वाली चिड़ियाँ चुप हैं। धूप होगी वहाँ—यानी कैलीफ़ोर्निया में—राहुल बिना बटन वाली कमीज़ पहने बैठा होगा; वाना का मन घुँघराले बालों वाले सीने से अपना गाल सटा देने का होता है।

धत ! वह अपने को झिड़की देती है—यह क्या ?

इस सपने को सारिका सुने तो कभी भी पीछा करने की सलाह नहीं देगी।

वह विकास को दुलराने लगती है, उसका गाल छूती है, उसके बाल थपथपाती है, विकास एकाग्रभाव से चपचप करके दूध पीने में जुटा हुआ है, उसके पैरों की छोटी-छोटी उँगलियाँ हलके-हलके फड़कती हैं, वाना निछावर हो उठती है—सारिका या दूसरे क्या जानें यह गहरा तोष; अपना जाया बाँहों में लेकर वक्ष से सटाने का सुख—मैं इस समय सुखी हूँ—वह अपने को जता रही है।

चाहने पर भी वाना अपने मन से सारिका की बातें निकाल नहीं पाती। सपने ? हाँ थे तो—सफ़ेद ब्लाउज़ और गहरी नीली स्कर्ट पहन कर अँगरेज़ी स्कूल जाने के। गाड़ी में—आगे ड्राइवर, चपरासी, साथ में आया। यह थोड़े ही कि आकर स्कूल की महराजिन ने हाँक लगा दी और सड़क से बकरियों के झुंड की तरह लड़कियों को ले जाकर स्कूल में घुसा दिया। कोई धोती पहने है, कोई फ्रॉक, कोई सलवार कुर्ता, कोई जूता कोई फटी चप्पल। चन्द्रभागा देवी जी हर चीज़ का रट्टा लगवाती हैं, ''रामा, रामौ रामाः, सः तौ ते, तम तौ तान, तेन ताभ्याम्।'' उधर टैगोर टाउन में रिश्ते की करुणा मधुर स्वर में अँगरेज़ी गाना गाती है, पियानो बजाती है और जब भी उसके घर जाना हुआ, चुनमुन अपने में सिकुड़कर संकुचित हो जाती है। क्या हुआ जो दूधिया रंग है, चेहरा जो औरों को सुन्दर लगता है। हाँ, बिना पैसे के विवाह हो गया और शिवेश अमेरिका ले आए। आगे क्या ?

सारिका कहती है, आगे के लिए समय है। अपने लिए कुछ करो—अपने संतोष के लिए क्या जाने बिचारी सारिका कि अपने बालक को यों बाँहों में लेकर संतोष ही संतोष है फिर भी सारिका से उसे लगाव होता जा रहा है। अच्छा लगता है उससे बातें करना, उसके साथ बैठना। जिस दिन जहाँगीर की चिट्ठी आती है, सारिका सारी शाम चहकती रहती है, गुनगुनाती है, कभी-कभी वाना और बच्चों को घेरकर अपनी गाड़ी में शॉपिंग मॉल में ले जाती हैं, जहाँ सब आइसक्रीम खाते

हैं। आकाश इधर-उधर खुली जगहों में दौड़ता है, वाना और सारिका दुकानों की सजी-सजाई शो विंडो देखती हैं। बाहर बर्फ़ गिरे तो गिरे, मॉल तो ढका हुआ है छत है, ऊपर बिजलियाँ हैं, नीचे फव्वारे पेड़, पौधे, फूल।

कभी-कभी सारिका अपने आप चिट्ठी के बारे में बताती है, जहाँगीर क्या कर रहे हैं। वीज़ा के लिए दुबारा अर्ज़ी दी है। लोग कहते हैं कि राजनीतिक शरण माँग लो; भारत में वातावरण सही नहीं है। इस बिना पर वीज़ा मिल जाएगा। सारिका सहमत नहीं है, वह इंतज़ार करेगी, यहाँ काम करने में अनुभव और पैसा दोनों ही है। आगे सब कुछ काम आएगा।

"तुम आओगी तो हमारे साथ रहना।"

वाना हँस देती है, "कब तुम जाओगी, कब क्लिनिक खुलेगा। वहाँ जाते ही अपनी दुनिया में लीन हो जाओगी। कहाँ याद रहेगी यह अनपढ़, गँवार औरत?"

सारिका उसका हाथ पकड़ कर कहती है, "नहीं वाना, ऐसा नहीं हो सकता—" सामने से आती दो प्रौढ़ अमेरिकन स्त्रियाँ उसे घूरने लगती हैं। वह वाना का हाथ छोड़ देती है, और थोड़ा अलग होकर चलने लगती है। वाना जानती है कि यहाँ हाथ पकड़ कर सहेलियाँ नहीं केवल प्रेमिकाएँ चलती हैं। शिवेश को इस किसी में रुचि नहीं है। माल बन्द होने का समय हो रहा है, वाना ने बच्चों का जूता मोज़ा ठीक किया है। मोटे-मोटे कोट पहनाए हैं, वह आकाश के कोट के बटन बन्द करती हुई सारिका पर दृष्टि डालती है। सारिका अपने ख़्यालों में खोई हुई है। वह अपने लम्बे, भूरे रंग के महँगे कश्मीरी कोट की जेबों में हाथ डाले खड़ी हुई है।

वाना उठकर अपना कोट पहनती है। कोट हलका और सस्ता है। पर उसे शिकायत नहीं है—वह भरी-पूरी है। आकाश विकास जो हैं उसकी गोद में। उसके हीरा-मोती, उसके सूरज-चन्दा, उसकी आँखों के तारे—

शिवेश की लैब चल रही है, वह देर से घर लौटेंगे। बच्चों को पीछे की सीट पर बैठा कर वह सारिका की बग़ल में बैठ गई है। "तुम्हें देखकर अच्छा लगता है वाना।" सारिका के हाथ स्टियरिंग व्हील पर स्थिर हैं, "अपने संसार में कितनी सुखी, सन्तुष्ट हो। कभी-कभी लगता है कि मैं ही क्यों इतनी अस्थिर, इतनी बेचैन रहती हूँ। जो है उससे कभी सन्तुष्ट नहीं—"

सारिका ने जो कहा है उसका उत्तर वाना के पास नहीं है, वह चुप रहती है। घर अँधेरा है, बस सामने पोर्च की बत्ती जल रही है। दोनों बच्चे सो गये हैं। उन्हें गाड़ी से अन्दर लाते हुए वाना का हृदय प्यार से भर उठता है; मेरी दोनों आँखों की दो पुतली। वह उन्हें धीरे से बिस्तर पर लिटा देती है। उनके कपड़े हलके-हलके उतारते हुए वह टीवी की आवाज़ सुनती है। सारिका ने अन्दर आते ही टीवी चला दिया है। वाना टीवी कम देखती है। बोली ही नहीं समझ आती।

तीन साल से ऊपर होने को आये, वाना को अभी फ़र्राटे से अँगरेज़ी बोलना ही नहीं आई। स्त्रियों और अशिक्षित पुरुषों की तरह वह भी गलत-सलत बोल ले तो बात और, पर राहुल की ठेठ अमरीकन, और तो और अपने गड्बदे, हँसमुख और आलसी शिवेश भी ठसक से अँगरेज़ी बोलते हैं। वाना शालिनी के छोटे-छोटे कटे घुँघराले बालों, पेंसिल की तरह सीधी सतर देह और महँगे कपड़ों वाले वेश को अपनाना चाहती है। सीधी सतर देह तो उसकी भी है। पाँचों प्रकार की सुन्दरता मेरी बेटी में है, पंडित जी ने शिवेश से कहा था—सुन्दर तो मैं हूँ; वाना अपने से कहती है, पर पौलिश नहीं है, निखार नहीं है, और वह कैसे, कहाँ से आये, इसका उसे पता नहीं है। शिवेश और राहुल को देखो; साथ-साथ एम.एस-सी. पास किया; राहुल की स्मार्टनेस देखो, और इन्हें। वह जींस और टूटे बटन वाली कमीज़ में भी कितना प्रभावित करता है और यह सूट में भी ऐसे ही लगते हैं, काम चलाऊँ; कोई मुश्किल से कहेगा कि विदेश में रहते हैं। बच्चे बड़े हो जाएँगे तो चूल्हे चौके से बाहर निकलेगी, हाथ में ब्रीफ़ केस लेकर काम पर जाएगी।

शेखचिल्ली—वह अपने आप से कहती है और अपने आप पर हँस लेती है।

जाड़ा है कि जम कर बैठ ही गया है; जाने कब जाने का नाम लेगा। बारी-बारी से सब बुखार और सर्दी में बीमार पड़ चले हैं; सिवा सारिका के; जो दिन पर दिन पीली पड़ रही है, उसे अस्पताल से ही छुट्टी नहीं मिलती।

"बाबा रे !" वह झुक कर जूतों के फ़ीते खोल रही है, "सारा शहर ही बीमार है। मरीज़ पर मरीज़, ठठ के ठठ। ताँता जैसे ख़त्म ही नहीं होता।" वह उठ खड़ी होती है।

"वाना ! एक कप चाय मिलेगी ?"

"चाय तो बनी भी, और ठंडी भी हो गई। तुम्हारे इन्तज़ार में मैं भी बैठी रही। चलो अभी आती है।" वाना ने देखा, सारिका का पूरा चेहरा एकदम रक्तहीन और थका है। जैसे सारी शक्ति ही रिस गई हो। एकदम कुम्हलाई और जैसे अभी खड़े होते ही गिर पड़ेगी "अभी लाई।"

सारिका चाय का कप लेकर ऊपर चली जाती है; वाना अकेले बैठे चाय पी रही है और सोच रही है, दूध एकदम ख़त्म है, शिवेश तो बस से आयेंगे, न जाने कब और सारिका से कहे तो कैसे। पर सारिका जब प्याला लेकर नीचे उतरती है तो वह अस्पताल के कपड़े बदलकर बाहर जाने के लिए तैयार दीख़ती है।

"बाहर जा रही हो ?"

"हाँ, क्यों ?"

"दूध ख़त्म है।"

"अच्छा, ले आऊँगी।"

वह जल्दी ही लौटती है। गैलन की एक बोतल उसने रसोई की मेज़ पर रख दी है, बोतल ठक् से बोलती है। वाना ने अनायास ही मुड़ कर देखा–

"सारिका ! क्या बात है ? सब ख़ैरियत ?" सारिका की आँखें रोई-रोई हैं, वह कुर्सी पर बैठ जाती है; उसकी आँखें भर आती हैं और मौन आँसू गालों पर बह आते हैं।

वाना के एक हाथ में चाकू है, एक हाथ में गोभी–सामने गोभी के छोटे-छोटे टुकड़े एक तरफ़, डंठल और पत्ते दूसरी तरफ़। वह बिना शब्द किए चाकू काउंटर पर रख देती है, तौलिए से गीले हाथ पोंछती हुई वह साथ की कुर्सी पर बैठ जाती है, चुपचाप।

"वाना ! हमारा रिश्ता टूट गया।"

रिश्ता टूट गया ? "कैसे ?"

"उन्होंने शादी कर ली।"

"शादी कर ली ?" वाना हर बात दोहरा रही है, झटके और अचम्भे से।

सारिका ने आँसू पोंछे, "निकाह तो उनका बरसों पहले ही हो चुका था। रुख़सती नहीं हुई थी, अब वह भी हो गई।"

थोड़ी देर चुप रह कर वाना ने पूछा–

"तुम्हें मालूम था यह ?"

"मालूम होता तो बात इतनी न बढ़ती। बस यह कहा था कि बात है, पर बात टूट भी जाती है। कहते थे बहन के बदले में वह लोग अपनी बेटी देना चाहते हैं।"

"ख़त में कहते हैं, कि हमारे बीच कुछ नहीं बदला है, हम जैसे थे, वैसे ही रहेंगे–"

वाना ने पूछा "इसका क्या मतलब ?"

"मतलब यह कि एक बीवी रहेगी पाकिस्तान में, और चाहते हैं कि मैं रहूँ यहाँ–"

"ऐसा कैसे ?"

"मैंने उनसे कह दिया कि मैं एक बेकसूर औरत का हक़ नहीं छीनना चाहती और तोड़ दिया रिश्ता–"

"ऐसे कैसे सारिका, कुछ तो अपने लिए भी सोचा होता–"

"क्या सोचूँ अपने लिए ? मेरी भी इज्ज़त है आत्म-सम्मान है। घमंड है मुझे अपने प्यार पर। मैं साझा नहीं कर सकती या इस पार या उस पार–"

वाना चुप है। यह बात उसके अनुभव, उसकी समझ से परे हैं।

''मुझे पता होता कि जहाँगीर का निकाह हो चुका है तो अपने आकर्षण का गला घोंट देती। पर मैंने तो उसे अवसर ही नहीं दिया, सुबह जहाँगीर, शाम जहाँगीर—जहाँगीर जागते में, जहाँगीर सपनों में—और वह भी पूरे-पूरे साझीदार रहे; उधर एक लड़की दुबई में बीवी बनी रहती रही।''

''पर सोये तो नहीं उसके साथ। सिर्फ़ एक रस्म ही तो हुई।'' वाना ने धीरे से कहा।

''रस्म ! निकाह से बढ़कर और क्या रस्म हो सकती है।''

''तलाक़ भी तो...''

''तो पाँच साल तक दिया क्यों नहीं ?''

सारिका अब खुलकर रो रही है, वाना के दिल को कोई नाखूनों से छील रहा है। वह उठकर उसके पास खड़ी हो जाती है और धीरे-धीरे उसके बाल थपथपाने लगती है। वह खुद दुखी हो आई है, उदास आँखों से वह खिड़की के बाहर देखती है जहाँ घना अँधेरा है जिसमें बर्फ़ के गाले भी छुप गए हैं।

सारिका रात-रात भर नहीं सोती, अपने कमरे में इधर से उधर चक्कर लगाती रहती है। कमरा ठीक वाना के कमरे के ऊपर है। वह अपने पलंग पर एक ओर शिवेश और दूसरी ओर गद्दी पर विकास के बीच लेटी-लेटी सारिका की पदचाप सुनती है। तो ऐसा होता है प्यार, और ऐसे टूटता है दिल—वाना सोचती है। शिवेश जो गहरी नींद में खुर्राटे ले रहे हैं, वह उनके प्रति आभारी हो उठती है।

ऊपर से सारिका संयत है; उसका रुटीन, सारे दिन अस्पताल, शाम को घर, पर वह ज़्यादा-से-ज़्यादा समय अपने कमरे में बिताती है। कमरा खूब ठंडा रहता है। वाना उसके हर कोने से परिचित है। ऊपर तक ठीक से गर्मी पहुँचती नहीं। जाड़ा भर खिड़की के काँच पर बर्फ़ की मोटी परत जमी रहती है, और दरारों से ठंडी हवा कमरे को और भी ठंडा कर देती है। कभी-कभी वाना पूछती है ''कम्बल चाहिए ?''

''नहीं हीटर लगा हुआ है।'' सारिका ने कहा। हीटर भी मद्धिम-मद्धिम रोशनी और गरमी देता है। इस घर की हर चीज़ की तरह वह भी पुराना है।

वाना चाय बनाकर शिवेश सारिका को दे रही है; उसने ताज़ा-ताज़ा गाजर का हलुआ बनाया है। पर सारिका ने दो चम्मच खाकर प्लेट में छोड़ दिया।

''ठीक नहीं बना क्या ?''

''बहुत अच्छा'' शिवेश ने कहा, ''थोड़ा और देना, आज राहुल का फ़ोन आया था।''

वाना ने प्लेट में हलुआ डालते हुए शिवेश से पूछा, "क्या कहा ?"

"आ रहा है कुछ दिन को वहाँ छुट्टी भी है और डॉक्टर को दिखाना भी चाह रहा है।" सारिका चुप है।

"तुम्हें कोई कष्ट नहीं होगा सारिका ! वह अपने पुराने कमरे में रह जाएगा।"

"मुझे क्या कष्ट ?"

वाना मन में आनन्द की एक लहर दौड़ती हुई महसूस करती है। सारिका कुछ कहे या न कहे; घर पर उदासी के बादल घिर आए हैं, न ज़्यादा बातचीत न पहले की तरह हँसना-बोलना। वाना भी चुपचाप काम में लगी रहती है, ऊपर से घनाच्छन्न मौसम।

राहुल अपने साथ कैलीफ़ोर्निया की गरमी का टुकड़ा ले आया है। कुछ ही महीने में धूप से उसका रंग तांबई हो गया है, चेहरे में आँखें विशेष तौर से चमकीली लगती हैं। वह साथ में ताज़े फलों की पेटी लाया है। आकाश खाने में जुटा हुआ है।

वाना को बहाना मिला है, व्यस्त रहने का—वह खड़ी-खड़ी चीले और पकौड़े बना रही है। ईंधन क़ी भट्ठी जवाब दे गई है। शिवेश अपने एक मित्र के साथ बनाने में लगे हैं, पूरा दिन निकल गया पर ठीक नहीं हुई। बैठक में आग जलाकर सब वहीं बैठे हैं। लकड़ियाँ जलने की सोंधी-सोंधी महक कमरे में है।

"अगर भट्ठी न चली तो रात में बहुत ठंड लगेगी। ऊपर कैसे सो पाओगी सारिका ?" वाना का स्वर चिंतित है।

"आज मेरी रात की ड्यूटी है।" सारिका ने कहा।

"भट्ठी अभी बनी जाती है।" शिवेश ने एक बियर खोल कर राहुल को पकड़ाई।

"कब से सुन रही हूँ।" वाना ने कहा।

"रजत स्टार्ट करने ही वाला है।"

कमरे में एक क्षण को सन्नाटा हो गया, सभी के कान नीचे लगे हैं, अब भट्ठी चलने की आवाज़ आई, अब आई, अब आई।

"मैं भारत लौट रही हूँ।" सारिका ने अचानक कहा। तभी भट्ठी के शुरू होने की आवाज़ आई और तेज़ गरम हवा का झोंका कमरे में घुस आया।

"यह कैसे हुआ ?" वाना झटके से स्तब्ध रह गई।

"मेरे लौटने का निर्णय या भट्ठी का चलना ?" सारिका ने व्यंग से पूछा।

"दोनों।" वाना की आवाज़ रुँआई हो आई।

"मैं काफ़ी समय से सोच रही हूँ, यहाँ रहने का कोई फ़ायदा नहीं, मुझे इस देश में तो रहना है नहीं। जितना अनुभव हो गया है, वह मेरे लिए काफ़ी है।"

"तुम्हारी फ़ेलोशिप ख़त्म होने में तो समय है।" शिवेश ने कहा।

"छोड़ दूँगी।"

"सोच लो सारिका—" शिवेश ने कहना शुरू किया, "ऐसा चान्स बीच में छोड़ कर भारत लौट जाना; यद्यपि तुम्हारे निर्णय में मुझे बीच में बोलने का हक़ तो नहीं है, फिर भी मँझधार में सब छोड़ कर जाने का क्या तुक है ?"

"मैं थक गई हूँ। मुझे अब यहाँ एक-एक दिन सज़ा लगता है। मैंने वहाँ, घर पर लिख भी दिया है। मम्मी-पापा दोनों ही मेरे निर्णय पर खुश हैं।"

"तो वहाँ क्या करोगी ?"

"कुछ दिन लखनऊ में आराम। फिर क्लिनिक खोलने का इन्तज़ाम करूँगी। पापा की प्रापर्टी है पहाड़ पर—"

"राहुल से पूछो, यह गए थे भारत—" शिवेश ने व्यंग से कहा।

"मैं तीन साल के कॉन्ट्रैक्ट पर गया था। हमेशा के लिए थोड़े ही—" राहुल ने प्रतिवाद किया।

"तुम्हें जो ठीक लगे—" वाना मन ही मन आहत है, सारिका ने उसे बताया तक नहीं, राय लेना तो दूर। लखनऊ लिख भी दिया, जवाब भी आ गया—

सारिका प्लेटें-प्याले इकट्ठे करने लगती है। यानी कि बात ख़त्म। आगे उसे कुछ नहीं कहना।

सिंक में वह बर्तन रख रही है, वाना पीछे-पीछे आई है—"तुम जहाँगीर मलिक के कारण ही लौट रही हो न ? उनसे मिलोगी ?"

"वह अध्याय तो समाप्त हो गया वाना।" सारिका ने कहा, "मैं अपने लिए लौट रही हूँ; मैं एक बिन्दु पर अटक कर रह जाना नहीं चाहती। मुझे और काम करने हैं, मेरी ज़िन्दगी को नई गति चाहिए।"

"पर यहाँ आकर कोई वापस नहीं जाता।"

वाना कहती जाती है, "पढ़े-लिखे लोग, एम.ए. पी-एच.डी., डॉक्टर टैक्सियाँ चलाते हैं, बैंकर अफ़सर लोग सड़क पर फल बेचते हैं, भले घरों की पर्दानशीन औरतें बेट्रेसो का काम करती हैं। कोई नहीं जाता, झूठे सच्चे कारण ये सभी रहना चाहते हैं।"

"बात यह है वाना; कि किसके लिए भारत में क्या उपलब्ध है, मेरे लिए तो वही सब कुछ है, मेरा भविष्य, मेरी महत्त्वाकांक्षाएँ, माँ-बाप। अपने देश को कुछ वापस देना चाहती हूँ।"

उसने लम्बी साँस ली। "रहे जहाँगीर मलिक, तो उन्होंने अपना रास्ता उसी दिन बदल लिया जिस दिन दुल्हन की रुख़सती करा लाए। मुझे उनसे कोई शिकायत नहीं है, न कोई आशा।"

वाना प्याले पोंछने लगती है। रसोई हमेशा गरम रहती है; वाना को यहाँ आकर राहत मिलती है, यह उसका राज्य है। दीवार से चमाचम, स्वच्छ बर्तन टँगे

हैं, उनके पेंदे ताँबे के हैं और शीशे की तरह चमकते हैं। ऊपर शेल्फ़ पर जैम, जैली, अचार है, अपने बनाए हुए, लिडिया पोर्टर की पुरानी पर अब महँगी बोतलों में। अलमारी में आटे, दाल, चावल, चीनी बड़े-बड़े मर्तबानों में। ऊपर के खाने में अमरीक सिंह के पेट्रोल पम्प से मिले मुफ्त खाने के बर्तन। सारिका भी अपनी गाड़ी में वहीं से पेट्रोल डालती है और वाना के बर्तनों में वृद्धि हो रही है।

"मैं क्या जानूँ सारिका—जितनी बुद्धि है उसके अनुसार कहती हूँ।"

"बुद्धि की तुममें कमी नहीं है।" सारिका उसे सीधी दृष्टि से देखती हुई कहती है, "अच्छा वाना, मुझे प्रौमिस करो कि तुम आगे कुछ करोगी; अभी यह गृहिणीपना ठीक है मगर तुम यों ही घरघुसनी बन कर नहीं रह जाओगी।"

"तुम्हें विश्वास है कि मैं गृहिणी से अलग कुछ बन सकती हूँ।" वाना की आवाज़ पतली और अनिश्चयपूर्ण है। उसे आश्वासन चाहिए।

"सौ प्रतिशत।" सारिका के चेहरे पर हलकी-सी मुस्कान आ गई है, "और जब तक नया शिशु नहीं चाहोगी तब तक गोलियाँ लेती रहोगी। शिवेश से कुछ भी कहने की ज़रूरत नहीं है। पुरुष में अपनी निवृत्ति के आगे सोचने का माद्दा ही नहीं होता।"

वाना भी हँसी है, पर उसने आगे कुछ नहीं कहा। "अगर मैं यहाँ न आती तो वह सब कुछ न होता जो हुआ। जहाँगीर के सामने रहती तो यह हो नहीं सकता था कि वह परिवार के दबाव में आ जाते। पर चलो, जो हुआ सो हुआ। मेरी ग़लती थी। मुझे जब यह दुर्लभ फ़ेलोशिप मिली तो मैंने सोचा कि यहाँ के अस्पताल जैसा अनुभव कहाँ मिलेगा बच्चों के कैंसर पर कुछ जानने-सीखने का। और दो सालों में सीखा भी थोड़ा बहुत।"

"तुम फिर लौटकर आओगी ?"

"आऊँगी। ज़रूर आऊँगी। विभाग के हेड डॉ. ब्राइस से मेरी बात हो गई है।"

अब कुछ और कहने को नहीं बचा। भट्टी निरंतर घर्र घूँ भट् भटाक् करती हुई चल रही है और सुबह से ठंडे घर में जैसे गरम साँसें लौट रही हैं।

सारिका इतनी जल्दी सब कुछ कर लेगी वाना ने सोचा भी नहीं। काफ़ी किताबें और डॉक्टरी सामान उसने सीधा ही भिजवा दिया है। उसने टी.वी. सस्ते में शिवेश को दे दिया। अपनी गाड़ी बेचने का विज्ञापन वह चलने से दो चार दिन पहले देगी, ऐसी गाड़ी खड़े-खड़े बिक जाती है। अब वह अपने सामान की छँटाई कर रही है। अधपुराने जाड़े के कपड़े, चादरें, कम्बल, स्वेटर, बालों की चिमटियाँ, कर्लर, शैम्पू, जूते-चप्पल सब उसने प्लास्टिक के बैगों में डालकर कुछ फेंकने और कुछ 'गुडविल इंडस्ट्री' में दान देने को जमा किए हैं। वाना उसकी मदद कर रही है।

"सुनो वाना, एक बात कहती हूँ, मना मत करना। छः-सात एकदम नइ साड़ियाँ हैं, तुम्हें देना चाहती हूँ–" वह दराज़ से निकाल कर पलंग पर रख देती है। वाना देखती है, साड़ियाँ सुन्दर हैं। सारिका की हर साड़ी सुन्दर होती है। हल्के रेशम, भारी रेशम, चिकन के काम की सूती, छपी हुई–वही फीके, रिसे हुए से रंग।

"जो पहनी हैं उन्हें तो ले जाऊँगी। वहाँ और नई ख़रीद लूँगी, यह तुम रखो, पसन्द है न ?"

"इतनी महँगी चीज़" वाना असमंजस से कहती है, "तुम ले जाओ न। तुम्हारे काम आयेंगी–"

"मगर मैं चाहती हूँ कि तुम रखो–"

सारिका उसे स्थिर दृष्टि से देखती है।

"इनसे पूछना पड़ेगा–"

"यह मेरे और तुम्हारे बीच की बात है, इनसे उनसे क्या पूछना।"

"थैंक यू सारिका। बहुत सुन्दर हैं, अभी इन्हें दराज़ में ही रखी रहने दो, बाद में ले लूँगी।"

सारिका उसे अपने कामों में उलझाए हुए है, चलते-चलते शॉपिंग, पैकिंग में मदद; वाना असमंजस में है, उसकी इच्छा है कि ज़्यादा समय राहुल शिवेश के साथ बिताए, वह ऊपर-नीचे चक्करघिन्नी की तरह नाच रही है। सारिका को अकेले छोड़ते भी नहीं बनता। राहुल के आने से शिवेश उत्फुल्ल हैं, दोनों शाम को साथ-साथ बैठकर बीयर पीते हैं और अपनी-अपनी रिसर्च की बातें करते हैं, शिवेश को पूरे समय नौकरी मिलने की आशा है, प्रोफ़ेसर अनुदान की प्रतीक्षा में हैं।

"पूरे समय के लिए साइंटिस्ट हो जाऊँ तो फिर यह घर छोड़ दूँगा, विश्वविद्यालय के घर के लिए अर्ज़ी दे रहा हूँ, बच्चों के लिए भी अच्छा रहेगा। वहाँ का स्कूल बहुत अच्छा है और तुम ?"

"अभी तीन साल तो वहाँ हूँ ही–फिर देखा जाएगा।" राहुल ने कहा।

वाना टुकड़ों में बँट गई है, अगर सारिका ऐसे अचानक न जा रही होती तो यह ख़ुशी उल्लास के दिन थे, लम्बी सर्दी में कुछ परिवर्तन, कुछ हँसी, कुछ मित्रों का जमाव। पर सारिका के गंभीर मूड में यह सब असंगत लगता है। जैसे सारिका हँसना, मुस्कराना सब भूल गई है। गंभीर तो वह हमेशा थी पर अब तो उसके होठ भिंचे ही रहते हैं। पलकें बड़ी-बड़ी काली आँखों पर झुकी-झुकी, जैसे पूरी आँखें खोल कर देखने में बहुत प्रयत्न लगता हो। चेहरा एकदम पीला; घुँघराले बाल रूखे और लापरवाही से जूड़े में बँधे हुए। अस्पताल में उसका फ़ेयरवैल हो गया है, डॉक्टर ब्राइस और अन्य डॉक्टरों ने सारिका को पूरी-पूरी मदद का वायदा किया है। डॉक्टर 'ब्राइस' उद्घाटन पर आयेंगे। सारिका ठीक-ठीक जानती है कि वह क्लिनिक कहाँ

बनेगा, अल्मोड़ा शहर से थोड़ा ही हटकर; ईसाई क़ब्रिस्तान के पास ही पिता डॉ. जोशी की ज़मीन है, बस, ऐसे ही पड़ी है, छोटा-सा बँगला है और चारों ओर बाग़-बग़ीचा। सारिका लखनऊ लौटते ही आर्किटेक्ट को बुला कर नक़्शा बनवाएगी। वाना को अब भी आशा है कि जहाँगीर मलिक उसके पास लौटकर आयेंगे और सारिका उन्हें अपना लेगी। पर ज़रीन का क्या होगा ? वाना को इतनी दूर सोचने की ज़रूरत नहीं है।

"अगर वह लौटकर आएँ तो उन्हें 'ना' मत करना सारिका।" वाना अटक-अटक कर कहती है।

सारिका चुप, एकटक उसे देखती है, "कितनी भोली हो तुम, वाना। ज़िन्दगी कोई फ़िल्मों की कहानी नहीं है जिसमें अन्त में सब ठीक हो जाएगा।"

"जानती हूँ" वाना शर्मिन्दा है। "पर जिसे इतना चाहा, उसे ना मत करना, मुझे अभी भी पता है कि जिसे तुम चाहती हो, उसे सिर्फ़ मान और हठ की बिना पर नकार दो, यह स्वयं अपने को झुठलाना है।"

"उनके बीवी है वाना।"

"पर तलाक़ भी तो हो सकते हैं।" वाना सारिका का हाथ पकड़ लेती है। "अगर वह आएँ तो उन्हें एक चांस और देना सारिका। अपने लिए—"

सारिका के होठ विद्रूप से खिंच गए हैं, उसने वाना के हाथ थपथपा कर अलग कर दिए हैं।

सारिका किताबों के आख़िरी बंडल पार्सल से भेजने पोस्ट ऑफ़िस जा रही है। "लौटते पर दूध लेती आओगी ?" वाना पूछती है।

"तुम साथ चलो न।"

"बच्चे ?" वाना हलके-हलके हाथी दाँत की नक्काशी की छोटी-सी मेज़ को छू रही है। क्रिस्तीन की नज़र से यह तिपाई कैसे बच गई, उसने सोचा। सारिका के सिरहाने रक्खी रही, अब मेज़पोश हट जाने के कारण उसका आकार व सुन्दरता प्रकाश में आ गई।

सारिका तो जा ही रही है, दो-चार दिन में, अभी नीचे उठा ले जाना सही नहीं लगेगा। जाने के बाद यह तिपाई और दराज़ में से साड़ियाँ ले जाऊँगी। वह अन्दर-अन्दर सोचती हुई ऊपर से कहती है, "बच्चे सुबह से झींक रहे हैं।"

"तो उन्हें भी ले चलो, ताज़ी हवा लगेगी। पोस्ट ऑफिस के बाद बाज़ार चलेंगे, फिर आइसक्रीम खायेंगे।"

अभी दोपहर का ढाई बजा है, शिवेश चार साढ़े चार बजे लौटेंगे। राहुल किसी सहयोगी से मिलने अरबाना चला गया है। वाना आकाश को जूता मोज़ा कनटोप पहनाती है उसके कोट की जिप़ लगाते हुए कहती है, "अब रोना बन्द करो सारिका आंटी आइसक्रीम खिलाने ले जायेंगी।"

"मुझे गेंद भी चाहिए।"

"अच्छा, उधर बैठो। तुम्हें गेंद भी दिला देंगे।" कल आकाश ने रसोई में गेंद से प्याला तोड़ दिया था, उसकी गेंद ज़ब्त है इसी से लगातार तंग कर रहा है। छुटंकू विकास दूध पीकर सन्तुष्ट है। दोनों बच्चों को तैयार करके वह बारी-बारी से दोनों के गाल चूमती है—"मेरा सूरज—मेरा चन्दा—"

अब वह भी तैयार है—बूट, लम्बे मोज़े, दस्ताने, काला कोट, सिर पर स्कार्फ़; दइया रे, कब छुटकारा मिलेगा इस ठंड से, इससे तो चिपचिपी अँघौरी भरी गर्मी ही भली। स्कार्फ़ और कोट के कालर के बीच उसका अपना चेहरा बिलकुल बच्चों की तरह दीखता है। ढके हुए माथे के नीचे पतली-पतली प्राकृतिक धनुषाकार भौंहें, चमकीली आँखें, सीधी सतर सुडौल नाक, और पतले-पतले होठ—सब एक क़तार से निकलते हैं। वाना आकाश विकास को पीछे अपनी-अपनी सीटों पर बैठा कर पेटी कस रही है। सारिका ने पीछे ट्रंक में किताबों के डिब्बे लगा दिए हैं। अब वह एक बड़ा-सा डिब्बा अँटाने की कोशिश कर रही है। "यह फ़ालतू में ही ख़रीदवा दिया वाना। मैं कहाँ रसोई करूँगी—"

"अब ख़रीद लिया है तो ले ही जाओ सारिका। इतने अच्छे बर्तन हैं, काम आयेंगे।"

डिब्बा किसी तरह रख लिया, ऊपर से रस्सी बाँध ली; सारिका कितनी पटुता से गाड़ी चलाती है, न झटका, न धक्का—वाना हमेशा सोचती है, दोनों चुप हैं।

इस पोस्ट ऑफ़िस में हमेशा भीड़ रहती है—एक किनारे गाड़ी खड़ी करके वाना डिब्बे उतार रही है।

"मैं मदद करूँ ?"

"नहीं, तुम बच्चों के पास रहो, मैं अभी आई। कागज़ मैंने पहले ही भर लिए हैं।"

"मम्मी गेंद—मम्मी गेंद—"

"यहाँ कहाँ गेंद मिलेगी। अभी बाज़ार चलते हैं।" वाना बाहर ही खड़ी है, ताज़ी ठंडी हवा में साँस जैसे सीने में ही फँस जाती है पर खुले में अच्छा लगता है।

एकाएक पोस्ट ऑफ़िस का दरवाज़ा फटाक से खुला है और एक औरत ट्रैकसूट में बदहवास भागती हुई निकली है, उसके पीछे कुछ और, सबके चेहरे आतंकपूर्ण। सभी दौड़ रहे हैं, और सभी पास से सरपट निकल रहे हैं। वाना को खड़े देखकर एक चीखता है, "भागो ! भागो रुको मत। अन्दर एक पागल—" आगे के शब्द हवा में खो गए हैं। वाना हड़बड़ाकर झटके से, सुन्न, निष्क्रिय खड़ी रह जाती है। उस छोटी-सी भीड़ के निकल जाने के बाद एकदम सन्नाटा है, दरवाज़े आप से आप बन्द हो गए हैं। वाना का दिल ज़ोर-ज़ोर से धड़क रहा है। अन्दर

जाने की उसकी हिम्मत नहीं है, पर सारिका अन्दर है, अकेली। आकाश सहमा हुआ उसे टुकुर-टुकुर देख रहा है।

"सारिका आंटी कहाँ हैं मम्मी ?"

वाना ने लम्बी साँस ली है, अब भी अन्दर जाने की हिम्मत नहीं है, पर वहाँ न जाने क्या गुज़र रहा होगा, सारिका को शायद मदद चाहिए होगी। वाना साहस कर उतरती है। दीवार के पास की खिड़की से अन्दर झाँकने की कोशिश करती है। खिड़की थोड़ी ऊँची है। वह पंजों के बल उचकने की कोशिश कर रही है, उसे अपने दिल की खट्खट् कानों में बजती सुनाई दे रही है।

सारिका किताबों के एक डिब्बे पर औंधी गिरी हुई है; उसका शरीर अप्राकृतिक रूप से मुड़ा हुआ है–पीठ पर, महँगे काश्मीर ऊन के कोट पर बड़े-बड़े लाल धब्बे उभर आए हैं। झटका खाकर वाना आँखें फाड़े देखती रह जाती है। दूर सड़क पर पुलिस गाड़ी और एम्बुलेंसों के सायरन की आवाज़ सुनाई पड़ने लगी है जो धीरे-धीरे पास आती जा रही है।

भाग-दो

अँधेरे में वाना चीख़-चीख़कर रोती है। जैसे ज़िन्दगी का हर अभाव, हर अन्याय, हर हताशा अब उजागर हो आई है, खुरंट उचल गए हैं और झर-झर रुका हुआ रक्त फिर बहने लगा है। समुद्र की एक बड़ी-सी लहर ने उसे लील लिया है। उसके पाँव उखड़ गए हैं और वह उस अथाह काले पानी में डूब रही है—उसमें आँखें खोलने की भी शक्ति नहीं है।

"वाना-वाना अपने को सँभालो।" शिवेश एकदम घबराए हुए हैं। "वाना—देखो बच्चे रो रहे हैं—उठो, बच्चे भूखे हैं।"

वह आकाश विकास को दूर ढकेल देती है—"राक्षस कहीं के। सारे-के-सारे दिन-रात जान को चिपके रहते हैं। हटोऽ, जाओऽ—"

दोनों बच्चे समवेत स्वर में रोते हैं।

"वाना ! यह क्या कह रही हो—"

वाना एक अमानवीय शक्ति से प्रेरित उठ खड़ी हुई है। वह आँधी की तरह रसोई में घुस आई है—"खाओ, खाओ। खा लो मुझे। बाप-बेटे मिल कर नोच लो मेरी हड्डियाँ—कितना बड़ा पेट है तुम लोगों का—भूख ही शान्त नहीं होती—"

वाना दीवार पर टँगे बर्तन उठाकर-उठाकर धरती पर पटक रही है। फिर हाथ बढ़ा कर उसने मुरब्बे और अचारों के मर्तबान नीचे गिरा दिए हैं, फिर आटे-दाल के डिब्बे—शिवेश हड़बड़ी में डॉक्टर कुमार को फ़ोन कर रहे हैं। वाना पागल हो गई है क्या—

वाना ने पीछे का दरवाज़ा खोला है, वह नंगे सिर खुले बाल, झीने कपड़ों में, बिना जूते-चप्पल बर्फ़ से भरी सड़क पर दौड़ने लगी है—उसकी आँखें दृष्टिहीन है—

केनमोर स्ट्रीट पर मुड़ते हुए, गाड़ी की रोशनी में राहुल की दृष्टि उस पर पड़ी है। एकदम गाड़ी रोककर, वह उतर कर उसके पीछे भागा है और उसने वाना को पकड़ लिया है "वाना ! वाना ! यह क्या ?"

वाना उसके स्पर्श से, उसकी बाँहों की जकड़ में टुकड़े-टुकड़े बिखर गई है।

"सारिका मर गई राहुल" हिचकियों के बीच वह कहती है, "उसे किसी ने गोली मार दी—मैंने अपनी आँखों से देखा—मैं कुछ नहीं कर सकी—उसे बचा नहीं सकी—"

वह एक बच्ची की तरह बिलख रही है। राहुल उसे सहारा देकर गाड़ी तक लाता है। वह उससे अलग नहीं होना चाहती—इस अथाह समुद्र में राहुल उसे चट्टान की तरह दृढ़ लग रहा है।

"घर चलो वाना। फिर बात करेंगे।" राहुल उसे पुचकारता हुआ-सा कहता है, पीछे की सीट से अपना कोट उठाकर वह वाना को ढँक देता है।

पोर्च पर शिवेश खड़े हैं। दोनों सहारा देकर वाना को अन्दर लाए हैं और उसे बिस्तर पर लिटा देते हैं।

वाना अब चुप है, निढाल, निचुड़ी हुई, एकदम रिक्त—पागलपन का दौरा उतरने के बाद अब कुछ नहीं शेष रहा। फिर भी अन्दर बिना बहे आँसू साँप की तरह कुंडली मारे बैठे हैं।

"वाना ! लो चाय पी लो," राहुल ने कहा।

"देखो, मैं बना कर लाया हूँ, उठो।" वह बाँह से सहारा देकर उसे उठाता है, "एक घूँट पी लो, तुम्हें अच्छी लगेगी।" आकाश और शिवेश दरवाज़े के पास खड़े हुए वाना को देख रहे हैं। चेहरा वाना का है पर एक अपरिचित स्त्री का। यह रोती, बिखरती, विध्वंसक स्त्री वाना नहीं हो सकती।

डॉक्टर कुमार आकर उसे नींद का इंजेक्शन देते हैं।

"अब इन्हें रात भर सोने दें।" उन्होंने शिवेश से कहा, "कितना बड़ा शॉक लगा है अपनी आँखों के सामने सारिका को मरते देखा है, कितनी बड़ी ट्रैजेडी हो गई, मैं कल फिर आऊँगा।"

राहुल और शिवेश एक-दूसरे को देखते हैं—"अब ?"

शिवेश एकदम असहाय से खड़े हैं। "अब क्या होगा राहुल ? कैसे सब सँभलेगा"—राहुल ने फ़ोन करके जमीला बुआ को बुला लिया है। लम्बी बीमारी के बाद वह काफ़ी कमज़ोर लगती है, पर बच्चे उन्हें पहचानते हैं।

रसोई में घुसते ही वह ठिठककर खड़ी हो जाती है, "हाय अल्ला। यह क्या ? बीबी ने ये सब क्या किया ?"

उन्होंने बच्चों के कपड़े बदलकर, दूध पिलाकर सुला दिया है, फिर बिना आहट किए रसोई में झाड़ू लगा रही हैं। राहुल बैठक में चुप बैठा-बैठा झाड़ू की खुर-खुर और टूटे काँच की खनक सुन रहा है।

"सारिका के घर ख़बर करनी होगी।"

शिवेश जैसे जाग कर कहते हैं।

"शालिनी के घर वाले भी तो उसके रिश्तेदार थे न।"

"अब वह मिनेसोटा चले गए हैं, यहाँ नहीं हैं," शिवेश ने कहा।

फिर सन्नाटा।

जमीला बुआ अपना बिस्तर ले आई हैं—वह बच्चों के कमरे में नीचे सोयेंगी। राहुल आज बैठक में काउच पर सोयेगा। फ़ोन उसने सिरहाने रख लिया है, बार-बार बजता है, और वाना को शांति चाहिए—एकदम शांति !

काउच पुराना है, पता नहीं किस कबाड़ी से ख़रीदा हुआ। स्प्रिंग टूटी हैं, गद्दियाँ पुरानी और नीचे को धँसी हुई। राहुल सावधानी से पैर फैलाता है। वाना हमेशा माँ के रूप में आकर्षक लगी है, पोषक, पालिका। आज वह छाती से एक आहत चिड़िया की तरह आ लगी थी, उसके होठ ठंड से नीले थे, उसका शरीर बरफ़ की तरह ठंडा था, एकदम जमा हुआ, ठिठुरते नंगे पैर बेचारी वाना ! राहुल के शरीर में एक सिहरन-सी दौड़ गई। उसका मन हुआ कि वह वाना के सिरहाने जाकर बैठ जाए और अँधेरे में उसके बाल सहलाने लगे, उसे जैसे भी दिलासा दे ढाढस बँधाए। शायद यह वाना के जीवन की पहली ट्रैजेडी है। पर वह कुछ नहीं करेगा। वह इस पुराने काउच पर लेटा, फ़ोन कर छोटा-सा उत्तर देगा—"हाँ ! सारिका ही थी। पुलिस के पास शव है, कल शायद मिलेगा, मालूम नहीं, धन्यवाद।"

टीवी की ख़बर बिजली की तरह शहर में फैल गई है। पोस्ट ऑफ़िस के एक कर्मचारी ने अपने अफ़सर और एक सहयोगी को ख़त्म कर दिया, अंधाधुंध गोली चलाने में दो ग्राहक भी मारे गए, फिर उसने स्वयं आत्महत्या कर ली।

बेचारी सारिका, राहुल लम्बी साँस लेता है। सारिका के घर फ़ोन करने का भार उसी के ऊपर पड़ा है। फ़ोन करते समय वह सोच रहा था; भारत में सुबह के नौ-दस बज रहे होंगे—सारिका के माता-पिता जो उसके तीन-चार दिन में लौटने का सोचकर उत्फुल्ल प्रतीक्षा कर रहे थे, उनको यह दुखद समाचार देने में राहुल की जबान ही नहीं खुल पा रही थी।

शिवेश मिट्टी के घरौंदे की तरह ढह गए हैं। उनसे कुछ भी नहीं सम्हाला जा रहा है। बदहवास, बौखलाए से इधर-उधर घूमते हैं, कैसे क्या हो उनसे यह ज़िम्मेदारी नहीं उठाई जा रही है। राहुल के कंधे बहुत मज़बूत हैं, उन्हीं पर ढल गए हैं।

पुलिस की रिपोर्ट, सारिका के अंतिम संस्कारों का प्रबन्ध—बाहर से पंडित बुलाना, अस्पताल में उसके सहयोगियों, शहर में पहचान के लोगों को ख़बर करना; राहुल लिस्ट बना रहा है। वाना अभी भी नींद में है, बच्चे इधर-उधर झींक रहे हैं; जमीला बुआ अकेले क्या-क्या सम्हालें ?

बस प्रतीक्षा है सारिका के माता-पिता के आने की। डॉ. कुमार रोज़ आते हैं। शिवेश आभारी हैं—"डॉक्टर साहब," वह वाना का हाल बता रहे हैं "या तो सोती रहती है, अगर जागती है तो चीखने लगती है, मुझ पर, बच्चों पर। जैसे

हमें देखते ही उसे दौरा-सा पड़ने लगता है।''

''समय लगेगा,'' डॉ. कुमार कहते हैं–''आप समझ नहीं रहे हैं उसे कितना बड़ा धक्का लगा है। उसकी दुनिया उलट-पलट हो गई है–''

''पर सारिका तो केवल हमारी पेइंग गेस्ट मात्र थी। उसकी मौत पर इतना दुख–'' शिवेश ने कहा।

राहुल और डॉ. कुमार दोनों शिवेश का मुँह ताकने लगते हैं। कितनी क्षुद्र बात कह दी है शिवेश ने। इन्हें भी मालूम नहीं कि मुँह से क्या निकल रहा है।

''कभी-कभी एक छोटी-सी घटना हमारे बरसों से दबे भावों को प्रकट करने लगती है। यह तो बड़ी बात है, किसी को भी अपने सामने दम तोड़ते देखना सहज नहीं है। जाने कितना क्रोध, कितना आक्रोश वाना के अन्दर जमा होगा जो अब हम देख रहे हैं।'' डॉ. कुमार कहते हैं।

''कैसा क्रोध ? किस बात पर क्रोध ? किसके प्रति डॉक्टर कुमार ? उसके पास तो सभी कुछ है, बच्चे–घर। वह बहुत सुखी है, मैं यह जानता हूँ–'' शिवेश अपने दिल पर हाथ रखते हैं।

डॉक्टर कुमार ने चाय का प्याला प्लेट में रखते हुए कहा ''कभी-कभी जो प्रगट रहता है असली सचाई उससे बहुत अलग होती है। मैं यह नहीं कह रहा कि वाना सुखी नहीं है, पर बचपन से वह क्या दुख, किसके प्रति क्रोध अन्दर-अन्दर पालती आई है, यह तो साइको एनालिसिस में ही पता चलेगा।''

''पर किसके प्रति क्रोध ?'' शिवेश ने फिर कहा।

''भगवान के प्रति, लोगों के प्रति, समाज और अपनी निरुपायता, कुछ न कर पाने के प्रति। कभी-कभी मरने वाले के प्रति भी, जो अचानक हमें छोड़कर चला जाता है।''

यह सब राहुल जानता है, समझता है; वह घर छोड़कर भाग गया था, भटकता फिरा था, अपने शरीर को मिटाने की कोशिश की थी, क्योंकि उससे कहा गया था कि रतन मर गई है और धीरे-धीरे बहते घाव से रक्त उसके शरीर से बूँद-बूँद रिसा था। उसी के साथ निकल गया था सारा गुस्सा, भगवान के प्रति भी, रतन के प्रति भी और अपने प्रति भी, कि वह रतन के लिए कुछ न कर सका, बहुत दिनों तक सोचा कि रतन ज़िन्दा है, कहीं छुपी हुई है, पर समय ने वह भ्रम भी मिटा दिया।

जमीला बुआ चाय लेकर खड़ी हैं, ''उठ जाओ बीबी। हाथ मुँह धो लो। कपड़े पलट लो। बाबू लोग एयरपोर्ट जा रहे हैं।''

वाना खाली आँखों से उन्हें देखती है। वह बेतरह थकी हुई है, इतनी थकी हुई कि पलकों को उठाना भी बहुत भारी प्रयत्न लग रहा है। वह आँखें बन्द कर लेती है।

''उठो रानी ! उठ जाओ'' जमीला बुआ उसे बच्ची की तरह पुचकारती हैं।

"अपनी गिरस्ती सँभालो, बाल-बच्चे देखो। जो हुआ सो हुआ, अल्ला की मर्ज़ी, उसके आगे इन्सान का क्या ज़ोर। लो, एक घूँट पी लो।"

"चाय पी लो वाना।" राहुल का स्वर है, "जमीला बुआ ने फर्स्ट क्लास चाय बनाई है। मैंने अभी-अभी पी है। देखो सारिका के माँ-बाप आ रहे हैं।" वाना बहुत कोशिश करके उठकर बैठ गई है। राहुल पलंग के पास खड़ा है, और जिस दृष्टि से उसे देख रहा है वह उससे सही नहीं जाती।

"मेरा जी बहुत घबरा रहा है—"

"चार दिन से यों बेहोश पड़ी हो, खाना-पीना कुछ नहीं, जी नहीं घबराएगा तो और क्या होगा।" जमीला बुआ प्याला ज़बर्दस्ती उसके होठों से लगा देती हैं। गरम चाय जैसे चाकू की धार की तरह गले में उतरती है।

"जोशी लोग आ रहे हैं ?" वह अपने को एकाग्र करने की कोशिश करती है।

"हाँ—"

"सारिका ?"

"उसकी बॉडी फ़्यूनरल होम में है।"

वाना की आँखें फिर डबडबा आती हैं।

"कमज़ोर न बनो वाना।" राहुल कह रहा है हलके-हलके, कितने प्यार से— "अब तुम उठो; तुम्हीं को सब कुछ सम्हालना है। तुम सारिका की माँ के सामने ऐसे बिखर जाओगी तो सोचो, उनका क्या हाल होगा। उठ जाओ—"

उसने एक ओर से सहारा दिया है, दूसरी ओर से जमीला बुआ ने। वाना पलंग से उतर कर दीवार से टिक कर खड़ी हुई है, उसका सारा शरीर थरथरा रहा है। उसने फिर आँखें बन्द कर ली हैं।

"जमीला बुआ—मेरी अलमारी से ज़रा कपड़े तो निकाल दो।" राहुल उसे पकड़े हुए है, कितनी मज़बूत हैं उसकी बाँहें, वाना उन्हीं में बँध कर रह जाना चाहती है। अपने आँसुओं से उसकी छाती तर कर देगी। राहुल का हृदय समगति से धड़क रहा है। वह आवाज़ वाना को सुकून भरी थपकियाँ देती है।

वाना ने नहा-धोकर कपड़े बदल लिए हैं; जमीला बुआ ने उसे साड़ी-ब्लाउज़ निकाल कर दिया था, उसने वही पहन लिया है। अब जमीला बुआ खींच-खींच कर उसके बालों में कंघी कर रही हैं। "शक़ल देखो, एकदम पीली। कुम्हला गईं चार दिन में बीबी। हिम्मत करो—बच्चों ने रो-रो कर बुरा हाल कर लिया है, चुपते ही नहीं।"

"कहाँ हैं ?" वाना धीरे से पूछती है।

"शिवेश बाबू बाहर ले गए हैं।"

"उन लोगों का खाना-पीना ?"

"तुम कुछ फ़िकर मत करो। सारा बंदोबस्त हो गया है। वह लोग राहुल बाबू के कमरे में सोयेंगे–"

"और राहुल ?"

"वह तो कई दिन से बैठक में सो रहे हैं, मैं बच्चों को लेकर दूसरे कमरे में सोती थी ना।"

"बैठक में ? बड़ी तकलीफ़ हुई होगी। वह काउच तो एकदम बेकार है।" वाना अनिच्छा से धीरे-धीरे व्यावहारिक दुनिया में लौट रही है।

"कुछ कहा तो नहीं, उसी पर सो रहे हैं।"

"कहेंगे क्या ? इन्हें सोचना चाहिए।"

"अरे, बदहवास हैं–उनके पास इतना सब सोचने का टाइम है क्या ?"

वाना अपने से पूछती है, अब सब कुछ, पहले की तरह उसके ही ऊपर आ पड़ा है। पर उसमें अब उँगली हिलाने तक की शक्ति नहीं है।

घर में सारी बत्तियाँ जलने के बावजूद अँधेरा-सा लग रहा है। जोशी दम्पति बैठक में चुप बैठे हैं। वह रोये नहीं हैं, न श्रीमती जोशी ने विलाप किया। वह जड़ आँखों से एक-दूसरे को देखते हैं। शिवेश और राहुल उनके पास बैठे हैं। इस वक्त बच्चे भी चुप हैं और वाना रसोई में, क्लान्त मुद्रा में। उसका दिमाग़ एकदम ख़ाली है, अँधेरा। वह अंधी दृष्टि से अपनी रसोई में बैठी है। अलमारियाँ खाली हैं, बर्तन, अचारों के मर्तबान, जैमजेली वह सब तोड़-फोड़ कर फेंक चुकी है। कितना समय कितनी मेहनत लगी थी कँटीली झाड़ियों में से बेरियाँ चुनी थीं ढेरों। जंगली लताओं से अंगूर तोड़े थे, उन्हें धोया था, घंटों पकाया था, चीनी और पेकिन डाली थी। नाप-नाप कर शीशियाँ भरी थीं, फिर उनपर लेबिल लगाए थे। पर इस समय दिल में उनका दुख या मलाल नहीं है। अब घरवाले भी दुनिया की तरह बाज़ार से ख़रीद कर खायेंगे। इस सजी-सजाई रसोई के बिखर जाने का अफ़सोस क्या ? सारिका की तो सजी-सजाई ज़िन्दगी ही एक दुर्घटना से ख़त्म हो गई। ग़लत समय ग़लत जगह होने से। अगर कहा होता कि नहीं, पहले दूध और शॉपिंग कर लें और बाद में पोस्ट ऑफ़िस जाएँ तो शायद यह सब कुछ पहले ही हो चुका होता। वाना यह कितनी बार सोच-सोच कर अपने को यंत्रणा दे चुकी है।

"बीबी।" जमीला बुआ कहती हैं, "डॉक्टर साहब आए हैं, बुला रहे हैं।"

वाना उठती है। डॉक्टर कुमार कमरे में खड़े हैं; वह आजकल रोज आते हैं, न जाने क्यों वह वाना को कभी अच्छे नहीं लगे, उम्र होने पर भी जैसे 'प्ले ब्वॉय' की छवि बना रक्खी है, फ़िल्मी हीरो की तरह बाल, फैन्सी चश्मा, महँगे कपड़े, महँगी गाड़ी–उनकी शौकीनी और रसिक मिजाज़ के बारे में सुन रखा है। जिस दृष्टि से वह वाना को देखते हैं, जैसे वह उसे छूते हैं, उसे अच्छा नहीं लगता पर वह चुप रह जाती है। उसे इन दवाओं और इंजेक्शनों की ज़रूरत है और वह बिना

फ़ीस लिए घर आते हैं; जो यहाँ कोई डॉक्टर नहीं करता।

मेज़ पर एक बास्केट रक्खी है; "अर्चना ने यह खाना भेजा है, बिना प्याज़ लहसुन का। पर हमारी नौकरानी सिल्वी ने बनाया है, आपको आपत्ति तो नहीं होगी ?" श्रीमती जोशी ने फँसे गले से कहा—"नहीं, हमें कोई आपत्ति नहीं।"

डॉक्टर कुमार के इंजेक्शन के बाद वह एक अँधेरी-सी गुफ़ा में खो जाती है। वहाँ कोई दुख, कोई त्रास नहीं है सिर्फ़ बिना सपनों वाली, बेहोशी की-सी नींद है। अब वह घंटों सोती रहेगी। राहुल और जमीला बुआ पर सब कुछ छोड़कर। उसे शिवेश और बच्चों की परवाह नहीं—डॉक्टर कुमार का स्वर उस तक कहीं बहुत दूर से तैरता हुआ आता है, "अब आराम करने दो, सोने दो।" जमीला बुआ कहती हैं, "सब अल्ला की मर्ज़ी पर छोड़ दो—"

क्या सुबह हो गई है ? पर्दों के पीछे से भी खिड़कियों के चौखटे उजाले में चमक रहे हैं। जाड़े का सूरज चमकता हुआ निकला है—उसे उठना चाहिए—घर में लोग हैं; पर उसके हाथ-पैर सुन्न हैं, एकदम शक्तिहीन, उसकी पलकें फिर आँखों पर ढल आती हैं।

वह एक बच्चे का रोना सुन रही है। क्या यह विकास है ? विकास तो कभी रोता नहीं, रोएगा नहीं तो क्या, अचानक माँ का दूध छूट गया है। बोतल उसे रास नहीं आ रही है।

रोने दो—

"बीबी ! उठो, चाय पी लो—"

जमीला बुआ बीमारी के बाद और भी दुबली हो गई हैं, चेहरे और बाँहों पर की खाल लटकने लगी है, उनसे बुढ़ापे और बीमारी की बास आती है।

"बीबी ! उठो। घर सँभालो। बच्चे भिनक गए हैं। मैं भी पस्त हो रही हूँ।"

कहाँ हैं वह, मेरी नैया के कर्णधार, मेरे पति वह कुछ क्यों नहीं करते ?

वाना सुनती है और उसके अन्दर भन्-भन् करती हुई एक अजनबी आवाज़ चुपचुप कहती है, "दो दिन घर नहीं सँभाल सकते ? कुछ कर नहीं सकते। बस डॉ. कुमार को बुला-बुला कर इंजेक्शन कोंचवाते रहते हैं।" डॉ. कुमार उसे लिजलिजी, साँप की मेढक को निगलने के लिए तत्पर-सी दृष्टि से देखते हैं।

वह चेष्टा करके आँखें खोलती है; जमीला बुआ तिपाई पर चाय का प्याला रखकर चली गई हैं; पर उससे अभी भी भाप निकल रही है। उसका मुँह कड़वे, बकटे पानी से भरा है। उठकर खड़े होने से सारा कमरा घूमने लगता है।

दीवार के उस पार एकदम सन्नाटा है। जोशी दम्पति पर क्या बीत रही होगी। इकलौती युवा बेटी के दाह-संस्कार की प्रतीक्षा में बैठे हुए हैं। वह दीवार से सिर टिका देती है, पिछले कई दिनों से वह कितनी स्वार्थी हो गई है। सिर्फ़ अपने दुख में डूब-उतरा रही है। और सभी उसके इर्द-गिर्द घूम रहे हैं। वह देर तक ठंडे पानी

से मुँह धोती है। धीरे-धीरे उसके पैरों का थरथराना कम हो जाता है। उलझे बालों में वह धीरे-धीरे कंघा करती है। फिर वह रात के कपड़े बदलकर मलमल की छपी हुई एक साड़ी पहन लेती है। मटियाले रंग पर हल्का कत्थई छापा। जमीला बुआ ने चाय बना ली है, आटा गूँध रही हैं।

"बीबी ! आओ, आओ। बैठ जाओ। आलू-बैंगन और पराँठे बनाने की सोच रही थी, तुम बताओ।"

'ठीक है।"

"यह सब कहाँ हैं ?"

"चाय पीकर चले गए हैं, लौटकर नाश्ता करेंगे।"

"बच्चे ?"

"साथ ले गए हैं बीबी ! सम्हालो अपने को।"

वाना ने लम्बी साँस ली; "कोशिश तो कर रही हूँ।"

श्रीमती जोशी ऊपर से उतरी हैं, सारिका के कमरे में चुपचाप बैठी रहती हैं।

वाना ने झुककर उनके पैर छुए—उनकी असीस गले में ही अटक कर रह गई है।

"मैं कल पहनाने के लिए कपड़े देख रही थी—"

"कल ?" वाना की आँखें झटके से आहत हैं।

"दस बजे का समय है, सुना है यहाँ औरतें भी जाती हैं।"

"सब कुछ बिजली से होता है" जमीला बुआ ने कहा।

श्रीमती जोशी चुप हैं; फिर कहती हैं, "कैसी हो बहू ? साहस से काम लो—मुझे देखो।"

और वह रो पड़ती हैं।

शालिनी ख़बर सुनकर आई है, उसके माँ-बाप ने अभी भी अनबोला नहीं तोड़ा है, वह सारिका के अंतिम संस्कार में सम्मिलित नहीं होंगे; ऊपर से उसने कहा है, "मौसी ! पापा को डॉक्टर ने मना किया है। अभी बाईपास सर्जरी से उबरे नहीं हैं, मम्मी उन्हें अकेला छोड़ नहीं सकतीं।"

श्रीमती जोशी ने कटु स्वर में कहा, "बातें मत बनाओ शालिनी। मैं सब समझती हूँ। छोटे दिल की है तेरी अम्माँ।"

शालिनी सिर झुका लेती है, "आई'म सॉरी मौसी।"

श्रीमती जोशी ने सारिका को पहनाने के लिए लाल बनारसी साड़ी निकाली है। जैसी साड़ियाँ नई दुलहनें पहनती हैं, वाना की वह देखी हुई है। सारिका ने शुरू-शुरू में दिखाई थी, वीज़ा मिलने पर जहाँगीर मलिक जब आयेंगे और शादी होगी उस अवसर पर पहनेगी।

वाना को डर नहीं लगता—सारिका को साफ़ करके सजा दिया गया है। सुना है यहाँ मृतकों को भी मेकअप करने के आर्टिस्ट होते हैं। वह भी साड़ी पहनाने में मदद करती है, श्रीमती जोशी की इच्छा है कि उसका भी हाथ लगे। वह भाग्यवान है, पति, दो-दो बेटे, सारिका को अगले जन्म में ऐसा ही सब मिले। सारिका पर कहीं गोलियों के छेद या निशान नहीं हैं, जैसे वह सब वाना के मस्तिष्क की उपज थी। पर फिर यह सब क्यों ? क्यों यह हाल, ये कुर्सियाँ; हवन कुंड; और लकड़ी के ताबूत में, नववधू की तरह सुसज्जित सारिका उसकी छाती पर, साड़ी के ऊपर तुलसी की सूखी टहनियाँ, उसके ओठों के बीच दबा हुआ चाँदी का एक छोटा सिक्का; जो प्रत्यक्ष दिखाई नहीं देता।

वह सब सामान, डॉक्टरी औज़ार, किताबें जो वह पहले भेज चुकी थी, किसी जहाज़ के अँधेरे पेंदे में बन्द किसी समुद्र पर भारत की ओर तैरता हुआ जा रहा होगा।

कितने लोग आ गए हैं; उसके साथ के सहयोगी, विभाग के हैड डॉक्टर ब्राइस, जो कि अमरीकी क़ायदे के अनुसार सारिका की प्रशंसा में कुछ शब्द कहते हैं, लगता है शहर का हर भारतीय आया है—भीड़ ही भीड़, दूर तक सिर ही सिर।

हवन का धुआँ और लकड़ियाँ जलने की महक वायु में मँडरा रही है। वाना के मुँह से चीख़ नहीं निकलती; वह धीरे से कुर्सी से खिसक कर नीचे जा गिरी है—उसे मालूम नहीं क्या हुआ है।

वह एक छोटे से कमरे में काउच पर लेटी है, एक अमरीकी प्रौढ़ा स्त्री उसके पास बैठी है। वाना ऊपर-नीचे तैर रही है, थोड़ी देर में डॉक्टर कुमार आए हैं—"बेहोश हो गई वाना ? यहाँ आना ज़रूरी था। तुम्हारे क्लोज़र के लिए," यानी इस प्रसंग का अन्त !

वह उठकर बैठ जाती है।

"तुम अंतिम भाग देखना चाहोगी ?"

"नहीं, मुझमें हिम्मत नहीं है।"

"ठीक है ! तुम लेटो। मैं भी यहीं रुकता हूँ।"

श्रीमती जोशी सारिका का सामान बटोर रही हैं। उन्होंने सारे कूड़े के लिए रक्खे बैग खोल डाले हैं। वह एक-एक कपड़ा उठाती हैं, देखती हैं "यह स्वेटर अच्छा-ख़ासा है। चलो काम आएगा।" वह उसे अलग ढेर में रख लेती हैं, इसी तरह पुरानी चादरें, कम्बल, तकिये, पेटीकोट, बदरंगे सलवार कुर्ते, उन्होंने सब सहेज लिए हैं—भारत में सब बँट जाएगा, ग़रीबों के काम आएगा। यहाँ बेकार फेंकने से क्या ?

"दराज वाली साड़ियाँ मेरे लिए हैं। सारिका ने कहा था—" वाना ने अटकते स्वर में कहा। श्रीमती जोशी चुप रहती हैं। वाना शिवेश से कहती है, "जाकर ले आइए न ?"

शिवेश लौटकर कहते हैं, ''तभी ले ली होतीं दराज़ ख़ाली पड़ी है।''

''पर ?''

शिवेश कुछ नहीं कहते। श्रीमती जोशी भी कुछ नहीं कहतीं। कई सूटकेस, बड़े-बड़े डिब्बों में पुराने सामान और पंचधातु के कलश में सारिका की अस्थियाँ लेकर दम्पति विदा लेते हैं। वाना अपने कमरे के दरवाज़े तक आती है; और सामान बाहर जाता देखती रहती है। शिवेश चुप रहते हैं; एक बार भी नहीं कहते कि गाड़ी सारिका की है।

फिर घर में सन्नाटा हो जाता है। राहुल उसी रात चला गया है; जमीला बुआ अपने कपड़े-लत्ते सँजोने वापस जाना चाहती हैं। बच्चे सहमे हुए, चुप हैं। वाना विकास को गोद में लेती है—उसके चारों तरफ धुआँ सा है, गहरा कुहासा, अन्दर बाहर चारों तरफ़, विकास उसकी गोद से सरकने की कोशिश में है, वह बाँहें उठा-उठाकर कहीं और जाना चाहता है। वाना उसे छाती से भींच लेती है, मेरे चन्दा, मेरे सोना, पर शब्द उसके मुँह से निकलते नहीं। सारिका के लिए सोग मनाने वाली अब वही अकेली बची है।

शिवेश की पदोन्नति हुई है। उसी से विश्वविद्यालय की ग्रेड में आ गए हैं। विभाग भी बदल गया है। अब लौटकर अपने ही क्षेत्र में आ गए हैं। प्रोफ़ेसर तिलकराज के प्रोजेक्ट पर काम करेंगे। विश्वविद्यालय ने अध्यापकों के लिए जो घर बनवा रक्खे हैं, उसमें भाग्य से एक फ्लैट उन्हें भी मिल गया है। वह बड़े उत्साह से वाना व बच्चों को नया फ्लैट दिखाने ले गए हैं। सारिका की असमय मृत्यु से उसकी गाड़ी बिक नहीं पाई, वह शिवेश ने हथिया ली है। उनके विचार से उनका हक़ बनता है। इसीलिए जब श्रीमती जोशी एक इंस्पेक्टर की तरह घर का मुआइना कर रही थीं कि सारिका का कुछ पीछे रहा तो नहीं जा रहा है, शिवेश चिढ़े थे। फिर जब उन्होंने खुल्लम-खुल्ला वाना के हक़ की साड़ियाँ सामान में बाँध लीं, तब फिर उन्होंने गाड़ी के बारे में कुछ कहा ही नहीं। उन्हें गाड़ी की ज़रूरत भी थी और उसका दाम देने के लिए पैसे थे नहीं।

सड़कों के किनारे-किनारे अभी भी बर्फ़ के ढूह हैं। सूरज थोड़ा जल्दी निकलने लगा है। वाना ऊपर की खिड़की से बाहर देखती है; दूर तक पेड़ ही पेड़, काली, दग्ध, टहनियाँ—कभी यह भी फिर से हरे-भरे होंगे, यह संभव नहीं लगता। नदी जमी हुई है और तेज़ हवा से बर्फ़ जगह-जगह लहरों की तरह उमड़ती दिखाई देती है। कुछ दूर लोग मछली पकड़ने बैठे हैं। ठंड और हवा से बचने के लिए छोटी-छोटी

झोंपड़ियाँ दूर, क्षितिज तक फैली हैं–"कितना साफ़-सुथरा और झकाझक नया है न ?" वह वाना से कहते हैं, "यह दो बड़े-बड़े कमरे ऊपर, मय गुसलख़ाने के; और नीचे भी कितना बड़ी बैठक–रसोई देखी, सारी की सारी नई चीजें। आकाश के लिए नर्सरी भी पास रहेगी और तुम्हें भी अच्छी कंपनी रहेगी। कई भारतीय परिवार हैं यहाँ।"

वाना चुप है। सीढ़ियाँ उतरकर वह नीचे आई है और एकदम, ख़ाली खुले घर में चुप खड़ी है।

वह नहीं जानती उसे क्या हो गया है। वह अपने आगे-पीछे जिस गहन अंधकार में डूबती-उतराती रहती है, उससे उबरने के लिए उसमें हाथ-पैर मारने की भी शक्ति नहीं है। न चाहना ही है। रसोई, अचार, चमकते धुले-पुँछे बर्तन, झक सफ़ेद कपड़े, साफ़-सुथरे बच्चे, यह सब फ़ालतू और बेकार की कवायद लगती है। इसी में उलझी रही बरसों। सारिका की बरसों की पढ़ाई और मेहनत; जहाँगीर के लिए अटूट प्यार, अल्मोड़े के पास बच्चों के लिए कैंसर क्लिनिक खोलने का सपना, सब पलक झपकते ही, एक सिरफिरे अजनबी की गोलियों की बौछार में ख़त्म हो गया।

वह सूनी आँखों से शिवेश को देखती है। शिवेश उलझन में हैं। "डॉक्टर कुमार से इलाज करवाओगी वाना ?"

वह झुँझला उठी है–"क्या मैं पागल हूँ ? मुझे नहीं चाहिए डॉ. कुमार की दवा। मैं ठीक हूँ।"

शिवेश के मन में भी गाँठ है, वह वाना को भरसक डॉक्टर कुमार से दूर रखना चाहते हैं; डॉ. कुमार भारतीय मनोचिकित्सक होने के नाते काफ़ी पूछे जाते हैं, पर वह दो-तीन परिवारों में तलाक़ के ज़िम्मेदार ठहराए जाते हैं, विशेष तौर से असंतुष्ट पत्नियों को बरग़ला कर उन्हें पति से विमुख करने में वह माहिर हैं।

शिवेश में बहुत समय तक आत्मदृष्टि नहीं थी; अपने को ठीक-ठाक ही समझते थे। रंग-रूप ठीक था, पढ़े-लिखे थे, पर नौकरी में मन नहीं लगता था, इसीलिए बार-बार नौकरी ख़त्म हो जाती थी, पर विश्वविद्यालय बहुत बड़ा था और रिसर्च के लिए करोड़ों के अनुदान; इसीलिए एक विभाग से दूसरे विभाग में घूमते रहते थे। आत्मदृष्टि दूसरों के कोंचने से आई; राहुल को देखकर भी। राहुल अपनी पढ़ाई और काम में तल्लीन रहता था। दो पुरानी जींस, एक सफ़ेद स्वेटर, चाची का बना एक कार्डिगन, यही उसके कपड़े थे, फिर भी लड़कियाँ घेरे ही रहती थीं, हिन्दुस्तानी, योरपीय, अमेरिकन। शिवेश बढ़िया-बढ़िया सूट ख़रीदते थे, बड़ी-बड़ी दावतें करते थे पर कोई लड़की बाहर जाने को तैयार ही नहीं होती थी। क्रिस्तीन से दोस्ती उन्होंने की थी, दीवानी हो गई वह राहुल पर–फिर वाना से शादी की। इतनी सुन्दर, इतनी सरल पत्नी उन्हें उपलब्ध होगी इसकी कल्पना उनके सारे सपनों

से परे थी। वह सब लड़कियाँ जो खुले रूप से उनकी खिल्ली उड़ाती थीं, वाना को देखकर अचकचा गई थीं। फिर एक के बाद एक, दो सुन्दर, स्वस्थ बेटे।

शिवेश सुखी थे, पैसा नहीं था तो क्या, बाक़ी सब तो भरा-पूरा था।

वाना भी दूसरी स्त्रियों की तरह नहीं थी। मन में जो भी पल रहा हो–ऊपर से एकदम शान्त, जो मिल जाए उसी में सन्तुष्ट–गृहस्थी, रसोई, बच्चों, आगतों-अभ्यागतों में लिप्त।

सारिका के लिए यों शोकमग्न है जैसे उसकी जुड़वाँ बहन ही गोली लग कर मर गई हो। बच्चे रोते तो कहती है "राक्षस कहीं के। चबा लो मेरी हड्डियाँ। जाकर पापा से क्यों नहीं माँगते। दिनरात जान को चिपटे रहते हैं"–शैया में हाथ छू भर जाए, फुफकारने लगती है–"मत छुओ मुझे। जाकर पहले नसबन्दी करा लो तब पास आना–" कहाँ गई वह समर्पित पत्नी–कौन आ गई है उसकी जगह–वह इस वाना को नहीं पहचानते।

फिर भी निरन्तर प्रयत्न करते रहते हैं "–चलो रानी, नया फ़र्नीचर ख़रीद लाएँ–चलो रसोई के लिए नया टोस्टर–देखो सब कुछ कितना साफ़-सुथरा है। कितना नया। कितनी धूप आती है–"

वाना अनझिप दृष्टि से उन्हें देखती है–बिना कुछ कहे–फिर करवट बदल लेती है। गृहस्थी चलाने की दक्षताएँ शिवेश में लौटने लगी हैं। सारा कार्य भार उन्हीं पर आ पड़ा है, तिलकराज भी कम मेहनत नहीं कराते। सुबह बच्चों को तैयार करके पास में एक नेपाली बेबी सिटर के घर पहुँचा आते हैं। साढ़े आठ बजे लैब पहुँचना होता है। बीच-बीच में वाना का हाल फ़ोन करके पूछते रहते हैं–लंच पर आकर उसे दवा देते हैं जिससे वह सारी दोपहर सोती रहती है। डॉक्टर कुमार हर बार कहते हैं, "समय लगेगा–वाना को समय चाहिए–"

कभी वाना बच्चों को अपने आप खेलता देखती है–विकास सहारा लेकर खड़े होने की कोशिश करने लगा है, आकाश अँगरेज़ी की किताब खोल कर पढ़ता है। वाना का दिल भर उठता है। वह दोनों को गोदी में बैठाकर छाती से भींच लेती है। अगर स्वस्थ अनुभव कर रही होती है तो उनके कपड़े बदल देती है, उन्हें देर तक दुलराती रहती है। शिवेश आए दिन उसके लिए कुछ न कुछ ले आते हैं। दो कप चाय के लिए छोटी-सी केतली, एक-एक मोती जड़े टॉप्स, रात के पहनने की लम्बी ड्रेस–ताज़ी मूली, भिंडी, तोरई जो जाड़े में यहाँ उपलब्ध नहीं हैं।

"मूली के पराँठे बनाओगी वाना ?" वह पूछते हैं–"तुमने बिजली का तवा अभी लगाया ही नहीं है।"

"मैं बहुत थक रही हूँ।"

उसकी हथेलियाँ अपने हाथों में पकड़कर शिवेश कहते हैं, "रानी ! तुम्हें क्या हो गया है ? कब तक ऐसे चलेगा ?"

"तुम नहीं समझ पाओगे !"

"समझाने की कोशिश करो। मैं पढ़ा-लिखा तेज़ व्यक्ति हूँ।"

वाना लम्बी साँस लेती है, "मुझे खुद नहीं मालूम। उस क्षण जब मैंने सारिका को बर्तनों के बक्से पर गिरे हुए देखा। वह खून के धब्बे—मेरे अन्दर कुछ टूट गया, उसी के साथ सब कुछ मर गया।" उसने अटक-अटक कर कहा।

तुम नहीं समझोगे—वह मन ही मन कहती है। मेरे जिन सपनों और आशाओं के साथ तुम मुझे ब्याह कर लाए थे, वह बिना पूरे हुए ही मिट कर विलीन हो गए। मैं चाहती थी औरों की तरह बड़ा-सा घर, नई मोटर गाड़ी, बाँह भर सोने की चूड़ियाँ, समाज में इज्ज़त और मिला क्या, मुफ्त के हरे काँच के बर्तन, एक के ऊपर दो बच्चे—तुम रौंदते रहे मुझे। अपनी भूख, अपनी लालसा के वश; और मैं एक बार भी न कह पाई, "मुझे यहाँ छुओ शिवेश—मुझे अच्छा लगेगा। और तुम्हारे दिमाग़ में आया तक नहीं कि वाना का अपना सोच, अपना सुख हो सकता है—"

क्रिस्तीन केनमौर स्ट्रीट का घर बेचने आई है। वह वाना को देखकर हक्की-बक्की रह जाती है "डार्लिंग ! यह क्या हो गया है तुम्हें ?"

वाना उसकी बाँहों में बँधी सिसकती है, "मैं क्या करूँ क्रिस ? बताओ मैं क्या करूँ ?"

क्रिस्तीन चुपचाप उसके बालों में उँगलियाँ डालकर धीरे-धीरे उसे थपकी देती है। फिर वह वाना के आँसू हलके से पोंछ देती है, उसके होठ वाना के गाल चूमते हैं, फिर होठ। वाना उनकी चाहत महसूस कर रही है; क्रिस्तीन के पतले-पतले होठ कटार की तरह तीखे होने लगते हैं। वह दोनों हथेलियों के बीच वाना का चेहरा थामे है, और उसे चूम रही है, हलके-हल्के, अतिशय प्यार से। यह चुम्बन एक दोस्त का भी है और प्रणयी का भी। वाना निरुत्तर उसकी गर्म साँसों को गाल पर महसूस करती है, फिर उसका अपना शरीर थरथरा उठता है; और वह क्रिस्तीन के चुम्बन का उत्तर देती है और अपनी बाँहों से उसे घेर लेती है। वाना का सिर क्रिस्तीन के कंधे पर टिका है, क्रिस्तीन उसके बालों में उँगलियाँ फिरा रही है, "मुझसे कहो न, वाना। क्या दुख तुम्हें साल रहा है ?"

"जैसे मैं टुकड़े-टुकड़े होकर बिखर रही हूँ, मेरा सारा जीवन विकेन्द्रित हो गया है क्रिस—मुझसे कुछ सँभाले नहीं सम्हलता।" थोड़ा-सा व्यवधान।

वाना अलग हो आई है। अब वह क्रिस्तीन को सीधी दृष्टि से देखती है; "मुझे जैसे एक बड़ी-सी लहर अपने साथ बहाए लिए जा रही है, मेरे पैर उखड़ गए हैं, मैं अपने को सम्हाल नहीं पाती।"

मैं एकदम अकेली हूँ—वाना क्रिस्तीन के होठों पर हथेली रख देती है, "मत कहो क्रिस्तीन, कि मेरे पास सब कुछ है, पति, बच्चे—एक बिन्दु पर आकर इन्सान अपने को एकदम अकेले पाता है और सब कुछ होने के बाद भी मेरे अन्दर इतना

रीतापन क्यों है ? मैं नहीं जानती, सिर्फ इतना जानती हूँ कि मैं इंच-इंच मर रही हूँ–"

"वाना ! मेरी रानी ! तुम अकेली नहीं हो, मैं अब आ गई हूँ न ! मैं तुम्हारी मित्र हूँ। तुम सब कुछ, कुछ भी मुझसे कह सकती हो।" वाना की आँखें डबडबा आई हैं; अब आँसू गिरे, अब गिरे।

और जब गिरते हैं एक अनवरत पतली धार में, तब क्रिस्तीन उन्हें पोंछती है। कितना मृदु, कितना कोमल और स्नेहिल है यह स्पर्श।

"चलो तुम्हें घर से बाहर ले चलूँ–"

क्रिस्तीन ने अलमारी खोलकर वाना का कोट निकाल लिया है। झुक कर वाना के बूट उठाती हुई कहती है, "तुम्हें नए बूटों की ज़रूरत है। देखो, कितने पुराने हैं, और शायद ठीक साइज़ भी नहीं है।"

"किसी के छूट गए थे, फिर मैंने ही पहनना शुरू कर दिया।"

वाना भूरे रंग की स्कर्ट पहने है, उस पर नीला कार्डिगन, उसका चेहरा पीला और निस्तेज है। क्रिस्तीन हमेशा की तरह स्मार्ट वेश में है।

दुबली, सीधी सतर देह; उसके छोटे-छोटे सुनहरे बाल साधे पर ढले हुए हैं।

"चलो।"

वाना बिना प्रतिवाद किए क्रिस्तीन की गाड़ी में बैठ जाती है। बच्चे नेपालिन के घर हैं, शिवेश लैब में, आसमान घटाटोप है, सूरज या धूप का नामोनिशान नहीं, नीचे मटमैली बर्फ़। गिलहरियाँ एक-दूसरे का पीछा करती दूर-दूर तक दौड़ गई हैं।

क्रिस्तीन वुडरिज माल की पार्किंग गैरेज में गाड़ी लगा देती है। वाना की टाँगों में शक्ति ही नहीं है, वह लड़खड़ा रही है, क्रिस्तीन उसकी कमर में बाँह डालकर सहारा देती है।

वाना को कुर्सी पर बैठाकर क्रिस्तीन दूकान में कपड़ों के रैक उलटती-पलटती है। वह कभी-कभी कोई स्कर्ट या ब्लाउज़ उठाकर वाना को दिखाती है, "यह रंग कैसा है ? तुम पर अच्छा लगेगा ! इसे ले लें ? चलो ज़रा ट्राई तो करो।"

काही रंग की स्कर्ट वाना को एकदम फ़िट बैठी है। सेल्सगर्ल कमीशन पर काम करती है, वह जल्दी-जल्दी तरह-तरह की चीज़ें लाकर वाना को थमाने लगती है।

कुछ देर में कई पैकेट लेकर वह लोग दूकान से बाहर निकली हैं। वाना नए कपड़े पहने है; फिर क्रिस्तीन 'सुपरकट' नाम की दूकान के सामने रुक जाती है "मेरा यहाँ एपाइंटमेंट है। चलो तुम भी बाल बनवा लो।"

कोई दूसरा सर धोए, यह वाना के लिए सुखद अनुभव है। कोई उसकी ज़िम्मेदारी अपने ऊपर ले ले, भले ही कुछ घंटों के लिए–यह भी। हेयर ड्रायर के नीचे बैठकर उसे लगता है कि उसके माथे, उसकी भौंहों, उसकी गर्दन पर रस्सियों

की तरह गूँथी तनाव की गाँठें धीरे-धीरे ढीली होने लगती हैं। उसकी आँखे धीरे-धीरे बन्द होने लगती हैं। हेयर ड्रायर से गर्म हवा की फुहार से उसको सारा कमरा घूमता नज़र आता है।

शीशे के सामने खड़े होकर वाना अपने को देखती है जैसे किसी अपरिचित को देख रही है। उसके बाल, उसका चेहरा, यह महँगे कपड़े—क्रिस्तीन और हेयर ड्रेसर नादीन दोनों ही शीशे में उससे आँखें मिलते ही मुस्कराने लगती हैं।

"आप स्वाभाविक रूप से ही सुन्दर हैं" नादीन कहती है। उसने क्रिस्तीन का मास्टरकार्ड मशीन में डाला है। दूसरे सिरे से निकाल कर वह पर्ची और कार्ड क्रिस्तीन को थमा देती है।

"धन्यवाद !" वाना का स्वर धीमा है। उसे विश्वास नहीं आ रहा है कि नादीन सच कहेगी। वह टिप मिलने के लालच में हरेक से यही कहती होगी।

"अब ?" क्रिस्तीन दूकान से निकलकर पूछती है।

वाना चुप !

"तुम्हारी नहीं जानती। मेरा तो भूख से दम निकल रहा है। चलें, कुछ खाएँ ?"

वाना ने सहमति में सर हिलाया।

क्रिस्तीन ने अपने लिए सलाद आर्डर किया, वाना के लिए लहसुन में बैंगन।

"तुम्हें अच्छे लगेंगे।" वह मेन्यूकार्ड चाइनीज़ वेटर को देती हुई कहती है, "सेशुआन कुकिंग खूब चटपटी होती है।"

"क्या समय हो गया ?" वाना ने पूछा।

"तीन साढ़े तीन बजे होंगे। क्यों क्या घर की सोचने लगी ?"

"हाँ—कुछ-कुछ" झेंपी-सी मुस्कान के साथ वाना ने कहा।

"फ़िकर मत करो। मैं शिवेश को फ़ोन कर दूँगी। वह सब सँभाल लेंगे।"

"और हम ?"

"हम शाम एन्जौय करेंगे—घूमेंगे, बातें करेंगे—ठीक है न ? तुम्हें चेंज की ज़रूरत है।"

"ठीक !" वाना स्वयं घर नहीं लौटना चाहती। फिर बच्चों का रोना-झींकना, शिवेश का बुदबुदाना-बड़बड़ाना। फिर स्पागेटी बनाकर बच्चों के सामने रख देंगे, या अंडा टोस्ट बनाकर खिला देंगे—फिर पूछेंगे—क्या खाओगी ? उनके स्वर में रोष होगा, क्षोभ होगा।

वाना चाय टोस्ट ले लेगी, शिवेश स्वयं बाहर चले जायेंगे, लैब वाले दोस्तों के पास—वहीं कुछ खा लेंगे। रात को दस साढ़े दस बजे लौटेंगे—कभी-कभार वाना को ठुनकी देते हैं और वह करवट बदल कर अपने में सिमट जाएगी "उहुँक।"

वह स्त्री है, पत्नी है; अब तक बिना शिकायत उनकी ज़िद, उनके आग्रह के

सामने झुकती आई है। पर अब नहीं। उसे शिवेश के बदन की महक से वितृष्णा हो गई है। अब वह उन्हें नहीं झेल पाएगी।

"मैं बीमार हूँ–" वह लचर भाव से कहती है।

"महीनों हो गए–"

"तो मैं क्या करूँ ? मेरा इस पर क्या बस–" उसे गुस्सा आ गया है।

केनमोर स्ट्रीट के उस बेहद परिचित घर के सामने क्रिस्तीन गाड़ी रोक देती है। दोनों कुछ देर बैठी रहती हैं, वाना असमंजस में, और क्रिस्तीन उसकी प्रतीक्षा में।

"उतरो।" क्रिस्तीन हलके से कहती है, फिर वह स्वयं दरवाज़ा खोलती है, वाना की कुहनी पर हलका-सा दबाव डालकर वह उसे अन्दर जाने को प्रेरित करती है। बत्ती में संगमरमर का गलियारा चमाचम झलकता है, यह घर पहचाना होने पर भी अपरिचित लग रहा है, जैसे बहुत दिनों बाद पुराने मित्रों से मिल कर लगता है।

जिस कमरे में राहुल रहा करता था, जो कभी स्वयं क्रिस्तीन का अपना कमरा था, उसी में क्रिस्तीन का छोटा-सा सूटकेस खुला पड़ा है, पर पलंग वही है, यद्यपि चादरें, क़म्बल इतने नए हैं कि उन पर तहों की धारियाँ साफ़-साफ़ दीख रही हैं। वाना हटकर, न जाने किस प्रेरणावश रसोई की तरफ़ बढ़ गई है। "अरे ऽ" उसके मुँह से निकला है; सारी रसोई उखड़ी पड़ी है–अलमारियाँ, सिंक, फ़र्श। केवल पुराना रेफ्रिजरेटर अकेले में घर्र-घर्र कर रहा है। उसी पर कॉफ़ी बनाने की मशीन और नया टोस्टर रक्खा है।

क्रिस्तीन ने रेफ्रिजरेटर खोल कर शराब की एक बोतल निकाली है।

"तुम एक-एक सामान बाँध कर ले गईं" वह हँसकर कहती है। "एक गिलास, एक चम्मच तक पीछे नहीं छोड़ा।"

"शिवेश ने घर उठाया। मालूम होता कि तुम आकर रहोगी तो सब नहीं ले जाते।" बोतल खुली हुई है, क्रिस्तीन ने कार्क निकालकर एक घूँट पिया, फिर वाना की कमर को बाँह से घेरकर वह कमरे में वापस ले आई है।

"लो !" उसने बोतल वाना को पकड़ा दी है। वाना ने एक छोटा-सा घूँट लिया है। वाइन मीठी है; वह एक घूँट और लेती है।

वाना पलंग पर बैठी-बैठी इस घर के बारे में सोच रही है। ज़िन्दगी का एक छोटा, पर कितना महत्त्वपूर्ण भाग इस घर से जुड़ा है। नई दुल्हन बनकर आना; दो-दो बच्चों को जन्म देना; राहुल का आना जाना; फिर सारिका का अन्त–उसने एक लम्बी आह ली। उसकी पलकों का आँखों पर ढल आना और होठों के कोनों का उदासी से झुक आना क्रिस्तीन ने देखा होगा।

''नहीं, स्वीटहार्ट, नहीं–'' उसने अपने होठ वाना के गालों पर सटा दिए हैं।

उतरते जाड़ों की इस घटाटोप साँझ में अब क्या होगा ? आगे क्या घटेगा–इसके लिए वह अपने को प्रस्तुत कर रही है। वाना एक घूँट और लेती है।

''मुझे यह वाइन अच्छी लग रही है'' वाना कहती है और क्रिस्तीन को बोतल पकड़ा देती है। दोनों बारी-बारी से घूँट पीती हैं और एक-दूसरे को वापस देती हैं। वाना को अब हलका-हलका लग रहा है। वह पलंग पर कब लेट गई है, उसे स्वयं पता नहीं चलता।

वाना को एक पतली चादर के नीचे भी पसीना आ रहा है। यह घर कभी इतना गरम नहीं रहा–''नई भट्ठी लगी है क्या ?'' उसने पूछा।

''हाँ। पुरानी तो एकदम बेकार थी उसे पहले ही बदलवा लेना चाहिए था।'' क्रिस्तीन बोली, ''बिना मरम्मत कराए घर बिकना मुश्किल था।''

वाना उठकर बैठ गई; ''हाँ, घर काफ़ी बुरी हालत में था।''

''नए ख़रीदारों ने कई शर्तें रक्खीं।'' क्रिस्तीन अब एकदम व्यवसायी स्त्री की तरह बात करती है, ''एकदम नई रसोई, नया फर्श, नए काउंटर और चैरी लकड़ी की अलमारियाँ। इस कमरे में आग जलाने की अँगीठी–नई छत–''

वाना ने अब देखा, पुराना, उपेक्षित कोना जिसमें लकड़ी जलाने का प्रबन्ध था, अब साफ़ चमक रहा था।

''हमने कभी आग नहीं जलाई।'' वाना ने हलके से कहा, ''डर लगता था कि कहीं घर ही न जल जाए–''

क्रिस्तीन हँसती है, ''ऐसा कैसे ? हाँ सफ़ाई करानी पड़ती है साल के साल–'' अँगीठी में लकड़ी के छोटे-छोटे कुन्दे सजे हुए रक्खे हैं, क्रिस्तीन झुककर दियासलाई जलाती है और अखबार के एक टुकड़े में लगाकर लकड़ियों के नीचे रख देती है। वाना मन ही मन सोचती है इन सब चोचलों के लिए पैसा ही कहाँ था ? भट्ठी ही ठीक न करा लेते–काहे को जाड़े भर खुद की और बच्चों की नाक सुड़सुड़ाती रहती। फिर भी वह क्रिस्तीन के प्रति कृतज्ञ है कि उसने इतने समय बिना किराए के रहने दिया। उसने सोचा था कि शिवेश घर की मरम्मत और देखभाल करते रहेंगे, पर यह शिवेश के बूते का था ? सिर्फ़ हवा महल बनाना और शेखी मारना। इसी में तेज़ हैं। एक पक्की नौकरी तक तो जुटी नहीं; कभी यहाँ, कभी वहाँ, कभी पार्ट टाइम कभी तीन चौथाई। ऐसे ही तीन-चार साल निकल गए।

लकड़ी ने आग पकड़ ली, गरम, सुनहरी लपटें शाम के अँधेरे में चमकने लगीं, वाना उन लपटों को लपकते, चमकते, बल खाते हुए देखने लगी।

क्रिस्तीन ने उसके माथे पर गिर आए बाल कोमलता से पीछे हटा दिए, ''किस

सोच में पड़ गई मेरी रानी ?"

"कितनी अच्छी लग रही हैं यह लपटें—यह आग—" वाना अपने गाल पर, जहाँ अभी भी क्रिस्तीन के होठ टिके हैं वैसी ही दहकती हुई गरमाई महसूस कर रही है; क्रिस्तीन के होठ अब उसके होठों पर आ टिके हैं, हलके से जैसे पँखुड़ी पर तितली आ बैठी हो। फिर वह वाना का चेहरा चूमने लगती है, पहले माथा, फिर भौंहें, अधढली पलकें, कान की लवें, फिर गला—

साँस खींचती वाना थमी हुई है—उसे क्रिस्तीन के होठों के कुछ और नीचे तक आने का इन्तज़ार है।

क्रिस्तीन उसे कैसे बाँहों में थामे है, क्रिस्तीन उसे कैसे दुलराती है, जैसे वह बहुत मूल्यवान है, जैसे वह अधिक आग्रह से छूने से मैली पड़ जाएगी—

शरीर से एकदम कपड़े अलग करने में उसे झिझक लग रही है। कभी किसी के सामने अपने को यों, एकदम उघाड़ा नहीं है। उसके हाथ अपनी ब्लाउज पर ठिठक गए हैं। क्रिस्तीन उस पर झुकी हुई है—वह झीनी सिल्क का ड्रेसिंग गाउन पहने है जो झुकने से पीछे गिर गया है और वाना क्रिस्तीन के अनावृत्त शरीर को देख सकती है। उसकी दृष्टि क्रिस्तीन के छोटे-छोटे, एकदम गोल और उन्नत सफ़ेदी लिए कुच पर एक बहुत छोटे क्षण के लिए टिकती है, क्रिस्तीन दायें हाथ से वाना की ब्लाउज़ के बटन खोल रही है, वह अधीर है और बाएँ हाथ से अपने गुलाबी कुचाग्रों को स्वयं दुलरा रही है—फिर वह वाना के वक्ष में अपना चेहरा छिपा लेती है। वाना उसकी तेज़, गरम साँसें महसूस करती है और अनुभव करती है क्रिस्तीन की जीभ का सिरा जो उसे चूम रहा है, एक मीठी, अनजानी मगर सिहरनपूर्ण सनसनी से वाना का शरीर काँपने लगता है। उसकी बाँहें अपने आप क्रिस्तीन को घेर लेती हैं। उनके होठ एक-दूसरे को बार-बार चूमते हैं, और हथेलियाँ एक पागल आग्रह से एक-दूसरे को सहलाती, दुलराती और खरोचती हैं। वाना को मालूम है कि बिजली की स्विच कहाँ है—वह हाथ बढ़ाकर बत्ती बन्द कर देती है। आग के प्रकाश में उनके अनावृत शरीर गुलाबी और सुनहली आभा से जगमगाते हैं।

"कटखनी—" क्रिस्तीन चीखती है, पर वह चीख़ बनावटी है—वाना को मालूम है।

"ओह ! ओह !! जीसस—" क्रिस्तीन चीख़ रही है उस अँधेरे, बड़े से खाली घर में वह आवाज़ गूँजती है।

वाना ने उसके मुँह पर हथेली रख दी है—"तुम भी कुछ कहो वाना। चीख़ो, छटपटाओ—यह चुपचुप मज़ा लेने में क्या मज़ा है ?"

वाना हँस पड़ी—कितने दिनों; महीनों बाद यह हँसी उमड़ी है, अन्दर से फूट पड़ी है जैसे वृक्षों पर नए कोंपल—

"सोने के कटोरे—" क्रिस्तीन ने हलके-हलके उसे सहलाते हुए कहा, "जैसे

जयदेव ने कहा है न। और यह शरीर-सुन्दर-छरहरा; अन्दर बाहर रस से लबालब भरा। यह लोभी होंठ–ठीक भी है; तुम कामसूत्र के देश में पली हो न ! शरीर का सुख लेना भी आता है, देना भी–''

वाना कुछ देर चुप रहती है। बार-बार मन होता है कि उठकर अपने ऊपर वस्त्र डाल ले, पर क्रिस्तीन कुछ ऐसे लेटी है कि उठने के लिए उसे हटाना पड़ेगा।

''अच्छा यह बताओ, बुरा मत मानना, शिवेश को भी ऐसे ही, खुलेपन से, एकदम डूबकर प्यार करती हो ?''

वाना कुंठित हो आती है। इस क्षण की वर्जना का उसे पूरा एहसास है, पर कहीं एक स्तर पर उसने यह सब स्वयं चाहा है, उसने क्रिस्तीन के प्यार का प्रत्युत्तर मात्र नहीं दिया है; उसे प्यार किया है, खुलकर, डूबकर–फिर वाना एकाएक सबकुछ गोप्य, वर्जनीय को अलग हटा देती है–वह धीरे से उठकर बैठ जाती है और चादर खींच कर ढक लेती है–

''नहीं क्रिस ! यह प्रश्न ही नहीं उठता। शिवेश मुझसे कुछ अपेक्षा ही नहीं करते।'' उसके अन्दर से एक गहरी साँस एक-एक कर बाहर आती है–''हमारे शास्त्रों में पत्नी केवल सन्तान का निमित्त है।''

''और शरीर सुख ?''

''कम-से-कम शिवेश की मानसिकता यही है, केवल अपना सुख, अपनी चाहत, अपनी पूर्णता–''

''कितना मूर्ख है वह–''

''सच कहूँ क्रिस्तीन, एकदम सच ? यह बहुत बड़ी बेईमानी, बहुत बड़ा विश्वासघात है, पर शिवेश को पहले दिन से ही पति रूप में ग्रहण करना मेरे लिए यातना रही है। घोर टौर्चर–''

सरासर बेईमानी। वाना जान रही है, इसी घर में बैठकर यह बात उच्चारण करना, जिस बगल के कमरे में दो बच्चों को गर्भ में ग्रहण किया, जिन्हें जन्म दिया, पाला-पोसा। जहाँ रात-के-रात शिवेश के साथ एक पलंग पर सोई–''तुम बहुत सुखी पति-पत्नी दिखाई देते थे–''

''शायद एक ऊपर सतही स्तर पर रहे होंगे–शिवेश को बाप ने पकड़ा दिया, मैं एक पशु की तरह चली आई, जो बचपन से, समाज ने शिक्षा दी, वही लीक पकड़कर चलती रही।''

''फिर क्या हुआ वाना ? मेरी रानी !''

''शायद सारिका को देखकर जाना कि प्यार करना क्या होता है; कैसे दिन-रात, सोते-जागते किसी की सोचते रहना कैसा सुख, कैसा दुख, कैसा नशा होता है–''

''तो तुमने कभी किसी को ऐसे प्यार नहीं किया।'' वाना चुप है। अचानक

अनजाने राहुल का चेहरा उस अँधेरे में उजागर हो उठता है, तो क्या मुझे राहुल से प्यार हो गया है या केवल एक दैहिक आकर्षण राहुल की महक जो औरों की तरह उसे भी खींच रही है—पर अब महक कहाँ, वह तो कब का चला गया है फिर भी इस घर, इस कमरे, इस पलंग पर उसकी सुगंध है। वह अपने से पूछती है। पर वह राहुल का नाम नहीं ले पायेगी। क्रिस्तीन के सामने तो नहीं ही।

"नहीं।" उसने अँधेरे में कहा। "मुझे मालूम नहीं कि मुझमें यह माद्दा है भी या नहीं।"

"जब सही समय आएगा तो अपने आप जान जाओगी।" क्रिस्तीन ने कहा। उसने वाना की हथेलियाँ अपनी हथेलियों में बाँध ली हैं, "अगर मैं कहूँ कि सब कुछ छोड़ कर मेरे साथ वर्जीनिया चलो, तो चलोगी वाना—मेरे लिए शिवेश को छोड़ दोगी ?"

"मेरा इम्तहान ले रही हो क्रिस्तीन ?"

"नहीं, जो कुछ आज हमारे बीच घटा, वह भविष्य की ओर इंगित नहीं करता ? मैं तुम्हें बहुत प्यार करूँगी वाना, बहुत सुख दूँगी—"

"मुझे मालूम नहीं क्रिस्तीन। मुझसे इतने बड़े-बड़े सवाल मत करो।"

मेज़ पर रक्खा क्रिस्तीन का मोबाइल फ़ोन बजने लगता है। क्रिस्तीन उठाकर कहती है, "हलो ! हाँ शिवेश। मैं तुम्हें फ़ोन करना सोच ही रही थी, वाना थकी हुई सो गई है। जगा दूँ ? सोने दूँ ? जब जागे तो पहुँचा जाऊँ ? नहीं तुम्हारे आने की जरूरत नहीं है। बच्चे अकेले कहाँ छोड़ोगे। सोने दूँ ? ठीक है। सुबह पहुँचा दूँगी। गुडनाइट—"

वाना क्रिस्तीन के दिल की धड़कन सुन रही है, उसकी बाँह क्रिस्तीन की कमर घेरे हुए है। यह जो वाना, निर्वस्त्र, अंकुठित, लज्जाहीन, अतृप्त और जाग्रत; क्रिस्तीन से सट कर लेटी है, शिवेश की पत्नी नहीं है। वह केवल वाना है और वह क्रिस्तीन की बाँहों में सिमटकर उसे रात भर प्यार करने के लिए प्रतीक्षित है।

एकबार फिर इसी घर में लौटना—कैसा व्यंग्य है। घर बिक चुका है पर अभी कागज़ नहीं पूरे हुए हैं। जिस रसोई को वाना के हाथों ने सँवारा, वह उखड़ी पड़ी है। ठेकेदार आकर अलमारियाँ उखाड़ गया है, बढ़ई नाप के अनुसार नई चेरी लकड़ी की बनाकर लगाएगा। नए फर्श, नए काउंटर लगेंगे—झकाझक चमकेगा यह पुराना ढहता हुआ घर—

क्या व्यक्तियों का भी जीर्णोद्धार हो सकता है। वाना सोचती है—वह टोस्ट का टुकड़ा कुतर रही है और सामने शीशे में अपना चेहरा देख रही है। क्या लोग भी अपनी कायापलट कर सकते हैं ? वाना के मन में उठता है। आग अब बुझ गई है, उसका सुनहला आलोक राख में छुप गया है। पर गर्मी अभी भी उसमें निहित

है। बाहर शायद फिर हल्की-हल्की बर्फ़ गिरने लगी है। तेज़ हवा से सूखी हुई बेलें और टहनियाँ खिड़की और दीवारों से बार-बार टकरा रही हैं।

"क्या सोचने लगी वाना ?" क्रिस्तीन ने उस अँधेरे में एकाएक पूछा।

"यही कि..." वाना ने अपनी बाईं कुहनी पर भार देकर अपने को ऊँचा किया जिससे कि क्रिस्तीन को देख सके।

"जैसे इस पुराने, ढहते हुए घर का जीर्णोद्धार हो रहा है, क्या व्यक्तियों का भी हो सकता है ?" क्रिस्तीन की आवाज़ में हँसी की खनक है। "क्यों नहीं, यदि नींव और दीवारें पुख्ता हों। अपने को दुबारा; यानी 'रिइन्वेंट' खोजा और पाया जा सकता है। यदि इतनी आत्मदृष्टि और साहस हो—जैसे—". वाना उठकर बैठ गई। चादर को अपने गले तक खींच कर अपने को ढकते हुए उसने कहा, "जैसे—?"

"सो जाओ वानू—"

"नींद नहीं आ रही है क्रिस—कितने दिनों बाद किसी से बात करने का मन हो रहा है। तुम्हें आ रही है ?"

क्रिस्तीन ने जम्हाई ली, "नहीं सो तो मैं भी नहीं पा रही हूँ।"

"तो तुम क्या सोचने लगीं ?" वाना ने हाथों की उँगलियाँ क्रिस्तीन की उँगली में उलझा लीं—

अब उसके मन में कोई संशय, कोई सन्देह नहीं है। उसे पास में क्रिस्तीन का होना सहज और नैसर्गिक लग रहा है। वह क्रिस्तीन की उँगली में पड़ी माणिक और हीरे की अँगूठी को गोल-गोल घुमाने लगी।

"तुम्हें कितनी बातों का, कितना ज्ञान है, क्रिस्तीन। मुझे लगने लगा है कि मैं केवल मेढकी मात्र हूँ—जैसे पानी के दलदल में ही रहती आई हूँ। कैसे इससे निकलूँगी यह मालूम ही नहीं।"

क्रिस्तीन उत्तर में इतनी देर चुप रही कि वाना को लगा कि उसने कुछ सुना नहीं, वह सो गई है। पर क्रिस्तीन जाग रही है; यह उसके शरीर की सतर्कता से स्पष्ट था।

"मेरी समझ में तुमने मोड़ ले लिया है वाना" क्रिस्तीन ने पलंग के नीचे लुढ़क गई बोतल को हाथ डालकर उठाया, उसको हिलाया। शायद पेंदी में कुछ घूँट बचे थे, उसने ढक्कन खोलकर वाना को बोतल पकड़ाई, वाना ने दो घूँट पिए, उसे लगा कि उसका गला कितनी देर से सूख रहा था, उसने जुबान से होंठ तर किए। क्रिस ने बोतल ख़त्म कर उसे ज़मीन पर लुढ़का दिया और उसके फ़र्श पर गिरने से दीवार से टकराकर स्थिर हो जाने तक दोनों चुप रहीं।

"अपने दायरे में रहने की, ज़िन्दगी से हर समझौता करते चलने में एक सुरक्षा है। लीक पकड़कर चलने में समाज की कृपादृष्टि है। मेढकी, यदि तुम्हारी बात

ही लें, तो जब तक पानी और काई, दलदल में है, सुरक्षित है। एक बार यदि स्थल पर कूद कर निकल आई तो क़दम-क़दम पर ख़तरे हैं, कहीं किसी के पैर से कुचल जाने का अन्देशा, या साँप द्वारा निगला जाना। यह विकल्प हमारे हाथ में है वाना।"

वाना का अभिप्राय कुएँ की मेढकी से था, कूप मंडूक से, पर क्रिस्तीन का कहना भी सही था। "हमें हर चीज़, हर स्वतंत्र इच्छा या कार्य का दाम चुकाना पड़ता है। बाहर आने में, अपने स्वभाव को स्वीकारने में ख़तरे ही ख़तरे हैं। मगर एक बार जब कोहरा हट जाए और आगे क्या करना है यह स्पष्ट होने पर भी कुछ न करना अपने को झुठलाना है। अपने साथ दग़ा है।"

वाना एकदम चुप है, स्थिर। वह समझ रही है क्रिस्तीन के शब्दों के पीछे क्या अभिप्राय है। वह अपने बारे में बात कर रही है। अपनी ऐश आराम की ज़िन्दगी और पति को छोड़कर उसने जो रास्ता चुना है, उसमें जोखिमें हैं, असुरक्षा है। वह जापान में न्यूटन की पत्नी के रूप में बड़ी मेम साहब थी, और अब वर्जीनिया में एकदम नई शुरुआत, प्राध्यापक के रूप में आगे बढ़ने का सतत संघर्ष। और सारिका भी तो; जहाँगीर को अकेले भारत में छोड़कर अमेरिका आना उसका काल बन गया।

"मैं नहीं जानती कि मैं आगे क्या करूँगी—शायद रहती रहूँगी, शिवेश की पत्नी और आकाश विकास की माँ। क़दम-क़दम पर समझौता; हर मोड़ पर दूसरे की मर्ज़ी से ही चलूँगी" वाना का स्वर उदास है।

क्रिस्तीन ने प्यार से उसके गाल पर थपकी दी, "पगली ! जब तू अपने अन्दर से उठती एक अदम्य पुकार सुनेगी न, तब पंख फैलाकर आकाश में उड़ने की शक्ति तुझमें स्वयं आ जाएगी।"

"मेढक कहीं उड़ते हैं ?" वाना ने कहा।

"तू मेढकी नहीं है। तू तो तितली है, जो अभी अपने विकास की पहली स्टेज पर ही है। जब तेरे पंख निकलेंगे तब तू अपने रूप से सबको चकाचौंध कर देगी। ऐसे ही व्यक्तियों का भी कायापलट होता है, स्वयं को दुबारा गढ़ा जाता है।"

वाना सरक कर लेट गई, उसने क्रिस्तीन की बाँह पर सर टिका लिया। "इतनी बड़ी-बड़ी बातें—इतने बड़े-बड़े प्रश्न—मेरा तो सिर चकरा रहा है—"

"क्योंकि तूने पहली बार शराब पी है। आ सो जा सुबह फिर देखेंगे—"

सुबह एकदम उजली है। सूरज खिड़की से चमक रहा है, क्रिस्तीन उठकर शायद नहाने चली गई है। वाना के मन में बीच रात की बातों की धुँधली-सी छाप है, वह उठी है और बहुत दिन बाद अपनी पहचानी, पुरानी रसोई में जाकर पानी उबलने

को रख दिया है। पूरा घर अन्दर से दुबारा बनेगा, नई दीवारें, नई अलमारियाँ, सब कुछ नया, उसके लिए पुराने का मोह छोड़ना पड़ेगा। फिर भी अपनी साफ़-सुथरी, सजी-सजाई रसोई को इस दशा में देखकर बुरा-सा लग रहा है।

वाना तैयार होकर चाय पी रही है और जहाँ वह बैठी है वहाँ से उसे दर्पण में अपना पूरा प्रतिबिम्ब दिखाई दे रहा है—टकटकी लगाकर देख रही है। नए कटे, धुले, सँवरे बाल; सुस्थ, संयत निखरा-निखरा चेहरा।

क्रिस्तीन नहा रही है। फुहारे से लगातार पानी गिरने की आवाज़ आ रही है। फिर पानी बन्द हो जाता है। छोटी-सी तौलिया कमर से लपेटे क्रिस्तीन दरवाज़ा खोलकर बाहर आती है। वह सहज भाव से शरीर पोंछती है—उसमें निर्वस्त्र होने का कोई संकोच, कोई लज्जा भाव नहीं है; सुंदर सुगठित है उसकी देह; अपने को तथा अपनी देह को और अपनी समलिंगी माँग को पूरा-पूरा स्वीकारती हुई।

शीशे में आँखें मिलती हैं, वह मुस्कराती है। वाना, ऊपर से लेकर नीचे तक ढकी है। पैर के अँगूठों तक—नये मोज़ों और बूट में—

"घर जाने की इतनी उतावली ?" क्रिस्तीन उसे तंग करने की मुद्रा में कहती है।

"कल से बाहर हूँ—" वाना हलके से कहती है। वर्जित रेखा से बाहर निकल आना इतना सहज होता है ?

क्रिस्तीन पास आकर झुककर उसे चूम लेती है, होठों के पार जीभें एक-दूसरे को छूती हैं—क्रिस्तीन के भीगे बाल वाना के गालों पर ढलक आते हैं—वाना के कपड़े उतारने में दोनों के हाथ सम्मिलित हैं। वह धीरे-धीरे, बिना किसी जल्दी के तैयार हो रही है। खिड़की के काँच के पार सुबह का सूरज बादलों को भेदने के प्रयत्न में है। कभी किरनें चमकने लगती हैं पर दूसरे ही क्षण बादल उसे ढक लेते हैं। चलते-चलते क्रिस्तीन उसे एक प्लास्टिक का थैला पकड़ा देती है। "मज़दूरों को यह किसी अलमारी में मिला था—साड़ी है। तुम्हारी ही होगी।" वाना ने थैले में झाँका; गुड़ी-मुड़ी एक साड़ी थी—वही साड़ी जो सारिका पोस्ट ऑफ़िस जाते समय पहने हुए थी। वाना एक क्षण असमंजस में पड़ी खड़ी रहती है। फिर वह थैला सँभाल कर क्रिस्तीन को पकड़ा देती है "यह मेरी नहीं है, सारिका की है।"

क्रिस्तीन बिना कुछ कहे थैला वापस ले लेती है।

"मेरे पुराने घर, अलविदा !" वाना दरवाज़ा बन्द करने से पहले मुड़कर संबोधित करती है।

''अलविदा मेरी पुरानी रसोई, अलविदा मेरे सोने का कमरा—अब मैं सचमुच जा रही हूँ—देखो, मैं यह चली—''

क्रिस्तीन गैरेज से गाड़ी निकालने गई है, अगर सुने तो क्या कहे। पर यह दीवारें सुन रही हैं, कि वाना जा रही है, वाना उनसे विदा ले रही है।

क्रिस्तीन की गाड़ी जैसे दिखाई देती है, वाना झट से अपने पीछे दरवाज़ा बन्द कर देती है और सीढ़ियाँ उतरकर गाड़ी में बैठ जाती है।

क्रिस्तीन ने नये फ्लैट के आगे गाड़ी रोकी है—''तो तुम मेरे साथ नहीं चलोगी ?'' इस समय वह हँसी कर रही है। वाना यह जानते हुए भी गंभीरता से उत्तर देती है ''शिवेश को मैं छोड़ नहीं सकती, तुम्हें यह मालूम है—''

''हाय, हाय !'' क्रिस्तीन ने उसके गाल पर ठुनकी दी। ''सीधी-सादी, भोली-भाली हिन्दू पत्नी। पतिव्रता—'' उसी खिजाने वाली मुद्रा में क्रिस्तीन कह रही है, वाना जानती है कि कल के बाद यह सब झूठा पड़ गया है।

''फिर भी—'' वह लाचारी से कहती है।

''प्रौमिस करो कि एक बार घर के अन्दर चले जाने के बाद तुम उसी तरह उदास और अनमनी नहीं पड़ जाओगी, तुम अपने साथ न्याय करोगी।'' क्रिस्तीन के स्वर में आदेश है।

''देखो, कोशिश करूँगी—'' वाना ने कहा।

''पूरी-पूरी—'' क्रिस्तीन गाड़ी से साथ-साथ उतर आई है, ''तुम्हें अपनी पहचान स्वयं खोजनी होगी। जब समय आएगा तो तुम स्वयं अपनी दिशा पहचान लोगी। जैसे पानी हमेशा ढाल की तरफ़ बहता है और अपना स्तर पाकर ही स्थिर होता है।'' क्रिस्तीन ने उसके गाल को चूमा, एक मित्र की तरह। वाना सहसा डर गई है। उसे घर के अन्दर जाने का साहस एकत्र करना पड़ेगा।

''तुम मुझे फ़ोन करती रहना। भूल मत जाना।''

''तुम्हें कैसे भूल सकती हूँ; बेवकूफ़ स्त्री।'' क्रिस्तीन ने उसका दायाँ गाल चूमा। उसे हलके से आलिंगन में लेकर अपने वक्ष से भींचा।

''डार्लिंग, कभी भी ज़रूरत हो, फ़ोन करना, समझीं। मैं तुरन्त आ जाऊँगी। तुम मुझ पर पूरी-पूरी तरह विश्वास कर सकती हो। जाओ, अब अन्दर सब तुम्हारा इंतज़ार कर रहे होंगे।'' क्रिस्तीन ने अलग होकर घड़ी देखी। फिर गाड़ी में बैठते हुए कहा, ''दो बजे घर के कागज़ों पर दस्तख़त कर मैं सीधे वर्जीनिया निकल जाऊँगी।''

वाना सड़क के किनारे खड़ी-खड़ी क्रिस्तीन की गाड़ी को आँखों से ओझल होता देखती रहती है। फिर वह धीरे-धीरे घर के अन्दर जाने को मुड़ती है।

शिवेश बेख़बर हैं, चाय पी रहे हैं और अख़बार पढ़ रहे हैं। पत्नी घर लौटी है; उसके चेहरे उसके अंगों पर कहीं भी सारे दिन, सारे रात की क्रीड़ा का कोई

चिह्न नहीं है बस नए कपड़े, नए बने बाल।

"क्रिस्तीन अन्दर नहीं आई ?" शिवेश ने पूछा। "उसे बहुत काम थे–"

"मैंने फ़ोन किया था। तुम सो गई थीं, मैंने सोचा सोने दूँ।"

वाना के पास इसका उत्तर नहीं है, यह प्रश्न है भी नहीं, साधारण-सा वाक्य !

"मुझे नींद आ गई थी।"

एकदम झूठ ! वाना को अपने पर आश्चर्य है–कितना आसान है संयत चेहरे से झूठ बोलना। शिवेश को संदेह हो भी तो क्यों ? वाना ने पहले कभी झूठ बोला हो तब न–कभी बेईमानी की हो। शिवेश को पूर्ण विश्वास है अपनी पत्नी पर। क्रिस्तीन के साथ प्रेम संबंध की बात तो उनके सोच के परे है। वाना के भी सोच के परे थी, कल तक। क्रिस्तीन का साथ इतना देहसुख दे सकता है ? पर यह सच है, और साक्षी है वाना की स्वयं अपने देह।

स्त्री शरीर ! निर्वस्त्र, नग्न ! कितना सुन्दर; कितनी विचित्र बात है कि वह पुरुषों को भी आकर्षित करता है और स्त्रियों को भी। देहसुख के लिए पुरुष की आवश्यकता नहीं, वह केवल संतान के लिए चाहिए–वाना अकेले बैठे-बैठे सोच रही है। वर्जना किसने की, पुरुषों ने ही न। अपना दावा, अपना ठप्पा क़ायम रखने के लिए।

"मैं आगे पढ़ना चाहती हूँ–" वाना नाश्ते के बर्तन रसोई में रखती हुई कहती है।

शिवेश की आँखें विस्मित प्रश्नचिह्न हैं। क्रिस्तीन के जाने के बाद वाना में परिवर्तन आ रहा है; वह अब अपने में, बच्चों में और घर के कामकाजों में दिलचस्पी लेने लगी है; पर अभी भी उसमें एक दूरी, एक खिंचाव है। क्रिस्तीन ने उसे क्या समझाया-बुझाया, यह उन्हें नहीं मालूम, पर उसका अंतिम परिणाम ठीक ही निकला।

"क्रिस्तीन ने कहा है ?"

"क्रिस्तीन क्यों कहेगी ?" वाना एकदम खीज उठी।

"उसे दुनिया के तीन सौ साठ काम हैं। यह मेरा अपना निर्णय है।"

"और बच्चे ?"

"वही देखेगी। पड़ोस की हिमाल।" वाना आकर कुर्सी पर बैठ जाती है। पति को सतर दृष्टि से देखती हुई कहती है, "नवें दर्जे के बाद पढ़ाई छोड़ दी। अब मैं यहाँ से हाईस्कूल करूँगी, शाम को वयस्कों के लिए क्लास होते हैं।" लम्बी साँस लेकर वह आगे कहती है, "विदेशी विद्यार्थियों को अँगरेज़ी मुफ्त सिखाई जाती है। वहाँ भी जाऊँगी। जब यहाँ रहना ही है तो यहीं की तरह भाषा बोलना चाहती हूँ। गलत-सलत अँगरेज़ी में बात नहीं करनी।"

"यह सब क्रिस्तीन फूँक कर गई है–है न ?"

"बात-बात में क्रिस्तीन को क्यों घसीटते हो ? मैंने कहा न, यह मेरा

निर्णय है–''

''ठीक है, ठीक है'' शिवेश ने उठते हुए हड़बड़ी में कहा, ''तुम प्रसन्न रहो भवानी ! पढ़ो-लिखो। मुक्त हो कर नौकरी करो–''

उस व्यंग की परवाह न करते हुए वाना ने कहा, ''शाम को सात बजे से क्लास शुरू है। समय से आ जाना।''

सारिका की गाड़ी को हमेशा स्टार्ट होने में देर लगती है। वाना रसोई की छोटी खिड़की से देख रही है। कई बार चाभी घुमाने के बाद इंजन करवट लेता है और गाड़ी चल पड़ती है।

वाना नए कोट और बूट पहनकर बाहर आई है। जाड़े की वह हलकी-हलकी फीकी रोशनी, धुँधलाया, बादलों से ढका स्याह आसमान, पर हवा में ताज़गी है। सदाबहार वृक्षों की शाखाएँ धीरे-धीरे हिल रही हैं, उनकी फुनगियों पर अब भी बर्फ़ रुई के गालों की तरह जमी हुई है। छतों के कगारों पर पिघली हुई बर्फ़ तेज़ धार की तरह कंगूरों में लटक रही है। यूनिवर्सिटी के लेक्चरर, जूनियर साइंटिस्ट, पोस्टडाक्टरेट के लिए यह विशेष फ्लैट अर्ध वृत्ताकार रूप में खड़े हैं। अपना स्कूल, अपनी नर्सरी, साग-भाजी की अपनी दूकान। विश्वविद्यालय की बस भी दिन भर आती-जाती रहती है, सुबह-शाम दस-दस मिनट पर।

वाना हाथ में थैला पकड़े दुकान में खड़ी है। लाल टमाटर, गाजरें, मूली, सेब, नाशपाती सब साफ़-सुथरे सुरुचि से सजे हुए हैं। काउंटर के पीछे खड़ी अमरीकन युवती वाना को चुपचाप ताक रही है। आने से पहले वाना ने फ्रिज में देखा नहीं है कि घर में क्या है ? वह कुछ देर खड़ी-खड़ी सोचती रहती है। फिर बिना कुछ लिए आहिस्ते से अपने पीछे दरवाज़ा बन्द करके चली आती है। तीन 'बी' में एक तमिल दम्पति है, पत्नी अभी-अभी भारत से आई है, घर की बहुत याद करती है, अकेले सड़कों पर भटकती रहती है। वाना को वह अपनी ओर आती दिखाई देती है। वाना झट से रास्ता बदल कर दूसरी पगडंडी पकड़ लेती है। मुझमें अब शक्ति नहीं है दूसरे का दुख-सुख बाँटने की–वह अपने आप से कहती है। वह एक मयूरपंखी की आड़ से उस युवती को देखती है। इस ठंड में भी उसने सूती साड़ी पहन रक्खी है। ऊपर एक बेढंगा-सा बड़ा कोट; पैरों में कैनवेस के जूते–उसका चेहरा पीला और बदरंग है। वाना उसे पास से गुज़र जाते देखती है, युवती ने उसे नहीं देखा है। वह अपना दरवाज़ा खोलकर अन्दर चली गई है।

वाना बहुत दिनों बाद शाम का खाना बना रही है। दाल, भिंडी और रोटी।

भिंडी को छोटे-छोटे गोल आकार में काटते हुए वह उस युवती के बारे में सोच रही है। हम सभी एक ही दुख के मारे हुए हैं, अपनो को छोड़कर इस ठंडी, उजाड़ ज़िन्दगी को भुगतते हुए—शाम को वाना ने नई काली स्कर्ट पहनी है ओर सफ़ेद ब्लाउज़। ऊपर नया कोट और नए बूट—वह अँगरेज़ी के क्लास में जाने को तैयार है।

शिवेश गाड़ी में बैठे वाना के कक्षा से निकलने के इंतज़ार में हैं। उन्होंने अभी अपने गड्डमड्ड विचार और वैसी ही उलझी भावनाओं को तरतीबबार रखने या देखने का समय या अवसर नहीं दिया है। ज़िन्दगी के हर उतार-चढ़ाव के सामने आने पर ही प्रतिक्रिया उनका सहज स्वभाव है। न उनमें अतीत को बार-बार खोलने-उधेड़ने या पिछली ग़लतियों से कुछ सीखने की ही इच्छा है। उनका बस चलता तो एक ज़मींदार की तरह रियासत की कमाई से खाते-पीते और चैन से रहते। खाते और लुटाते। पर कुछ कर्मवश कुछ भाग्यवश ऐसे देश और समाज में आ बसे हैं जहाँ अधिक से अधिक मेहनत करके अधिक से अधिक कमाना जीवन-मंत्र है। विशेष तौर से भारतीयों में। पलंग पर पाँव पसार कर पड़े रहें। वह भी लगातार चाय मठरी, पकौड़े बना-बनाकर लाती रहे, लड़के पास में ऊधम करते रहें; दोस्त आएँ, बैठें, बियर पिएँ—और कई बरसों तक यह चला भी—जब नौकरी हुई तो काम कर शाम को घर लौट आए। उनके बस का नहीं है कि चौबीसों घंटे लैब में प्रयोग करते रहें, या राहुल की तरह सुबह के चार-चार बजे तक कम्प्यूटर सेंटर में बैठे रहें। राहुल की ज़िन्दगी में काम के अतिरिक्त है क्या ? उसे कोई शौक ही नहीं है।

सारिका की मृत्यु से जैसे शिवेश की पूरी सजी-सजाई दुनिया ही ढह गई। उसका केन्द्र थी वाना, और वाना ही बदल गई है। शिवेश लम्बी साँस लेते हैं। कितनी सीधी-सादी कितनी भोली, अनछुई-सी लड़की थी। समर्पित, कृतज्ञ, शिवेश के आगे-पीछे, उनकी हर इच्छा को प्रफुल्ल चेहरे से मानती थी—अब उसे देखो, काली स्कर्ट, सफ़ेद ब्लाउज़ में पढ़ने जाएगी। नहीं बोलनी उसे नवें दर्जे पास की ग़लत-सलत अँगरेज़ी, अँगरेज़ी पढ़कर फिर दसवीं पास करेगी। शिवेश अपने आप में सोचते हुए सर हिलाते हैं। हाई स्कूल पास करके क्या तीर मार लेगी ?

शिवेश को पूरा विश्वास है कि यह ज़रूर क्रिस्तीन का पढ़ाया हुआ पाठ है। क्रिस्तीन के बहुत एहसान हैं उनपर; पर वह हरगिज़ उसे अपने और वाना के बीच में दीवार नहीं बनने देंगे। भोली-भाली वाना, बच्ची की तरह सहज क्रिस्तीन की स्मार्टनेस, दुनियादारी और विद्वत्ता से अभिभूत।

और तो और राहुल भी दग़ा दे गया। कहता है, "ठीक तो है, आगे पढ़ने

दो वाना को। बाहर निकलेगी तो मन ठीक होगा। नए लोगों से मिलेगी, विचारों में परिपक्वता आएगी–''

शिवेश अपने को बहुत अकेला महसूस करने लगे हैं–वाना हाथ भी नहीं छूने देती। अब जब सब कुछ ठीक चल रहा है, नया फ्लैट, नया फर्नीचर, पूरे समय की नौकरी; उसे प्रसन्न होना चाहिए–यही तो चाहती थी वाना; औरों के घर जा-जाकर उसने यही देखा था; ठीक है; धीरे-धीरे अपना घर भी ख़रीद लेंगे, ऊपर से नीचे तक सोने-चाँदी से मढ़ देंगे, वाना आकर पास बैठ गई है, ''कैसा रहा क्लास ?''

''ठीक।'' उसने संक्षिप्त-सा उत्तर दिया।

शिवेश ने गाड़ी चला दी। वाना का चेहरा सुन्दर है पर वीराना और सपाट। वह बग़ल में बैठी है पर वह यहाँ है नहीं।

''कहाँ हो वाना ?''

''यहीं तो,'' वह चौंक पड़ती है, ''क्यों ?''

''ऐसे ही पूछा।''

''कहाँ जाऊँगी मैं ? मेरा कोई ठौर-ठिकाना हो तब न–''

''छोड़ो ! ऐसे ही कह दिया।''

रात में वह पलंग पर देर तक बैठी रहती है। शिवेश अख़बार पढ़कर पलंग के नीचे गिरा देते हैं। वाना झटपट उसे उठाकर मोड़ कर पुराने अख़बारों की गड्डी में रख देती है। पुरानी वाना ! हर चीज़ अपनी जगह पर तरतीबवार रखने वाली वाना।

''उसे छोड़ दो वाना। यहाँ आओ, मेरे पास–'' और वह पास आ गई है, शिवेश उसे बाँहों में ले लेते हैं; वह चुप है, वह ठंडी और निष्क्रिय है, पर शिवेश को कोई अन्तर नहीं पड़ता। कितने दिनों की खोई पत्नी वापस मिल गई है–

एकाएक वाना उन्हें अपने से अलग कर देती है–''क्यों वाना ?''

''मेरी साँस रुक रही है–'' वह उठकर बैठ गई है ''मेरा दम घुट रहा है–''

शिवेश का चेहरा चाँटा खाए बच्चे का-सा हो आया है। फिर वह अपने को बटोरकर कहते हैं, ''अच्छा ! अच्छा ! कोई बात नहीं–''

वाना रोती है, सिसकियों से उसका पूरा शरीर रह-रहकर हिल उठता है, शिवेश असहाय से उसे कभी-कभी थपथपाते हैं, ''बस ! बस !'' पर वाना है कि रोये चली जा रही है–

''बस करो–वाना–''

''मुझसे यह सब बरदाश्त नहीं होता–''

शिवेश चुप रहते हैं, फिर उन्हें नींद आ जाती है–वाना के आँसू तकिए पर गिरते रहते हैं।

एक भरे-पूरे रईस परिवार के अकेले बेटे शिवेश, बचपन से ही ताई, माँ, चाची, बुआ भर-भर कटोरा मलाई, रबड़ी, खीर खिलाती रहीं। देखो बबुआ स्कूल से आ गए हैं। ले आ ज़रा हलुआ पूरी–आज बबुआ का सिर/पेट/कान दुख रहा है, मत जाने दे स्कूल–यही सब निरन्तर सुनते हुए बड़े हुए थे। दादा परदादा बंगाल में एक राजपरिवार के पुरोहित–इज्ज़त, रुतबा, ज़मीन सभी कुछ इकट्ठा कर लिया था। जब राजा का राज पूर्वी बंगाल में चला गया तो अपने परिवार का भी सब कुछ उसी के साथ लोप हो गया। बड़ा-सा परिवार भी छोटे-छोटे टुकड़ों में बँट गया; शिवेश अब भी मलाई, रबड़ी, खीर खाते रहे और आगे पढ़ते रहे। एम.एस-सी. इलाहाबाद से करके कलकत्ता चले आए और वहाँ बायो केमिस्ट्री में पी-एच.डी. कर ली। आसानी से विंडसर में पोस्ट डॉक्टरेट रिसर्च की नौकरी मिल गई और शिवेश अमरीका चले आए।

इलाहाबाद में राहुल पड़ोसी था। होस्टल में बगल के कमरे में रहता था, वहीं से मैत्री शुरू हुई। राहुल को स्कालरशिप मिलती थी, शिवेश को पैसे घर से आते थे। शिवेश तब भी रईसों जैसी साजसज्जा में रहते थे, राहुल गिनी-चुनी कमीज़ों और पैंटों में। कभी उन्होंने स्वयं राहुल को अपने लिए कुछ लेते नहीं देखा; घर जाने से पहले ज़रूर ख़रीदारी करता था, चाची के लिए चप्पलें, बाऊजी के लिए जूते, छोटी बहन के लिए फ्रॉकें, मोज़े, न जाने क्या-क्या ढेर-सी चीज़ें। शिवेश को उस समय राहुल का चेहरा देखकर ईर्ष्या होती थी; कोई औरों के लिए इतना करने में प्रसन्नता पा सकता है ? कोई इस उम्र में ऐसे संन्यासी की तरह तटस्थ, अस्पृह रह सकता है। उनके अपने परिवार में सिर्फ़ एक बड़ी बहन थी जिसका दरभंगा में विवाह हुआ था। अपने परिवार में व्यस्त रहती थी। साल में एकबार डाक से राखी आती थी और शिवेश उत्तर में मनीआर्डर भेज देते थे।

विंडसर में आकर राहुल से फिर भेंट हुई थी–वह मैसेच्यूसेट्स इन्स्टीट्यूट ऑफ़ टेकनोलॉजी से पी-एच.डी. कर रहा था। उसकी थीसिस समाप्ति पर थी और उसने कुछ समय के लिए विंडसर विश्वविद्यालय में रिसर्च कांट्रैक्ट ले लिया था।

शिवेश की रिसर्च बीच में ही रुक गई। प्रोफ़ेसर उनकी प्रगति से सन्तुष्ट नहीं थे; तब राहुल ने शिवेश को साथ रहने का प्रस्ताव दिया।

"कुछ दिन के लिए–जब तक नई नौकरी नहीं मिलती–"

वह कुछ महीने ऐसे ही बीते; शिवेश को जो भी काम मिला, उसे ही किया–रात की शिफ्ट में, कभी यहाँ, कभी वहाँ–राहुल ने कभी कुछ नहीं कहा–फ़्लैट में एक बड़ा-सा सोने का कमरा था, एक बैठक, रसोई। कमरा और पढ़ने की मेज़ राहुल के लिए छोड़कर शिवेश ने बैठक में सोफ़े पर अपना आसन जमाया। उन्होंने पाया कि भारतीय विद्यार्थी समूह की एक बात प्रचलित थी–अगर पढ़ाई में प्रॉब्लम हो तो राहुल करोली से पूछ लो और अगर पैसे ख़त्म हो गए हों या मकान मालिक

ने घर से निकाल दिया हो तो शिवेश के पास चले जाओ। वहाँ खाना भी मिलेगा और रात को कार्पेट पर स्लीपिंग बैग बिछाकर सो भी सकते हो। खाने पर अक्सर लड़कियाँ भी आ जाती थीं–शिवेश को अच्छा खाना बनाने का शौक़ था, लड़कियाँ होती थीं तो उत्साह और भी बढ़ जाता था। पर चाहे जितना बढ़िया डिनर खिलाएँ लड़कियों को लेकर वह असफल ही रहे। धीरे-धीरे वह जान गए कि सागरी, शालिनी, मोना, अनुजा वहाँ आती थीं, शिवेश के सौ बादाम वाला मुर्ग खाने, पर उनकी आँखें और आस लगी रहती थी राहुल पर–

"तुम अपना समय बरबाद कर रही हो" शिवेश उनसे कहते, "राहुल मशीन है मशीन। इसके सीने में दिल नाम की कोई चीज़ नहीं धड़कती–"

शिवेश आशा भरी आँखों से उन्हें देखते, लड़कियाँ हँसती, और अपने पीछे ढेर सारे जूठें बर्तन छोड़कर चली जातीं।

"स्सालियाँ–" शिवेश बुदबुदाते। उनका कितना मन होता कि एक दुबली-पतली खूबसूरत-सी गोरी लड़की के साथ डेट करें–उसे लेकर बाहर निकलें, सिनेमा, रेस्तराँ में खाना, उसे बाँहों में लेकर झूम-झूम कर नाचें; पर ऐसा कभी नहीं हुआ।

साथ का मित्र सुबोध विवाह करके न्यूयार्क चला गया, और तब शिवेश के मन में आया कि चलो हम भी शादी करें–राहुल से सलाह ली तो उसने कहा, "पहले नौकरी का पक्का कर लो शिवेश–फिर शादी की सोचना।"

"नौकरी का क्या ? हो जाएगी, अभी नहीं तो कुछ समय बाद ही सही–"

राहुल मुस्करा दिया, उसके बाद उसने कुछ नहीं कहा। दिदिया को कितने साल लगे शिवेश के लिए सुन्दर-सी लड़की ढूँढ़ने में–और मिली वह कहाँ–बनारस में पंडित त्र्यम्बक पाण्डेय के घर–नाम चुनमुन–पढ़ाई-लिखाई ऐसी ही वैसी, कुलगोत्र, जन्मपत्री सभी उपयुक्त–

चुनमुन उर्फ़ बँसरी उर्फ़ वनश्री उर्फ़ वाना–

शिवेश का मन होता है कि उसे बाँहों के घेरे में हमेशा महफूज़ रक्खें; उसे बाहर की गंदी, विषाक्त हवा लगने भी न दें; उस पर किसी की दृष्टि भी न पड़े; वह हमेशा एक शिशु को गोद में लिए दूध पिलाती रहे; साथ-साथ एक शिशु कोख में पलता रहे। स्वयं जब भी चाहें उसे भोगते रहें। दिन-दिन रात-रात और वह अस्त-व्यस्त पास में पड़ी रहे, सर्वदा उपलब्ध।

मुझसे गलती हुई, शिवेश बस के इंतज़ार में खड़े हैं और सोच रहे हैं, मुझे चन्द पैसों के लिए सारिका को पेइंग गेस्ट नहीं रखना चाहिए था। यह सब सारिका की वजह से, सारिका की संगत से हुआ। सारिका को देख कर वाना का सिर फिर गया; नहीं तो तीन साल कितने सुख से कटे, पहले आकाश और फिर विकास–तभी से वाना बदलने लगी।

डॉ. कुमार कहते हैं, "उसे पढ़ने दो, घर से निकलने दो, यही उसके लिए अच्छा है। पानी की धारा को कब तक अवरुद्ध रक्खोगे।"

पर शिवेश के मन के अन्दर हाहाकार है, जैसे पहली बार अनुभव किया कि पिछले कितने साल यों ही बर्बाद कर दिए। साथ के सारे लोग आगे बढ़ गए। रजत ने एम.बी.ए. कर लिया। अमीन ने अँगरेज़ी में पी-एच.डी. कर ली और ब्रूनाई में नौकरी पा ली; सुना वहाँ बेतरह पैसा है। क्रिस्तीन भी पश्चिमी वर्जीनिया में पढ़ा रही है। राहुल कैलीफ़ोर्निया की नामी यूनिवर्सिटी में। विंडसर में भी, जो लोग पेट्रोल पम्प पर काम करते थे, डॉक्टर होकर टैक्सी चलाते थे, अब सीना तान कर घूमते हैं—महँगी गाड़ियाँ चलाते हैं, बड़े-बड़े घरों में रहते हैं—

शिवेश वाना का फीका, निचुड़ा हुआ चेहरा देखते हैं तो लगता है कि उसके साथ न्याय नहीं किया। शुरू-शुरू में वह कहा करती थी—मिसेज़ मूँदड़ा का गले का हार कितना सुन्दर है, कितना महँगा है, पन्ने और माणिक का पोटा; अर्चना की चूड़ियाँ, शालिनी के जूते—डॉ. कुमार का राजमहल। कब उसने यह कहना बन्द कर दिया, उन्हें याद भी नहीं—कब वह चुप हो गई और कब उसने अपने को मिर्च का अचार, टमाटर की चटनी, रसभरी और अंगूर के जैम जैली में व्यस्त कर लिया--उन दिनों का उनके पास कोई लेखा नहीं।

इत्तफाक ही है कि डॉक्टर तिलकराज ने उन्हें अपने प्रोजेक्ट में सम्मिलित कर लिया; शायद राहुल के कहने पर। शिवेश को अपनी काबलियत पर संदेह नहीं, और वह चाहें, तो औरों की तरह परिश्रम भी कर सकते हैं। काम में मेहनत और चौबीसों घंटे की तत्परता, सफलता का यही महामंत्र है। उस पर अगर बौस की चापलूसी भी की जाए तो वह केक पर आइसिंग की तरह है।

ठीक है—बस पर चढ़ते हुए शिवेश अपने आप से कहते हैं—"अब यही करना है। वाना को सभी कुछ देना है जो उसका प्राप्य है। जो सब पति यहाँ पत्नियों को देते हैं, घर, गाड़ी, गहना। पैसे से ही यहाँ समाज में इज्ज़त है, अब आगे से वह भी पैसा ही अर्जित करेंगे। वाना, मेरी प्राण, मेरी सीधी-सादी भोली-भाली एकदम विश्वास करने वाली मेरी वाना। अब तुम्हें ही खुश करूँगा—"

शिवेश बिना कुछ कहे वाना को क्लास में ले जाते हैं, ले आते हैं। वह अगर टेपरिकार्डर पर अँगरेज़ी की प्रैक्टिस कर रही होती है तो वह अपने आप नाश्ता कर लेते हैं और आकाश को नर्सरी छोड़ते हुए लैब चले जाते हैं, बस तुम खुश रहो वाना।

पर वाना खुश नहीं है, यह देखते हुए भी वह तह में पैठना नहीं चाहते। या फिर वहाँ तक पहुँचने की, सामर्थ्य ही नहीं है। शिवेश एक सम स्तर पर जीते आए हैं, अपनी परिस्थितियों से संघर्ष करना, उनसे ऊपर उठने का प्रयत्न, यह सब उनकी अपनी समझ से बाहर रहा है। यह नहीं कि कोशिश नहीं की, अपनी

ओर से सभी कुछ जो भी पति एक पत्नी के लिए जुटा सकता था, जुटाया। सभी कुछ किया, छोटे-बड़े सभी काम; राहुल की तरह पोस्ट डॉक्टरेट के बाद प्राध्यापक नहीं बन सके, यह ठीक है। पर वह अकेले तो नहीं, कितने मेधावी साइंटिस्ट पूरे देश में ऐसे ही काम और रिसर्च में ज़िन्दगी गुज़ार रहे हैं। यह भी एक तरीक़ा है इस देश में रहने का। विश्वविद्यालय और कम्पनियाँ इसी प्रकार नई रिसर्च, नई खोजों का व्यय वहन करती, सम्हालती हैं। सभी फ्लैटो में रहते हैं, वाना तो फिर भी क्रिस्तीन के बड़े से घर में रही। बच्चों की मदद व सँभालने के लिए कितने दिन जमीला बुआ आती रहीं। सारिका, शालिनी क्रिस्तीन सभी से तो उसे सहारा मिला। इसके आगे क्या कर सकते हैं। जानते हैं कि मेहनत करेंगे तो डॉ. तिलकराज प्रसन्न रहेंगे, आगे तरक्की होगी, अपना घर ले सकेंगे; भर हाथ कोहनी तक सोने की चमकती चूड़ियाँ शायद वाना को उपलब्ध न करा पाएँ, पर आगे की क्या मालूम हो सकता है। विधाता कभी प्रसन्न ही हो जाएँ।

शिवेश में थोड़ी-थोड़ी आत्मदृष्टि आई है। शायद राहुल की संगत से। वह हमेशा ही अपने हर मूड, हर भावना, और अपनी प्रतिक्रिया को उधेड़ता-बुनता रहता है। इतना आत्मविश्लेषण जैसे पूरे अस्तित्व को बार-बार रुई की तरह धुन कर रख देगा। पर राहुल की ज़िन्दगी में और है ही क्या ? माँ तीन दिन का छोड़कर मर गई, न पत्नी, न प्रेयसी। क्रिस्तीन से कुछ समय एक सिलसिला था, पर वह भी एक बिन्दु पर आकर समाप्त हो गया। राहुल अपने को उसमें पूरा कमिट नहीं कर सका और क्रिस्तीन भारत जाकर बसने के विचार से ही घबरा गई। इस संबंध को क्रिस्तीन ने ही शुरू किया था, उसी ने राहुल को घेरा था। उसके इर्द-गिर्द अपने प्यार, अपने छरहरे शरीर और सुनहरे बालों का जाल बुना था। देखने वालों को, जिनमें शिवेश भी शामिल थे, यह बात स्पष्ट थी कि राहुल कभी भी, किसी के प्रति पूर्णरूप से कमिट नहीं कर सकता, यह उसके व्यक्तित्व की भारी कमी थी, उसकी कमज़ोरी। शायद इसीलिए वह कभी शादी के लिए हाँ नहीं कर सका। शिवेश वाना और राहुल के बारे में सोचते हैं—राहुल, स्वभावानुसार अपने को अलग-थलग रखता है। एकदम सही आचार; हँसेगा, बोलेगा पर अपनी सीमा के अन्दर-अन्दर। और वाना, उसकी तो आदत ही चुप रहने की है। वह कभी किसी भी पुरुष से चुहलबाज़ी नहीं करती। शायद उसे इसका ज्ञान भी नहीं कि उसका रूप पुरुषों को कितना विचलित करता है। डॉ. कुमार जो दौड़-दौड़ कर बिना फ़ीस लिए उपचार के लिए आते हैं वह किसलिए ? कैसे टकटकी बाँधकर उसे ताकते हैं। कभी-कभी उनकी आँखों में एक हिंस्र भाव क्षणभर के लिए कौंध जाता है, पर वाना एक शिशु शावक की तरह अनजान है। शिवेश स्वयं बहुत दिनों तक डॉ. कुमार के कृतज्ञ और वाना के प्रति उनकी दृष्टि से अनजान रहे। यह तो राहुल के हलके से उल्लेख ने उन्हें चेतन कर दिया। राहुल से शिवेश गिला कर रहे थे कि वाना बहुत डिप्रेस्ड, उदास

रहती है। डॉ. कुमार ने सुझाव दिया है कि वह उसका मानसिक उपचार कर सकते हैं। भारतीय होने के नाते उन्हें परम्परा और संस्कृति का पूरा ज्ञान है। वह भारतीय पत्नियों की मनःस्थिति परख सकते हैं जो अमरीकी डॉक्टर नहीं जानते।

"आई डोण्ट नो" राहुल ने हिचकते हुए कहा, "मेरे विचार में तो डॉ. कुमार घर उजाड़ने में बहुत पटु हैं।"

शिवेश चौंक पड़े। कितनी सटीक बात कही राहुल ने। शहर में कई स्कैंडल फैल चुके हैं–

फिर वाना तो इतनी सीधी है, वह डॉ. कुमार की बातों में फ़ौरन आ जाएगी। डॉ. कुमार अगर सुझा देंगे कि वह सुन्दर है, जवान है, और शिवेश उसके लायक बिल्कुल नहीं तो शायद वह दोनों बच्चों को पकड़कर घर छोड़कर चल दे, किसी और अच्छे व्यक्ति की तलाश में। शिवेश अन्दर-अन्दर दहल जाते हैं। नहीं, नहीं; वाना को हर प्रकार से सुखी, सन्तुष्ट रखना है। वाना के बिना उनके संसार में है ही क्या ? अगर ज़िन्दगी में वाना नहीं रहेगी तो बचेगा क्या ? इसलिए नहीं कि वाना पत्नी है, पहली और आख़िरी स्त्री है, बल्कि पहली दृष्टि में उन्हें वाना इतनी भा गई थी, इतनी भा गई थी कि उसे पाना ही था और वह भोली-भाली लड़की; दौड़-दौड़ कर, उल्लसित भाव से रिश्ते के भाई के जनेऊ उत्सव में व्यस्त थी। क्या पहने थी वह, एक ललाई लिए भूरी-सी साड़ी, काला ब्लाउज; न काजल, न लिपस्टिक, न कोई गहना या प्रसाधन। अतिथियों के लिए चाय लेकर कमरे में आई तो जैसे सब ओर, सब कुछ आलोकित हो उठा। उसने शिवेश को चाय का कप पकड़ाते हुए उचटती नज़र से देखा था; चाय देकर वह कमरे से चली गई थी और शिवेश एकदम स्तंभित बैठे रह गए थे जैसे अचानक बिजली का खुला तार छू गया हो। उनकी दृष्टि उसी की छवि में उलझ गई थी। होटल के कमरे में लौटकर उन्होंने कहा, "राहुल–तुम्हें कैसी लगी यह लड़की–"

"बहुत सीधी-सी लगती है," राहुल ने कहा।

"बस ? केवल सीधी-सी, दृष्टि कहाँ खो गई है ?"

राहुल हँसने लगा, "सुन्दर है। बल्कि बहुत सुन्दर। मैं कुछ और ही सोचने लगा था।"

"बस ! आप अपना सोच अपने तक ही रक्खें। मैं अभी दिदिया को फ़ोन करता हूँ कि मुहूर्त निकलवाए–"

"लड़की से नहीं पूछना ?"

"लड़की से क्या पूछना। वह तो हिन्दुस्तानी लड़की है। हाँ कह ही देगी।"

"सब कुछ इतना आसान नहीं होता शिवेश, उससे मिलो, बात करो।"

शिवेश ने चिढ़कर कहा, "अपना साइंटिस्ट दिमाग अपने पास रक्खो राहुल। यह सब दिल का मामला है और दिल इस वक्त हाँ कह रहा है। आ गया तो

आ गया।"

शुरू-शुरू में कितना रोती थी वह। हर रात चुपचाप रोती थी। शिवेश जागते थे तो पाते थे कि अंधकार में, उस ठंडे कमरे में, जिसकी खिड़कियों की दरारों से तीखी हवा रात भर आती थी, वाना रो रही है, तकिया उसके आँसुओं से गीला है।

"क्यों रानी क्यों ? क्यों मेरी डार्लिंग ? मेरी स्वीट्हार्ट—तुम रात में जग कर रोया क्यों करती हो ?" वह वाना को अपनी बाँहों में समेट लेते और उसके उत्तर के पहले ही उन्हें नींद आ जाती थी।

वाना को घर से क्लास, क्लास से घर ले जाते हुए उन्हें लगने लगा कि ज़िन्दगी फिर अपनी लीक पर लौट रही है, धीरे-धीरे, मगर लौट रही है। वाना आगे पढ़ रही है, डॉ. तिलकराज शिवेश से कुछ अधिक ही अपेक्षा करने लगे हैं, आकाश नर्सरी से किंडरगार्टन जाने लगा है और विकास सारे घर में दौड़ता फिरता है और हर खिलौना, हर किताब, हर चीज़ स्टूल पर खड़ा होकर खिड़की से बाहर फेंकता रहता है—फेंकता है और किलकारी मारकर हँसता है। शिवेश निहाल हो जाते हैं अपने बेटों पर। वाना कभी-कभी किताब से सर उठाकर विकास से कहती है, "नहीं बेटे नहीं—"

विकास तब नीचे उतरकर अलमारियों के पास दौड़ जाता है और पल्ले खोलकर शीशी, बोतल, डब्बे, कटोरियाँ बाहर फेंकने लगता है। बच्चे को माँ का अटेन्शन चाहिए, यह सोचते हुए भी शिवेश चुप रहते हैं। वह दोनों बच्चों को समेटकर उन्हें घुमाने या आइसक्रीम खिलाने ले जाते हैं। आकाश अभी से गदबदा है; मुटल्ला-सा, हमेशा कुछ न कुछ खाने को तैयार; विकास को गेंद चाहिए; खिलौने चाहिए; रंग और किताबें; हमेशा नई चीज़, खेलने के लिए नहीं, खिड़की से बाहर फेंकने के लिए पागल लड़का—वाना उसे पकड़कर कहती है। "तुम ऐसे ही रहो वाना—हँसती हुई," वह कहते हैं।

वाना सिर मोड़कर उन्हें देखती है। वह विकास को पकड़े है और हँस रही है। विकास उसकी बाँहों में छटपटा रहा है। पाश से बाहर भागने को आकुल। वह बाँहें हटा लेती है और विकास भाग जाता है।

"हम कितने दिन किसी को पकड़कर बाँधे रख सकते हैं," वह अस्फुट स्वर में अपने आप से कहती है। पर वह शिवेश ने सुना है, "जब तक हो सके तब तक तो, ठीक है न ?" और वह वाना को वैसे ही कड़े पाश में बाँध लेते हैं। पर वाना विकास की तरह भागने का प्रयत्न नहीं करती। एक कोमल लता की तरह शिवेश की बाँहों में गिरी रहती है। शिवेश के शरीर में तरंगें-सी उठ रही हैं—

"चलो ऊपर चलें—" वह कहते हैं। "आकाश ! भइया को देखना। हम

अभी आते हैं।" आकाश केला छीलकर खा रहा है, वह सिर हिलाता है "ओके" वह कहता है।

अपने में कोई कमी हो सकती है यह कभी शिवेश के दिमाग में नहीं आया। रूप-रंग में ठीक, गोरा रंग, घुँघराले बाल, नाक-नक़्श ठीक, ठीक पढ़े-लिखे, कलकत्ता विश्वविद्यालय से पी-एच.डी. और अब विंडसर में। वाना रातों में क्यों रोती है; उसे घर की याद आती है ? पर उस घर में है ही क्या ? बूढ़े पंडित पिता, दो बुआएँ; बड़े से विशाल भवन की निचली मंज़िल में दो कोठरियाँ, छोटा-सा आँगन, धुआँई हुई रसोई, संडास। घर में पाँव रखने से पहले ही गली में संडास की महक आ जाती थी; शिवेश दो-तीन बार ही गए पर हर बार नाक पर रूमाल रखना पड़ा था। वह ऊबड़-खाबड़ सीढ़ियों वाला घाट, फल, मालाओं और आने-जाने वालों के पैरों की कीचड़ से अटा हुआ। पेड़ों पर बन्दर, कपड़े, प्रसाद यहाँ तक कि चश्मा भी उठा ले जाने वाले। धूप से तपे गहरे रंग वाले, अपनी चर्र-मर्र करती नावों में बैठे प्रतीक्षित मल्लाह। और वह पानी, वह पवित्र गंगा मंथर गति से बढ़ती हुई अपने में मटियाले, कीटाणु कुछ समेटे-समेटे। अधजले शव, फूलमालाएँ सब। उस सबकी याद में रोती है वाना ? उसे तो उल्लसित, पुलकित होना चाहिए। बनारस की उस सँकरी गली को छोड़कर वह कहाँ-से-कहाँ आ गई है।

कमीज़ के बटन बन्द करते हुए शिवेश पास पड़ी वाना को देखते हैं। वाना क्षण भर के लिए झपक गई है। नींद में भी उसका चेहरा शान्त नहीं, उदास लगता है। ओठों के किनारे झुके हुए—वह कितनी थकी रहती है कि सरेशाम सो गई है। उनका हृदय कोमलता से भर उठा है; क्यों इतनी मेहनत कर रही है बेचारी वाना ? क्या मिल जाएगा हाई स्कूल का डिप्लोमा लेकर। वह खिड़की के पार देखते हैं; सन्ध्या का आकाश पश्चिम में डूबते सूरज के आलोक से रंजित है। यहाँ से लेकर वहाँ तक लाली छाई हुई है। पेड़ों पर अभी पत्ते हैं, पीले, लाल, नारंगी, कुछ दिनों में शीत की ठंडी हवा चलने लगेगी और धीरे-धीरे सारे पेड़ों से पत्तियाँ झड़ने लगेंगी। हवा उन्हें कहाँ से कहाँ उड़ा ले जाएगी, फिर बर्फ़ गिरना शुरू होगी, फिर महीनों गिरती रहेगी। नदी जो अभी गहरे नीले पानी में तरंगित है, एकदम सख़्त हो जाएगी—वाना जाग गई है, आप से आप, तकिये पर टिकी वह भी बाहर देख रही है—

शिवेश दुलार से कहते हैं, "हनी ! आज क्लास में मत जाओ। आज बाहर खाने चलेंगे—बहुत दिनों से मिर्चमसाला नहीं गए हैं।"

"ठीक है।" वह अपने ऊपर चादर खींच लेती है—"नहीं जाऊँगी।"

शिवेश को प्रतिवाद की आशा थी, वाना के एकदम हाँ कर देने से वह आह्लादित हो उठते हैं।

बाल्टी चिकेन में रोटी का टुकड़ा रसे में डुबाते हुए शिवेश कहते हैं, "मुझे लगता है कि मेरा भाग्योदय होने वाला है। जल्दी ही तुम्हें सब जुटा दूँगा, नई गाड़ी, और घर भी–"

वाना विकास का मुँह पोंछते हुए कहती है, "तुम्हारा भाग्य अस्त ही कब था ?" वह हलके से मुस्कराती है। विकास माँ पर गया है; दोनों एक सुन्दर स्नैपशॉट की तरह दीख रहे हैं। कैमरे के विज्ञापन जैसे। आकाश और विकास कितने स्वाभाविक और सहजता से आए, पर अभी तक तीसरा–?"

वह सोचते हैं, पर वाना से कहने की हिम्मत नहीं है, पर इस बार लड़की चाहिए; वह भी आएगी, जब सही समय होगा तब वाना कुछ हँसती, कुछ शर्माती हुई उन्हें सूचना देगी। इस बार उसका नाम अँगरेज़ी-सा रखेंगे–जेनी या लीसा। हो सकता है इसी महीने–

"क्या सोचने लगे ?" वाना ने पूछा।

"आकाश विकास को नया भैया या बहन नहीं चाहिए ?"

वाना हँसती है, कुछ कहती नहीं, शिवेश का मन उछलने लगता है।

"हमें चाहिए–" वह लाड़ से कहते हैं, "जल्दी से जल्दी–"

वाना लस्सी का गिलास उठाकर होंठों से लगा लेती है, वह अब भी कुछ नहीं कहती।

वाना दवा की दुकान पर रुककर बर्थ कंट्रोल गोली का नुस्ख़ा काउंटर पर रख देती है। तीसरा भैया या बहन–वह विद्रूप से सोचती है। जैसे वह केवल बेबी मशीन है; शिवेश की कोई ज़िम्मेदारी ही नहीं। पर ज़िम्मेदार वह रहे ही कब; किस बात के लिए। गैलन-गैलन दूध, सौ पाउंड चावल का बोरा और पचास पाउंड प्याज़ लाकर धर देने से ज़िन्दगी की सारी ज़िम्मेदारी ख़त्म हो जाती है ? और इतना सब भी इसलिए क्योंकि शिवेश के मित्र थोक से ख़रीदते हैं।

वह पर्स में गोली का डिब्बा डालकर क्लास की तरफ चल देती है। पतझड़ की इस शाम को सारा आकाश गहरे नीले सुनहले और गुलाबी बादलों से भरा हुआ है। मैदान के एक ओर से हवा उठती है और हू हू करती हुई पेड़ों में खो जाती है।

"वाना !" पीछे से एक पुकार है। वाना रुक जाती है; उसके अँगरेज़ी क्लास की छात्रा है, बंगलादेशी अंजुमन; पर उसने वह नाम अब अँगरेज़ी अंजेला में बदल लिया है। अंजेल, यानी फ़रिश्ता, संक्षिप्त में अंजी।

"आज पैदल कैसे ?" वह पूछती है।

"बाजार में कुछ काम था।" वाना ने कहा।

अंजी नाटे क़द की स्त्री है। उसका रंग देखकर लगता है कि पीढ़ी दर पीढ़ी धूप में पकता आया है, फिर भी साँवलेपन के नीचे सुनहरी-सी आभा है, गेहूँ की पकी बालियों जैसे। बड़ी-बड़ी पानीदार भावुक आँखें—नोकदार पलकें।

क्लास में सब अँगरेज़ी न बोलने वाली ही स्त्रियाँ हैं, अरब, कोरियन, मंग और लाओशियन, कुछ चीनी और जापानी, ही जुंग और सुंग ए—रशीदे और एस्मेबहार; अहदाब और फ़ातिमा, नकाको और मिचिको, युवा और मेलिंग। वाना और अंजी ने पहले दिन ही एक-दूसरे को देखा, आँखों-आँखों में अपनी सरीख़ी दूसरी को चीन्हा।

एक घंटे बाद पन्द्रह मिनट की छुट्टी; अंजी पास आकर हँसती हुई बोली, "मैं अंजी हूँ, बंगलादेशी अंजुमन।"

"वाना, वनश्री, बनारस से।" वाना ने कहा।

वह उत्तर में मुस्करा न सकी, हर बात पर हर घड़ी मुस्कराने की अमरीकी आदत वह अभी पूरी तरह अपना नहीं पाई थी।

"ओ ऽऽ ह—मैंने सुना है तुम्हारे बारे में। जमीला बुआ कितनी तारीफ़ें करती थीं—कितनी सुन्दर, कितनी उदार, दो-दो बेटे; कैसे वफ़ादार और चाहने वाले शौहर—"

वाना के होठों के कोने हलके से हिले।

"मेरे भी दो बेटे हैं, जावेद और मसूद; पर अब जेसन मार्क"—वह खड़ी है और मुस्करा रही है, उसकी हँसी उजली और चमकदार है। वाना की आँखें उस पर टिकी हैं बुझी और निस्तेज। अंजी सलवार कुर्ता पहने है, मोटी हाथ की बुनी कच्ची सिल्क, उसके गले और सलवार के पायँचों पर भरवाँ कढ़े हुए फूल और बेल है। छोटे-छोटे सुघड़ टाँके, सुघड़ काम।

वाना अपनी पौलिएस्टर की काली स्कर्ट और सफ़ेद ब्लाउज़ पहने है।

"अच्छा है, तुमने विलायती कपड़े पहनना शुरू कर दिया।" अंजी उसकी दृष्टि अपने सलवार कुर्ते पर टँगी हुई देखकर कहती है, "मुझे तो भई, बड़ी शरम लगती है। अपनी तरफ़ का ही पहनना अच्छा लगता है।"

"बहुत अच्छा है" वाना ने उसके कुर्ते को देखते हुए कहा, "अच्छा लग रहा है।"

"अजीब नहीं लगता ? क्लास भर में सिरफ़ मैं ही अपने पहनावे में हूँ।"

"नहीं, अच्छा लगता है।" वाना ने धीमे से कहा, "हम जो हैं, वही दिखें, यह अच्छा लगता है।"

अंजी दोस्ती करने को बहुत उत्सुक है; वह खुले, मिलनसार स्वभाव की है भी; पर वाना अभी प्रस्तुत नहीं है; रोज़ मिलने पर भी वह अपने में ही संपुटित है। इन दिनों नेपालिन बेबीसिटर काठमांडू गई हुई है, इसलिए शिवेश बच्चों के

साथ, अनिच्छापूर्वक घर पर रहते हैं। वाना बस लेकर आती-जाती है। गोलियाँ उसने कुशलता से छिपा दी हैं और बिना नागा वह एक गोली खाती है। महीने में पचीस दिन। सारिका ने ठीक-ठीक कहा था—अपने शरीर पर स्त्री का पूरा-पूरा कंट्रोल होना चाहिए। पति ? पुरुष जाति ही स्वार्थी होती है। अपना बीज अधिक-से-अधिक बिखेरना यह पुरुष की बायोलौजिक ज़रूरत है। जन्मगत स्वभाव है। प्राकृतिक है। जिससे नस्ल चलती रहे।

आकाश विकास सलामत रहें; शिवेश का नाम, नस्ल चलती रहेगी। यह बात किसी से कहने की नहीं है, यह उसका अपना रहस्य है।

जिस दिन भारी बर्फ़ गिरती है, क्लास की छुट्टी हो जाती है। "चलो वाना, आज मेरे साथ चलकर चाय पियो। फिर मैं तुम्हें बस पर बिठा दूँगी।" अंजी किताब, टेप बैग में रखती हुई कहती है। अंजी वाना को विनवेगो वे सड़क पर अपने घर ले गई है। घर-बाहर से सुन्दर है; लाल सुरुचिपूर्ण चुनी हुई ईंटें, दूसरी मंजिल पर तीन खिड़कियाँ, आगे बालकनी। अंजी ने दरवाज़ा खोला, बैठक में बत्ती जल रही है। वाना वहीं ठिठक जाती है।

बाप रे ? घर में कितना कूड़ा-कर्कट भरा हुआ है। गलियारे में अलमारियाँ जो नीचे फर्श से ऊपर छत तक सटी हुई हैं, भरी हुई हैं वीडियो कैसेट से। जैसे दूकान हो। कैसेट भी तरतीबवार नहीं, उलटे-सीधे, तिरछे, आड़े, कैसे ही ठुँसे हुए हैं। बैठक में एक मेज़ पर एक सिलाई की मशीन रखी है जिसमें अधसिली सलवार अटककर, बाकी नीचे लिथड़ रही है। हर कुर्सी, सोफ़े पर कपड़ों के बंडल हैं। पेड़ हैं पर बिना पानी के मुरझाए हुए नीचे लटक आए हैं। वाना की दृष्टि बैठक से सटे खाने के कमरे पर जाती है; मेज़ पर किताबें, कापियाँ बिखरी हुई हैं। कुर्सियों पर बस्ते लटक रहे हैं।

वाना चुप खड़ी है, इतनी अस्त-व्यस्तता देखकर उसका मन अकुला उठा है; वह कैसे यहाँ से निकलकर भागे—पर अंजी को देखकर लगता है कि उसकी इसमें रहने की आदत है। यह सब हमेशा से ही ऐसा रहता है।

"आओ, बैठो।" अंजी साड़ियों की गड्डी हटाकर वाना के लिए जगह बना देती है। वाना सिमटकर बैठ जाती है।

चाय अच्छी है, गाढ़ी, खूब मीठी और दूध पड़ी इलायची और अदरक से सुगंधित।

"मैं सिलाई का काम करके पेट पालती हूँ" अंजी कहती है, "विशेष तौर से शादी ब्याह के जोड़े, लहँगे, कुर्तियाँ, दूर-दूर से आर्डर आते हैं"—वाना ने अपने आप सोच लिया था कि अंजी के बच्चे हैं, पति भी होगा।

"तुम्हारे हज़बैंड ?"

"उन्होंने मुझे तलाक़ दे दिया है"—अंजी हँसती है, पर उसकी आँखों में वेदना

है। वाना को झटका-सा लगता है, "तलाक ? पर क्यों ?"

"डॉक्टर हैं, अस्पताल में गोरी नर्स से उलझे हुए हैं।" अंजी ने लम्बी साँस ली, "शुरू-शुरू में सर्टिफिकेट के लिए इम्तहान देने की तैयारी में दो साल लगे, मैंने ही घर चलाया, दिन में नौकरी करती थी, रात में सिलाई–" उसने चाय की घूँट ली। "इसी बिना पर कोर्ट ने मुझे ख़र्च नहीं दिया, बच्चों का ख़र्च मिलता है और असलम अहमद को घर की किश्त भी देनी पड़ती है। इसीलिए तो अँगरेज़ी पढ़ रही हूँ। अपनी बूतीक खोलूँगी–"

"तुम क्यों पढ़ रही हो ?"

"ऐसे ही।" वाना को अपना उत्तर हलका-सा लगा। "नौकरी करना चाहती हूँ।"

दोनों चुपचाप चाय पी रही हैं। बाहर अंधकार है पर शायद बर्फ़ बन्द हो गई है। अंजी हँस कैसे सकती है। वाना सोचती है–जैसे उसके विचार पढ़कर अंजी ने कहा, "ज़िन्दगी तो गुजारनी ही है चाहे हँसकर या रोकर। हँसते रहने से हिम्मत रहती है, जितना रोओ उतना दुख अन्दर-अन्दर बढ़ता है। ठीक है न ?"

"क्या मालूम।" वाना ने कहा।

"बस, पढ़ती हूँ, सिलाई करती हूँ और पिक्चरें देखती हूँ। असलम अहमद ने साझे में वीडियो स्टोर खोला था, पार्टनर पैसा हज़म करके भाग गया। यह सारी पिक्चरें और सीरियल मेरे हाथ लगे। वक्त काटने का अच्छा तरीक़ा है।" वाना चाय ख़त्म करके मौन बैठी है। गोदी में हाथ निश्चल, आँख देखती हैं झिलमिलाती साड़ियों को, रेशम और रंगीन कपड़ों की ढेरों पोटलियाँ, मुरझाए हुए पौधों, बिखरी किताबों को। हर कुछ बेतरतीबवार। उसमें अंजी स्थित है। एकदम सँवरे घने काले बाल, आँसुओं की झीनीपर्त से उज्ज्वल आँखें, एकदम मैचिंग कुर्ता कार्डिगन जूते। लाल होंठ, वैसी ही नेल पालिश–कहीं कुछ भी बिखरापन नहीं, सब कुछ सजा-सँवरा। सच्चाई क्या है, अंजी या उसका बिखरा हुआ घर।

"मुझे बस अड्डे तक पहुँचा आओगी अंजी।" अंजी के साथ-साथ वह अपना जूठा प्याला लेकर रसोई में आई है। बहुत ना ना करने पर भी वाना ने अपना प्याला धोकर काउंटर पर टिका दिया है। दोनों सिंक धुले, अनधुले बर्तनों से भरे हुए हैं। स्टोव पर काले पड़े बर्तन–अपना कोट पहनते हुए वह कहती है, "अंजी ! कुछ मदद की ज़रूरत हो तो बताना।"

"मदद ? नहीं तो, थैंक्स ! सब कुछ ठीक ही तो है–"

घर लौटकर अपनी साफ़-सुथरी, नरम मुलायम सुगंधित शैया पर लेटी-लेटी वाना शिवेश को बताती है, "आज क्लास कैंसिल हो गई। मैं वापस आना चाहती थी

पर अंजी, वह बंगाली स्त्री जो मेरे क्लास में है, मानी नहीं अपने घर ले गई। बाबा रे ! कितना कूड़ा-कबाड़ा भरा हुआ है उस घर में—जैसे महीनों से झाड़ू नहीं लगी हो, बरसों की कालिख रसोई में जमी हुई है।''

शिवेश सुनते हैं।

''बेचारी का हज़बैंड एक गोरी नर्स के चक्कर में पड़ा है, तलाक दे दिया। सिलाई-कढ़ाई करके निर्वाह करती है।''

''असलम तो नहीं ? मेरी पहचान है उससे। वह तो बहुत अच्छा इन्सान है।''

वाना आवेश में उठकर बैठ जाती है। ''बीवी बच्चों को छोड़ दिया है—तुम उसे अच्छा इन्सान कहते हो ?''

उसका चेहरा तमतमा आया है, बाल माथे पर ढल आए हैं, उसकी बुझी दृष्टि में आक्रोश से चमक आ गई है—शिवेश लोभ से पत्नी को देखते हैं।

''यह सब होता रहता है वाना ! तुम बहुत सीधी हो। तुम्हारे लिए या तो अच्छा, या बुरा—मध्य में कुछ है ही नहीं, यह तो मानवस्वभाव है—''

''पुरुषों का—''

''नहीं स्त्रियों का भी। कभी-कभी क्या स्त्रियाँ पति को छोड़ कर दूसरों को प्यार नहीं करने लगती हैं।''

शिवेश हाथ बढ़ाते हैं, वाना अपने विचारों में खोई-खोई उनका हाथ अपने से अलग कर देती है।

वाना से रहा नहीं जाता। जब भी अंजी के घर जाती है कुछ-न-कुछ करने का मन होता है। पहले-पहल—तुम्हारे पौधों में पानी डाल दूँ अंजी ? तुम्हारे कैसेट अक्षरों के अनुसार लगा दूँ अंजी ? झाड़न कहाँ है, दो न ? मैं थोड़ा-सा झाड़ दूँ—''

अंजी हँसती है ''वाना, तुम्हें चाये पिलाने को घर लाती हूँ कि सफ़ाई करवाने ? बैठो न !''

वाना कहती है, ''देखो, बेले में कलियाँ फूटने लगीं न ? तुम बिना पानी, खाद से मारे डाल रही थीं।''

अंजी छोटे-छोटे टाँके लेती है और हँसती है। वाना दो-तीन सप्ताहों में ही फिर पनप आए पौधों को देखती है। वह अगली बार आई है तो अवाक् रह गई है। सारा घर चमक रहा है, फर्श साफ़ है, कहीं धूल-गर्दा नहीं, रसोई में नए बर्तन—न मेज़ पर किताबें, न बैठक में मशीन या इधर-उधर बिखरे कपड़े।

''यह कायापलट कैसे ?'' उसने पूछा।

''मैंने एजेन्सी से सफ़ाई करने को लोग बुलाए थे। कितनी रगड़ कर सफ़ाई करवाई। फिर सोचा नए बर्तन क्यों न ले लें। पुराने तो काले पड़ गए थे।'' अंजी

हँस रही है और कह रही है, "फिर असलम अहमद का कमरा ऐसे ही ख़ाली पड़ा था। उनका सामान बाहर फेंक कर उसे अब अपना वर्करूम बना लिया। ठीक किया न ? अब बैठक में पसर कर बैठना।"

"सारा सामान बाहर फेंक दिया ?"

"हाँ, जो कपड़े, जूते, इधर-उधर की चीज़ें पीछे छोड़ गए थे, सब कूड़े में फिंकवा दीं। बेकार जगह घेर रही थीं।"

तुम हर वक्त हँसती कैसे रह सकती हो अंजी ? अंजी जैसे हर बार वाना के विचार पढ़ लेती है। एकाएक उसके गालों पर आँसुओं की दो धाराएँ बहने लगती हैं। हड़बड़ाकर आँखें पोंछते हुए वह कहती है, "कभी-कभी मेरा दिल दुख सहार नहीं पाता वाना। पर रोने से क़िस्मत नहीं बदलती।"

"तुम बैठो, आज मैं तुम्हारे लिए चाय बनाती हूँ।" वाना कहती है।

वाना अंजी को देखती है और सोचती है, कितना झेल सकती है एक अकेली औरत—और फिर भी काम में जुटी रहती है; बच्चों का ही कितना काम होता है, उनके कपड़ों की धुलाई, सफ़ाई, होमवर्क, जूते, मोज़े, कोट, कपड़े सँजोना। मार्क और जेसन अमरीकी ढंग से बड़े हो रहे हैं; वह अपने आप नाश्ता, लंच बना लेते हैं। ऊपर के छोटे-मोटे काम भी करते हैं। दोनों ने शाम का अख़बार बाँटने का काम ले रक्खा है। आस-पड़ोस के घरों की बर्फ़ साफ़ करते हैं और कभी-कभी कुत्ते भी टहलाते हैं। अंजी को रोज़ी कमानी है; वह घंटों लहँगों और सलवार कुर्तों पर ज़री का काम करती है, एक-एक मोती और सितारा हाथ से टाँकती है, बिजली, पानी, किश्तें, सब बिल भरती है, शाम का खाना बनाती है और पढ़ भी रही है। "कभी-कभी तो वाना, रात को बिस्तर पर जाती हूँ तो एक-एक हड्डी चटकती-सी लगती है। रोज़ रात लगता है कि कल सुबह होगा तो उठ नहीं पाऊँगी। आँखें खोलने तक की ताक़त नहीं होगी। कभी-कभी रातों को नींद नहीं आती—क्या बनेगा मेरा, दिमाग़ में खलबल करता रहता है।"

कहकर अंजी ने दाँत से टाँका तोड़ा, और सुई में नया धागा डालने लगी।

"यह ख़्याल बार-बार आता है कि हम मियाँ-बीवी में कितना प्यार और मुहब्बत थी। ढाका से इस्लामाबाद, वहाँ से शिकागो। दुख-सुख के साथी, असलम को यहाँ आकर अमरीकी इम्तहान पास करने में कितनी दिक्कतें हुईं; टाइम ही नहीं मिलता था प्रिपेयर करने को। दिन में वीडियो स्टोर देखते थे, रात में टैक्सी चलाते थे। जब पास हो गए और अस्पताल में नौकरी मिली तो पता नहीं कहाँ से यह ग्लोरिया टपक पड़ी। पता नहीं क्या जादू कर दिया है। अच्छा बताओ, क्या इन गोरी औरतों को कोई गुर आता है जो हमें नहीं पता।" वाना का चेहरा लाल हो गया है, उसे क्रिस्तीन के साथ की वह उच्छ्वसित रात याद आ गई है।

"क्यों वाना ?" अंजी पूछ रही है।

"उनमें खुलापन होता है, कुछ लज्जा नहीं, अपने और दूसरों के शरीर को पूरी तरह से, खुली तरह से अपना लेना और सुख देना भी–"

"हमें यह बातें बताई जाती हैं ? यहाँ तो लड़कियाँ बारह-तेरह साल की उमर से ही यह सब करने लगती हैं। ग्लोरिया की उमर तक पहुँचते-पहुँचते वह एक्सपर्ट हो जाती होंगी।"

"तुम यह सब बातें न सोचा करो अंजी। यहाँ कितने तलाक होते हैं।" फिर वह रुक-रुककर कहती है, "तुम्हारी ग़लती ही क्या है ? ऐसा तो समझो, हो ही गया।"

"असलम सब भूल गए। मुझे मालूम है वाना। उस ग्लोरिया के साथ रहने से जल्दी-जल्दी तरक्की होगी। यहीं की है न, वह सबको खुश रखेगी। ख़ैर, मैं ख़ैर"–इसके बाद दोनों चुप।

अंजी सिर्फ अँगरेज़ी पढ़ती है–वह वाना से ज्यादा पढ़ी है, बी.ए. है। इस्लामाबाद में मॉन्टेसरी स्कूल में काम करती थी। वाना को तो हाई स्कूल भी पास करना है।

सभी ने सरकारी अनुदान के लिए अर्ज़ी दी है। अल्पसंख्यक स्त्रियों के लिए सरकार ने एक विशेष फंड खोला है। उसमें अफ्रीकी अमरीकन या स्पैनिशभाषी तो कोई नहीं है, वाना के क्लास की कई स्त्रियों ने तरह-तरह के प्रोजेक्ट बनाए हैं, अनुदान मिला है केवल दो को, मे-लिङ को चीनी रेस्तराँ खोलने के लिए और अंजी को बूतीक के लिए।

मे-लिङ ने अपने रेस्तराँ का नाम 'शंघाई गार्डन' रक्खा है; अंजी अपनी बूतीक को 'धूप किनारे' या धूपछाँह जैसा रोमांटिक नाम देना चाहती है। पर काउंसिलर ने उसे केवल अपने नाम से खोलने को कहा है। अंजुमन।

"तुम भारतीय रेस्तराँ खोलने को अर्ज़ी देतीं तो तुम्हें भी मिल जाता।" अंजी ने वाना से कहा।

"ना बाबा ना।" वाना को निराशा हुई है पर वह अंजी की खुशी में शामिल होना चाहती है। "मुझसे नहीं हो पाता, कौन गई रात तक पतीला चलाता।"

"तुम क्यों ? शिवेश चलाएँगे। उन्हें खाने-पकाने का शौक़ भी है। तुम होस्टेस बन कर रहतीं–सब लोग आते तुम्हारी इस खूबसूरती के लालच में–"

"अंजी ! देखो मैं बुरा मान रही हूँ तुम्हारी बात का–ऐसा मत कहो।"

वाना प्रोफ़ेशनल नौकरी चाहती है, वह दफ्तर में काम करना चाहती है। सोच रही है सेक्रेटरी का कोर्स कर ले। पर उससे पहले ही उसे किंग रियैलिटी से ट्रेनिंग प्रोग्राम का ऑफ़र मिलता है।

किंग रियैलिटी शहर की बड़ी फ़र्म है। बिज़नेस है घर बिकवाने और ख़रीदने का। पर सारे कर्मचारी गोरे पुरुष हैं, उनके अनुपात में स्त्रियाँ बहुत कम।

अल्पसंख्यक एक भी नहीं। सही राजनीति के अनुसार मिश्रण होना चाहिए। वाना साक्षात्कार में गई है। अंजी ने उसके लिए एकदम टिपटॉप, स्मार्ट सूट की व्यवस्था कर दी है–हलके बादामी ऊन का सूट, उस पर लाल ब्लाउज; कानों में प्लास्टिक के बुन्दे, मोजे, जूते सब सही। वह बाल भी बनवा आई है। साक्षात्कार के समय उसका दिल लगातार धड़कता रहता है, पर वह संयत भाव से, सही अँगरेज़ी और एकदम अमरीकी उच्चारण से सारे उत्तर देती है। श्री और श्रीमती किंग उसे ट्रेनिंग प्रोग्राम में ले लेते हैं। वह श्रीमती किंग के साथ रहेगी, देखेगी, सीखेगी कि घर कैसे बेचे जाते हैं, ग्राहकों को कैसे लुभाया जाता है; एक इम्तहान भी पास करना होगा; पर ट्रेनिंग में हर महीने छात्रवृत्ति मिलेगी। ग्रेस किंग की उम्र कुछ भी हो सकती है, पैंतीस से पचपन तक। वह सतर सीधी है, दुबली, सुनहरे बाल, आँखों, गाल, होठों पर काफ़ी मेकअप; कानों में चौदह कैरेट सोने के चमकते फूल–बोलते समय हाथ छोटी-छोटी चिड़ियों के पंखों की तरह गतिमान रहते हैं और उसकी उँगली में जो अँगूठी है उसका हीरा दमकता है।

"चने के दाने के बराबर ?" अंजी ने पूछा।

"नहीं उससे भी बड़ा, मेरे अँगूठे के नाखून के बराबर–" वाना ने कहा। अंजी की दूकान खुल गई है। एक शौपिंग सेंटर में महाराजा ड्राई क्लीनर हैं। अमरीक सिंह पेट्रोल पम्प वाले के बड़े भाई, साहिब सिंह चलाते हैं। उन्हीं ने थोड़ी-सी जगह निकाल कर दे दी है। उसी इमारत में ब्रजवासी मिठाई वाला है और सीता की रसोई रेस्तराँ भी। अंजी की दुकान खुलने के उत्सव में ब्रजवासी केसर पेड़े का डिब्बा दे गया है, वाना पेड़ा धीरे-धीरे टूँग रही है। सारी दुकान में ड्राईक्लीनिंग द्रव की महक मँडरा रही है।

"इस गंध से तुम्हारा जी नहीं मचलाता ?" वाना ने पूछा।

"नहीं। क्यों तुम्हारा मचला रहा है ?"

अंजी ने गौर से उसे देखा।

वाना हँस पड़ी, "नहीं, वैसी कोई बात नहीं है–"

"क्यों नहीं ? विकास चार साल का होने वाला है ?"

"चार साल अभी नहीं।"

"तो उससे क्या ?" वाना ने इठलाकर कहा, फिर वह अंजी की ओर झुक कर कहती है, "तुमसे एक बात कहूँ, अपने तक रक्खोगी न ? किसी से नहीं कहोगी। शिवेश से तो एकदम नहीं। मैं उनसे छुपाकर गोलियाँ लेती हूँ।"

"शिवेश से छुपाकर ! वाना तुम तो बड़ी मक्कार निकलीं। मैं तो तुम्हें छल-कपट से दूर समझती थी।" पर वह हँस रही है। वाना भी हँसी–"क्या करूँ ? उन्हें तो ढेर से बच्चे चाहिए, कचर-पचर–मुझे चाहिए था कैरियर। मेरे अनुसार दो काफ़ी हैं। इन्हीं को पालना-पोसना, पढ़ाना-लिखाना कम महँगा नहीं पड़ रहा है।"

"सो तो है।"

"सारिका ने गोलियाँ दी थीं। साल के साल नुस्ख़ा नया करवाती हूँ।"

"शिवेश को कोई आइडिया नहीं ?"

"सोचते तो होंगे पर कुछ कहते नहीं।"

"सिर्फ़ ज़रूरत ?"

"और नहीं तो क्या, इतने साल बाद सब कुछ भूसा पानी ही हो जाता है।"

अंजी चुपचाप उसे ताक रही है, "तुम बदल रही हो वाना।" वह कहती है।

"नहीं, ऐसा कुछ नहीं है, नए ज्ञान के साथ नई समझ आती है, बस यही बात है," वाना ने कहा।

रोज़ सुबह तैयार होकर वह किंग रियैलिटी जाती है। काली स्कर्ट, सफ़ेद ब्लाउज़ और उस पर पीली जैकेट।

"यह आँखों पर क्या लगाया है ? नीला-नीला–" शिवेश पूछते हैं।

"आई शैडो है यह।"

शिवेश उसे ऊपर से नीचे देखते हैं, "यह सब क्या है वाना ? इतनी ऊँची-सी स्कर्ट कसी हुई जैकेट। सारा शरीर नज़र आता है और इतनी सारी लाली–"

वाना ने गाड़ी का दरवाज़ा खोलकर अन्दर बैठते हुए कहा, "आजकल ऐसा ही फ़ैशन है। मैं कोई लबादा पहनकर काम पर थोड़े ही जा सकती हूँ। ग्रेस कहती है कि हरवक्त लिशक-पुशक, स्मार्ट बना रहना चाहिए।"

"तुम और तुम्हारी ग्रेस। जाओ मुँह धोकर आओ। मैं नहीं ले जाऊँगा।" शिवेश तनकर गाड़ी के पास खड़े हैं।

"आमलेट बनाने के लिए अंडे तो तोड़ने ही पड़ेंगे शिवेश ! मैं जब ऐसा काम हाथ में लूँगी तो उनके अनुसार ही मेरी सज्जा होगी। चलो, ले चलो–मुझे देर हो रही है।" वाना ने बच्चों को फुसलाने वाले लहजे में कहा।

"मैं नहीं ले जाने वाला। चली जाओ जैसे भी जाना हो।"

"शिवेश !" वाना एकाएक चीख़ती है, "मुझे अभी पहुँचा आओ। फिर बात करेंगे–"

शिवेश चाभी झन्न से उसके आगे फेंक देते हैं और चुपचाप अन्दर चले जाते हैं।

वाना हार नहीं मानेगी। इस बिन्दु पर आकर तो हरगिज़ नहीं। अन्दर आकर टैक्सी को फ़ोन करते हुए वह कहती है–"आकाश विकास तक ऐसा बचपना नहीं करते। आपसे ऐसी अपेक्षा नहीं थी।"

उसने घर का पता देकर फ़ोन रख दिया था। शिवेश सोफ़े पर तनकर बैठे हैं, दोनों बाँहें सीने पर कसी हुई। झगड़ा करने को एकदम उद्यत।

पर वाना को झगड़ा नहीं करना है, इस समय तो बिल्कुल नहीं।

वह लंच टाइम में ड्राइविंग सीखने का प्रबंध करती है। जैक किंग और ग्रेस दोनों ही पूरे-पूरे सहमत हैं कि वाना को गाड़ी चलाना आना चाहिए—ग्राहक को इधर से उधर ले जाने के लिए। जैक के पास कैडिलैक है और ग्रेस के पास काली मर्सेडीज़।

बैठे रहे शिवेश मुँह फुलाए—वाना सोचती है। उसे चिन्ता नहीं है कि शिवेश को मनाना आसान है। अंजी से कहकर फ़िशकरी बनवाकर, ब्रजवासी की दूकान से राजभोग लेकर और झीनी-सी रात की पोशाक पहन कर बिस्तर पर उसे देखने से शिवेश तुरन्त प्रसन्न हो जाएँगे। बहुत सामान्य हैं उनकी ज़रूरतें। पर महत्वाकांक्षा का अंकुर जो वाना के अन्दर फूटने लगा है, वह उसे कहाँ तक ले जाएगा। एक दिन उसका भी अपना घर होगा, गाड़ी, और उँगली में चमकता हीरा, जो छः-सात साल में शिवेश से नहीं जुटा। वह अब अपनी खुशी स्वयं ही उपलब्ध करेगी।

राहुल

राहुल को विंडसर से नौकरी का ऑफ़र आया है; पुराने प्रोफ़ेसर अब हेड हैं, पक्की नौकरी, जल्दी-जल्दी प्रोमोशन। उसके बाद अपनी लैब, अपना रिसर्च फंड, अपने अंतर्गत काम करते विद्यार्थी। राहुल का हृदय पहले हर्ष से फड़फड़ा उठता है, विंडसर उसे हमेशा रास आया है, कैलीफ़ोर्निया में नौकरी तीन साल की है, उसके बाद ज़रूर मुस्तक़िल हो जाएगी; पर जल्दी ही प्रोमोशन का वादा नहीं है। कम्पटीशन भी गलाकाट है—सभी एक से एक बढ़कर मेधावी। कैलीफ़ोर्निया में पूरे साल धूप रहती है, हलका-सा जाड़ा—सागर के पास। पश्चिमी तट से बाहर आने-जाने की कितनी सुविधा।

विंडसर में चारों ऋतुएँ हैं; गर्मी, बरसात, वसन्त, पर जाड़ा छः महीने का है। स्याही, उदास आसमान और हर तरफ़ बर्फ़ के पहाड़। यहाँ इतनी व्यस्तता है कि सोशल लाइफ़ के लिए समय ही नहीं, न कोई दोस्त न कोई संगी-साथी।

विंडसर में शिवेश हैं, और—और वाना भी। शिवेश अक्सर फ़ोन पर कहते हैं—"परिवार को देखोगे तो पहचान नहीं पाओगे राहुल। बच्चे एकदम अमरीकन। हर वक्त अँगरेज़ी बोलना और मांस-मच्छी चबाना। उद्दंड अलग—हर समय मनमानी। विशेष तौर से छुटंकू तो बहुत बदमाश हो गया है।"

"और वाना ?"

शिवेश हँसते हैं, "उन्हें तो तुम खुद अपनी आँखों से देखना। भवानी पास बैठी हैं, सब हैं, लो बात करो।"

वाना धीरे से कहती है, "यहाँ आ जाओ न राहुल, हम सबको अच्छा लगेगा।"

"मुझे भी। ख़ैर पहले तो धाँसू सेमिनार के नोट की तैयारी में हूँ। दोनों पक्षों को लेकर सोचना पड़ेगा।"

शिवेश कहते हैं, "इतना सोचने की ज़रूरत नहीं है। सारी ज़िन्दगी जैसे किनारे पर बैठकर सोचते ही रहे। कभी न कभी तो पानी में छलाँग लगानी ही पड़ेगी।"

राहुल हँसता है, "वह तो तुम ठीक कह रहे हो।"

राहुल ने नया अरमानी सूट ख़रीदा है इस अवसर के लिए। हर तरफ़ से महँगा दीखता है, कपड़ा, काट, जिस तरह से शरीर पर फ़िट होता है। शिवेश एयरपोर्ट पर आए हैं। वाना को देखकर सचमुच राहुल को झटका लगता है; उसकी स्कर्ट ऊँची है—बीच जाँघों तक। कसा हुआ सफ़ेद स्वेटर, सफ़ेद प्लास्टिक के बुन्दे, पलकों पर रंग, होठों, गालों सभी पर लाली। सबसे ज्यादा बदला है वाना का चेहरा; वह बनारस वाली भोली लड़की कहाँ गई, राहुल सोचता है। वाना का चेहरा कसाकसा है, भावहीन, अपने में संपुटित, खोई-खोई आँखें, बनावटी मुस्कान, जिसमें होठ हिलकर रह जाते हैं, मुद्रा में कोई अंतर नहीं आता।

राहुल अपना सामान आने की प्रतीक्षा में खड़ा है। विकास पूरे हाल में दौड़ रहा है। चीख़ता हुआ, दूसरे यात्रियों से टकराता, उनके सामान के ऊपर फाँदता हुआ। आकाश पिता के पास खड़ा है, एकदम उन्हीं का प्रतिरूप, गोरा, गदबदा, घुँघराले बाल, शान्त।

गाड़ी वाना चलाती है, राहुल को बगल में बैठा कर। शिवेश बच्चों के साथ पीछे की सीट पर बैठते हैं।

वाना की खुली टाँगें लम्बी, पतली, सुडौल हैं, दाहिनी गोरी जंघा पर बीचोंबीच बड़ा-सा काला तिल है। राहुल दृष्टि पड़ते ही अचकचाकर बाहर देखने लगता है। "वाह ! विंडसर !!"

यह वसन्त है, आकाश में चमकती हुई उजली सुनहली धूप, कहीं एक भी बादल नहीं; पेड़ों पर नई पत्तियाँ, क्यारियों में फूल, लाल, पीले, बैगनी गुलाबी ट्यूलिप, डैफ़ोडिल और नरगिस।

"यह गाड़ी कब ली ?" राहुल ने पीछे मुड़कर शिवेश से पूछा।

"इनकी एजेन्सी की है। इनकी बॉस ग्रेस की कृपा से उधार मिली है। मैं तो सारिका की गाड़ी चला रहा हूँ। खटारा हो गई है।"

राहुल को विश्वविद्यालय ने फ़ैकल्टी क्लब में ठहराया है, पर खाने के लिए वह शिवेश के घर आमंत्रित हैं। "यह तो बड़ा अच्छा फ्लैट है—" वह कमरे के बीचोंबीच खड़ा होकर कहता है—"किराए के अनुसार ठीक ही ठीक है—" वाना बच्चों को हौट डॉग और आलू के चिप्स दे रही है। राहुल की दृष्टि अपने पर पाकर कहती है, "यह बच्चे ? पूरे राक्षस हैं। हरदम अभक्ष्य ही खाते हैं कचर-कचर करके। अभी भारतीय खाना देखेंगे तो मुँह लटका लेंगे।"

"तुमने आदत ही नहीं डाली।" शिवेश ने कहा।

"मारे प्यार के यही सब खिलाती रहीं। जो टी.वी. में देखा, वही माँगा और इन्होंने दिया। खुद अपने हाथ से बनाकर, सब कच्चा-पक्का भुला दिया।"

"बच्चे हैं, भूखा कैसे रखती। वह नेपालिन यही सब खाने को देती रही।"

वाना ने प्लेटें आकाश विकास के आगे रख दीं।

"माँ को तो आगे पढ़ने की धुन थी, कैरियर बनाने की; घर में रहतीं तो देखतीं।"

"सभी के बच्चे यही सब खाते हैं," वाना ने तीखे स्वर से कहा। "घर-घर यही हाल है, इन्हें तो शिकायत का मौका चाहिए"—वाना ने राहुल को अपनी ओर सम्मिलित करना चाहा।

वाना और शिवेश के बीच में यह तीखापन और कसाव; ताने और शिकायतें राहुल को अजीब-सा लग रहा है। वह बीच में नहीं पड़ना चाहता। पर उसे लगता है कि शिवेश वाना के साथ अन्याय कर रहे हैं। वाना का आगे पढ़ना तो बहुत तर्कपूर्ण था नहीं तो विषादपूर्ण ही बनी रहती।

"माँ का खुश रहना बच्चों पर अच्छा प्रभाव डालता है।" राहुल ने हलके से कहा।

"पर यह ख़ुश कहाँ हैं ? ग्रेस के साथ काम करके और भी असंतोष बढ़ गया है—नई-नई आकांक्षाएँ। छोड़ो, यह तो हर रोज़ की बात है।"

शिवेश ने उठकर फ्रिज से बीयर निकाली है, और एक बोतल खोलकर राहुल को दे दी है, "आज का खाना मैंने बनाया है। तुम्हारे लिए, पसन्द का, उड़द की दाल और सौ बादाम वाला बाल्टी चिकेन।" वाना अपने माथे पर ढलक आए बाल कान के पीछे खोंस लेती है।

"और बताओ, यहाँ का क्या हाल चाल है ?" राहुल ने सोफ़े की टेक लगाकर पैर फैला लिए हैं। "तुम्हारा काम कैसा चल रहा है ?"

"एकदम फ़र्स्ट क्लास। तिलकराज ख़ुश हैं, पैसे भी ग्रेड के हिसाब से अच्छे दे रहे हैं। पर काम बहुत कसकर लेते हैं।" शिवेश ने कहा।

"हमारी टीम बहुत अच्छी है, आ'म एन्जौयिंग इट।"

"गुड।" राहुल ने उत्साह से कहा, फिर वाना की ओर मुड़कर पूछा, "कितने घर बिके अब तक ?"

शिवेश ठहाका लगाकर हँसे, वाना ने उन्हें घूर कर देखा, "जीरो ! ज़िप। एक भी नहीं—"

"एक भी नहीं ?" राहुल वाना का रुआँसा हो आया चेहरा देख रहा है। इस क्षण वह वही पुरानी वाना लग उठी है। "पर अभी तो शुरुआत ही है।"

"कई महीने तो हो गए। इम्तहान भी पास कर लिया। अभी तक तो लक्ष्मी देवी रूठी हुई हैं—"

"इन सब बातों में समय लगता है," राहुल ने उसे सान्त्वना दी।

"मुझे ही समय लग रहा है, मेरे साथ की दूसरी लड़कियाँ धड़ाधड़ बेच रही हैं। कोरियन और पूर्वी एशिया के लोग ही जुंग से ही ख़रीद रहे हैं"—फिर वह

एकाएक कहती है, "तुम विंडसर लौट आओ राहुल, फिर तुम्हें भी घर दिलाऊँगी—"

राहुल ने हथेलियाँ फैलाकर कहा, "मैं ? घर ? मेरे लिए एक कमरा ही काफ़ी होगा।"

"एक कमरे वाला फ्लैट ही सही, आगे बालकनी पीछे बरामदा—साफ़-सुथरी-सी रसोई—"

वह वाना के चेहरे पर लौट आई चमक देखता है, "अपने लिए क्यों नहीं ख़रीद लेते शिवेश ?" वह पूछता है।

"घर ख़रीदने के लिए पैसा चाहिए, कम-से-कम बीस प्रतिशत। वह अपने पास कहाँ है ?" वाना कहती है—"ऐसा वैसा फटीचर घर मुझे नहीं चाहिए—"

कमरे में एक क्षण को चुप्पी है, फिर खटाक से मेज़ पर दूध का गिलास गिर गया है—"मॉम" विकास चिल्लाता है, "देखो, इस बुद्धू ने मेरा गिलास गिरा दिया।"

"मैंने नहीं," आकाश ने कहा।

"तुम्हीं ने तो," विकास ने उत्तर दिया।

"नहीं, नहीं, नहीं।"

"हाँ, हाँ, हाँ—"

"चुप ! एकदम ख़ामोश !" शिवेश ने बच्चों को घुड़की दी। वाना झाड़न से मेज़ पोंछती हुई कहती है, "अब तुम उठो, डैडी व राहुल को भी तो खाना है।"

"राहुल," विकास कहता है।

"राहुल नहीं, अंकल !" वाना कहती है।

"राहुल, राहुल, राहुल—" विकास शरारत से हँस रहा है। "मैं हूँ वीकैस—वीकैस—"

"हलो वीकैस—" राहुल उत्तर देता है, बच्चे मेज़ से उतर कर भाग गए हैं।

खाना खाते बातें जारी हैं। इस बीच राहुल की छोटी बहन की शादी हो गई है; उसका पति कैनेडा में है, वह भी अभी कुछ दिन पहले आई है। बाऊजी नहीं रहे। अचानक ही, एक दिन की बीमारी में चल बसे। अंतिम दर्शन तक नसीब नहीं हुए। दादा सूरत में हैं वहीं एक गुजरातिन लड़की से सगाई की है। उसका परिवार कैलीफ़ोर्निया में है। उसे वीज़ा का इन्तज़ार है, वीज़ा मिलने पर शादी होगी। चाची वहीं हैं। उसी पुराने घर में। गुजरात में उनका मन नहीं लगता।

"तुम उन्हें यहाँ क्यों नहीं बुला लेते ?" शिवेश ने पूछा।

"मैं कहीं स्थिर होके बैठूँ तब न। पहले विंडसर फिर दिल्ली, फिर बर्कले—"

"मुझे लग रहा है कि तुम फिर यहीं लौटकर आने वाले हो।"

"हो सकता है, यह हज़ार बादामवाला मुर्ग बहुत मज़े का है। पहले तो नहीं बनाते थे ?"

"हज़ार नहीं, सौ।" शिवेश ने कहा, "थोड़ा और लो–"

राहुल ने वाना से पूछा, "अभी खाना नहीं शुरू किया ? बस बनाना ही–"

"बच्चों का खाना, शुरू-शुरू में क़ीमा वग़ैरह छूने में बड़ा मन कसमसाता था, पर क्या करती, बच्चे स्पागैटी मीट सॉस के बग़ैर छूते भी नहीं। बनी बनाई बहुत महँगी पड़ती थी।"

"शालिनी अभी भी तुम्हारी आशा में बैठी है"–शिवेश ने कहा। "शिकागो में दीन-दुखी औरतों के शेल्टर में सोशल वर्कर है। जब आती है तुम्हें पूछती है।"

"और क्रिस्तीन ?" राहुल ने पूछा, "घर तो तभी बेच दिया था न ?"

"हाँ, बहुत मरम्मत करवाई, नया किचेन, नई भट्ठी, रँगाई-पुताई, आजकल वह एक सहेली के साथ रहती है। बम्बई की एक सक्रिय सदस्या, द्युतिमा भट्ट। दोनों स्त्रियों की अधिकाधिक सेक्स स्वतंत्रता में कार्यरत हैं।"

"तो उसमें बुराई क्या है ? जो जिसे अच्छा लगे वही ठीक है–" वाना ने बुरा मानते हुए कहा।

"जो अस्वाभाविक है, अप्राकृतिक है, वह कभी ठीक नहीं है"–शिवेश ने आवेश से कहा।

"क्या दक़ियानूसी बातें करते हो शिवेश।" राहुल ने कहा, "समय बदल गया, दुनिया और विचार बदल रहे हैं–"

"यह तो घिसीपिटी लीक पर चलने वालों में हैं।"

वाना बोली, "क्रिस्तीन और द्युतिमा ने बम्बई के किसी अनाथालय से लड़की गोद ली है। बड़ी प्यारी-सी है। उसका नाम सपना रक्खा है। मेरी ज़्यादा बात तो नहीं होती–" जैसे वाना को सफ़ाई देने की ज़रूरत है, "पर नए साल पर क्रिस का कार्ड आया था।"

शिवेश और राहुल दोनों उसके एकाएक लाल हो आए चेहरे को देख रहे हैं।

वाना हड़बड़ी में जूठी प्लेटें उठाने लगती है। शुरू-शुरू में उसे क्रिस्तीन का द्युतिमा से संबंध सुनकर जलन-सी हुई थी, पर मेरा उसका कोई भविष्य नहीं–कहकर उसने अपने को समझा लिया था।

खाने के बाद राहुल को फ़ैकल्टी क्लब जाना है। शिवेश गैरेज से गाड़ी निकाल रहे हैं। सड़क के किनारे वाना और राहुल पास-पास खड़े हैं। अब घुप अँधेरा है; चाँद शायद देर से निकले। रात की ठंडी हवा फूलों की गंध से बोझिल है; कोई चिड़िया बीच-बीच में पंख फड़फड़ाती है–"सब कुछ ठीक चल रहा है, देखकर अच्छा लगा वाना। तुम भी प्रसन्न हो न ?" राहुल ने सन्नाटे में कहा।

"तुम इतने दिन बाद आए।" वाना ने सीधा उत्तर नहीं दिया, "क्या तुम यहाँ की नौकरी स्वीकार कर लोगे राहुल, तुम वापस आ जाओ तो मुझे बहुत सहारा

रहेगा। अच्छा लगेगा।''

राहुल का मन हुआ कि कहे ''तब मुझे आया ही समझ लो वाना।''

हेडलाइट सड़क पर चमक उठी है, राहुल दरवाज़ा खोलकर अन्दर बैठ जाता है। वाना उस अँधेरी, ठंडी, सुगंधित रात में चुपचाप सड़क के किनारे खड़ी रह गई है।

राहुल का सेमिनार अच्छा हुआ है। वह तो केवल औपचारिकता भर थी फिर भी राहुल ने अपना नाम रखने के लिए, विभाग में पहचान बनाने के लिए भरसक प्रयत्न किया था। डॉक्टर रौजर्स प्रफुल्लित हैं, शाम को उसे खाने पर ले गए हैं फिर विभाग के लोगों को पार्टी दी है, उसमें वरिष्ठ लोग भी हैं। रौजर्स राहुल के काम पर गर्वित हैं। राहुल ने पढ़ाई उन्हीं के निर्देशन में शुरू की थी, और अब उनका सहयोगी होकर उनकी टीम में वापस आने की संभावना है।

''तुम्हें पत्र पाकर निराशा नहीं होगी राहुल—'' वह कहते हैं, ''हम कैलीफ़ोर्निया की सैलेरी ग्रेड तुम्हारे लिए मैच कर रहे हैं। पर सब कुछ तय करने में चार-पाँच दिन लगेंगे।'' उन्होंने यह सोच ही लिया है कि पक्का ऑफ़र पाकर राहुल आएगा ही।

राहुल के मन की दुविधा, डॉ. रौजर्स की स्टडी में बैठकर उनसे बात करते हुए विलीन हो गई है। अच्छा विश्वविद्यालय, अच्छे साथी, सहयोगी उदार और परस्पर आदर करनेवाले मिल जाएँ तो ऊपर और ऊपर जाने में आसानी हो जाती है। वह धुनी है और लगन से काम करने में उसे बहुत संतोष मिलता है।

सेमिनार दे चुकने के बाद डॉ. रौजर्स उसे डीन से मिलाने ले गए हैं—राहुल पूरा दिन विंडसर में रुक गया है। आख़िरी शाम वह फिर शिवेश के फ्लैट पर है। पर सीन फर्क़ है। राहुल सबको बाहर पीत्ज़ा खिलाने ले गया है। वाना ने मिर्च, खुम्ब और प्याज़ का पीत्ज़ा मँगाया है, बाक़ी लोग सॉसेज का खा रहे हैं। विकास ने फिर अपना गिलास लुढ़का दिया है और इस बार पेप्सी वाना के कपड़ों पर आ गिरा है।

''यह बच्चे एकदम जंगली हो गए हैं''—शिवेश कह रहे हैं, ''कहीं ले जाने के क़ाबिल नहीं हैं। कोई तमीज़, क़ायदा सिखावे, तब न—'' यह व्यंग वाना की ओर है, वह मुँह नीचा किए नैपकिन से अपनी ब्लाउज़ रगड़ रही है।

''साड़ी पहनना बिल्कुल छोड़ ही दिया ?'' राहुल ने पूछा।

''पुरानी हो गई हैं, कभी भारत लौटूँ तब नई ख़रीदूँ''—और यह व्यंग है शिवेश पर; कि कभी पैसा जुटे तब न।

''यहाँ भी मिलती हैं, कैलीफ़ोर्निया में काफ़ी दूकाने हैं''—राहुल ने कहा, ''मुझसे कहा होता तो जब बेबी की शादी में गया था, ले आता। सब शॉपिंग हुई थी—चाची, बेबी दिल्ली आई थीं।''

''अगली बार सही।'' वाना ने हलके से कहा, ''तुम तो हर साल इंडिया जाते हो।''

राहुल को पता नहीं लगा कि वह गंभीर थी या यों ही बात करने के लिए बात कर रही है।

''मैंने तो कहा था कि भारत हो आओ।'' शिवेश ने पीत्ज़ा का टुकड़ा काटते हुए कहा, ''पर यह खुद राज़ी ही नहीं हुई।''

''बताओ तुम'' वाना ने राहुल से कहा, ''इन बच्चों को लेकर उस पंडित घर में जाऊँ ? यह निभेंगे वहाँ। बेकार सबको दुखी कर डालेंगे। मैंने देखा है, बच्चों को। वहाँ जाकर बीमार पड़ जाते हैं, बोर रहते हैं, किसी से बात भी नहीं कर पाते। अपनी भाषा आती हो तभी न बात कर सकेंगे ? सारा घर उथल-पुथल हो जाता है। सारा परिवार बच्चों को लेकर आगे-पीछे डोलते रहते हैं। एक बूढ़े बाप, दो बुआएँ, किसी के बस में नहीं है इन राक्षसों को झेलना।''

शिवेश ने कहा, ''असल बात यह थी कि कैसे जाती ख़ाली हाथ ? न हीरे-मोती न सोने की ईंटें।''

''हीरे-मोती तो मैंने कभी माँगे नहीं। पर बक्स खुले तो कुछ तो निकले। रिश्तेदार, सखी सहेलियाँ नौकर चाकर सभी को आशा रहती है, दूसरे तो बक्से खोलकर डाल देते हैं कि जो लेना हो ले लो।''

''तुम्हारी शादी ग़लत आदमी से हो गई स्वीट हार्ट !'' शिवेश ने कहा, ''तुम्हें तो कोई करोड़पति चाहिए था।''

''जो भी कह लो।'' वाना एकदम कुम्हला गई।

''क्या तुम हर वक्त पैसा, पैसा कहते रहते हो शिवेश ! तुम्हें पहले तो कभी पैसे की चिन्ता रही नहीं।''

शिवेश थोड़ा हँसे, शायद राहुल के कारण।

''बीवी बच्चों के अरमान पूरे करने के लिए पैसा ज़रूरी है। तुम नहीं जानते। एकदम निर्द्वन्द्व, स्वतंत्र जो हो। खुशक़िस्मत हो—''

राहुल ने कहना चाहा कि बेबी की शादी में जो खर्च हुआ, उसका लोन अब कहीं जाकर पूरा हुआ है। बाऊजी की मृत्यु के बाद चाची की पूरी ज़िम्मेदारी भी उसी पर है। और हर साल भारत का टिकट कोई मुफ्त में नहीं देता। पर यह सब शिवेश के ध्यान में लाने का अवसर नहीं था।

घर लौटकर नई बोतल खोलते हुए शिवेश ने कहा—''राहुल; तुम आ जाओ तो फिर इलाहाबाद वाले दिन वापस आ जाएँगे—''

राहुल हँसा, ''मैं नहीं सोचता—''

''कैसे थे वे दिन ? वह इलाहाबाद वाले दिन ?''

वाना ने पूछा, उसने बच्चों को सुला दिया है, कपड़े बदल लिए हैं, वह अब

सहज और सुस्थ है।

"हम दोनों पास-पास के कमरों में रहते थे।" शिवेश ने कहा, "सुबह उठकर गंगास्नान को जाते थे, फिर गंगातट पर दौड़ लगाते थे, होस्टल आकर नाश्ता करते थे, फिसड्डी और मूर्ख साथियों को पढ़ाते थे, फिर कॉलेज चले जाते थे–"

"इसमें सिर्फ़ फिसड्डी और मूर्खों वाली बात सही है," राहुल ने हँसते-हँसते कहा।

वाना दोनों का मुँह बारी-बारी से ताक रही थी, "सच कह रहे हैं यह ?"

"अच्छा राहुल" वाना ने हाथों की उँगलियाँ एक-दूसरे में फँसाकर, थोड़ा उसकी ओर झुककर पूछा, "तुमने सरस्वती को देखा है।"

"हाँ–वह हमारे साथ पढ़ती थी"–राहुल ने मन्द-मन्द मुस्कान से कहा। "तुम भी मुझे खिजाने लगे। मैं गंगा जमना सरस्वती की बात कर रही हूँ, त्रिवेणी की। क्या यह सच है कि केवल उसे कोई-कोई ही देख पाता है"–

"वह सरस्वती तो क़ाल्पनिक है, दिमाग़ की उपज।" राहुल ने कहा "वहाँ कोई तीसरी नदी या सरस्वती नहीं है–"

"ऐसा कैसे ?"

"कभी रही होगी कोई नदी, सरस्वती। जिसका पुरानी किताबों में उल्लेख है। कहीं हरियाणा के पास आकर लुप्त हो चुकी है।"

"ऐसा कैसे कह रहे हो राहुल," वाना ने कहा।

"फिर संगम को त्रिवेणी क्यों कहते हैं ? तीसरी नदी वहाँ ज़रूर होगी।"

"तीसरी नदी एक मेटाफ़र है, एक रूपक, वह जो हमारे अन्दर है, जो लुप्त है, उसे जब हम जान लेते हैं, पहचान लेते हैं, तभी हमें उस गुप्त सरस्वती के दर्शन हो जाते हैं। बस यही बात है।" राहुल ने कहा।

उसने देखा वाना कुछ सोचने लगी है, फिर उसने रुक-रुक कर कहा; "मगर हमारे अन्दर तो इतनी बातें छिपी हुई हैं। क्या क्षणिक है क्या स्थायी यह हम कैसे जान सकते हैं, क्या बच गया है यह तो बहुत बाद में पता चलेगा न ?"

"वही क्षण होगा अंतर्ज्ञान, अंतर्दर्शन का।"

राहुल ने कहा, "और वहीं हमें त्रिवेणी मिल जाएगी।"

"ऐसा संभव है ?" वाना ने शिवेश को देखा। उसने पैर उठाकर कुर्सी पर रख लिए और पास पड़ी शाल उठाकर कंधों पर डाल ली।

"संभव क्यों नहीं। हमारे अन्दर एक सूक्ष्म ब्रह्मांड है, उसको पहचान लेना, पा लेना ही ज्ञान है। कबीर ने नहीं कहा है–"इस घट अन्तर बाग बगीचे इसी में सिरजनहारा।"

"तुम लोग कुछ भी कहो, मैं तो विश्वास करती हूँ कि वहाँ तीन नदियाँ हैं, गंगा जमना प्रत्यक्ष और सरस्वती गुप्त।"

''तुम्हारी चुन्नी और मुन्नी बुआ ने बताया होगा। वह दोनों कितनी ज्ञानी हैं, है न ?'' शिवेश ने व्यंग से कहा।

''चुन्नी और मुन्नी बुआ ने तो बताया ही, बाकी कितने पंडितों आचार्यों ने कहा है। त्रिवेणी का मतलब तीन।''

शिवेश ने कुर्सी के हत्थे पर तबला बजाते हुए कहा, ''याद आ गया।''

शिवेश ने बेसुरे स्वर में गाना शुरू कर दिया।

''लगता है तुम्हें नशा हो गया है। मुझे सुबह की फ्लाइट पकड़नी है। वाना, टैक्सी को फ़ोन करोगी ?''

''टैक्सी क्यों ?'' वाना ने चाभी उठाकर कहा, ''मैं छोड़ आती हूँ, तुम भी चलो। थोड़ी ताज़ी हवा लगेगी।'' उसने शिवेश को देखा–

अगले दिन वह एजेन्सी की गाड़ी लेकर उसे एयरपोर्ट छोड़ने आई है।

राहुल ने ब्रीफ़केस उठाकर कहा, ''थैंक्स फौर एवरीथिंग वाना। विश यू लक !''

''तुम घर ख़रीदने के बारे में सोचना।'' वह कहती है, ''मैं भी ध्यान रक्खूँगी।''

वह राहुल को जाते देख रही है। एयरपोर्ट की भीड़भाड़ चहल-पहल के बीच वह कुछ देर खड़ी रहती है, फिर विकास उसका हाथ पकड़कर खींचने लगता है।

अंजी उसे देखकर कहती है; ''मेहमान चले गए ? तभी मेरी याद आई, हमें तो मिलाया भी नहीं।''

''ऐसे कोई ख़ास मेहमान भी नहीं थे। शिवेश के पुराने दोस्त। शायद यहाँ आ जाएँ तब मिल लेना।''

''कैलीफ़ोर्निया छोड़कर विंडसर कौन आता है''–और वाना को लगा कि उसके सारे रंगीन बुलबुलों को अंजी ने एक फूँक से मिटा दिया है। उसका इरादा रुकने का था, पर वह खड़े-खड़े ही वापस लौट पड़ी। गाड़ी में बैठकर उसने अपने आप से पूछा ''अब ?''

और चाभी लगाकर स्टार्ट कर दी, सावधानी से पीछे मोड़ी और एजेन्सी की ओर चला दी यद्यपि वहाँ कुछ विशेष काम नहीं था।

वह सोच में पड़ गई है, यह सब क्या है ? पुरानी सुनी-सुनाई बातों को यह लोग असत्य कह रहे हैं। प्रयाग में कोई सरस्वती नहीं है। वेदों की सरस्वती कहीं हरियाणा के पास लोप हो गई है, अपनी पहचान ही उस गुप्त सरस्वती को पा लेना है। यह जो स्थूल विश्व हमारे चारों ओर है, वैसा ही एक सूक्ष्म संसार हमारे अन्दर है; बुआ कबीर के पद गाया करती थीं, इससे पहले वाना ने कभी उसके शब्दों पर ध्यान ही नहीं दिया था। अपनी पहचान ? चुनमुन, वनश्री, वाना–क्या है इस खोल के नीचे ? कौन हूँ, मैं ? क्या पत्नी, माँ के परे भी कोई

पहचान होती है।

जो भी हो; या जो भी है, पर्याप्त नहीं है।

प्रयाग हो या बनारस, या क़ब्र की तरह ठंडा बिनसर—वाना मनःचक्षुओं में पंख फैलाकर क्षितिज की ओर भागना चाहती है। ठंडी हवा उसके बालों को, उसके माथे, उसके शरीर को सहला रही है; उसके कपड़े उड़ रहे हैं; वह कहाँ जा रही है, उसे मालूम नहीं, वह गति ही उत्तेजक है, प्रेरक है—पर अभी वह पुकार नहीं सुनाई दे रही है।

वाना गाड़ी घर की ओर मोड़ देती है। राहुल के लिए बनाए गए मलाई कोफ़्ते बच गए हैं। सिर्फ़ ताज़ा दाल-चावल बना लेने से काम चलेगा। बच्चों के लिए उनकी पसन्द का। शिवेश बाज़ार ले जाकर खिला लाएँगे—घर-कपड़ों की धुलाई, झाड़ू, बिस्तर लगाना, दाल-चावल। यही है चुनमुन पांडे। वनश्री मिशिर की पहचान। उसका अस्तित्व।

वाना अब हर उत्सव में जाती है बच्चों और शिवेश के साथ, नवरात्रि और दीवाली, सत्र के आरंभ में नए लोगों का स्वागत। अपने कार्ड बाँटती है।

''यदि आप लोगों को घर ख़रीदना हो तो किंग एजेन्सी में—''

''तुम्हारा घर ख़रीदना मुझे फल गया'' वह राहुल से कहती है, ''देखो—बिज़नेस चल निकला न ?''

वह सब एक समारोह में खड़े हैं, छब्बीस जनवरी के उत्सव में। हाल में भाषण चल रहा है और हाल के पीछे खड़े होकर लोग चाय-कॉफ़ी पी रहे हैं। राहुल ने गरमपानी में टी बैग को डुबकी देते हुए कहा, ''मैंने कहा था या नहीं ?''

''मालवीय अभी-अभी आकर कह गया है कि वह ओनीडा वे के घर पर ऑफ़र देगा।'' वाना मुस्करा रही है। शिवेश ने अपने आप चाय नाश्ते की ज़िम्मेदारी ले ली है; वह रसोई में हैं।

''जाऊँ—कुछ मदद करूँ'' वाना कहती है पर जाती नहीं। वह दोनों रसोई में खड़े, हाथ में लड्डुओं का डिब्बा लिए प्लेटों में एक-एक रखते हुए शिवेश को देखने लगते हैं।

''हाँ, देखने वालों पर अच्छा असर पड़ेगा''—राहुल उसे खिजा रहा है। ''लोगों को कामकाजी पर गृहणी स्त्रियाँ अच्छी लगती हैं—''

''पर तुम्हें तो न कामकाजी, न गृहणी—''

''मेरी बात छोड़ो।''

हाल में तालियाँ बजती हैं, भाषण समाप्त हो गया है, लोग बिखर गए हैं। राहुल जब मुड़ता है तो देखता है कि वाना के हाथ में ट्रे है और वह मुख्य अतिथियों के सामने खड़ी है। इस अवसर पर उसने साड़ी पहनी है; सफ़ेद सिल्क पर नीले फूल। राहुल को वह साड़ी पहचानी-सी लगती है, फिर याद आता है कि शायद वही उसे भेंट स्वरूप लाया था। वाना ने बाल पीछे बाँध लिए हैं, माथे पर भँवों के बीच छोटी-सी बिन्दी भी है। शायद वह अपने बारे में कुछ कह रही है। ट्रे मेज़ पर टिका कर उसने अपना कार्ड सामने खड़े व्यक्ति को पकड़ा दिया है और मुस्कराती हुई आगे चली गई है।

यह हुई पक्की अमरीकन वाना, वही फैली हुई मुस्कान, अवसर के उपयुक्त साज-सज्जा, वह दूर चली गई है। भीड़ ने उसे लील लिया है। शिवेश अब स्वयं लड्डू खाने में व्यस्त हैं और आकाश विकास कहाँ हैं इसकी किसी को फ़िक्र नहीं। राहुल दीवार पर चिपकाए भारत के झंडे को देखता है; अमरीकी झंडा डंडे में खुँसा है और स्थिर है, सितारे और धारियाँ।

फिर वह चुपचाप दरवाज़े से निकल आता है; बाहर विंडसर की वही हड्डी-भेद सर्दी है, तीखी हवा। नई गिरी बर्फ़ पर टायर घर्र-घर्र करते हैं। आसमान एकदम काला है।

कितने सालों बाद यह ठंड देख रहा है। वह अपना कोट खींचकर आगे से बंद कर लेता है।

पास-पास रहना ठीक चल रहा है। हर महीने की पहली तारीख़ को वाना किराए का चेक लिफ़ाफ़े में रखकर राहुल की डाक के डब्बे में डाल देती है। दोनों रसोइयों के बीच का दरवाज़ा भिड़ा रहता है। कम-से-कम राहुल अपनी ओर से कुंडी नहीं लगाता। बच्चे भी अपने-अपने कमरों में रहते हैं। ऊधमी हैं पर बिना बुलाए राहुल की ओर नहीं आते। वाना ने धमका दिया है। शाम को जल्दी काम से लौटकर या शिवेश उसे बुला लेते हैं या वहीं उन्हें बुला लेता है। दोनों साथ-साथ बियर या वाइन पीते हैं, कभी-कभी व्हिस्की। अगर कोई विशेष व्यंजन बनता है तो उसमें राहुल का हिस्सा ज़रूर होता है। राहुल अक्सर देर से घर आता है; विभाग के बेसमेंट में कैफ़ेटेरिया है; वहीं खा लेता है। मेक्सिको के एक विद्यार्थी की पत्नी को उसने घर की सफ़ाई के लिए नियुक्त किया है। सप्ताह में दो बार आती है, झाड़ू-पोंछा, बर्तन और कपड़े धोना और इस्त्री करने के लिए। वाना को लगता है कि वह स्त्री राहुल को ठग रही है। बर्तन होते ही कहाँ हैं। चाय कॉफ़ी के दो-चार प्याले। कपड़े

भी एक व्यक्ति के कितने; कमीज़ें तो लांड्री ही जाती हैं। बस एक जोड़ी चादरें गिलाफ़, तौलिया, झाड़न, घर में अगर मशीन होती तो वाना ही कर देती। घर में कूड़ा-कबाड़ ही कितना। बस शकल दिखा जाती है। पर वाना राहुल से कुछ नहीं कहेगी, क्यों दख़ल दे राहुल के बिज़नेस में।

शिवेश ने बताया है, राहुल को लम्बी-चौड़ी सैलेरी मिल रही है। वह काम भी तो कितना जुटकर करता है–आधी-आधी रात तक बत्ती जलती रहती है।

वाना अंजी को सब कुछ बताती है, एक-एक बात, छोटी-से-छोटी, बड़ी-से-बड़ी। अंजी सुनती है कभी कुछ कहती है, कभी नहीं।

"नए घर जाकर तुम खुश रहने लगी हो" वह टिप्पणी करती है।

"काम चल निकला है। पर ग्रेस का हिस्सा निकालकर अपने हाथ आता ही कितना है ?" वाना रुककर कहती है, "पर हाथ पर हाथ रखकर बैठी तो नहीं हूँ। दो घर बिकवाए हैं, राहुल का मिलाकर तीन। ग्रेस व जैक दोनों ही खुश है।–"

घर लौटती हुई वाना सोचती है, एक बार फिर शिवेश का मंत्र कारगर हुआ है। सब ठीक ही हुए जा रहा है। काम बहुत पड़ जाता है और वह इतना थक जाती है कि अक्सर हाथ हिलाने का भी मन नहीं होता। पर रोज शाम दो तरह का खाना बनाना ही पड़ता है, बच्चों के लिए अमरीकी, शिवेश के लिए भारतीय। दाल-चावल, तरकारी-रोटी, चटनी-अचार उन्हें सब चाहिए।

राहुल कभी अपने ओवेन में पीत्ज़ा गरम करता है तो खुशबू इधर भी आती है, विकास को रोकना मुश्किल हो जाता है। मेज़ का खाना छोड़कर भाग जाता है।

"माँगना मत–" वाना कहती है। हाथ का काम समाप्त करके राहुल की ओर जाती है तो पाती है कि राहुल और विकास पास-पास बैठे हैं, मेज़ पर पीत्ज़ा रखा है।

"एक टुकड़ा तुम भी लो" राहुल कहता है।

"यह निरामिष है–"

"आज नहीं, खाना क़रीब-करीब तैयार है–" वह लौट आती है। यद्यपि उसका मन रुकने का होता है।

वाना का मन आजकल यहाँ-वहाँ उड़ता रहता है। वह उगते और डूबते सूरज को पकड़ना चाहती है। झीने-झीने रेशमी कपड़ों में एक सुन्दर छरहरी देह वाली युवती जो बाँहें फैलाए सारी सृष्टि को अपने में समेटने के प्रयास में क्षितिज तक दौड़ी जा रही है; हवा उसके बालों में है; कपड़े पीछे उड़ रहे हैं–वह उतर गई है समुद्र में, दूर-दूर तक नीले पानी में–श्वेत फेनिल लहरें उसके बालों से खेल रही हैं। रसोई की खिड़की के टुकड़े से आसमान दीखता है। कभी-कभी उसे हवाई जहाज़ दिखाई देता है; कभी बादलों में केवल एक लम्बी रेखा। एक दिन वह भी जाएगी,

भारत; सिंगापुर, वाली, जावा, मेलबोर्न, नए-नए देश, नए-नए लोग। भारत में जैसलमेर जाएगी, कोणार्क और कोवलम। चाँदनी रात में ताजमहल, उफ़, कितनी आकांक्षाएँ जन्मती जा रही हैं, इस बनारसवाली चुनमुन के हृदय में। बनारस में सिर्फ़ एक आकांक्षा थी, सलेटी स्कर्ट और सफ़ेद ब्लाउज़, लम्बे मोज़े और काले जूते, बालों में लाल रिबन, जीसस और मेरी कान्वेंट की बस आए और स्कूल ले जाए। चुनमुन उन लड़कियों की तरह, जो जार्ज टाउन और टैगोर टाउन वाले बंगलों में रहती हैं, फर्र-फर्र अँगरेज़ी बोले। उसका नाम भी अनीता, सुनीता, विनीता या फिर मोना, लीना या डेज़ी, पैन्ज़ी कुछ ऐसा ही हो। म्युनिसिपल स्कूल की दूसरी लड़कियों के साथ, रामआसरे की माँ महराजिन के संरक्षण में, गोबर को लाँघते, गैयों के सींगों से अपने को बचाते, रिक्शों से परे हटते हुए उसकी आँखें दूर जाती, धूल उड़ाती बस को देखती हैं। इस स्कूल की लड़कियाँ कुछ भी पहन लेती हैं, जूता, हवाई चप्पल, कोई नीची-सी फ्राक, कोई सलवार कुर्ता, और वह धोती में। तेरह साल से ही बुआओं ने धोती पहनवा दी थी। सूती सफ़ेद, किनारेदार धोतियाँ, कभी-कभी कटपीस की, चुन्नटों के बीच भी कभी-कभी जोड़ वाली बखिया झलक ही उठती थी। स्कूल में, क्लास में उसकी इज्ज़त थी, पंडितजी के कारण, पर वह जो, जहाँ चाहती थी, वह सामर्थ्य और पकड़ के बहुत दूर था।

वाना नल की धार बन्द कर देती है। हवाई जहाज़ कहाँ का कहाँ पहुँच गया होगा, शायद जापान तक। राहुल ने बताया था कि जापान से आते समय पायलेट ने विंडसर का नाम लिया था; विंडसर जो अमरीका के इस भाग में अँगूठी में जड़े नगीने जैसा उल्लेखनीय था। जहाज़ नीचे उड़ रहा था। राहुल ने कहा, ''मैंने पूरी झील देखी, और यह कोना भी पहचाना–''

''हमें देखा ?'' विकास ने उछलकर पूछा।

''देखा तो, गेंद खेल रहे थे न ?''

''नहीं ऽऽ'' विकास ने विश्वास नहीं किया।

फिर कहा, ''मैं जाऊँगा तो देखूँगा तुम्हें मौम। ऐसे ही दाल-चावल कुक करते–''

वाना हँसकर उसे बाँहों में भर लेती है ''पगला कहीं का।'' उसने विकास के दोनों गाल बारी-बारी से चूम लिए हैं।

राहुल हँस रहा है–उसके दाहिने गाल का गड्ढा गहरा हो आया है।

''अगली बार घर बिकेगा तो हम सब चलेंगे।''

वह विकास की नाक पर ठुनका देती है, ''सब चलेंगे फ्लौरिडा। वहाँ देखेंगे डिस्नीवर्ल्ड, एपकौट सेंटर, जंगली पशुपक्षी।''

''सच !'' विकास की आँखें चमक रही हैं ''कब माँ, कब ?''

''जल्दी ही, सून !'' वाना ने हाथ पोंछकर तौलिया खूँटी पर लटका दी है,

"सून !" वह कहती है।

और उसे स्वयं विश्वास आ गया है। इस शाम को सारे रेस्तराँ भरे हुए होंगे, लोग हँस रहे होंगे, खाना खा रहे होंगे, वाइन पीते होंगे; प्रेमी-प्रेमिकाएँ, माँ-बाप बच्चे बूढ़े दम्पति। जहाज निरंतर उड़ रहे होंगे आकाश में, यहाँ से वहाँ–वहाँ से यहाँ; इस समुद्र से उस समुद्र तक–कैस्पियन सी, अरेबियन सी, इंडियन ओशन, चाइना-सी, बाल्टिक सागर–थियेटरों में अभिनेता नाच गा रहे होंगे–

ज़िन्दगी के कितने आयाम हैं। वह खड़ी हुई दाल पकने के इंतज़ार में है, अंजी ड्राईक्लीनिंग द्रव की गंध से भरे कमरे में लहँगों पर सितारे टाँक रही है। राहुल अभी भी खड़ा है; शिवेश उसे बीयर देकर कपड़े बदलने चले गए हैं।

"आज यहीं खा लो।" वह राहुल से कहती है, "खाना तो साधारण-सा ही है। रुको तो झट से सिवइयाँ बना लूँ।"

"सिवइयाँ बनाने की झंझट क्यों करोगी–"

"झंझट क्या ?" वाना ने दूध की बोतल निकाल ली है। वह कढ़ाई में उँड़ेल रही है।

ठीक है यह सब भी वह अपने आप से कहती है। इसमें भी कितना सुख है, संतोष है–प्रेशर कुकर की सीटी बजने से वह चौंक उठी। और आग धीमी करके वह शिवेश और राहुल के पास आकर बैठ जाती है, वह इस क्षण के भरे-पूरेपन को सँजो लेना चाहती है जिससे आगे के लिए अंदर पूँजी रहे।

पाँच साल के विकास के स्कूल जाने से घर में एकदम शान्ति है, वाना तैयार होकर शिवेश से कहती है–नया महीना शुरू हो गया है। सैलेरी का चेक बैंक चला गया होगा न ? बिल चुकाने हैं–"

"नहीं।"

"क्यों ?"

"नौकरी ख़त्म हो गई।"

चिहुँककर वाना ने कहा, "ख़त्म हो गई ? कैसे ?"

"डॉ. तिलकराज की आगे रिसर्च फंडिंग अभी नहीं आई है, पुराना पैसा ख़त्म हो गया।"

"याने कि ?" वाना झटका खाकर बैठ गई है।

"सभी का कान्ट्रैक्ट समाप्त हो गया। नई फंडिंग आएगी तब काम शुरू होगा।"

"मुझे बताया क्यों नहीं ?"

"तुम फ़िक्र करतीं।" शिवेश ने कहा।

"कुछ ही समय की बात है, फिर तुम्हारी नौकरी तो चल रही है।"

"क्या मिलता है उससे ? मुर्गियों के चारे लायक भर–" वाना ने

आप-से-आप अमरीकी वाक्य दोहराया। "राहुल को पता है ?"

"हाँ !".

"किराए का क्या होगा ?" वाना का स्वर रुआँसा है।

"बाद में दे देंगे। कहीं भागे थोड़े ही जा रहे हैं।" शिवेश ने लापरवाही से कहा।

"कहीं कुछ और–?" वाना ने धीरे से कहा। "ऐसे बिना किराया दिए रहना अच्छा नहीं लगेगा–"

वाना उदास हो आई है। दफ्तर में भी उदास है–यद्यपि छिपाने की कोशिश कर रही है। बाहर कोई अपना सुख-दुख शेयर नहीं करता। कुछ पैसे हैं बचत खाते में। उनसे काम चलेगा। काम में और मेहनत करेगी, फिर शिवेश भी कुछ करेंगे, हाथ पर हाथ रखकर तो नहीं बैठेंगे।

समझ में नहीं आता कि किराया दे या न दे। किराया देकर बैठ जाए तो फिर हाथ में बचेगा ही क्या ? पता नहीं कब फंडिंग आए, कब नौकरी लगे। इसी दुविधा में है, शिवेश से कुछ कहना नहीं चाहती।

शिवेश खुद परेशान नहीं लगते। आराम से देर तक सोते हैं। मज़े-मज़े में नाश्ता करते हैं, शाम को कभी राहुल के यहाँ, कभी और कहीं चले जाते हैं। इस बीच में कुछ नया काम ढूँढ़ने का प्रयास नहीं करते दीखते। ऐसा लगता है कि जैसे उन्हें कहीं चैन सा है कि अब सारा समय अपने पास है। वही बीच-बीच में पूछती रहती है–"कहीं कुछ हुआ ?"

"नहीं।" छोटा-सा उत्तर है।

वाना के बार-बार पूछने पर वह झुंझला जाते हैं, "तुम तो पीछे ही पड़ जाती हो। पूरी यूनिवर्सिटी की रिसर्च फंडिंग में कटौती हुई है। मैं ही नहीं हूँ, बाहर निकल कर देखो तो पता लगे।"

"जैसे मैं" वाना ने खटाक़ से कहा। "औरों की तरह घर में ही पड़ी रहती हूँ न।"

शिवेश भुनभुनाते हुए बाहर निकल जाते हैं।

क्या होगा आगे–वाना लम्बी साँस लेकर सोचती है, शायद कहीं और जाना पड़े।

विंडसर के मौसम को लेकर हमेशा भुनभुनाती रहती है, पर यहाँ से शायद जाना पड़े, सोचकर उसे इस ठंडे शहर के अकेलेपन और उदासी से एकदम मोह लगने लगा है, फिर राहुल और अंजी भी पीछे छूट जाएँगे।

क्रिस्तीन सब सुनकर कहती है, शिवेश से कहो टेक़सस में अर्ज़ी दें। यहाँ बहुत पैसा है। मौसम भी गर्म, और तमामो एशियाई और हिस्पैनिक। खाना, पीना, हिन्दी फ़िल्में सब उपलब्ध हैं। विंडसर से सस्ता भी है, वह स्वयं दो सालों से

वर्जीनिया छोड़ कर इधर ही आ गई है।

"मालूम नहीं–" वाना कहती है। फिर एकदम से उसके मुँह से निकल पड़ता है, "मैं तुम्हें और द्युतिमा को साथ-साथ देख नहीं सकूँगी।"

"पागल की पागल" क्रिस्तीन लाड़ से कहती है, "प्यार के जगत् में हरेक का अपना-अपना स्थान होता है। जो तुम हो, द्युतिमा नहीं हो सकती।"

फ़ोन रखकर वाना सोचती रह जाती है। सब कुछ कितना अलभ्य और दुरूह, पर शिवेश से कुछ नहीं कहती।

ग्रेस के साथ वह एक घर का ओपेन शो कर रही है। शहर दक्षिण में बढ़ रहा है; किसान खेत खलिहान बेच कर पैसा बना रहे हैं। ज़मीन के दाम ऊपर और ऊपर जा रहे हैं। ब्लैकहॉक एरिया में नए-नए मकान बने हैं। मकान नहीं, भवन, प्रासाद, साधारण मकान तो होते हैं, तीन सोने के लिए कमरे, साथ लगे गुसलख़ाने, रसोई, बैठक, वरांडा। पर यह प्रासाद नई पद्धति के हैं। पाँच-पाँच हज़ार फुट में, तीन गाड़ियों के लिए गैरेज़, सोने के पाँच कमरे, टीवी देखने का कमरा अलग, बिलियर्ड की मेज़ अलग। दो रसोइयाँ, दो खाने के कमरे।

पर यही सब कुछ नहीं, बड़ी-बड़ी खिड़कियाँ, ऊँची-ऊँची छतें, रोशनदान जिनसे धूप आए और बाथटब में बैठे-बैठे काँच से आकाश ताको, रात हो तो तारे देखो।

ग्रेस वाना ने सिर्फ़ एक ऐसा घर देखा है, डॉक्टर कुमार का। पर वह तो उन्होंने अपने डिजाइन का बनवाया है; इस सड़क पर भी सारे घर अलग-अलग बिल्डर्स ने अपने-अपने अनुसार बनवाए हैं। अब ग्राहकों का इन्तज़ार है। वाना अब अधिक-से-अधिक ओपेन शो करती है। पहले जाकर सड़क पर साइनबोर्ड लगा देती है, ओपेन हाउस–किंग रियैल्टी। अख़बारों में विज्ञापन पहले ही जा चुका होता है। घर का ताला खोलती है; कागज़ पेंसिलें और एक प्लेट में मीठे बिस्कुट सजाती है। बड़े से कॉफ़ी पौट का प्लग दीवार में लगाकर वह प्रतीक्षा करने लगती है।

ग्रेस हड़बड़ाती हुई ठीक टाइम पर आती है। वह अपनी काले रंग की मर्सेडीज़ गाड़ी सड़क पर लगा देती है, ओक लकड़ी के फ़र्श पर उसकी एड़ियाँ खट्-खट् करती हैं।

"वाना ऽऽ" वह कहती है, "सब कुछ एकदम ठीक लग रहा है। थैंक्स, गुड जौब" वह काली कॉफ़ी पेपर कप में डालकर एक घूँट लेती है। हर बात में प्रशंसा हरेक से मुस्कराना अमरीकी तरीका है। वाना से वह करना नहीं आता। दूसरों की प्रशंसा पर उसे ज़रा भी भरोसा नहीं है, यह तो औपचारिक और सतही ही है।

दोनों ग्राहकों के इन्तज़ार में हैं। अभी सिर्फ़ एक बजा है, रविवार को लोग

आराम से आते हैं। "कौन ख़रीदता है ऐसे मकानों को ?" शुरू में उसने पूछा था।

"युवा डॉक्टर, बिज़नेस वाले, कम्प्यूटर प्रोफ़ेशनल, जिन्हें माँ-बाप से पैसा मिला हो ऐसे लोग–"

वाना को भी ऐसा ही घर चाहिए–यह बात नहीं कि नन्द नन्दन/ब्रजनन्दन वाला घर बढ़िया नहीं। बहुत अच्छा है; पर है तो राहुल का। कई महीनों का किराया भी बकाया है। पर राहुल कभी कुछ नहीं कहेगा। कभी नहीं माँगेगा। चाहे मन में कुछ भी हो।

"तुम्हारे पति की नौकरी का कुछ हुआ ?" ग्रेस ने पूछा।

"अभी कुछ नहीं।" वाना ने धीमे से कहा।

वह पूरी काँच की दीवार के पार आसमान में बादल घुमड़ते देख रही है।

"लगता है पानी बरसेगा।" वाना ने कहा; न अपने आप से, न ग्रेस से। बस कहा, "आज मौसम में आँधी-पानी का फ़ोरकास्ट है।"

यहाँ आँधी-तूफ़ान आता रहता है, इस मौसम में टौरनेडो भी आते हैं, घरों की छतें तक उड़ जाती हैं, पूरी-पूरी बस्तियाँ उजड़ जाती हैं। जब चेतावनी का सायरेन बजता है, वाना बच्चों को लेकर नीचे बेसमेंट में चली जाती है।

बिजली कड़की–और जैसे अपनी ही छत पर आकर थम गई।

"अब कोई कहाँ आने वाला है ?" वाना ने कहा।

"मुश्किल ही लगता है" ग्रेस ने उसे देखते हुए कहा। वह थोड़ी देर चुप रही, आज वह चटक मेकअप और महँगे कपड़ों के बावजूद भी थकी लग रही थी। उसके चेहरे पर आयु की रेखाएँ गहरी हो गई थीं।

पानी की बड़ी-बड़ी बूँदें गिरने लगीं। बाहर एकदम घटाटोप अंधकार हो आया। बिजली रह-रहकर कौंधती और बादलों की गरज के साथ जोर की वर्षा होने लगी।

बाहर जो नया लान बनाने के लिए घास के बीज डाले गए हैं सब इस पानी में बह जाएँगे–वाना ने सोचा।

एकाएक अन्दर भी बिजली चली गई।

"बस, इसी की कमी थी।" ग्रेस ने कहा।

वाना अँधेरे में चुप बैठी है। बाहर रह-रहकर कौंधती बिजली, बादलों की गरज और खिड़की के शीशों पर पानी की लम्बी-लम्बी लड़ियाँ चमक उठती हैं।

"वाना ! मैं तुम्हें बताना चाहती हूँ; जैक और मैं अलग हो गए हैं।"

"अलग हो गए हैं ?"

"हाँ।"

"मगर क्यों ?" न चाहते हुए भी वाना के मुँह से निकल जाता है। यह

निजी मामला है, लोगों से ऐसी बातें नहीं पूछी जातीं। जैक कितना हैंडसम है, सफ़ेदी लिए बाल–हर वक्त स्मार्ट कपड़े, गोल्फ़ खेलता है।

वाना को देखकर कहता है, "हलो बैला।"

बैला का मतलब इतालवी में होता है, सुन्दरी, बैल का स्त्रीलिंग बैला, हिन्दी सुनकर में सब हँसे थे।

"तुम्हें याद है, हमने उस वकील लड़की को फ्लैट बेचा था–तभी जैक की मुलाकात शैली से हुई। मेरी पीठ पीछे वह मिलते रहे और अब शैली को बच्चा होने वाला है। जैक कहता है वह शैली को प्यार करता है और उसके साथ अपना बच्चा पालना चाहता है–"

"ऐसा कैसे ?" वाना का सिर घूमने लगा है। इतने बुढ़ापे में; पुरानी बीवी को छोड़कर नई बीवी–क्या विवाह संबंध इतनी आसानी से तोड़ा जा सकता है ? क्या जब तक कोई दूसरा अधिक आकर्षक न मिले तभी तक निभाने के लिए है ? और यह औरतें, शैली और वह असलम अहमद की नर्स; जानते-बूझते विवाहित पुरुषों को फँसा लेती हैं।

ग्रेस कह रही है, "मैं अपनी एजेन्सी खोलूँगी। मेरा बड़े-बड़े लोगों से सम्पर्क हैं। जैक तो सिर्फ़ बिज़नेस की देखभाल करता था। वाना तुम मेरा साथ दोगी ?"

वाना चुप है।

"मैंने नई एजेन्सी के लिए जगह देख ली है–"

"पर मैं तो घर वग़ैरा बेच नहीं पाती–" वाना ने कहा।

"तुम शुरू में दफ्तर में रहना; वहाँ का काम-काज देखना, घर बेचने की भी कोशिश करती रहना। मुझे तो अनुभवी सेक्रेटरी मिल सकती है, पर तुम्हारी ज़रूरत को ध्यान में रखते हुए तुम्हें सबसे पहले ऑफ़र दे रही हूँ।"

"पर मुझे तो सेक्रेटरी का काम आता नहीं–"

"शाम के स्कूल में कोर्स ले सकती हो। जब तक तुम्हारे पति का काम नहीं है, वह बच्चे देख लेंगे। सोच लो, बँधी नौकरी–बँधी तनख्वाह। घर बिकने न बिकने की अनिश्चितता नहीं रहेगी।"

वाना एकदम निर्णय ले लेती है, "हाँ, मैं तुम्हारे साथ काम करूँगी ग्रेस।" कहते ही बिजली आ गई।

"अब कोई नहीं आएगा। सब बन्द कर दो और घर जाओ–" ग्रेस कहती है। सामान बटोरती हुई वाना उसे जाता हुआ देखती है।

राहुल अन्दर से कहता है, येस कम इन–झिझकती हुई वाना उसके ऑफ़िस के दरवाज़े को हलका-सा धक्का देती है और उस दरार से वाना को देख वह उठ खड़ा

होता है।

"वाना ! तुम ? आओ, आओ—"

उसका चेहरा आह्लादित है।

राहुल का दफ्तर ऐसा ही होगा, जैसे वाना को मालूम था। बड़ी-सी मेज़, जिसके बीचोंबीच कम्प्यूटर; ट्रे में कुछ कागज और किताबों से ठसाठस भरी हुई अलमारियाँ। बैठने की कुर्सी के पीछे खिड़की, जिसके पीछे बिखरा हुआ परिसर, सड़क, ऊँची इमारतें, सुसज्जित उद्यान, वाटिका।

"बैठो।" वह कुर्सियों की ओर इंगित करता है।

"तुम्हारे काम में डिस्टर्ब तो नहीं कर रही हूँ—" वह घड़ी देखता है, "मेरे क्लास में अभी समय है। तुम कहो, क्या बात है ?"

"मैं इधर से निकल रही थी—सोचा तुम्हें देखती चलूँ—"

"अच्छा किया। कुछ चाय वाय ?"

"नहीं वह सब कुछ नहीं।"

राहुल कुर्सी पर वापस बैठ गया है, दोनों के बीच में बड़ी-सी मेज़ है। राहुल को इस तरह उसके परिवेश में देख कर वाना को महसूस होता है कि राहुल सचमुच एक बहुत ही आकर्षक पुरुष है—उसकी काली, चमकीली आँखों में मेधावी होने का प्रमाण है, और पूरे मुँह पर एक सहजता, एक कोमलता। उसका ललाट, भौंह, होठ, ठोड़ी सभी एक दूसरे के अनुपात में, और सब मिलाकर कितने लुभाने वाले। उसका लम्बा शरीर, उसके चौड़े कन्धे, उसकी बाँहें—उसका रंग जो गर्मी में धूप से सिक-सिककर और भी ताँबई आभा ले लेता है।

राहुल के चेहरे पर हल्की-सी मुस्कान है, वह थोड़ा आगे झुका वाना को एकटक देख रहा है।

राहुल अपने परिवेश में, विश्वविद्यालय, विद्यार्थी, कम्प्यूटर, काम में कितना स्वस्तिपूर्ण, कितना सुस्थ दीखता है। सफ़ेद कमीज़, उस पर टाई, स्लेटी रंग की पतलून, कार्डराय का कोट कुर्सी पर पीछे लटक रहा है।

"कहो—"

वाना ने कहा, "ग्रेस ने मुझे दफ्तर चलाने की नौकरी ऑफ़र की है। पर मुझे तो वह सब कुछ आता नहीं। शाम के कोर्स में दाख़िला लेने आई हूँ।" राहुल की भौंहें एक छोटे क्षण को सिकुड़ जाती हैं, "तुम पर ज़्यादा बोझ तो नहीं हो जाएगा—"

"बोझ ?" वाना की आवाज़ काँप उठी है, "सच कहूँ, मुझे शिवेश पर ज़रा-सा भी विश्वास नहीं है। मुझे लगता है कि जैसे सारा बोझ मेरे ही कंधो पर आ पड़ा है—"

"नहीं, नहीं।" राहुल शिवेश के प्रति वफ़ादार है। "आजकल हर जगह

कटौती है, जैसे ही फंडिंग आएगी शिवेश को नौकरी मिल जाएगी—तुम फ़िकर मत करो—मैं डॉ. तिलकराज से बात करूँगा—"

"क्या-क्या करोगे राहुल, हमारे लिए—" वाना बस रोने-रोने को है।

"तुम फ़िक्र मत करो। तुम अगर चाहती हो तो कोर्स कर लो। बच्चों को शिवेश सँभाल लेगा। मैं उसे समझा दूँगा।" वाना लम्बी साँस लेकर उठ खड़ी होती है।

"तुमने फ़ार्म भर दिया है, मुझे दे दो। मैं जमा कराता आऊँगा—तुम कहाँ भटकती फिरोगी।"

फ़ार्म के साथ फ़ीस का चेक भी देना होगा। वाना हिचकती है, राहुल उठकर पास आ गया है, उसने हाथ से फ़ार्म ले लिया है। वह फिर घड़ी देखता है।

"चलो, नीचे कैफ़े में एक प्याला चाय पी लें। आज मुझे देर तक काम करना है।"

वह अपने पीछे दरवाज़ा बंद कर देता है; उसने दरवाज़े पर एक कागज़ चिपका दिया है। बैक इन टेन मिनेट्स। यानी दस मिनट हैं वापस लौटने में। वह वाना को दस मिनट दे सकता है। कुल दस मिनट, पर वह नीचे जाकर चाय नहीं पीना चाहती। एक पागल चाहत उसके मन में जगने लगी है, यहीं, दफ्तर के ठीक सामने सबके आते-जाते, वह राहुल के कंधे बाँहों से घेर ले और अपने होठ उसके होठों पर रख दे। दस मिनट वह यों ही खड़े रहें, बाँहों में बँधे, एक-दूसरे को चूमते। शिवेश की पत्नी और शिवेश का दोस्त नहीं, केवल एक पुरुष, एक स्त्री।

राहुल का हाथ उसे हलके से छूकर इशारा करता है कि वह कैफ़े जाने के इन्तज़ार में हैं।

वाना को जैसे वहाँ दियासलाई की तीली ने दाग दिया है। वह चिहुँककर कहती है, "आज नहीं, फिर कभी—" और जल्दी से लिफ्ट में घुस जाती है, बाहर राहुल को यों ही हक्का-बक्का छोड़कर।

बाद में बहुत दिनों बाद भी, वाना के मन में यह क्षण टँका रहेगा; जिस दिन वह राहुल के विभाग में, उसके दफ्तर में गई थी और वहाँ खड़े हुए, उसे देखकर अनायास हर्ष से परिपूर्ण राहुल को देख कर यह बोध उसके अन्दर कौंध गया था कि राहुल एक बहुत आकर्षक पुरुष है, कि राहुल उसे अच्छा लगता है। उस समय जैसे आकाश में सारे नक्षत्रों और ग्रहों ने अपनी-अपनी स्थिति बदल ली थी, और सभी राहुल के पक्ष में उसकी ओर उन्मुख हो गए थे। धरती भी एक नए सूरज के चारों तरफ़ परिक्रमा करने लगी, और सारी ऋतुएँ, हवाएँ, ज्वारभाटे और सारे समुद्रों की लहरें भी एक नई लय पर विलोड़ित होने लगीं, वाना के हृदय की धड़कन के तालमेल पर।

वाना के नीचे की धरती ने सहसा अपना आकर्षण केन्द्र बदल लिया था। यह सब, कैसे और क्यों हुआ, उसे नहीं मालूम ? क्या सचमुच राहुल के शरीर की गंध और रसायन ने उसे भी अन्य स्त्रियों की तरह अभिभूत कर दिया है। पर वाना का रसायन दूसरा है; शिवेश के पसीने और वीर्य का, या सचमुच दूसरा है। वाना नहीं जानती। इसका कोई तर्कसंगत उत्तर नहीं है। तर्क केवल एक है, राहुल का जादू हो या कस्तूरी मृग जैसी महक—उसे राहुल से अपने को अलग रखना है, उससे दूर रहना है। यदि वह अपने शरीर, अपने मन को कसी पकड़, कड़े अंकुश में नहीं रखेगी तो ब्रजनन्दन। नन्दनंदन का घर ढह पड़ेगा। चारों तरफ़ की सृष्टि एक हाहाकारी बुभुक्षित अग्नि से भस्म हो जाएगी। और उसमें राख होगी तो वह स्वयं। वह वाना, वह बनारस वाली, साधारण-सी, म्युनिसिपैलिटी के स्कूल में पढ़ी और दारिद्र्य में बड़ी हुई चुनमुन, बुआओं की चुनमुनिया। जिसके पास उजले दूधिया रंग के अतिरिक्त और कुछ नहीं है। किसने कहा था बुद्धिहीन सुन्दर स्त्री क्या है, अलोनी घुइया। यह तीर जो उसे इंगित करके चला था, ठीक निशाने पर, मर्मस्थल पर जा बैठा था। वह पुराना घाव फिर टीस रहा है। मैं शिवेश के प्रति आभारी हूँ—वह अपने आप कहती है—जिन्होंने यह स्वर्णद्वार खोलकर मुझे प्रवेश करने दिया। देखो न ! यह गाड़ी भले ही एजेन्सी की; यह साफ़-सुथरा घर—चौबीसों घंटे अथाह पानी, और बिजली, गैलन के गैलन दूध और ? और क्या, सभी कुछ।

यह संसार, तिनका-तिनका जुटाकर बनाया गया संसार वाना को बहुत प्यारा है। अमरीक सिंह पेट्रोल पम्प का एक-एक मुफ्त बर्तन, पहले प्याला, फिर प्लेट, फिर खाने की बड़ी प्लेट—सारा सेट बनाने में बरसों लगे हैं। कूपन जमा कर-करके उसने गिलास इकट्ठे किए हैं। हर दस डॉलर की ख़रीद पर एक कूपन; बीस कूपनों पर एक मुफ्त भगौना। और कपड़े ? वह भी तो ऐसे ही। अंजी की संगत में। हर सेल पर दोनों पौने सात बजे ही दूकान के आगे क़तार में लग जाती हैं, और सात बजे दूकानें खुलने पर भागती हैं; सेल्स के रैक पर। अंजी सीधे स्टोर के पिछले भाग में जाती है जहाँ कपड़े सत्तर-अस्सी प्रतिशत छूट पर होते हैं। अनमेल साइज़; स्कर्ट छः नम्बर की तो जैकेट दस की। किसी का बटन टूटा है तो किसी की ज़िप फटी है। अंजी महँगे डिज़ाइनर लेबिल देखकर कपड़े छाँटती है। उसका तो काम ही यही है। मरम्मत करके दुबारा बेचेगी। उसी के साथ वाना भी काफ़ी बातें जान गई है। छोटी-मोटी मरम्मत वह स्वयं कर लेती है। काट-छाँट हुई तो वह अंजी की ज़िम्मेदारी। वाना के कपड़ों को ग्रेस प्रशंसापूर्ण आँख से देखती है। अलग होकर उसने एजेन्सी का नाम ग्रेस बायी रक्खा है, अपने नाम पर। सजी-सजाई वाना वहाँ रिसेप्शनिस्ट, सेक्रेटरी और सेल्स सहायक; सभी है। माना कि यह सब वह नहीं है जिसके सपने थे, पर

यह भी कोई बुरा नहीं है; महीने के महीने खाने-पीने, दूध का ख़र्च तो निकल ही आता है। किराया चढ़ रहा है शिवेश देंगे जब नौकरी होगी।

राहुल को क्या हो गया है ? जितना वाना दूर-दूर जाना चाहती है, उतना ही अधिक समय वह शिवेश के साथ बिताने लगा है। कभी बच्चों को बाहर ले जाता है कभी वह काम से थकी-हारी लौटती है तो देखती है राहुल सोफ़े पर बैठा है; शिवेश के साथ बीयर पी रहा है और भुनी हुई मूँगफ़लियाँ खा रहा है। वाना ऊपर से नीचे तक काँप जाती है, उससे नहीं, एकदम ख़ालिस खुशी से। कोट उतार कर हैंगर पर टाँगती हुई कहती है, "आज खाना यहीं खाना—अभी बनाती हूँ—"

"रहने दो वाना—" राहुल हँसकर कहता है, वह वाना को देख रहा है, वह आँखें एकदम उजली हैं, निष्पाप, पर विरक्त नहीं—

"आज शुक्रवार है न ? आज हम सब तली हुई मछली खाने बाहर जाएँगे—"

"मैं ?"

"तुम अपना वही खाना—" विकास चहकता है "बकरी ख़रगोशों का खाना घास-फूस। अपना सलाद—"

"बड़ा तेज़ हो गया है"—वह स्नेह से विकास के बालों को थपथपाती है। उनमें उँगलियाँ डालकर फिरा रही है; राहुल उसे अनझिप आँखों से देख रहा है। वाना उसे दृष्टि कोरों में बाँधकर ठिठक जाती है। जब भी कभी विकास को उसकी उपस्थिति में ऐसे दुलराती है, राहुल यों ही देखता है। क्या कहा था, शिवेश ने, तीन दिन का छोड़कर राहुल की माँ मर गई थी, सौतेली माँ ने पाला-पोसा। मगर वह अच्छी स्त्री हैं चाची।

"मैं अभी कपड़े बदल कर आई।" ऊपर जाकर वह हलके पीले रंग का सूट निकाल लेती है। स्कर्ट और सिल्क की ब्लाउज, चेहरा धोकर नए सिरे से मेकअप, एकदम स्वाभाविक-सा लगने वाला। गुलाबी लिपस्टिक। सब राहुल की गाड़ी में जाएँगे, शिवेश आगे बैठेंगे, वाना और बच्चे पीछे। वह तली मछली, और आलू खाएँगे; वाना सलाद, बाद में आइसक्रीम।

"नए कपड़े हैं ?" वह आमने-सामने बैठे हैं, रेस्तराँ में भीड़ है और मछली की हल्की-सी गंध है हवा में "अंजी की कृपा से—" वह सीधा उत्तर नहीं देती। अंजी के नाम से शिवेश सजग होकर कहते हैं, "असलम अहमद मिले थे। वह साझेदारी में बिज़नेस करने की सोच रहे हैं। मुझसे पूछ रहे थे।"

"तुम्हें बिज़नेस का क्या अनुभव है ?" वाना पूछती है।

"पढ़ा लिखा हूँ।" शिवेश कहते हैं, "कुछ उन्हें दीखा ही होगा तभी तो पूछा।"

"फिर ?" राहुल ने कहा।

"पार्टनर बनने के लिए कुछ तो पूँजी चाहिए–" वाना इस सुन्दर, सहज औत्सविक अवसर को यह कहकर कि असलम अहमद ने वीडियो का भी बिज़नेस किया था। याद दिलाकर भंग नहीं करेगी।

"मैं सोच रहा था–" राहुल ने प्रसंग बदल कर कहा, "तुम शाम को कम्प्यूटर कोर्स क्यों न ज्वाइन करो। जो भी सीखना है, एकदम बेसिक है। वह मैं ही सिखा दूँगा–"

वाना एकदम उत्तर नहीं दे पाती। वह यह बात मन में गुन रही है।

"तुम्हें समय होगा ?" शिवेश ने पूछा।

"तुम्हारे प्रोमोशन की बात चल रही है, उसमें कितने व्यस्त रहते हो–"

"समय निकालकर समझा दूँगा। प्रैक्टिस करती रहना। दिन भर काम करने के बाद शाम को फिर क्लास में जाने की झंझट तो नहीं होगी।"

जो चाहती है उसी के विपरीत होता है। वाना सोचती है। राहुल और अपने बीच व्यवधान बनाना चाहती थी तो अब राहुल की स्टडी में, राहुल के कम्प्यूटर पर काम करना सीखेगी। राहुल झुका हुआ है, वाना को समझा रहा है। वाना कुछ नहीं सुन रही है, वह राहुल के सामीप्य को पी रही है; नई बौछार को बूँद-बूँद की तरह। बाद में किताब में पढ़ लेगी या मार्क/जेसन से पूछ लेगी।

वह यही करती है। ऑफिस में बैठकर 'मूर्खों के लिए कम्प्यूटर हैंडबुक' किताब पढ़कर प्रैक्टिस करती है और इन्तज़ार करती है कि राहुल को जब ख़ाली समय होगा तो वह बुलाएगा–इस बार शिवेश भी साथ आ गए हैं–राहुल समझा रहा है और वाना का मन हो रहा है कि उसकी सफ़ेद कमीज़ के दो बटन खोल दे, जिससे राहुल के शरीर की मादक सुगंध उसके रेशे-रेशे को पुलकित कर सके। क्या मेरी अपनी कोई सुगंध, कोई रसायन नहीं है–वाना सोचने लगती है–क्या मेरा कोई आकर्षण नहीं ? क्या मेरा स्त्री अस्तित्व; यह कसी हुई कमर और उन्नत उरोज; क्या राहुल इतना पत्थर, इतना तटस्थ है कि उस पर कोई असर नहीं होता। क्या कहा था क्रिस्तीन ने, मधु भरे सोने के कटोरे; मंदिर स्तंभ पर उकेरी हुई यक्षिणी के समान तराशा शरीर। तरुणी पार्वती की तरह। अक्षत यौवना। राहुल क्या समझा रहा है, उसने सुनना बन्द कर दिया है। वह अपने को मन ही मन गुन रही है, नाप रही है। आकर्षण तो है, क्रिस्तीन, डॉ. कुमार, और दफ़्तर में आने जाने वाले, बस स्टॉप, बाज़ार में कभी-कभी लोग उसे एकटक देखने लगते हैं।

"सुना कि नहीं ?" राहुल ने पूछा।

"सुना तो–" वाना अपने भटक गए अनियंत्रित विचारों को केन्द्रित करने का प्रयास करती है।

"पासवर्ड दो ?" वह कह रहा है।

"यक्षी।" उसके मुँह से निकल पड़ता है।

"अरे" राहुल और शिवेश दोनों ने साथ-साथ कहा, "बुद्धू ! अपना पास वर्ड किसी को नहीं बताते–"

"क्यों ? क्या होता है ?" वाना सचमुच विभ्रमित हो गई है।

"अब हम और राहुल; दोनों ही तुम्हारे नाम आई डाक पढ़ लिया करेंगे–" शिवेश हँस रहे हैं। यह ढलती हुई शाम, बाहर हवा पेड़ों की पत्तियों को दुलरा रही है, नदी की शान्त लहरें, कमरे में सुनहला आलोक; सामने बैठे हँस रहे शिवेश, आँखों में कौतुक और चेहरे पर सौम्यता लिए राहुल–काश वाना इस क्षण को पकड़कर पत्थर पर तराश सकती।

"अच्छा–मैं नया पासवर्ड सोचती हूँ–तुम हटो–" वह सोचकर नया शब्द टाइप करती है, मुनमुन। उसका चुनमुन नाम गिने-चुने लोगों को ही मालूम है, उसमें भी थोड़ा परिवर्तन कर दिया है।

"लो।" कहकर वह विजेता की तरह दोनों को देखती है। "अब मेरे सीक्रेट कोई नहीं जान सकता।"

"मैं बूझूँ कि तुमने क्या पासवर्ड चुना" राहुल दूर ही खड़ा है।

"बता ही नहीं सकते।"

"शर्त ?"

"हाँ" वाना को पूरा विश्वास है।

"पूरे हफ्ते डिनर खिलाने पड़ेंगे–"

"खिला दूँगी–" अब वह थोड़ा शंकित हो रही है; कि बहुत आसान-सा पासवर्ड सोचा है, वह सचमुच ही बूझ लेगा।

"सादा दाल-चावल नहीं, एक दिन मूँग की दाल के चीले, एक दिन दही बड़े, कढ़ी, बैंगन का भुर्ता, पिट्ठी की कचौड़ी और लौकी का रायता।" राहुल ने लम्बी साँस लेकर कहा "और बेसन के दानेदार लड्डू–"

"खिला दूँगी" कहते हुए वाना ने शिवेश को देखा। शिवेश हँस रहे हैं, "हार गई तुम। इसने बुद्धू बना दिया तुम्हें–यह तो एक्सपर्ट है– इसका तो सारा काम ही यही है–"

राहुल अब कुर्सी पर बैठा है, उसकी उँगलियाँ इस-उस बटन पर दौड़ रही हैं। कम्प्यूटर में 'टन्न' से आवाज़ होती है। वाना का चेहरा उतर जाता है।

"बून-मून" राहुल ने कहा।

"ग़लत–"

"तुमने खुद ग़लत टाइप किया है, इसमें आया है, बूनमून–" वाना ने झुक कर देखा, उसने सचमुच बूनमून टाइप किया है–

"राहुल–यह फ़ेयर नहीं है, तुम तो एक्सपर्ट हैकर हो और मैं नौसिखिया। मैं बेवकूफ़ बन गई।" पर वह मन ही मन उल्लसित है।

"अपने प्रतिद्वन्द्वी अपनी शक्ति के अनुसार चुनने चाहिए।" राहुल ने कहा, "अब खिसिया क्यों रही हो, कल सुबह मीठे चीले का नाश्ता करूँगा।"

उसने दाल भिगो दी है। अगले दिन छुट्टी है, पर शिवेश हैं कि उठने ही नहीं देते। वह कसमसा रही है, शिवेश मंजन कर मुँह धोकर फिर पलंग पर आ गए हैं। दरवाज़ा उन्होंने बन्द कर दिया है।

"आज छोड़ो" वह कह रही है, "मुझे नाश्ता भी बनाना है। बच्चे उठ गए हैं—"

"मारो गोली नाश्ते को।" शिवेश उसके काफ़तान को अलग करना चाह रहे हैं; पर वह हाथों से जकड़े हुए है। जितना ना ना करती है उतना ही उनका आग्रह बढ़ता जाता है।

राहुल का प्रवेश-द्वार बन्द होने की आहट आती है, वह सुबह की दौड़ के लिए चला गया है।

वह भागकर उठी है और पानी की फुहार के नीचे खड़ी हो गई है, वह सारी चिपचिपाहट को रगड़-रगड़ कर धो रही है—फिर वह बाल धोती है, यद्यपि आज शनिवार है और बुआयें कहती थीं कि सिर पर सनीचर चढ़ेगा। पर आज आपादमस्तक स्नान करना है। कपड़े पहनकर वह जल्दी-जल्दी नीचे आती है। दाल को मिक्सी में पीसकर, मिर्च धनिया कतर कर वह चीले की तैयारी में है। शिवेश, लगता है, फिर सो गए हैं।

वाना इन दिनों खुश है। अंजी ने भी नोटिस किया है, "क्या बात है ? चेहरे पर बड़ा निखार आ गया है—"

"ऐसी कोई बात नहीं—"

"कुछ गड़बड़ तो नहीं—"

समझकर वाना ज़ोर से हँस पड़ती है, "अरे गोलियाँ खाती हूँ—उसमें एक दिन की गड़बड़ भी नहीं—"

सच, वह अपने आप से पूछती है।

बस, एक फाँस है। शायद यह निखार शिवेश ने भी गुना है, कोई अवसर छोड़ते ही नहीं। उनका वश चले तो बिस्तर से उठने ही न दें—या फिर उन्हें कुछ सुगबुग हुई है, अपना पति होनें का ठप्पा अपना अधिकार उसे जताना चाहते हैं। सुगबुग कैसे होगी—वाना यह विचार ठेल देती है। वह तो अपने मन की बात इतने भीतर-भीतर, परतों दर परतों, सैकड़ों गाँठों वाली पुटलियों में बाँधकर सहेजे हुए है। बस ठाले बैठे-बैठे शिवेश को मौज-मस्ती सूझा करती है, बस यही बात है। वह शिवेश की ओर वक्त बेवक्त ताकती रहती है पर शिवेश वहीं के वहीं।

सपाट चिकना चेहरा, निश्चिन्त, शरीर की मांसल परतें, गोलमटोल, नाटे, लगता ही नहीं कि यह इन्सान बेकाम काज घर में ठलुआ बैठा है।

अचानक राहुल अतिरिक्त व्यस्त हो गया है, उसे कई पर्चे पूरे करने हैं। पूरे समय पढ़ाना तो रहता ही है। वाना को काम चलाने लायक कम्प्यूटर पद्धति आ गई है। उसे उन शामों का अभाव खलता है। शिवेश जितना अधिक प्यार करते हैं उतनी ही वाना की प्यास बढ़ती जाती है।

वाना सपना देख रही है। वह पुराने बनारस वाले घर में है। वह तिमंजले की छत पर कपड़े बटोरने गई है। बनारस में भी यही करती थी, ऊपर वाले मकान मालिक की बहू के कपड़े वही उतार कर लाया करती थी। सारे कपड़े बाँहों में भरकर वह मुड़ी है, वहाँ कोई आड़ में खड़ा है; उसने बाँह पकड़ कर वाना को बरसाती की छत के नीचे खींच लिया है। वाना और वह दोनों मिलकर जल्दी-जल्दी एक चादर ज़मीन पर डाल लेते हैं। अब वह वाना को प्यार कर रहा है। वाना उसका चेहरा नहीं देख पा रही है; पर उसका लम्बा, सुगठित युवा शरीर और उसकी सुगन्ध वह पहचान रही है। वह प्रत्युत्तर में उससे लिपटी हुई है। उसका दिल धड़क रहा है कि अब शिवेश आए, अब आए, पर वह अपने को रोक नहीं पा रही है, परिणति का वह उन्माद भरा क्षण–

वाना जाग गई है, आँखें खोलकर भी सब कुछ ग्रहण करने में आधा निमिष लगा है। वह सपना था शिवेश नहीं हैं, न वह धुले कपड़े ही नीचे गिरकर धूल में लिपट गए हैं। वह बनारस में भी नहीं है।

कैसा अजीब सपना था। उठकर, अपने को पूरी तरह झकझोर कर जगाने पर भी वह सब कितना सुखद, प्रिय लग रहा था, मन की तलछट में शेष रह गया है।

बेईमानी। सरासर, एकदम बेईमानी। वाना अपने से कहती है, ''पर सिर्फ़ सपना देखने से ही बेईमानी नहीं होती। अपने अवचेतन पर अपना क्या वश। सचमुच, यह ड्रीम मशीन भी क्या-क्या सपने गढ़ती है। वाना जानती है कि फिर ऐसा सपना नहीं आएगा। उसने ऐसे सपनों, ऐसे विचारों को देश निकाला दे दिया है, अपने चेतन-अवचेतन से दूर फेंक दिया है। उसके पति हैं शिवेश कितना चाहते हैं उसे, कितने अच्छे, उदार, सज्जन, वही उनके लायक नहीं है; छोटी-बड़ी हज़ारों आकांक्षाएँ उसे मथती रहती हैं, कभी तसल्ली से, चैन से बैठने ही नहीं देतीं।

रही नौकरी या बेरोज़गारी–तो गोस्वामी जी कह ही गए हैं ''हानि, लाभ, जीवन-मरण–'' सभी कुछ विधाता पर छोड़ देना ही श्रेयस्कर है।

पागल वाना !

बिस्तर में लेटी राह तकती रहती है कि राहुल अब आए, अब आए। रात की ख़बरें साढ़े दस बजे ख़त्म होती हैं, उसके बाद ढाई घंटे की फ़िल्म शुरू होती है। वह मूवी चैनल लगाकर लेटी रहती है, सुप्तावस्था और जाग्रतावस्था के बीच; कभी आँख खुलती है, कभी झपकती है, जब राहुल का गराज खटके से बंद होता है तभी वह लम्बी साँस लेकर कम्बल अपनी ओर खींच लेती है।

शिवेश और असलम अहमद के बीच बिज़नेस की बातें गंभीर रूप से चल रही हैं। शहर से तीस-चालीस मील दूर एक छोटा-सा रम्य स्थान है, पहाड़ भी, पानी भी और चीड़ वृक्षों का जंगल भी। गर्मियों भर सैलानियों की रेलपेल रहती है,. जाड़े में लोग बर्फ़ के लिए आते हैं, स्की, स्केटिंग या यों ही छुट्टी के लिए। अक्टूबर नवंबर में हिरनों का शिकार करने, रेस्तराँ, होटल, दूकानें खूब चलती हैं। वहाँ असलम के एक पुराने परिचित ज़ाल्मे की दूकान है, गिफ्टशॉप, उसे पार्टनर चाहिए। कम-से-कम दो। असलम उसी बारे में शिवेश को घेर रहे हैं।

कहाँ असलम, कहाँ शिवेश। कोई तारतम्य ही नहीं।

''तो तुम दूकान में खड़े होकर बनियाइनें और अटर-सटर बेचोगे'' वाना को यह बात जँचती नहीं।

''इस काम में बहुत पैसा है।'' शिवेश कहते हैं, ''लोग छुट्टी पर आते हैं, पैसा फेंकने के मूड में होते हैं।''

वाना चुप रहती है, कहाँ से आएगा सीडमनी जो पार्टनर बनेंगे, न नौ मन तेल होगा...।

उसे कुछ टिप्पणी नहीं देनी, अपना काम करेगी, बच्चों को देखेगी, शिवेश के बिस्तर पर सोएगी, और ?

और कुछ नहीं। वह अपने विचारों पर विराम लगा देती है।

वह अंजी से कहती है, ''अगले शनिवार को तुम पिकनिक पर चलोगी ?''

शनिवार की सुबह ड्राई क्लीनर की दुकान पर काफ़ी भीड़ होती है—उसी के कारण अंजी की दूकान पर भी आवाजाही रहती है। सब दूकानें बारह बजे बन्द हो जाती हैं। तब छुट्टी।

''कहाँ ले चलोगी ?'' उसकी मशीन खट-खट करके पूरी क़तार पर बखिया कर रही है।

''दूर नहीं पैरेडाइज़ वैली तक। वहाँ एक बहुत बड़ा मैन्शन है, उसकी चाभी ग्रेस ने मुझे दी है, रविवार को ओपेन हाउस होगा। तीस एकड़ ज़मीन है, सेब और आडू के दरख़्त, खूबानियाँ; बाग़-बगीचा, एक छोटा-सा तालाब भी है।''

"और कौन आएगा ?"

"बस, हमीं सब। राहुल को कह दूँगी।"

"ठीक, फ्रीज़र में मछली रक्खी है, उसे तल लूँगी।" अंजी ने कहा।

"तब तो कलकतिया बाबू खुश हो जाएँगे। मैं तो आलू पूरी बनाने की सोच रही हूँ। बच्चे तो अपना वही खाएँगे—हैम्बर्गर, हौट डौग।"

अंजी ने बाँहें फैलाकर अँगड़ाई ली—"उफ़ !"

वह कपड़े तहाने लगी, "क्या ज़िन्दगी हो गई है वान् ! बखिया उधेड़ो, नई बखिया डालो। यहाँ बढ़ाओ, वहाँ छाँटो। यह ब्लाउज़ देख रही हो—" वह एक ब्लाउज़ को उठाकर वाना को दिखाती है। "डॉ. मूँदड़ा ऐसी अस्सी ब्लाउज़ें मिसेज़ के लिए सिलवा कर लाए हैं—हर रंग की; और यह भला उनकी मिसेज़ की कमर पर अँटने वालीं। सब लाकर डाल गईं कि बढ़ा दो।"

"अस्सी ब्लाउज़ें—" वाना ने अचरज से कहा।

"एक-एक रंग की पाँच-पाँच ब्लाउज़ें—" अंजी बोली, "गाड़ी लाई होगी, चलो घर छोड़ दो। मेरी खटारा मार्क ले गया है।"

उस पिकनिक वाले दिन से ही विघटन प्रारंभ हुआ था। अंजी और वाना बाद में एक-दूसरे से कहेंगी। पर उस दिन, उस समय, वह सब प्रमुदित थे। पिकनिक के मूड में। धूप हलकी थी, आसमान साफ़। हिल, रिज, माउंट नाम के छोटे-छोटे देहाती कस्बों को पार कर वह पैरेडाइज़ वैली तक आए थे। घने वृक्षों से भरी छोटी-सी प्राइवेट सड़क लेकर वह गंतव्य पहुँचे थे। एकदम नीले आकाश के नीचे, ऊँचे से टीले पर वह विशाल घर अकेला खड़ा था। सारी खिड़कियाँ दरवाज़े बन्द। अपने आप में समाहित उस धूप में ऊँघता हुआ। सामने कभी लान रहा होगा—अब केवल दूर तक बढ़ी हुई जंगली घास। पेड़ों पर चिड़ियाँ फुदक रही थीं और गिलहरियाँ बेधड़क सड़क पर दौड़ लगा रही थीं। उस घर की भव्यता बाहर से ही देखकर वाना की साँस रुक गई। अन्दर से कैसा होगा ? चार मंज़िला; स्थापत्य न नया न पुराना, दोनों का सम्मिश्रण। कितनी खिड़कियाँ, झरोखे, बालकनी, और एक छोटा-सा गुम्बद। वाना ने चाभी निकालकर दरवाज़ा खोला—वह अब हाल में खड़े थे; झकाझक सफ़ेद संगमरमर का हाल; कुछ सीढ़ियाँ उतर कर दो जीने, जो दाएँ-बाएँ होते हुए ऊपर चले गए थे। नीचे बैठक जिसमें काले पत्थर की आग जलाने की अँगीठी छत को छू रही थी।

"हर बेडरूम में फ़ायर प्लेस है।" वाना ने अपने नोट्स देखते हुए कहा, "रसोई में ग्रेनाइट पत्थर और सब ज़ीरो फ्रिज और फ्रीज़र; सब अलमारियों के ऐसे तालमेल में कि पता ही न चले कि रेफ्रिज़रेटर कहाँ हैं ?"

"और हर चीज़ दो-दो।" अंजी अलमारी खोलकर कहती है, "दो बर्तन धोने की मशीनें, दो स्टोव–" वह रसोई के बीचोंबीच खड़ी है, "लॉटरी निकल आए तो मैं यह घर ख़रीद लूँ, कितने का है ?"

"मत पूछो, दिल तड़क जाएगा–" वाना मुस्करा रही है।

वाना लिस्ट में सही लगाती जाती है, बैठक रसोई, टी.वी. रूम, बार; फैमिली रूम।

"चलो ऊपर चलें–"

ऊपर भी वैसा ही कुछ है, बड़े-बड़े कमरे, साथ संलग्न अलमारियाँ, अलमारियों में चमकते हुए शीशे। हर कमरे से सटा स्वतंत्र बैठने, पढ़ने-लिखने का कमरा। सम्मिलित रसोई और पिछवाड़े बालकनी जहाँ खड़े होकर देखने से दूर पानी की एक पतली धारा। पेड़ों के झुरमुट और क्षितिज पर धूमिल नीली पहाड़ियों की रेखाकृति।

"बाबा रे ! इस गुसलखाने में तो आधा दिन बिताया जा सकता है।" अंजी धीरे-धीरे टब को छूती है। "आठ लोग बैठ कर नहा सकें। इतना बड़ा टब। ऊपर पारदर्शी काँच की छत–"

उस बड़े से, पदचाप से मुखरित घर में अब वाना अकेली रह गई है। बाकी लोग पीछे इकट्ठे हो गए हैं। दो कम्बल बिछाकर सब सामान रख दिया है। शिवेश आग जला रहे हैं। अंजी लिपेटी हुई मछली निकाल रही है, तलने के बजाय पूरी की पूरी सामन मछली खुली आग पर पकेगी, मछली के शौक़ीन शिवेश ने निश्चय किया है। तब तक वाना अन्दर ही रहेगी। मूँडसहित, मरी हुई निश्चल, आँखों वाली मछली पकते हुए उससे नहीं देखी जाएगी। वह इसी ग्रैनाइट की रसोई में अपनी आलू पूरी खाएगी। वह ऊपर की मंज़िल से सड़क देख रही है। नहीं, वह राहुल की प्रतीक्षा में नहीं है, वह अपने से कहती है। राहुल को लैब में काम है, दो बजे तक बाद में आएगा।

वाना को दूर, अकेली सुनसान, छोटी-सी देहाती सड़क पर धूल का बवंडर दिखाई देता है। एक गाड़ी, सरपट तेज़ी से भागती आ रही है, अपने पीछे धूल का गुबार छोड़ती हुई। कितनी तेज़, स्पीड लिमिट से कितनी आगे। वह राहुल ही होगा। उसकी गाड़ी तेज़ स्पीड से चलने के लिए ही बनी है–वाना निश्चल खड़ी, थोड़ा आगे झुकी बालकनी से उसे आता देख रही है।

राहुल ने गाड़ी रोक दी है। उसने दरवाज़ा खोला है और कमरे के बीचोंबीच खड़ा होकर वह मृदु स्वर में पुकारता है "कोई है ?"

वह पुकार संगमरमर, ग्रैनाइट, स्टेनलेस स्टील, ओक लकड़ी के फर्श, चैरी लकड़ी की अलमारियाँ, पारदर्शी काँचों से टकरा-टकरा कर गूँजती है।

"यहाँ, ऊपर–" वाना छज्जे पर आती है। दोनों की आँखें मिलती हैं, एक

छोटे क्षण को आपस में गुँथी रहती है। राहुल धूप के चश्मे को हाथ में लेकर कहता है—"ओह वाना ! तुम ऊपर हो, बाक़ी सब कहाँ हैं ?"

"बाहर ! मछली पक रही है।" वह नाक सिकोड़ती है।

"अच्छा ! अच्छा !!" फिर चारों ओर द्रुत दृष्टि डाल कर कहता है, "यह तो एकदम राजमहल है—"

वाना झुकी-झुकी कहती है, "तुम ख़रीद लो—" राहुल की हँसी भी तैरती हुई ऊपर आती है। वाना को लग रहा है कि वह हँसी इस घर के पत्थरों और दीवारों में अनन्त समय के लिए बस जाएगी। "मैं ? मैं एक ग़रीब प्रोफ़ेसर मात्र हूँ।"

तुम ग़रीब हो तो मैं क्या हुई राहुल। एकदम कंगाल—वाना कहना चाहती है। उसे मालूम है कि उत्तर में जाने, अनजाने सम्मिलित स्वर कहेंगे—राजलक्ष्मी हो तुम—कंगाल नहीं।

बाहर आकाश विकास खुले में दौड़ रहे हैं। हँसते हैं, चीखते हैं, एक-दूसरे का पीछा करते हैं, गिरते हैं, चिल्लाते हैं। कम्बल पर बैठे शिवेश मछली खाकर तृप्त हैं। राहुल ने वाइन की बोतल खोली है। वाना को भूख नहीं है। अंजी के साथ वह उस छोटे से झरने तक टहलने जाएगी।

वाना दिवास्वप्न देख रही है। वह राजसी मलमल का पारदर्शी-सा नाइट गाउन पहनकर इसी छज्जे पर आई है। घर में मद्धिम प्रकाश है, वह ऊपर देखती है। गुम्बद वाले कमरे में राहुल की स्टडी है वहाँ तेज़ बत्ती जल रही है। वह झीने-झीने गाउन में इसी छज्जे पर खड़ी रहेगी उस मीनार और गुम्बद से राहुल के नीचे आने के इन्तज़ार में। उस घर में बस वह दो ही हैं—वाना और राहुल। वह है एक राजकुमारी; और राहुल है उसका आशिक। उस ज़ेबुन्निसा वाली कहानी की तरह। पर उस कहानी का आदि अंत वह भूल गई है। बचपन की सुनी सुनाई। सिर्फ़ ज़ेबुन्निसा नाम ही स्मृति में उभरता है।

प्रापर्टी झरने तक ही है। वहाँ एकदम सन्नाटा है, जैसा आबादी से दूर जंगलों में होता है। एक कठफ़ोड़वा पक्षी की अनवरत ठक्-ठक्—हलकी-सी पत्थरों पर होकर पानी झरने की आवाज़। जंगली पोदीने और काई से आच्छादित गीली धरती। पीले-पीले अनजाने फूल—"कितनी शान्ति है यहाँ"—वाना कहती है। दोनों पास-पास पत्थर पर बैठ गई हैं।

दोनों के बीच अपनत्व और बहनापे की ख़ामोशी है। पेड़ों की फुनगियों पर तैरती हलकी-हलकी धूप, प्रकृति के स्वर—अंजी ने लम्बी साँस ली। वाना बिना कुछ कहे उठ खड़ी हुई और दोनों धीरे-धीरे लौट पड़ीं। अब शाम होने वाली है, सब मिलजुल कर सामान बटोरने लगे हैं। शिवेश ने पानी डालकर आग बुझा दी है।

"आलू पूड़ी किसी ने खाए ही नहीं।" वाना बच्चों की तरह ठुनककर बोली,

"इतनी मेहनत बेकार गई"–

"भुने आलू व मछली से सब इतने संतुष्ट हो गए, मैंने तो पूछा था।" अंजी ने कहा।

"रात को खा लेंगे" राहुल ने कहा। "सब मेरे घर चलें, बैठें। अंजी, मैं नया टेप लेकर आया हूँ, वही देखेंगे–"

"तुम हिन्दी की फ़िल्म देखोगे ? तुम्हें समय है ?" वाना के हाथ रुक जाते हैं।

वह सभी राहुल के कमरे में फैले हुए हैं–मार्क और जेसन ऊपर, राहुल के साथ उसकी स्टडी में कम्प्यूटर में व्यस्त हैं। आकाश विकास सोफे पर गुड़ी-मुड़ी सो गए हैं। फ़िल्म कोई नहीं देख रहा है। उसे बन्द करते हुए अंजी पूछती है, "किसने बनवाया था वह घर वाना ?"

बाहर हल्की धूप में राहुल पुरानी दरी पर लेटा है, न जाने कहाँ से उसने वह दरी निकाली है, उड़े हुए रंग, एक-दूसरे में गड्डमड्ड–

वह बाँह का तकिया बनाए हुए है और सामने खड़ी उस विशाल अट्टालिका को देख रहा है, "अगर गुम्बद किनारे न होकर बीच में होता तो यह मिनी राजभवन लगता–" वह कहता है।

"यह मिनी राजभवन क्या है ?" वाना ने पूछा। उसने अपनी आवाज़ पर कंट्रोल रक्खा है कि कहीं इठलाना न रेंग आए।

"जोधपुर का महल–" राहुल ने बिना पूछे ही अपने आप कहा। "महाराजा उसमें रहते हैं। मैं जोधपुर विश्वविद्यालय में एक्सपर्ट बुलाया गया था तो वहाँ ठहरा था। चाची और बाऊजी भी साथ थे–"

"सचमुच के महाराजा–" वाना की आँखें गोल-गोल हो आईं, "महारानी को देखा–क्या पहने थीं–" अंजी ने पूछा।

सब हँसे। पर राहुल ने उसका प्रश्न गंभीरता से लिया, "महारानी तो मालूम नहीं, स्त्रियाँ जो दीखीं राजसी थीं। हाँ; बेवी ने कहा था कि शिफ़ौन, फ्रेंच शिफ़ौन है। कभी पेरिस जाऊँ तो उसके लिए भी एक फ्रेंच शिफ़ौन की साड़ी लाऊँ।" मैंने सिर पर धौल लगाकर कहा था–

"पगली ! महारानियों से सरीकत करती है।" राहुल प्रसन्न है, उसकी वाचालता वाना को लुभा रही है।

"उसके लिए पेरिस जाने की ज़रूरत नहीं" अंजी ने कहा।

"शिकागो, न्यूयार्क, हौंगकौंग सभी जगह मिलती हैं–और सेल पर लो तो इतनी महँगी भी नहीं–"

“अंजी तुम कितनी गुनी हो–” वाना ने कहा। “तुम्हें हर बात मालूम है। हरेक चीज़ का दाम कौन कपड़ा कितने का, कहाँ मिलता है–मैं तो इस कपड़े का नाम ही पहली बार सुन रही हूँ। तुम सबके आगे मैं एकदम बुद्धू हूँ–”

अब सब तरबूज़ खा रहे हैं, हँस रहे हैं, सबने मिलकर वाना को खिजाने की ठान ली है। “तुम हो ही–अपने को और भी बना रक्खा है, राहुल जैसे कम्प्यूटर हैकर को चेतावनी दी कि पासवर्ड बूझो–पूछती हो पन्द्रह किलो सोने में कितने तोले होते हैं–” वाना ने बुरा मानने का अभिनय करते हुए कहा, “उफ़ ! इन्हें यह बात अभी भी नहीं भूली।”

“बूझो तो राहुल, तुम इतने तेज़ दिमाग़ के हो तो, मेरे मन मे क्या है। पर दिल हो तब तो समझो। तुम तो किसी स्त्री को समझना चाहते ही नहीं।”

तरबूज़ के टुकड़े, छिलके, कागज़ की प्लेटें, प्लास्टिक के गिलास, सब इकट्ठा करके कूड़े के थैले में बाँध लिए हैं।

“यह दरी भी ?” वाना नया थैला खोल रही है।

“नहीं, नहीं यह बड़ी ऐतिहासिक दरी है। इसी पर बैठकर मेरे बाऊजी के शिष्य अँगरेज़ी का रट्टा लगाते थे।” राहुल स्मृतियों में डूबकर चुप हो गया। उसकी आँखें एकदम दृष्टिहीन और अभेद्य हो आईं, पुतलियाँ स्थिर।

“वह नबी दूधवाले का लड़का, हलवाई वाला भीखम; काछिन के दोनों, बिरजू और किशन–ऊँच-नीच सब साथ बैठकर इसी दरी पर पढ़े, जेलर साहब का भी लड़का–प्रेम किशोर, उन्हीं ने जेल से दरियाँ बुनवा कर दी थीं।”

राहुल उठकर खड़ा हो गया। उसने बाँहें उठाकर अँगड़ाई ली। जैसे घुमड़ते हुए अवसाद को दूर फेंकना चाहता हो, एक छोटी-सी आह। फिर वह अपनी गाड़ी की ओर चल पड़ा। आकाश विकास उसके पीछे दौड़ते हैं–“आइसक्रीम ! आइसक्रीम।”

नदीदे कहीं के। वाना कहती है।

वह छोटी-सी आह जो राहुल के होठों पर आकर ठिठक गई, किसके लिए थी ?

“कोई ईरान का था।” ग्रेस कह रही थी, “घर प्रवेश करने से पहले ही उसे कैंसर हो गया था। शायद ब्रेन ट्यूमर। उसी के उत्तराधिकारी डेढ़ दो साल से बेचने की कोशिश में हैं। बिकता ही नहीं, ख़ाली पड़ा है–” मार्क और जेसन ऊपर से आ गए हैं, अंजी जाने की तैयारी करती है। उनके जाने के बाद शिवेश सहसा कहते हैं, “कितने का जाएगा ?”

“दो ढाई तो लगेंगे ही–” वाना ने लापरवाही से कहा, “कौन इतना पैसा ख़र्च करके उस बियाबान में रहेगा।”

“मैं उसे बिकवा सकता हूँ।” वाना और राहुल दोनों मुड़कर शिवेश को

देखते हैं।

"तीस एकड़ ज़मीन—एकदम बियाबान—सन्नाटा। मेरी पहचान के पहचानवाले हैं, उनसे पूछूँगा—"

"भला, तुम्हारी पहचान में ऐसा कौन है ?"

"मेरी पहचान दूर तक है। कुछ नेपाली हैं। मेरे पूर्वजों के गाँव के। वह एक मठ के लिए ज़मीन देख रहे हैं—"

"वह घर है ऐश आराम के लिए। साधु-सन्त वहाँ रहेंगे ?"

शिवेश उस बात को टाल देते हैं, "पर एक शर्त है, दस हज़ार डॉलर तुम मुझे दोगी—बिज़नेस में लगाने के लिए—" वाना अब हँस रही है—"दे दूँगी।"

बाद में पूरी गरम करते हुए वह आप से आप हँसी है। मैं सिर्फ़ अपने को शेखचिल्ली समझती थी। शिवेश को शायद आज ज़्यादा ही नशा चढ़ गया है। सचमुच ! वहाँ मठ बनेगा। पूजा होएगी; आठ लोगों के सम्मिलित स्नान के लिए बना टब है।

खाना खाते हुए शिवेश कहते हैं, "मानो एक डेढ़ मिलियन डॉलर में भी गया, इससे ज़्यादा कोई नहीं देगा—तो पाँच प्रतिशत कमीशन का आधा ग्रेस और दूसरा एजेंट लेगा। ग्रेस अपने कमीशन में आधा तुम्हें देगी; दस हज़ार से ऊपर मिलेंगे; उसमें बाक़ी रखकर दस हज़ार मुझे दे देना—"

वह गंभीर हैं। "तुम सोचते हो कि तुम बिकवा सकते हो—" वाना पूछती है।

"कोशिश करने में क्या हर्ज है—"

उसके बाद सब बात ठप्प, शिवेश के स्वभावानुसार, उत्साह से काम की बात करेंगे, बीच में कहीं वह सब छोड़ देंगे। ग्रेस को भी कोई ग्राहक नहीं जुटा, बस्ती से दूर, उस बियाबान में कौन रहेगा।

वही दिनचर्या, सुबह-सुबह शिवेश की माँग; बाद में वह उठकर तेजी से नहाती है, बाल धोती और सुखाती है। इसी में रोज़-रोज़ बच्चों की स्कूलबस छूट जाती है। पौने आठ पर जाकर दफ्तर खोलना होता है। राहुल से कहना पड़ता है कि बच्चों को स्कूल पहुँचा दे। कभी-कभार अपनी गाड़ी स्टार्ट ही नहीं होती। एजेन्सी की गाड़ी अब नहीं है। ग्रेस के पास अलग होकर इतना पैसा नहीं है। उसने गोल्फ़ खेलना भी कम कर दिया है। महँगे से महँगा मकान बिकवाने के चक्कर में शहर में भागती फिरती है।

वाना के मन में वह मिनी राजमहल बस गया है। अपनी रसोई में खटपट करते हुए वह सोचती है, वह काउंटर, वह रेस्तराँ साइज़ का स्टोव, वह टब, कपड़ों की अलमारियाँ, रेशमी पटोला; वह असली वाला, अंजी के अनुसार पचीस-तीस का; साड़ियों पर साड़ियाँ—जूते, चप्पल—कपड़े—फिर उसे बनारस के दो कमरे, दुछत्ती,

धुआँई हुई रसोई, आँगन में टपकता नल और याद आती है—ड्योढ़ी में पैर रखते ही संडास की महक—पिताजी और बुआएँ अभी भी वहीं रह रही हैं। दिन पर दिन बुढ़ाती हुई मद्धिम आँखों, जोड़ों के दर्द और जर्जर धोतियों में खोंपे भरती हुई, वाना को अपनी चाहतों पर शर्म आती है, उसका दिल नन्ही चिड़िया की तरह आसमान छूना चाहता है; चकोर की तरह चाँद को चूमना चाहता है।

रसोई से दीखता आसमान एकदम नीला है। दूर-दूर सफ़ेद बादल ऊँघ रहे हैं; उन्हें भेदती हुई एक सुनहली रेखा, जो धीरे-धीरे लम्बी होती जा रही है। यह जहाज़ कहाँ से आ रहा है, शायद जापान से ? कितनी बड़ी दुनिया, कितना बड़ा आसमान—और मेरी बाँहों में क्या है; दो उजड्ड बच्चे और एक बेरोज़गार पति—उसने उबलते पानी में नूडल्स डाल दिए हैं और दाल बीनने लगी है।

शिवेश कहते हैं, "ग्रेस से उस घर की चाभी ले लेना कल मेरे मित्र आ रहे हैं, पहले वह देखेंगे; बाद में संत आएँगे।"

वाना कुछ तर्क किए बिना कहती है, "अच्छा !"

"और यह ऊँची-सी स्कर्ट पहनने की ज़रूरत नहीं है। साड़ी पहनना, और यह नीला बैगनी रंग तो चेहरे पर बिल्कुल नहीं।"

वाना फिर कहती है, "अच्छा !"

पर अवसर के अनुसार पास में कोई भी कपड़ा नहीं है, सूती साड़ियाँ सिमटी-सिकुड़ी पड़ी हैं, कलफ़ इस्त्री का तो समय नहीं। रेशम की साड़ियाँ या तो चटकीली हैं या एकदम धूमिल।

वह अंजी से सलाह लेती है।

"मेरे पास गड्डी की गड्डी पड़ी हैं, आकर देख लो—" वाना रसोई उठाकर अंजी के घर गई है। अंजी कोने में पड़ी गठरी खोलती है, उसमें नई साड़ियाँ हैं। तह की तह, प्लास्टिक के रैपर में। वाना देखती रह जाती है, इतनी साड़ियाँ रेशम में झिलमिल इन्द्रधनुषी रंगों की।

"किसकी हैं ?" वाना ने पूछा।

"तुम्हें आम खाने से मतलब या पेड़ गिनने से ?"

अंजी ने कहा, "उठा लो एक सम्हालकर पहनना, फिर वापस रख देंगे—"

वाना झिझक रही है।

अंजी उसे आँख दिखाती है।

फिर वह स्वयं एक साड़ी निकालकर वाना को पकड़ा देती है। काले रेशम की साड़ी, चार अंगुल सूत का बुना हुआ केसरी बार्डर।"

"कहीं महन्त जी की साधना न भंग हो जाए ?" अंजी उसे चिढ़ाती है।

वाना को साड़ी एकदम पसंद आ जाती है, "मेरे पास काला ब्लाउज़ है। चलो, तुम कहती हो तो ले लेती हूँ। पर अगर मन आ गया तो वापस नहीं करूँगी।"

"रख लेना, भर देंगे हर्जाना, तीन इक्यासी की पर्ची लगी है–"

"तुम्हारी आँखें हैं या दूरबीन !" वाना अचरज से कहती है।

"अरे बाद में औरतें झगड़ा करती हैं, इसीलिए डायरी में लिख लेती हूँ, कि कैसी साड़ी कितने की है–गुडलक वाना। अब मुझे काम करना है, या तो रुको और सितारे टाँकने में मदद करो–या–"

"जाओ ? यही न–"

वाना रुक जाती है, हाथ में सुई-डोरा लेकर वह भी काम करने लगती है।

उन लोगों ने बार-बार घर देखा, इधर से उधर से, जाँच करवाई, परन्तु कोई ऑफ़र नहीं दिया।

वाना मुरझा गई है। वह घर नहीं बिकने वाला। मनहूस है। उसने साड़ी तहा कर वापस कर दी है।

मार्केट में मन्दी है, घर मुश्किल से बिक रहे हैं, विशेष तौर से जैसे बड़े-बड़े घर ग्रेस के हाथ में हैं। वाना ऑफ़िस सम्हालती है और ग्रेस अपनी गाड़ी पर हर समय इधर-उधर घूमती रहती है। वाना फ़ोन उठाती है, अपौयंटमेंट दर्ज करती है, ग्राहकों की बात का उत्तर देती है और ख़ाली समय में आगे के लिए चिन्ता करती है। शिवेश नौकरी के लिए कुछ प्रयत्न नहीं कर रहे हैं; खाना और सोना। शाम को राहुल के साथ बैठकर शराब, बच्चे हैं दिन पर दिन उद्धत और जंगली।

"मुझे नहीं खाना रोज़-रोज़ का दाल-चावल" विकास मुँह बनाकर कहता है।

"खा लो" वाना कहती है, "कल बना दूँगी तुम्हारी पसन्द का। आज समय नहीं मिला–"

"तुमने कल भी यही कहा था–" विकास ने प्लेट अलग हटा दी।

"ठीक है, तो भूखे रहो–" वाना को गुस्सा आ गया।

विकास तनकर खड़ा है, "मैं क्यों भूखा रहूँ ? यह कोई भारत है ? यह अमेरिका है, अमेरिका।" वाना ने सोचा न समझा, एक चाँटा जड़ दिया, "बड़ा आया अमरीका वाला ? स्कूल जाकर यही पढ़ता है कि भारत भूखों का देश है–"

वाना का गुस्सा बढ़ गया; उसने हाथ उठाया ही था कि विकास उछलकर फ़ोन की तरफ़ बढ़ गया; "मैं अभी पुलिस को फ़ोन करता हूँ कि मेरी माँ मुझे मार-पीट रही है–"

वाना एक क्षण को हतबुद्धि खड़ी रह गई, फिर विकास की बाँहें पकड़ कर झकझोरते हुए बोली, "अरे राक्षस ! तू यही करेगा न ? पुलिस बुलाकर माँ को पकड़वाएगा, जेल भेजेगा ? और मैं हूँ कि सुबह से शाम तक तुम्हीं लोगों के लिए हड्डे-हवन कर रही हूँ।" अब दोनों एक-दूसरे को घूर रहे हैं, आमने-सामने, दोनों

की आँखें जल रही हैं—"तुम बुरी हो, तुम बहुत बुरी माँ हो। मैं भाग जाऊँगा घर से। मैं नहीं खानेवाला यह दाल-चावल—"

वाना की छाती से सुबकियाँ ऊपर उठ रही हैं, उसका गला अवरुद्ध है, बोल नहीं निकलता; खँखार कर वह कहती है, "ठीक है, यही तो बाक़ी बचा था, निखट्टू बाप; वैसा ही बेमुरव्वत बेटा। मुझे बुरा कह रहा है—जा चला जा, मुझे परवाह नहीं।" आगे उसका स्वर थरथरा रहा है। आकाश उठकर उससे लिपट गया है।

"मम्मी ! मम्मी ! देखो, मैंने सारा का सारा खा लिया है, मैं तुम्हारा अच्छा बेटा हूँ, तुम मेरी अच्छी माँ—"

"मैं घर छोड़ कर जा रहा हूँ, आगे से राहुल के साथ रहूँगा—" विकास दूसरी तरफ़ चला जाता है।

वाना वहीं बैठ जाती है; उसने हथेलियों पर सिर टिका लिया है, अनबहे आँसू पलकों पर टिके हुए हैं, आकाश उसकी गोदी में है, वह उसे दुलरा रही है। शाम का अँधेरा कमरे में भर गया है। वाना जान रही है कि यह गुस्सा असल में शिवेश पर है, शिवेश अपना उत्तरदायित्व नहीं निभा रहे हैं। वह पुरुष हैं; घर का किराया, बीवी-बच्चों के लिए भोजन—यह उनकी ज़िम्मेदारी है। मैं कहाँ तक ढोऊँ—वह अपने से कहती है, घर का काम भी, नौकरी भी—छोटी-सी तनख़्वाह में क्या-क्या हो ? पर शिवेश तो हाथ पर हाथ रक्खे बैठे हैं। जैसा चल रहा है, चलने दो।

"आकाश ! वाना !! कहाँ हो तुम ?" दरवाज़े की चौखट पर राहुल की आवाज़ है।

"आकाश—बत्ती जला दो—" वाना कहती है।

"यह विकास अब मेरे पास ही रहेगा; ऐसा कह रहा है—" वाना और विकास एक-दूसरे को प्रतिद्वन्द्वी की तरह देख रहे हैं।

"रख लो, तुम्हीं रख लो। मुझसे अब नहीं होता—" वाना ने कहा।

"विकास—ऊपर जाकर अपने स्कूल के कपड़े और बस्ता ले आओ।" राहुल ने कहा। विकास के पीछे-पीछे आकाश भी ऊपर गया है। राहुल के हाथ वाना की ओर बढ़े हैं, पर बीच में ठिठक गए हैं। आँसुओं से उज्ज्वल उसकी आँखें, बिखर आए बाल, छोटी-छोटी सुबकियों जैसी उसकी साँसें—वह वाना को बाँहों में समेट कर उसके बालों में चेहरा छुपा लेना चाहता है; वह उसे सहारा देना चाहता है। उसका मन होता है जो कुछ भी है अपने में बरसों से संचित; उस पर उँड़ेल दे; उसे भिगो दे, सराबोर कर दे। वह यह भी जानता है कि अगर उसने एक बार वाना को एक पुरुष, एक प्रेमी की तरह छुआ भर भी, तो फिर पीछे लौटने के लिए एक क़दम भूमि नहीं मिलेगी और आगे ? वाना एक अथाह सागर है, जिसमें डूबकर फिर वह साँस लेने के लिए भी ऊपर नहीं आ पाएगा।

वाना ने आँखें पोंछ ली हैं, वह उठकर खड़ी हो गई है। राहुल को लगता है कि वाना ने उसका मन, उसका चेहरा पढ़ लिया है और उसने अपने और राहुल, दोनों को सँभाल लिया है, वह पीछे हट गई है।

राहुल ने सायास कहा, ''विकास दो एक दिन बाद अपने आप लौट आएगा। देखना फ़िक्र मत करो—''

''फ़िक्र कैसे न करूँ ? काम कैसे चलेगा राहुल ?'' वाना ने टूटकर कहा।

सब ठीक हो जाएगा; यह राहुल कह नहीं सकता—बात जहाँ तक चली गई है, वहाँ कोई-न-कोई आहत अवश्य होगा—और वह स्वयं अपने को सुरक्षित किए हुए है, हर दुर्बल क्षण में वह अपना पुराना कवच धारण कर अपने को बचा लेता है। वाना सीधी लीक पकड़ कर चलने वाली पत्नी है; शिवेश ? उसका मित्र—

''मैं डॉ. तिलकराज से बात करूँगा''—वह लाचारी से कहता है।

लम्बा दिन ! ग्रेस बहुत व्यस्त है, वह वाना को ऑफ़िस में ओवर टाइम करने को कहती है। हमें ऑफ़िस देर तक खुला रखना चाहिए—वाना कहना चाहती है, उसकी घर गृहस्थी है, बच्चे हैं, वह रात को आठ-नौ बजे तक दफ़्तर में नहीं रुक सकती। पर ओवरटाइम का लोभ है, सुबह नौ से रात तक—वह थक गई है।

बस लेकर वह घर लौटी है; नुक्कड़ पर उतरकर वह धीरे-धीरे घर की ओर बढ़ी है—सारे घर की बत्तियाँ जल रही हैं झकाझक—दूर से ही उसे राहुल की बैठक में लोग ही लोग दिखाई दे रहे हैं, ऐसा तो कभी नहीं हुआ—यह भीड़ क्यों—सड़क के किनारे-किनारे भी गाड़ियों की क़तार है।

शिवेश बाहर ही हैं, ''तुमने बड़ी देर कर दी ! यहाँ पार्टी हो रही है—राहुल प्रोफ़ेसर हो गया—''

वाना कमरे में घुसी है; उसकी अपनी बैठक भी अनजाने लोगों से भरी हुई है, कुछ रसोई में, कुछ यहाँ-वहाँ—काउंटर और मेज़ पर तरह-तरह की बोतलें, पेप्सी, कोकाकोला, बीयर, वाइन, जिन बरबन, लाल लेबिलवाली जॉनी वॉकर।

वाना ने सोचा कि कपड़े बदल कर नीचे आएगी—कमरे में जाकर उसने दरवाज़ा बन्द कर दिया, दो क्षण लेट लूँ—उसने सोचा। उसे कब नींद आ गई, पता नहीं। कब रात में शिवेश ने दरवाज़ा खड़काया, वह एकदम उठकर बैठ गई; ''पार्टी ?''

''पार्टी ख़तम हो गई।''

''सब चले गए ?''

"हाँ !"

वह उठकर धीरे-धीरे नीचे आई है, घर में अँधेरा है, पिछवाड़े सीढ़ियों पर राहुल अकेला बैठा है, चुपचाप।

वाना जाकर उसके पास बैठ गई है, पानी की लहरें पत्थरों से टकराकर हलकी-हलकी आवाज़ करती हैं।

"बधाई, तुम फ़ुल प्रोफेसर हो गए।" उसने कहा।

"धन्यवाद।" राहुल ने औपचारिक उत्तर दिया।

फिर वह अपने आप से बोला, "आज बाऊजी ज़िन्दा होते तो कितने ख़ुश होते।"

"और गर्वित भी–" वाना ने कहा।

"मैं कुछ नहीं कर सका, उनको कोई ख़ुशी नहीं दी। उनकी कोई इच्छा पूरी नहीं कर पाया।"

वाना चुप। बीच में इतना व्यवधान कि उसे लग रहा है कि दोनों अलग-अलग महाद्वीपों में स्थित हैं और उसी दूरी से एक-दूसरे को संबोधित कर रहे हैं।

"बाऊजी चाहते थे कि आइ.ए.एस. में बैठूँ। जिस भारत की स्वतंत्रता के लिए उन्होंने अपनी आहुति दी, उसके तंत्र का एक अंग बनूँ। बाद में उन्होंने चाहा कि मैं पढ़-लिखकर भारत लौट आऊँ, एक नार्मल, सफल व्यक्ति की तरह रहूँ। पर मैंने वह भी नहीं किया। मेरी आँखें अपने स्वार्थ, और अपने ध्येय पर ही टँगी रही; मैंने उनका दिल तोड़ दिया। हमेशा ही उन्हें निराश करता आया।"

"ऐसा मत सोचो राहुल ! तुमने तो इतना किया परिवार के लिए–"

"खाक़ किया।" राहुल के स्वर में अपने प्रति वितृष्णा है। "किसी के लिए कुछ नहीं कर पाया, किसी के अरमान पूरे नहीं किए।"

कब उसका सिर वाना के कंधे से आ लगा, और कब वाना के हाथ उसके बाल सहलाने लगे, यह बहुत स्वाभाविक रूप से हुआ। पर वाना का वह स्पर्श माँ का है, नितान्त निष्कपट, निष्कलुष स्नेह से भरा। वह उँगलियाँ उसे दिलासा दे रही हैं। कितनी बार उसने वाना को आकाश-विकास को यों ही दुलराते देखा है और उनसे ईर्ष्या की है।

"ऐसा मत कहो। हम सभी को तुम पर गर्व है, बाऊजी की आत्मा तुम्हें असीस रही होगी–"

पेड़ों पर कोई पक्षी पंख फड़फड़ाता है; अन्दर सीढ़ियों पर शिवेश के भारी कदमों की आवाज़ सुनकर वाना उठ खड़ी होती है। उसने दरवाज़ा खोला है और अन्दर जाकर बत्ती जला दी है। उस उजाले में पिछवाड़े बैठे, खंभे से टिके राहुल की आकृति अंधकार में खो गई है।

"क्या कर रही थीं ?" शिवेश ने पूछा।

"कुछ नहीं"—वाना ने फ्रिज खोलते हुए कहा, "प्यास लगी है"—

वाना ने यह विचार मन में कहीं पीछे खोंस दिया है कि दोनों ने साथ-साथ पढ़ा, काम किया। राहुल बन गया फ़ुल प्रोफेसर, चौंतीस साल की उम्र में, और यह हैं शिवेश, पतिदेव, कि जूनियर साइंटिस्ट ही बन कर रह गए, और वह पोस्ट भी अब नहीं। अब दुकान खोलेंगे, गड़बड़झाला, असलम अहमद और उस दुष्ट जुल्मई के साथ; और ग्राहकों का मुँह ताकेंगे। एक-एक डॉलर में छुटपुट चीज़ें बेचेंगे। वह जुल्मई; वाना को एकटक ऐसा घूरता है कि जैसे भींच लेगा। वह करवट बदलती है।

"नींद नहीं आ रही है क्या ?" शिवेश कोमल मनुहार से पूछते हैं।

उनका हाथ अपनी बाँह से हटाकर अलग करते हुए वह नक़ली ठुनक से कहती है—"सो ही गई थी—अच्छा बस।"

और उसे सचमुच नींद आ गई है।

राहुल स्वामी विदितानन्द के आने के इंतज़ार में मंदिर के सामने चौतरे पर बैठ गया है। उसने झाड़ने के लिए रूमाल निकाला मगर पत्थर एकदम स्वच्छ; धुला, और स्पर्श में ठंडा। राहुल सलेटी रंग की पतलून और नीले रंग की कमीज़ पहने है। पहाड़ से नीचे उसके बचपन का शहर बिखरा हुआ है। सदियों-सदियों पुराना। सदियों नहीं युग युगों, त्रेता, द्वापर तक से पुराना। राजा भगीरथ के समय से, दक्ष के यज्ञ के समय से। यहीं उत्तर में ही तो कनखल है, जहाँ अभी भी गंगा का पानी हिम शीतल, फेनिल और स्वच्छ है। गंगा की नहरें, नील धारा और उधर जहाँ लाखों व्यक्ति गंगास्नान कर बैकुंठ लाभ करते हैं। इन्हीं नहरों धाराओं, पुलों और छोटी-छोटी पहाड़ी सड़कों पर घूमते हुए राहुल ने बचपन बिताया है। बड़े दादा के पुराने जूते, स्कूल के पुराने यूनिफ़ार्म में स्कूल जाते हुए। यहीं कहीं पहाड़ियों और कँटीली झाड़ियों में छिपा हुआ वह छोटा-सा शिव मंदिर है; बेल के पेड़ों की छाया में, जहाँ दिन दहाड़े साँप रेंगते हैं और जहाँ शेर चीते दूधवालों की गइया उठा ले जाते हैं—राहुल के सीने से पूरे शरीर को झकझोरने वाली साँस निकली है।

साँझ के उस उजाले में वह शहर को एकबार फिर आँखों में बसा लेना चाहता है। जैसे उसे मालूम है कि शायद कौन जाने कभी लौटना होगा भी या नहीं। वह बहुत दिनों तक नहीं लौटेगा। नीचे घाटी में एक कोयल कूक उठती है। यह कोयल के पुकारने के दिन नहीं हैं, शायद भटक गई है, विभ्रमित है, या फिर उस पूर्वजन्म की पुकार है, जिसे सब कल्लो कहते थे और वह अपने को कोकिल कहती थी। जिसे राहुल ने कौस्तुभ की तरह हृदय पर धारण किया। राहुल प्रयास करके उसका

चेहरा याद करता है। एक झटके से उसे प्रतीत होता है कि वह कल्लो/कोयल/रतन अब एक बहुत पुराना, बहुत वर्षों पहले देखा गया, अँधेरी रात के अंतिम प्रहर का सपना लगता है। फिर भी उसने उस अनुभव, उस टीस और उसकी पीड़ा का स्वामित्व स्वीकारा है। वह सब उसके जीवन के इतिहास, और जिन अनुभवों को लेकर आगे के दिन बिताए हैं, उनकी नींव है। वह उसके अस्तित्व में ऐसा बसा है जैसे आटे में नमक। राहुल उसे नकार भी कैसे सकता है—

मोड़ से स्वामी विदितानन्द आते दिखाई देते हैं। राहुल जल्दी से उठकर उनके चरण छूता है।

''चिरंजीवी भव—'' वह कहते हैं, एक बहुत लघु क्षण को भ्रमित। ''राहुल !'' अपने स्मृति कोष से उसका नाम पाकर वह आनन्दित हो कर कहते हैं ''राहुल ! अमेरिका से आए हुए हो ? कब तक हो ?''

उनका स्वर सुनकर उनके दो शिष्य बाहर आ गए हैं—''यह राहुल है।'' स्वामी जी उनकी ओर उन्मुख होकर कहते हैं, ''यहीं रहा करता था और मेरे पास आया करता था। इसकी हथेली में बहुत यश और धन लिखा है।'' वह आसन पर बैठ गए हैं।

दोनों शिष्य उजली, निश्छल आँखों से राहुल को देख रहे हैं। इतनी छोटी-सी, युवा आयु में ही संन्यासी ? उनके होठों पर हलकी-सी हँसी है।

''कैसे आए ? छुट्टी में ?''

''चाची को लेने आया हूँ।'' राहुल ने कहा, ''अब तो छोटी बहन कैनेडा में है। उसने बुलाया है।''

''हाँ ! हाँ !! सुना मकान बेच दिया।''

''चाची अकेले रहती थीं। हम लोगों को भी चिन्ता रहती थी। उस गली के सारे मकान पहले ही बिक चुके थे।''

''स्टेशन के पास होटल बनेगा। बाहर से जो लोग मोटरों गाड़ियों पर आते हैं, उनके लिए—'' राहुल ने आगे जोड़ा।

''ठीक है ! ठीक है !'' राहुल ने ध्यान दिया कि स्वामी जी हर बात दोहराने लगे हैं। वृद्धावस्था का लक्षण है या धीरे-धीरे बढ़ती बधिरता का।

वह राहुल से पूछते हैं, ''घर में स्त्री है ?''

राहुल ज़ोर से हँस पड़ा। ''स्वामी जी ! आपने बचपन में हाथ देखकर कहा था कि मेरी रेखाओं में स्त्री सुख नहीं है।'' आपने कहा था, ''स्त्री से दूर रहना ही अच्छा है, बच्चे !''

''समय के साथ रेखाएँ भी बदल जाती हैं''—स्वामी जी ने तसल्ली से कहा। ''मुझे याद है तुम्हारी हथेली। एकदम स्पष्ट।''

थोड़ी देर सन्नाटा रहा। पहाड़ी हवा का एक झोंका आया जिससे मंदिर के

ऊपर की ध्वजाएँ फड़फड़ाने लगीं, और शाखाओं पर बँधी हज़ारों कामनाओं की धज्जियाँ भी।

"अब तुम विवाह कर लो। अभी भी समय है। गृहस्थाश्रम में प्रवेश करो। क्या आयु है तुम्हारी ? चौंतीस–पैंतीस ?"

"जी !" राहुल ने कहा।

स्वामी जी ने अपने शिष्यों से कहा, "राहुल हाई स्कूल में प्रान्त में प्रथम आया था। इसे सोलह रुपए प्रतिमास छात्रवृत्ति मिलती थी। पहली छात्रवृत्ति से इसने अपने पिता के लिए छड़ी और मेरे लिए गरम दुशाला ख़रीदा था। तभी मैंने इसका हाथ देखा था और मुझे मालूम था कि यश और धन इस पर झर-झर बरसेगा। परन्तु हृदय से और वृत्ति से यह भी संन्यासी ही है।"

"स्वामी जी ! आपकी मेमोरी ग़जब की है"–राहुल ने कहा, "आपको अभी तक उस दुशाले की याद है ?"

स्वामी जी हँस रहे हैं, उनके शिष्य भी उनके साथ हँसते हैं। वह अब राहुल को देख रहे हैं, स्नेह और बन्धुत्व से। राहुल का मन होता है कि वह बहुत देर तक यहीं बैठा रहे। पर अब सन्ध्या आरती का समय हो रहा है और भक्त एक दो करके एकत्र होने लगे हैं।

राहुल आरती तक रुकता है। सारी मनोकामनाएँ पूर्ण करने वाली देवी की प्रतिमा के सम्मुख खड़े-खड़े वह जान रहा है कि उसके मन में अब माँगने योग्य कोई वांछा नहीं बची है और जो है भी, वह वर्जित है। कुछ माँग लो राहुल, उसके कान में कोई फुसफुसाता है।

माँगा था, बार-बार, दिन प्रतिदिन, सजल नेत्रों से, अवरुद्ध कंठ से, एकदम नतमस्तक होकर–कि वह कल्लो/कोकिल/रतनमणि लौट आए। पर देवी सिन्दूर रंगे मस्तक और पत्थर की बड़ी-बड़ी आँखों से अपलक उसे देखती रही थीं। वह असमर्थ रही थीं। तभी रूठकर रोष से, क्षोभ से राहुल ने मन में ठान ली थी कि वह कभी इन देवी से कुछ नहीं माँगेगा। कभी नहीं जन्म भर नहीं।

आरती समाप्त हो गई है; प्रसाद बँट रहा है। हथेली में एक केला और कुछ अनारदाने और एक बताशा लेकर राहुल कुछ माँग ही लेता है।

"उस पगली चुनमुन/बँसरी/वनश्री की इच्छाएँ पूरी करना देवी !" देवी की दृष्टि अब भी अनझिप है।

औरों के साथ वह भी पहाड़ी से नीचे उतरने लगता है। उसके मन में बहुत शान्ति भर गई है।

चाची घर का सामान बाँट रही हैं। यत्न से जोड़ी हुई जन्म भर की गृहस्थी, पलंग, चारपाइयाँ, सिलबट्टा, इमामदस्ता, कढ़ाइयाँ, काँसे के गगरे परातें–वह थकी हुई, सिर पर हाथ रक्खे बैठी हैं; घर-गाँव, पड़ोसी, दाना-पानी सब छोड़ कर लड़की

दामाद के साथ रहने का विचार उन्हें भा नहीं रहा है। पर क्या करें ? समझ में नहीं आता। क्या रक्खें, क्या जाने दें–

राहुल जानता है कि चाची उससे छिपा-छिपा कर रोती हैं। हर समय रोती रहती हैं–उनके जाने का समाचार सुनकर दूर-दूर से लोग मिलने आते हैं। बाऊजी के वे सब निःशुल्क पढ़ाए हुए, जो बार-बार अँगरेज़ी में फ़ेल होते थे, जो दरियों पर बैठकर अँगरेज़ी व्याकरण पढ़ते थे। अँगरेज़ी निबन्ध का अर्थ ग्रहण करने की कोशिश करते थे। मैकी दाई का पोता; जो अब हरिजन कल्याण ऑफ़िसर है, भीखम हलवाई का बेटा, अब भट्ठी/दूकान छोड़कर स्टेशन के रेस्तराँ का मैनेजर है। काछिन के दोनों बेटे, पन्तनगर से पढ़कर अब फ़ार्मिंग करते हैं, तराई में बासमती चावल उगाते हैं। खूब समृद्धि है।

और चाची अपने सामान, डिब्बे, डिब्बियाँ, गठरी, पोटली, तसले, चिलमची से घिरी बैठी रहती हैं। उठाती हैं और फिर रख देती हैं। जब ब्याह कर आई थीं तो बाऊजी ने चालीस रुपए पर स्कूल में नौकरी शुरू की थी।

राहुल नहरों, धाराओं, वृक्षों, उद्यानों, पत्थर की सीढ़ियों, जीर्णोद्धार किए हुए मंदिरों में भटकता रहता है, यह बहुत आवश्यक है। चाची की गठरी, पोटली, डिब्बे, डिब्बियों की तरह यह सब उस से कटकर अलग नहीं हो रहा है, बल्कि उसके अस्तित्व में संचित, समाहित होता जा रहा है। शीतकाल की स्वच्छ, मंथर गंगा, यात्रीहीन घाट, सीढ़ियाँ। स्टेशन पर चुपचाप आती रेलगाड़ियाँ–जो सुरंग में बिना आहट सरक जाती हैं। गए वह कूकते हुए इंजन; भापगाड़ी की छुक-छुक। दहकती हुई कोयले की भट्ठी !

चाची अब खुलकर रोती हैं, सुबक-सुबक कर। रेल स्टेशन से चल दी है। खिड़कियों से बाहर अँधेरा है। उस अँधेरे में पहाड़, नदी, पुराना ढहता हुआ घर, घर के आगे का इमली का पेड़; और वह शिव मंदिर जहाँ लंगूर शाखाओं पर झपकी ले रहे होंगे; सब छुप गया है। सब पीछे छूटता जा रहा है। बस, नए समय की नई रेलगाड़ी जो पागलों की तरह, रात का सीना चीरती हुई, तेज़ गति से भागी जा रही है। कल का दिन दिल्ली और परसों एयर कैनेडा से मौंट्रियाल।

राहुल और गौरव ने अपना-अपना हिस्सा चाची को दे दिया है। बाप-दादा का घर अच्छे दामों में बिका है। गौरव खंभात में, राहुल विंडसर में। चाची के नाम खाता खुलाकर पैसा बैंक में जमा कर दिया है। पर बेबी को अपना हिस्सा चाहिए। चाची उसके पास रहेगी तो उनकी देखभाल भी तो वही करेगी। करेगी कि नहीं ?

चाची को अपने पेट की जाई बेटी की यह बात बहुत चुभी है। बार-बार उन्होंने राहुल से शिकायत की है। "कोई बात हुई ? मैं कोई नंगीभूखी हूँ जो बेटी के गर जाकर पड़ूँ ? तुम जो देते हो, वही बहुत है, उसी के आग्रह से तो जा रही हूँ। उसी को ज़रूरत है न मेरी ?" फिर वह चुप हो जाती हैं, और आह भरकर

कहती है, “कैसे टालूँ उसकी बात, माँ का दिल ठहरा–”

राहुल चुप रहता है, दिल्ली पहुँच कर राहुल ब्रीफ़केस से लिस्ट निकाल कर चाची को पकड़ा देता है।

“यह क्या है ?”

“बेबी ने सामान मँगाया है।”

“चाय ? वहाँ चाय नहीं मिलती ?”

“मिलती है, पर एकदम रद्दी।”

“साड़ी।” चाची आगे पढ़ती है, “अभी तो इतने सारे कपड़े ख़रीद कर ले गई थी और यह क्या ? बासठ ग्राम की चेन ?”

चाची लिस्ट मेज़ पर डाल देती हैं, “यह लड़की पागल हो गई है। छः तोले की चेन गले में डालकर घूमेगी। गला ही टीप देगा कोई–”

सारे दिन वह पूरा दिल्ली घूमे हैं, सुन्दर नगर से चाँदनी चौक, वहाँ से करोल बाग़; आख़िरी पड़ाव जनपथ पर है। सारे दिन की टैक्सी में बैठे-बैठे, यहाँ उतरो, वहाँ रुको, चाची एकदम थक गई हैं। कितना पैसा फुँक रहा है, वह अलग। उन्हें रह-रहकर बेटी पर गुस्सा आ रहा है। घर तो बेटों के ही नाम था, दोनों ऐसे हैं कि एक नया पैसा नहीं लिया। राहुल को ज़रूरत न भी हो तो गौरव तो यह पैसा डालकर अच्छा फ्लैट ले सकते थे। सरकारी किराए के मकान में रहते हैं। एक यह फक्कड़, तो वह दूसरे क़िस्म के। उम्मीद बँधी थी कि उस साथ काम करने वाली गुजराती इंजीनियर लड़की से ब्याह करके घर बसाएँगे तो वह भी वीज़ा पाकर अमेरिका चली गई। बहुत कहा साथ चलो, पर गौरव राज़ी नहीं हुए। उन्हें नहीं आकर सास-ससुर के होटल-मोटल में झाड़ू लगाने का शौक़। भारत में इंजीनियर हैं, एक पोज़ीशन है। वह लड़की रुकनेवाली थी ? यह जा, वह जा। चाची की आँखें भर आती हैं। वह चमाचम करती दूकान में बैठी हैं; सोना, चाँदी, हीरा, मोती; सभी पटा पड़ा है और ख़रीदार इतने कि लड़कियाँ सीधे मुँह बात नहीं करतीं। सारी सेल्सगर्ल एक-सी पट्टेदार बार्डर की रेशमी साड़ियाँ पहने हुए इधर-से-उधर इतरा रही हैं।

बाप रे–घर से निकलो तभी पता चलता है कि दुनिया में क्या हो रहा है।

चाची गद्देदार कुर्सी पर बैठी हैं। चेहरा रोष से घटाटोप।

राहुल रह-रहकर चाची के मुख की ओर देखता है। इतनी भारी चेन रेडीमेड नहीं मिल रही है। आर्डर से बनवाने का समय नहीं है। उठते-उठते राहुल की दृष्टि काउंटर पर रक्खे हुए आभूषणों पर पड़ जाती है, हीरे का हार–बुन्दे और नाक की लौंग–

वह ठहर जाता है–पाँच हीरे जड़ी छोटे से फ़ूल के आकार में; उसे एकदम पसंद आ जाती है, उसे अलग रखवाकर वह चाची को लेकर होटल आ जाता है।

उड़ान कल रात की है। दिन में जाकर ले आएगा।

थकी हुई चाची को नींद आ जाती है। जहाज़ की कुर्सी पर एक ओर को ढलका हुआ उनका सिर—पल्ले के नीचे से सफ़ेद होते बाल, नींद में भी चेहरे पर घना अवसाद !

आसन्नप्रसवा बेटी को गले से लगाकर चाची का सारा क्रोध धुल जाता है। वह कमरों के बीच खड़ी होकर सब तरफ़ देखती हैं। चार कमरों का, कितना साफ़-सुथरा, झकाझक घर—सोफ़ासेट, कुर्सी मेज़, लैम्प, लाइट सभी कुछ—बेबी सामान सहेज रही है।

''कहाँ-कहाँ मारे फिरे तुम्हारे सामान के लिए'' चाची ने कहा, ''दिल्ली के एक कोने से दूसरा कोना छान मारा। सारे दिन की टैक्सी में पैसा फूँका सो अलग—''

''पर दिन की टैक्सी ? कौन बड़ी बात है राहुल के लिए।'' बेबी ने कहा, ''तुम्हें मालूम है माँ—भाई राहुल कितने लाख हर महीने कमाता है''—

''कितने लाख ?'' चाची ने राहुल को देखा। वह हँस रहा है, ''चाची ! यह बेबी है न; ऐसे ही बातें बनाती है—''

''क्यों राहुल—सच है ? तुम्हारी आमदनी लाखों में है ?'' चाची पूछे जाती हैं।

राहुल सीधे जबाव नहीं देता—''ठीक ही ठीक है चाची। बेबी की आदत बढ़ा-चढ़ा कर कहने की है।''

''जब मैं ब्याहकर आई थी तो तुम्हारे बाऊजी को चालीस रुपए माहवार मिलते थे। उसी में कितनी बरकत थी—'' उन्होंने धीमे से कहा। कमरे में अब सन्नाटा है। बेबी पूछती है, ''चाय और बनाऊँ ?''

रात को बेबी के घर में राहुल को अब पीछे छूट गए उस पुराने घर की एक-एक ईंट, छत की एकएक कड़ी, हरेक सिटकनी, हर दरवाज़ा याद आ रहा है। पीछे गायों का रँभाना और छत पर बन्दरों की कूद-फाँद, अमराई में कोयल, पहाड़ की चोटी पर देवी का मंदिर, हवा में हिलते मनोकामनाओं के लिए बाँधे गए चिथड़े और धज्जियाँ। इच्छा पूरी होने पर कभी कोई लौटता है वह शाखा से उतारने के लिए ? राहुल ने ज़िन्दगी भर स्त्रियों को साड़ी में से अंगुलभर चौड़ा कपड़ा फाड़ते ही देखा है। किसी को खोलते नहीं देखा। कितनी आकांक्षाएँ, कितनी इच्छाएँ, कामनाएँ !!

नीचे टेलीविज़न की आवाज़ आ रही है, धीमी-धीमी। पास के पलंग पर चाची भी सोई नहीं हैं कल से वह इस कमरे में अकेले रहेंगी। राहुल अपने घर लौटने को उतावला हो रहा है।

उसके फ्रिज में ताज़े दूध की बोतल है, अंडा ब्रेड। वह अभी बीयर की बोतल खोल ही रहा है कि बीच का दरवाज़ा खुलता है और वाना नज़र आती है। वह

हँस रही है। उसका भूरा चेहरा आलोकित है।

"आ गए ? सब ठीक-ठाक रहा न ?"

"हाँ ! तुम लोग ?"

"सब दुरुस्त। हाँ सुनो; वह घर बिक गया। वही जो तुम्हें मिनी पैलेस लगा था। यह लो–" कहकर उसने एक लिफ़ाफ़ा किचेन काउंटर पर रख दिया, "किराया है, पूरा का पूरा।"

राहुल ने जेब में हाथ डालकर डिब्बी निकाली "तुम्हारे लिए–"

वाना नीली मख़मल की डिब्बी खोलती है, उसके मुँह से आह्लाद भरी छोटी-सी चीख निकलती है, "मेरे लिए ? कितनी सुन्दर ऽऽ" एक दो क्षण के बाद वह डिब्बी बन्द कर देती है; "धन्यवाद ! पर मैं यह ले नहीं सकती।"

"क्यों ?"

"इतना महँगा उपहार ?"

"तो क्या हुआ ?" राहुल उसे सीधी सतर दृष्टि से देख रहा है। वह एकदम गंभीर है। वाना अभी भी डिब्बी हाथ में पकड़े हुए है, वह असमंजस में है। उसके हृदय का शिशु पाँच हीरों वाली नाक की लौंग पर मुग्ध हो गया है, पर व्यावहारिक बुद्धि उसे चेतावनी दे रही है।

"मैं तुम्हारे लिए लाया हूँ–मैं वापस लेने वाला नहीं अब तुम पर है, पहनो या न पहनो–"

राहुल ने अपना गिलास उठा लिया है, और इस मुद्रा में कि अब इस विषय पर बात यहीं समाप्त–बैठक में आ गया है।

वाना उसके पीछे-पीछे। इस क्षण उसने तय कर लिया है कि वह लौंग रक्खेगी, और पहनेगी। राहुल को यह याद रहा कि हीरे की लौंग पर उसका मन लगा हुआ है, यह सोचकर उसे अन्दर तक अच्छा-अच्छा लग रहा है।

"तुम्हें कुछ दूँ ? क्या पियोगी ?"

"कुछ नहीं, अभी-अभी चाय पी है।" कहती हुई वह सोफ़े पर बैठ गई। उसने डिबिया खोली, "बहुत सुन्दर है, तुम्हें पता कैसे चला कि–"

राहुल हल्का-सा मुस्कराया, "भूल गईं ? तुम्हीं ने तो उस बार कहा था।" कुछ रुककर–"शिवेश कहाँ हैं ?"

"वह तो बिज़नेस में लग गए। पैसे देकर पार्टनर बन गए हैं, सबसे ज़्यादा पैसा तो असलम व अहमद ने लगाया है, पर काम देखेंगे ये, और वह जुल्मई–" राहुल ने एक घूँट ली।

"मेरा तो मन था गाड़ी लेने का, पर यह माने ही नहीं। कहने लगे इसी शर्त पर तो मैंने ग्राहकों को पटाया, सात प्रतिशत में आधा तो पहले एजेण्ट ने लिया, बाक़ी में से आधा आधा, ग्रेस और मैंने। फिर भी अच्छा-ख़ासा कमीशन

बना–''

''घर मठवालों ने लिया ?''

''उनके पास इतना पैसा कहाँ था, मुझे तो मालूम था, शिवेश ने ही लोग खोजे, जाने अफ़गानी हैं या सऊदी, शायद ज़ुल्मई के पहचान वाले, कैलीफ़ोर्निया से आए या कौलरेडो से सबकुछ गोलमोल, चुपचुप। मुझे क्या मुझे तो कमीशन से मतलब–''

''गाड़ी को क्या हुआ ?'' राहुल ने पूछा।

''चलती तो है, पर अब रोज़ चालीस मील इधर से, चालीस उधर से किसी दिन ठप्प हो जाएगी।'' वाना की आँखों में फ़िक्र है।

''राहुल–यह कैसा बिज़नेस है ? छोटी-सी दूकान में छिटपुट चीज़ें बेचकर कैसे काम चलेगा ?''

''ऐसी दूकानें खूब चलती हैं।'' राहुल ने उसे आश्वासन दिया, ''लोग सैर पर जाते हैं तो पैसा ख़र्च करने के मूड में होते हैं। वैसे भी काम की हर चीज़ वहाँ होती है।''

''हाँ–यह तो है, खाने-पीने का भी सामान, लौटरी के टिकटें–टी शर्टें; तमाम कबाड़ भरा है–यह बोले, यही कबाड़ हमारे लिए सोना है, चलो–देखा जाएगा।'' वह उठ खड़ी होती है। दरवाज़े से बाहर निकलते-निकलते डिबिया को राहुल की तरफ़ इंगित करते हुए कहती है–''एक बार फिर–धन्यवाद–''

वाना अंजी को डिबिया खोल कर दिखाती है–''यह देखो !''

अंजी कैंची मेज़ पर रखकर डिबिया ले लेती है–''राहुल ने दिए हैं ?''

''तुम्हें कैसे मालूम ?'' वाना ने अचरज से कहा। अंजी हँसी–''और कौन इतना लाड़ करेगा ? फिर, डिबिया पर नाम लिखा है, चाँदमल सूरज प्रकाश जनपथ बहुत सुन्दर है, लाओ पहना दूँ–''

''मैंने अभी तय नहीं किया है कि रक्खूँ या लौटा दूँ–'' वाना ठिठक रही है।

''तुम मूर्खा ही नहीं हो, महामूर्खा हो।'' अंजी ने कहा, ''इसमें लौटाने की क्या बात है ?''

''शिवेश क्या कहेंगे ? यह तो बड़ा व्यक्तिगत-सा उपहार है''–

''कह देना, मैंने मँगाई थी।''

''झूठ बोलूँ।'' अंजी का मुँह देखकर वाना कहती है, ''कितने की होगी ?''

''हीरों की क्वालिटी पर निर्भर करता है।''

अंजी ने कहा, ''कान नाक में उतने स्वच्छ हीरे नहीं लगते जितने अँगूठी

में। यही होगी दस-ग्यारह हज़ार की–" वाना चुप खड़ी है, मन लोभी है और डरपोक भी।

"क्या सोच रही हो ?" अंजी ने फिर कहा, "तुम्हें तो उपहार ग्रहण करना भी नहीं आता। सारिका ने इतने आग्रह से वह साड़ियाँ दी थीं, तो तभी की तभी नहीं लीं, अब इधर-उधर झाँकती हो। वह कैनेडावाली बहन झपट लेगी। तुम रह जाओगी मुँह देखती हुई। राहुल का दिल भी दुखाओगी ना ना करके।"

वाना ने अस्त्र डाल दिए, "नाक का छेद मुँद गया लगता है, ज़रा पहनाना तो।"

वाना शीशा देखती है–"कैसी लगती है ?"

अंजी हँस पड़ी, "चाँद में चार चाँद ! एकदम आँखें चौंधियाने वाली–"

दफ़्तर में हरेक ने उसकी नाक में सटा हीरे का फूल नोटिस किया है, विचित्र ! अद्भुत और अत्यन्त सुन्दर कहकर !! वाना पहनकर राहुल के पास गई है–राहुल कुछ कहता नहीं, मुस्कराते हुए सर हिलाता है प्रशंसा में।

शिवेश अपने सुविधा स्टोर में व्यस्त हैं। सुबह अँधेरे निकल जाते हैं, दिन ढले आते हैं, शायद उनकी दृष्टि पत्नी के चेहरे पर जाती ही नहीं। दूकान से थोड़ा-थोड़ा पैसा हाथ आने लगा है। जगह अच्छी है। बग़ल में शराब की बड़ी-सी दूकान है, हरवक्त आवाजाही रहती है। टूरिस्ट भी सुविधा दूकान पर आते रहते हैं। सुबह से रात तक–अख़बार, नाश्ता, लौटरी के टिकट, तरह-तरह के सुवनियर, दूध, पेप्सी; हर चीज़ उपलब्ध है। दूकान चल निकलेगी तो चौबीसों घंटे खुली रहेगी। नीचे जुल्मई का फ्लैट है और स्टोर रूम। सामने पेट्रोल पम्प–अभी सब ठीक-ठीक लगता है।

बेबी के बेटी हुई है, राहुल प्रसन्न है; चाची भी प्रसन्न हैं, व्यस्त हैं बेटी और नातिन के साथ। नाम है यमन।

"चमन ?" वाना को लगा उसने ठीक सुना नहीं।

"नहीं चमन नहीं, यमन" राहुल ने कहा।

"आजकल बेबी गाना सीखती है ! उसके संगीत गुरू ने रक्खा है–"

"अच्छा नाम है," वाना कहती है।

"सुनो ऽऽ" राहुल ने कुछ झिझकते हुए कहा। "मैं नया मकान ख़रीदने की सोच रहा हूँ–"

वाना उसे देखती है, "नया मकान ? क्यों ?"

फिर तुरन्त अपने को सँभाल लेती है, "यह तो बड़ी अच्छी बात है, इस घर को रक्खोगे या बेच दोगे ?"

"तुम्हारी क्या राय है ?" राहुल ने पूछा।

"यह तो नए मकान पर निर्भर करता है, कितना बड़ा चाहिए ?"

"कम से कम पाँच कमरे–" राहुल ने कहा। "चाची मेरे साथ स्थायी रूप से रहना चाहती हैं–"

शिवेश ने चाय का कप रखते हुए राहुल से कहा, "अब असली बात–कह ही डालो।"

"असली बात ?" वाना दोहराती है। उसके विचार गडमड हो रहे हैं। नया मकान बिकेगा तो कमीशन मिलेगा, पर राहुल कहीं और रहने लगेगा, शायद दूर–नये मकान तो शहर की बाहरी सीमा पर ही बन रहे हैं।

राहुल कुछ नहीं कहता। शिवेश हँसते हुए कहते हैं–"राहुल को कहते हुए शर्म आ रही है। यह शादी करने वाला है।"

वाना के पेट में किसी ने घूँसा मारा है, वह उस आघात से दोहरी हो गई है–"शादी ? तुम ? सचमुच–" उसके हाथ थरथराने लगते हैं और वह रसोई में काउंटर का सहारा लेकर अपने को गिरने से बचाती है।

"वह ऐसा है" राहुल धीरे-धीरे कहता है कि "बेबी और चाची ने लड़की देखी है, यमन की छठी में मैं भी मिला।"

"कौन है ? कैसी है ? सुन्दर है ?" वाना अपने दिल को पीड़ा देती हुई कुरेद रही है।

"ठीक ही ठीक है, बेबी के साथ स्कूल में पढ़ाती है।"

"बस ठीक ही ठीक ?" वाना ने कहा, "इतनी अच्छी-अच्छी लड़कियों को 'ना' करके तुमने ठीक ही ठीक को हाँ कर दी ?"

"ज़िन्दगी में समझौता करना पड़ता है, है कि नहीं ?" राहुल ने उसे साभिप्राय दृष्टि से देखा।

"पर तुम तो समझौता करने के आदी नहीं हो।" वाना ने कहा।

असल में वाना को ईर्ष्या हो रही है। शिवेश हँस रहे हैं, "वाना तुम्हें शेयर नहीं करना चाहती। इसकी आदतें ख़राब हो गई हैं, हर बात पर राहुल–हर ज़रूरत पर राहुल–"

शिवेश हँसी कर रहे हैं, पर वाना जानती है कि वह अनजाने ही वाना के मर्मस्थल पर प्रहार कर रहे हैं। उन्हें मानो गुमान भी नहीं कि उनकी बात में कितना सच है। वाना पति को नई, शंकालु दृष्टि से देखती है, कि क्या वह हँसी के आवरण में लपेट कर अपने दिल की बात नहीं कर रहे ? क्या शिवेश को पता है कि राहुल वाना के लिए क्या है।

उनका चेहरा निष्कपट है। सरल शिवेश को व्यंग करने की आदत नहीं है।

राहुल के जाने के बाद वाना मशीनी तरीक़े से काम करती है, रसोई, बर्तन,

सफ़ाई, वह नकारात्मक बिन्दु पर है, वह न सोचने से यथार्थ को हटा देगी।

बस में बैठकर घर लौटते समय वाना देखती है कि ग्रीष्म का अन्त हो चुका है, पतझर आने के चिह्न प्रकृति में प्रकट हो रहे हैं, फूलों के रंग कितने गहरे हो गए हैं, तितलियाँ मर चुकी हैं। मधु मक्खियाँ शीतकाल की तैयारी में अधिक-से-अधिक पराग बटोरने में जुटी हुई हैं। शाम के झुटपुटे में पेड़ों की आकृतियाँ स्पष्ट हैं।

राहुल विवाह करेगा, कोई दूसरी स्त्री उसकी ज़िन्दगी में आएगी। जब तक राहुल तपस्वी की तरह रह रहा था, वाना के दिल में तसल्ली थी कि वह उसका नहीं तो किसी और का भी नहीं, "राहुल—क्या हम," वाना पूछना चाहती है, "क्या तुम ऐसे ही नहीं रह सकते जैसे रहते आए हो ? तुम्हें कमी किसकी है, ज़मीन जायदाद, नाम इज्ज़त, पैसा, आकाश-विकास को तुम उनके बाप से अधिक चाहते हो—" वह जानती है कि वह राहुल से यह सब नहीं कह सकती। रात के रात वह अपने ठंडे बिस्तर पर पड़ी रहती है, बग़ल में शिवेश। उनका स्पर्श अब उसे बरदाश्त नहीं होता। वह बँधी हुई है अपने संस्कारों से; विवाह के वचनों से। उसके बच्चे हैं, भरी-पूरी रसोई है, मित्र हैं, नौकरी है, फिर यह भी तो कभी राहुल ने स्पष्ट पता ही नहीं लगने दिया कि उसके दिल में क्या है। इन सबके बावजूद एक सूनापन, एक उदासी उसके शरीर में भिद कर रह गई है। एक रोग की तरह; हर दिन जैसे संखिया की छोटी-सी ख़ुराक है। अभी विवाह में समय है पर वाना ने अभी से चुपके-चुपके रोना आरंभ कर दिया है। कभी-कभी वह राहुल को झकझोरकर कहना चाहती है, "तुम यह हरगिज़ नहीं कर सकते ! मैं करने नहीं दूँगी—मुझसे बरदाश्त नहीं होगा—मैं मर जाऊँगी—"

बस जगह-जगह रुकती हुई आगे बढ़ती है। वाना के मन में संवाद चलता रहता है, समझदारी के क्षणों में वह कहती है, "उसे जाने दो चुनमुन। वह तुम्हारा था ही कब ? तुम्हारी हथेली की रेखा में कहीं उसका नाम नहीं है, तुम उसके लिए शिवेश की पत्नी हो, आकाश-विकास की माँ। और कुछ नहीं—उसे जाने दो, पकड़कर मत रक्खो, मुट्ठी खोलकर उसे जाने दो, दूर, जहाँ तक उसकी उड़ान हो।"

बेबी फ़ोन कर कहती है; "वाना ! भाभी ! मेरे और देवप्रिया के लिए अंजी को लहँगे आर्डर कर दो, महँगे से महँगे—चार-पाँच महीने तो लगेंगे ही। है न; तीस मई की तारीख़ निकली है, तब राहुल का सत्र भी समाप्त होगा और अगले वर्ष के लिए वह आस्ट्रेलिया जा रहा है। वहाँ उसे विज़िटिंग प्रोफ़ेसरशिप मिली है न ! देवप्रिया बड़ी उत्सुक है मेलबोर्न जाने के लिए—"

यह सब वाना को मालूम नहीं था। तीस मई की तारीख़, जैसे वाना की फाँसी

का दिन।

राहुल ने अपने को बेतरह व्यस्त कर लिया है। जबसे शिवेश अधिक-से-अधिक बाहर रहने लगे हैं, वह इधर कम ही आता है। वाना को लगता है राहुल ने जैसे अभी से दूर अपने को पराया कर लिया है।

वह घुमड़ते हुए, गहरे स्याह आकाश को देखती है और सोचती है यह जाड़ा इस बार कैसे कटेगा।

फिर भी वह रोज सुबह उठती है, बच्चों को जगाती है, उन्हें स्कूल के लिए तैयार करती है, लंच बनाकर देती है, फिर शिवेश के लिए पराँठा सब्ज़ी पैक करती है, स्वयं जाकर एजेन्सी खोलती है, सब कुछ आठ बजे से पहले-पहले। उसके बाल तरतीबवार, आँखें, नीली, बैगनी, गुलाबी रंगों से उजागर, होठों पर लाली; गालों पर पाउडर—सब कुछ एकदम सही, दुरुस्त; वैसा ही घर का हाल, झकाझक रसोई, अलमारी में तहाए बगुले के पंखों जैसे धवल, सुगंधित लांड्री किए हुए वस्त्र—एक के बाद एक दिन; सुबह से लेकर शाम; शाम से लेकर रात—धीरे-धीरे बीतता है, अपनी गति से।

वाना चीख़-चीख़ कर रोना चाहती है। उसके होठ दिन-रात एक ही मंत्र रटते हैं—"उसे जाने दो, राहुल तुम्हारा नहीं है, वह कभी तुम्हारा नहीं था—"

जनवरी से मार्च तक राहुल कैलीफ़ोर्निया रहेगा। फिर जून से अगली अप्रैल तक मेलबोर्न; लौटकर तब नए मकान का जुगाड़ होगा। देवप्रिया अपनी पसंद अपने नक़्शे का मकान बनवाना चाहती है; पाँच कमरों का। एक चाची का कमरा, एक राहुल की स्टडी, एक शयनकक्ष और एक बच्चे की नर्सरी। देवप्रिया केवल एक बच्चा पैदा करने में विश्वास करती है—बच्चे की नर्सरी—

नहीं, वाना से यह सब झेला नहीं जाता। उसे बेबी से फ़ोन पर बात करने में डर लगने लगा है। हर फ़ोन की सूचना एक बाण की तरह वाना के सीने में चुभ कर रह जाती है।

"तुम कैलीफ़ोर्निया चले जाओगे ?"

वह दफ्तर जाने के लिए निकली है और बरामदे में अचानक राहुल सन्मुख आ खड़ा हुआ है।

"हाँ !" वह कहता है, उसकी आँखें वाना के चेहरे पर कुछ खोज रही हैं। वह झटपट सीढ़ियाँ उतरने लगती है।

"वाना ! रुको, ऑफ़िस जा रही हो ? मैं छोड़ देता हूँ—"

"मैं बस ले लूँगी," वह दौड़ने सी लगी है—कहीं यह आँसू राहुल को न दिख जाएँ। पर वह अभी बस अड्डे तक पहुँची ही नहीं है कि राहुल की गाड़ी पास आकर रुक गई है। राहुल झुककर पैसेंजर की तरफ़ का दरवाज़ा खोल देता है। वह बिना प्रतिवाद किए बैठ जाती है। आँसू उसने पोंछ लिए हैं और अपने

को सहज करने के प्रयत्न में है।

"तुम कैसी हो वाना ? तबीयत ठीक है ? दिखाई ही नहीं देतीं। कहाँ छुपी रहती हो ?" वाना चुप है, कुछ कहने से आवाज काँपने लगेगी।

"शिवेश की दूकान मज़े में चल रही है न ? तुम इन दिनों मुझे अवौयड कर रही हो। क्या नाराज़ हो ?"

"नहीं तो !" वह कहती है और चेहरा मोड़कर बाहर देखने लगती है।

ऑफ़िस आ गया है, वह उतर गई है, वह अब भी कुछ कहने में डर रही है, उँगलियाँ हिलाकर वह उसे बिदा देती है।

मुझसे कुछ कहो वाना, राहुल ने कहना चाहा था। मुझे कोई संकेत दो।

वाना के जाने के बाद वह कुछ देर रुका रहा; वाना अपने अंदर कहीं खो गई है। कहीं दूर चली गई है, वाना जैसे एक चलता-फिरता खोखल मात्र है। कहाँ है वह उसके सामने पड़ते ही मुस्कान होठों पर आ जाना। आँखों से झरती आभा ?

वाना आख़िरकार संस्कारी, पुराणपंथी, रीति-रिवाज़ों में बंदी एक हिन्दू स्त्री है। वह शिवेश से बँधी है। वह माँ है। बच्चे उसके चाँद-सूरज हैं और अब तो शिवेश पैसा भी कमाने लगे हैं। राहुल सोचता है, वाना ऐसे ही एक-एक दिन करके पूरी ज़िन्दगी बिता देगी। वह लीक पकड़कर चलती रहेगी। राहुल उससे कैसे कहे—यह सब छोड़ कर निकल आओ वाना मैं तुम्हें इन्द्रधनुष के उस छोर तक ले चलूँगा—

वह वाना का स्तंभित, थर्राया और क्रोध से लाल चेहरा कल्पना में देख सकता है। वह क्या कहेगी, वही जो आशा है।

घिसे-पिटे वाक्य; तुम कितने नीच निकले—मैंने तुम्हें शिवेश का दोस्त समझकर आदर दिया—मुझे तुम्हारे चेहरे से नफ़रत हो रही है—

अंजी के साथ बैठकर हिन्दी फ़िल्में और उर्दू सीरियल देख-देखकर ऐसे फ़िल्मी संवादों की ही अपेक्षा है। वाना की ज़िन्दगी है क्या, एक ऐसी कहानी जिसका अंत सभी को मालूम होता है—जैसे उनके दिन फिरे—शन्नो बुआ व्रत कथा के अंत में कहती थीं।

सफ़ेद-सफ़ेद, छोटे-छोटे टुकड़े, जाड़े की पहली बर्फ़, कुछ दिनों में कैलीफ़ोर्निया, फिर आस्ट्रेलिया—जैसे उनके दिन फिरे—वह बुआ की याद कर रहा है। टन्न से पूजा के कलश की आवाज़, पुआ-पूरी का भोजन।

राहुल गाड़ी मोड़कर विश्वविद्यालय की तरफ़ चल देता है।

जैसे-जैसे वाना का दिल नीचे की ओर धँसता जाता है शिवेश उतने ही प्रसन्न रहने लगे हैं। सुविधा दूकान की मरम्मत हो चुकी है, रँगाई-पुताई भी। नया सामान

भी शेल्फ़ों पर सज गया है। मार्क जेसन अकसर जाते हैं, आकर अंजी को पूरी ख़बर देते हैं।

जुल्मई का भाई सुलतान कौलोरेडो में है। वह दिवाला निकली दुकानों का सामान ख़रीदता रहता है। इस बार जुल्मई ट्रक लेकर जा रहा है। अगली बार शिवेश जाएँगे। ट्रिप लम्बी है; राहुल भी नहीं है और शिवेश को कभी-कभी लगता है कि वाना सारिका की मृत्यु जैसे शोक-सागर के किनारे खड़ी है। उन्हें डर है कि अगर एक बार डुबकी लगा गई तो फिर उसे उबरने में बरसों लगेंगे। वह यह खतरा नहीं उठाना चाहते हैं, अत्यधिक सदय हैं। रोज़-रोज़ कोई-न-कोई भेंट, उपहार लाते रहते हैं; रंगीन सुगंधित मोमबत्तियाँ, चायदानी और प्याले, स्कार्फ़, इत्र, उन्होंने मोती की माला भी ख़रीदी है। वाना उसे रोज़ पहनती है। नीचे गले की ब्लाउज़ में वह शोभा देती है। शिवेश एक बार फिर उस पर मुग्ध हो जाते हैं।

जेसन हाथ में मछली का डब्बा लेकर खड़ा है–"मम्मी ने मछली का सालन भेजा है–" वह वाना से कहता है, "आपको बुलाया है, खाना वहीं खाएँ।"

वाना के आने पर अंजी कहती है, "बैठो ! क्या खाओगी ? आलूदम और लूची बना रही हूँ–"

"गुड ! वही खा लूँगी।"

वाना ने बेबी का फ़ोन आते ही अंजी को लहँगे के लिए कह दिया था। महँगे से महँगे की भी बात बता दी थी।

"आज कैनेडा से कपड़े का पार्सल आ गया–" अंजी ने बताया, "बहनजी सिर्फ़ अपना और बेटी का ही बनवा रही हैं, दुलहन लहँगा नहीं पहनेंगी–"

"अच्छा ?" वाना ने कहा। पर यह प्रश्न नहीं था।

"तुमने कुछ सोचा ? तुम क्या पहनोगी ?"

"अरे, मेरा क्या, कुछ भी पहन लूँगी।" वाना ने लापरवाही से कहा।

"मेरे पास नेवी ब्लू रंग की शिफ़ान की साड़ी है। उस पर रुपहला बार्डर–ऐसी चमकोगी कि तुम्हीं दुल्हन लगोगी–"

"अरे, अभी बहुत समय है, मुझे दुल्हन क्या लगना, दो बच्चों की माँ हूँ।"

"तो वह दुल्हन, क्या कोई अठारह साल की होगी ? स्कूल में पढ़ाती है, अच्छी उमर होगी। तुमने पूछा नहीं–"

"मुझे इसमें कोई दिलचस्पी नहीं–" वाना ने कहा। अंजी लूची तलते-तलते सर हिलाती है; "कोई दिलचस्पी नहीं–?"

"ना !" वाना कहती है। जैसे उसका सारा ध्यान डंडी से धनिए का पत्ता अलग करने में है।

खाने के बाद अंजी पान मसाले का डब्बा लेकर बैठ जाती है, "तुम्हें एक ख़बर देनी थी।"

"क्या ?" वाना की आँखें उसे देखती हैं, पर उसके चेहरे पर कोई उत्साह नहीं है।

"असलम अहमद की वह अमरीकन बीवी उन्हें छोड़ कर भाग गई—"

"भाग गई ? कहाँ ?"

"किसी और के साथ, कोई दूसरा डॉक्टर है; शायद अमरीकन ही।"

"फिर ?"

"फिर क्या, इनसे साफ़-साफ़ कह दिया कि वह यह रिश्ता तोड़ रही है।" एक छोटे से सन्नाटे के बाद अंजी ने कहा।

"वापस आना चाहते हैं, पर यह दोनों लड़के ? उनका नाम भी नहीं सुनना चाहते, एक साथ रहने की तो दूर—"

"और तुम ? तुम अंजी ? गौड ने तुम्हारी दुआ सुन ली।"

"मालूम नहीं वाना।" हमेशा की चहकती हुई अंजी के स्वर में उदासी थी।

"वह यहीं बैठे थे, इसी सोफ़े पर। शर्मिन्दा थे, अफ़सोस में थे, ग्लोरिया ने रिश्ता तोड़ दिया कहते-कहते उनकी आँखें भर आईं। और, मैंने सोचा कि यह शख़्स, जिसकी पढ़ाई-लिखाई, दुख-सुख में मैंने दिन-रात मेहनत की, साथ दिया, आज दूसरी औरत के लिए मेरे ही सामने आँखों में आँसू भरे बैठा है, और कह भी रहा है कि माफ़ कर दो।"

वाना चुप रही।

"मेरा माथा घूम रहा है वाना ! एक तो मेरी ज़िन्दगी में सिर्फ़ असलम अहमद ही केन्द्र रहे। उनके अलावा न किसी को चाहा, न जाना। माफ़ कर दूँ उनको ? वापस आ जाने दूँ ? गले के नीचे यह भी नहीं उतर रहा है—"

"क्या करेंगे वह ?" वाना ने पूछा।

"कहते हैं कि इतनी शर्मिन्दगी के बाद उस अस्पताल में नहीं रहना चाहते। सऊदी अरब से एक ऑफ़र है। कहते हैं साथ चलो। लड़कों को यहीं होस्टल में रख देंगे—"

कमरे में सन्नाटा है।

"उनके साथ जाकर खुश रहोगी अंजी ?"

"क्या मालूम वाना। मैं भी थक गई हूँ। कैंची पकड़ते-पकड़ते मेरे हाथ टेढ़े हो गए हैं, सलमा-सितारा टाँकते-टाँकते—"

अंजी ने अपने को सँभाल लिया—"वहाँ पैसा बहुत है, हर तरह का आराम ! जो घर इन्हें मिल रहा है उसका किराया ही एक लाख रुपए महीने है।"

"नौकर चाकर, ऐशोआराम।" अंजी ने आगे कहा, "ज़िन्दगी में कुछ सुख पाने का मेरा भी हक़ बनता है वाना। यही सब सोचती रहती हूँ। अजीब दुविधा है।"

"पन्द्रह किलो सोना–" वाना के मुँह से निकला।

तो अंजी भी चली जाएगी–वाना सोचती है।

"मैं तुम्हारे लिए प्रसन्न हूँ अंजी।" वह बड़े औपचारिक रूप से कहती है, "तुम कब जा रही हो ?"

"उन्होंने इस्तीफ़ा दे दिया है। महीने दो महीने तो लगेंगे ही। मैं बेबी का कपड़ा वापस कर रही हूँ–"

"इसका मतलब है तुमने निर्णय ले लिया है, तुम कारबार बंद करके जा रही हो–" वाना मद्धिम स्वर में कहती है। अंजी चुप है, फिर वह कहती है, "सुखी होने का यह अंतिम अवसर है। मैं नहीं जानती कि इस काम से थककर मैं पलायन कर रही हूँ कि शादी का बंधन मुझे खींच रहा है, वाना ?"

"हूँ !"

"एक बार जो बेमुरव्वत बनकर चला गया, वह आगे भी तो जा सकता है, है न ?"

वाना अब समझ गई है कि अंजी उससे क्या उत्तर चाहती है, अंजी को जो अच्छा लगे, वाना वही कहती है, "ज़रूरी नहीं, एक बार ठोकर खाकर लोग सँभल भी तो जाते हैं।"

अंजी संतुष्ट दीखती है, जैसे वाना ने उसके अपने मन की बात दोहरा दी है।

महीनों से शिवेश को सब पहले से मालूम है। असलम अहमद कब से ग्लोरिया की बेवफ़ाई का रोना रो रहे हैं।

"अंजी के पास लौटना चाहते हैं।"

वाना ने कहा, "अंजी क्या कहती है ?"

"मालूम नहीं, दुविधा में है–"

बात यहीं ख़त्म हो गई है। वाना पूछना नहीं चाहती। ठंड और बरफ़ के कारण दफ़्तर के बाद घर ही आ जाती है, फिर बाहर जाने का मन नहीं होता, कितने लम्बे हैं यह कोहरे, धुन्ध और बरफ़ भरे यह दिन।

एकदम से सुगंध भरी हवा चलने लगेगी, मलय पवन नहीं। न जाने यहाँ की हवा कहाँ से उठती है और झकझोरती हुई कहाँ चली जाती है। प्रशान्त महासागर से अटलांटिक की ओर, कि अलास्का, कैनेडा से नीचे दक्षिण की ओर उतरती है।

पीछे की उपेक्षित बगिया में एक के बाद एक वृक्ष फूलेंगे, सबसे पहले पीली चम्पा, फिर बैगनी, उन्नाबी, लाइलैक; फिर एक दिन आँखें उघाड़ेगी तो पाएगी कि जाड़ा एकदम चला गया है, और चारों तरफ़ फूल ही फूल हैं, सफ़ेद, हल्के पीले, गुलाबी हनीं सकल; तितलियाँ, बर्रें, और मधुमक्खियाँ बौराई-बौराई घूम रही हैं, यहाँ से वहाँ, वहाँ से न जाने कहाँ।

कुछ दिन में देखेगी तो पेड़ों में छोटे-छोटे सेब और नाशपातियाँ लटकने लगेंगी, सब कुछ कितना सुन्दर, सुगन्ध और रंगों से भरपूर।

कोयल मोर न सही, यहाँ की चिड़ियाँ कितना मीठी गाती हैं।

वाना आँखें उठाकर आकाश की ओर देखती है। हर छोटे-बड़े पेड़ में बौर हैं; मोरपंखी, बर्थ, लिंडन, भारत में ऐसे पेड़ कहाँ होते हैं, वही अपने नीम, पीपल, आम, जामुन। एक छोटी-सी आह उसके होठों से निकलती है।

गर्मी के अन्त तक मेपल के वृक्षों से मीठा रस चूने लगेगा और जहाँ-तहाँ तनों में बाल्टियाँ लटकी दिखाई देंगी। तब तक राहुल शादी करके लम्बे हनीमून पर आस्ट्रेलिया जा चुका होगा।

राहुल चाची को लेकर कैनेडा से वापस लौटा है। वसन्त आ गया है, दिन उजले-उजले, बादल साफ़, मार्च का अन्त। अप्रैल और मई; दो महीने बचे हैं, वाना सोचती है।

चाची के आने से अच्छा लगता है। उनकी वाना से अच्छी पटती है। वह अक्सर इधर आ जाती हैं, और वाना के साथ बातें करती रहती हैं, ''यह लड़का ?'' वह राहुल के अत्यधिक व्यस्त रहने की शिकायत कर रही हैं। ''हर वक्त काम—विभाग में ही बैठा रहता है। हमेशा से ही ऐसा था, बचपन से ही एकदम धुनी, अपने में लौलीन, एकदम संत स्वभाव, न कुछ ख़ाने का शौक़ न पहनने का। बस पढ़ना और पढ़ना। बाप कितना चाहते थे आई.ए.एस. में बैठे। इसके लिए क्या मुश्किल था। पर नहीं; विलायत जाना है, पढ़ना है और वह लड़की ? बेबी—''

चाची साँस लेने के लिए रुकती हैं, ''बेबी कहती है राहुल के पास बेशुमार पैसा है, पर घर देखो, ख़ाली पड़ा है। न बर्तन-भांड़े, न फ़र्नीचर। कपड़े देखती हो, गिनी-चुनी कमीज़ें, अलमारी में बस ले-देकर एक सूट। पूर्वजन्म का भटका हुआ संत है।'' चाची थोड़ा-सा हँसी, ''वैसा ही धुन का पक्का, पहाड़ की तरह अटल, अचल और गुस्सा—बाबा रे बाबा; एक बार गुस्सा हो जाए तो बरसों पालता रहता है।'' पर चाची के स्वर में लाड़ है।

''राहुल को कम-से-कम वस्तुएँ, सामान पसंद है। दिल्ली वाला इतना बड़ा बँगला भी ख़ाली पड़ा था। हम ठहरे थे तो मेहमान कमरे का पलंग बनवाया था। चाची, कम चीज़ें भले हों; चाहे पूर्वजन्म का संत हो, पर पसन्द ऊँची है। सूट एक ही है पर अरमानी डिज़ाइनर का, गाड़ी बीस बाइस लाख की बी.एम.डब्ल्यू. —रहा गुस्सा, वह मैंने देखा नहीं, सुना ही सुना है,'' वाना ने कहा।

"और वह बेबी ? उसकी तो नीयत ही नहीं भरती, कहने को ढाई प्राणी और इतना बड़ा घर सामान से ठसाठस भर लिया है। पचास-पचास लोगों के डिनर के लिए चार-चार, पाँच-पाँच सेट, कितने कपड़े, साड़ियाँ, सूट, यहाँ वाले कपड़े, बैंक में गहने के लिए तीन-तीन लौकर हैं–" उनकी बात में वाना ने हलके से व्याघात डाला।

"वह देवप्रिया कैसी है ?"

चाची ने नाटकीय ढंग से माथा ठोंका।

"तुम्हारे इस नए देश में तो हरेक चीज़ की तारीफ़ करने का रिवाज़ है दुल्हन। वहाँ की तरह लट्ठमार भाषा तो है नहीं कि कोई कहे कि ऊँट के गले बकरी बँध गई, अब मैं क्या कहूँ–"

वाना का दिल सरक कर घुटनों तक आ गया।

वाना खुली आँखों से उन्हें देख रही है, उससे प्रोत्साहन पाकर चाची ने थोड़ा वाना की ओर झुककर, नाटकीय ढंग से स्वर को धीमा करके कहा, यद्यपि घर में वह दोनों ही अकेली हैं, "तलाक़ हो चुका है उसका पहले दूल्हे से–"

वाना चिहुँक पड़ती है।

"हाँ ! भारत से लड़का बुलाया था; लड़के के माँ-बाप ने झाँसी का पैतृक मकान अपने नाम लिखवा लिया, कहा कि अकेला ही अकेला बेटा है उसे तुम लोग अमेरिका ले जा रहे हो, तो हमें भी तो बुढ़ापे का सम्बल मिले। धूम-धड़ाके से शादी हुई, यह लो ! वह तो एक महीने के अन्दर-अन्दर वापस लौट गया–"

वाना एकदम चुप ! एक क्षण को उसकी आँखें झपकना ही भूल गईं। उसके मस्तिष्क को यह सब नई बातें ग्रहण करने में देर लग रही है।

"बेबी कहती है कि लड़की कुँवारी है, शादी बस नाम भर को हुई थी। पर पख तो लग ही गई न ? मैंने कहा कि यह लड़की ऐसे हीरा जैसे भाई के गले बाँध रही हो। तुम्हें कोई और नहीं मिली, तो लड़ने को तैयार, कि राहुल ने खुद पसन्द करी है। अरे, इतनी-इतनी अच्छी लड़कियों के रिश्ते आते थे, राहुल ने हाँ ही नहीं करी। पता नहीं बचपन की उस चुड़ैल ने क्या जादू कर दिया।"

"कौन ? बचपन की कौन ?" वाना ने पूछा।

चाची सँभल गई, "अरे वह एक पानवाली थी, टोना टुटका करने में माहिर। राहुल प्रान्त में प्रथम आया कि जाने किसने क्या करवा दिया। यह लड़का तो हाथ से खो ही गया था। मेरी ननद ने सालभर तक व्रत-उपवास दान-दक्षिणा क्या कुछ नहीं किया, तब मिला। इन लोगों के फ़ादर तो कर्मकांड में विश्वास करते नहीं थे। मगर उस औरत का घर जब आग से जल गया तब मुझे विश्वास हो गया कि निर्दोष पर यह सब करने से स्वयं ही नुकसान होता है। राहुल की जान लेने के बजाए अपनी बेटी ही खो बैठी।"

चाची ने कहा, "यही सब सोचकर तसल्ली कर लेती हूँ कि चलो, जैसे भी हो, बहू घर में आए, बाल बच्चे हों, एक ही सही, कुछ वंश तो चले। मुझसे तो वह डिबिया बहुत मीठा बोलती है। हाँ हाँ, उसने अँगरेज़ी नाम रक्खा है, डेबि, मैं तो डिब्बी ही कहती हूँ।"

वाना के सिर की नसें तनाव से दुखने लगी हैं। दवा की दो गोलियाँ लेकर वह पर्दे खींचकर अँधेरे में लेट गई है। उसके अन्दर बाहर सब शून्य है, शुष्क ! कोई हिलोर नहीं, शायद तूफ़ान आएगा। उसके माथे पर जैसे हथौड़े से प्रहार हो रहा है। अब बचा क्या, राहुल विवाह करके मेलबोर्न चला जाएगा। अंजी सऊदी अरब ! रह जाएगी वह, बच्चे और शिवेश; यही तो है उसके जीवन की धुरी, और क्या चाहिए ?

उफ़, यह सिर का भीषण दर्द ? दाईं कनपटी से दर्द की लहर उठती है और गर्दन, बाँहों तक उतरती चली जाती है, जैसे पिघलता हुआ लावा, जैसे हलाहल एक लम्बी नस में उतरता हुआ हलाहल। उँगली से छूकर देखा है कि ठंडा हुआ कि नहीं, गोली निगलते हुए उसकी दृष्टि दर्पण में अपने प्रतिबिम्ब पर एक क्षण को रुकती है, कहाँ गया वह लावण्य, वह रूप ?

वाना को लगता है सभी के जीवन में नए मोड़, नई गति है। ग्रेस को भी नया ब्वॉय फ्रेन्ड मिल गया है। वह अपना घर बेचकर डेव के साथ रहने जा रही है। वाना सोचती है, अगर इससे भी नहीं बनी तो ? तो क्या ? अलहदा होकर फिर नया घर या फ्लैट ख़रीद लेगी। एक पुरुष या स्त्री का पल्ला पकड़ कर कौन बैठता है। जीवन में नए-नए उतार-चढ़ाव आते रहते हैं, बार-बार प्यार, बार-बार जुड़ना और अलग होना। यह तो यहाँ का क्रम ही है, इसमें न अच्छा, न बुरा, अगर ग्रेस उसकी जगह होती तो कब का शिवेश को छोड़कर चली गई होती। मेरा मन नहीं मिलता—उसने कहा होता—मन न मिले तो विवाह क्या ? साथ रहना क्यों ? बहुतेरे लोग हैं, अवसर हैं, क्यों अपने को होम किया जाए। वैसे यह सब वाना किसी से कह ही नहीं सकती, अंजी तक से नहीं। यह तो संयोग है; बंधन है, यही भाग्य में है। और अब तो शिवेश के निठल्लेपन की शिकायत भी नहीं रही। दूकान धड़ल्ले से चल रही है। साल भर में शिवेश अपना अलग, स्वतंत्र घर ख़रीदने की कह रहे हैं।

सबकुछ तितरबितर—छिन्न-भिन्न, बच्चे भी स्वतंत्र इच्छा वाले, मार्क और जेसन को देखो—एक तेरह, एक चौदह का। पर क्या तेवर, क्या गुस्सा। उनकी मर्ज़ी के खिलाफ़ अंजी हाथ तक नहीं हिला सकती।

दोनों डॉक्टर मूँदड़ा के डॉक्टरी ऑफ़िस में बैठी हैं। वाना और अंजी। वाना के मन में डर है कि कहीं ब्रेन ट्यूमर से यह सरदर्द तो नहीं, फिर बर्थ कंट्रोल गोलियों का नया नुस्ख़ा चाहिए। एक महीने से ख़त्म है। पर शिवेश अब आग्रह ही नहीं

करते। दूकान से आते-जाते थक जाते हैं। सुबह-सुबह ही चले जाते हैं, रात को देर से आते हैं। कभी सुगबुग करते भी हैं तो सिर बहुत दुख रहा है, वाना टाल देती है। शिवेश का पास लेटना ही दिन पर दिन दारुण लगता है, उनके स्पर्श से सारा शरीर विमुख है।

डॉक्टर मूँदड़ा अच्छी तरह से जाँच करते हैं, आँखों के पीछे कोई दबाव नहीं, शरीर के हर अंग की प्रतिक्रिया नार्मल है। ब्रेन ट्यूमर का कोई लक्षण नहीं। बस, मानसिक तनाव है; वह तनाव कम करने की गोलियाँ दे देते हैं। अभी कुछ समय के लिए बर्थ कंट्रोल की गोलियाँ स्थगित "अपने पति से कहो कि अब वह सावधानी बरतें।" बहुत वर्षों से खाती आ रही है, नहीं, इन गोलियों का सरदर्द से कोई संबंध नहीं है।

वाना का सिरदर्द इस बात से और बढ़ गया है, यह पुरुष डॉक्टर ! वह भुनभुनाती है, समझ ही नहीं सकते कि स्त्री यदि संतान नहीं चाहती है तो उसे यह अधिकार होना चाहिए—आख़िरकार शरीर तो उसका अपना है, जन्म और मृत्यु के बीच तो वही टँगी रहती है न। बच्चा तो वही पालती है न—यह स्वयं पत्नी के कहे में होंगे, उस मुटकल्लो के यही हैं पत्नी व्रती, जो मिसेज के लिए अस्सी-अस्सी ब्लाउज सिलवा कर लाते हैं।

"वाना ! तुम्हारा गुस्सा कहीं और है, और तुम निकाल रही हो बेचारे डॉक्टर मूँदड़ा पर।" अंजी ने गाड़ी सड़क पर लाते हुए कहा, "शिवेश को कंट्रोल में रक्खो !"

"इतना आसान है ? तुम असलम अहमद को कंट्रोल में रख पाईं ? बच्चों तक पर तो तुम्हारा कंट्रोल है नहीं।"

अंजी का चेहरा बुझ गया। दूसरे ही क्षण वाना ने उसका हाथ पकड़कर कहा, "मुझे माफ़ कर दो अंजी। मुझे ऐसी बात कहनी नहीं चाहिए थी। न जाने कैसे मुँह से निकल गई।"

अंजी का आँसू टप से गिरा। वाना रास्ते पर उसकी चिरौरी विनती करती है पर अंजी चुप रहती है, उसका चेहरा कसा ही रहता है।

वाना सोफ़े पर गुड़ी-मुड़ी लेटी हुई है, हलकी-सी शाल पैरों पर। कमरे में अँधेरा हो गया है पर उसने बत्ती नहीं जलाई है, उजाला आँख में बहुत चुभता है।

"वाना !" राहुल ने पुकारा है।

"यहीं हूँ मैं" वह उठकर बैठ जाती है।

"बत्ती जला लो–"

राहुल प्रकाश में उसे देखता है, फिर हलके से पूछता है, "सिर दुख रहा है क्या ?"

"नहीं ! ऐसे ही लेट गई थी।" फिर वह अपने को रोक नहीं पाई, "आज

मेरी अंजी से लड़ाई हो गई–''

''तुम ? किसी से लड़ाई करो, और वह भी अंजी से !'' राहुल के स्वर में अचरज था। और तुमसे भी लड़ाई करने का मन होता है, बहुत भयंकर झगड़ा करने का। ज़िन्दगी भर के लिए रूठ जाने का; वाना कहना चाहती है–पर वाना यह सब कह नहीं सकती।

''फ्रेंड्स के बीच यह सब चलता ही रहता है।'' राहुल ने पूछा, ''क्या बात थी ?''

''वह स्त्रियों के बीच की बातें हैं। तुम सुनकर क्या करोगे। कैसे आए ?''

राहुल मुस्कराने लगा–''इधर आने के लिए कारण चाहिए ? बहुत दिन हो गए थे–क्या करूँ, इतना सारा काम इकट्ठा हो गया है, जाने से पहले सब ख़त्म करने की सोच रहा हूँ।''

''बैठो न ! चाय बनाऊँ–''

राहुल कुर्सी पर बैठ गया, वाना ने नीचे के गुसलखाने में जाकर मुँह पर पानी के छींटे दिए, बाल सँवारे, जब वह लौटी तो कमरे में चाची आ गई थीं, ''चाय वग़ैरह रहने दो। आओ बैठो राहुल, वाना को वह सामान दिखाओ।''

एक छोटे से अटैची में विवाह का सामान है। डेबी ने इच्छासूची भेजी थी, उसी के अनुसार चाची और राहुल ख़रीद कर लाए हैं। एक मोती का सेट है, एक हीरे और माणिक का। ''इसकी माँ की दो चीज़ें मुझे मिली थीं, एक ठुस्सी और एक चूहेदन्ती।''

चाची ने कहा, ''सोचा था ठुस्सी इसकी बहू को दूँगी पुराने जड़ाव की है, पर नई समय की लड़कियों को वह भारी-भारी चीज़ें कहाँ पसन्द ?''

राहुल ने जल्दी से कहा, ''देवप्रिया सिर्फ़ मोती या रूबी ही पहनती हैं।'' वह थोड़ा-सा हँसा, ''बहुत वहमी है, उसकी मर्ज़ी के मुताबिक हमने हीरे और माणिक ही लिए–'' उसकी आँखें वाना के निस्तेज चेहरे पर झलक मारती हीरे की लौंग पर एक क्षण टिकी रहती हैं।

वाना कहती है, ''दोनों सेट बड़े सुन्दर हैं।''

''और यह दो साड़ियाँ–'' चाची ने आगे कहा, ''मैरून रंग की सुनहले तार की तन्चोई; और गहरे गुलाबी रंग की भारी सिल्क की दूसरी साड़ी।''

''डेबी सोचती है कि गुलाबी रंग उस पर भाता है। इसलिए यह ली। राहुल को लगा कि बहुत चटक है। शादी के लिए लाल कही थी, पर राहुल ने यह पसन्द की।''

''सारी चीज़ें सुन्दर हैं,'' वाना ने सच्चे मन से कहा। फिर एक साथ दो विचार मन में उठे। अंजी होती तो फ़ौरन दाम का अंदाज़ लगा लेती; दूसरा; राहुल को भी साड़ियों का रंग पसन्द करने की तमीज़ आ गई। उसने मैरून रंग की साड़ी

दुबारा छूते हुए कहा, ''बहुत सुन्दर है। तुम्हारी पसन्द बहुत ऊँची है राहुल–''

''तुम्हें अच्छी लग रही है तो तुम रख लो–'' राहुल ने अचानक कहा, ''उनके लिए और आ जाएगी–''

''नहीं, नहीं–'' वाना ने साड़ी अपने से दूर सरकाते हुए कहा, ''मैं क्या करूँगी इतनी भारी साड़ी का। जिसके लिए पसन्द से लाए हो, उसी के लिए रहने दो।''

''रखनी है तो रख लो।'' चाची ने कहा, ''तुम्हें उत्सव में साड़ी तो दूँगी ही।''

''नहीं-नहीं–'' वाना ने फिर कहा।

''अंजी को फ़ोन कर दो'' चाची ने राहुल से कहा, ''वह भी देख ले। वह इन सब बातों में बहुत होशियार है। कहीं ठग तो नहीं गए हम–''

''आज रहने दो–'' राहुल कहता है।

विवाह शिकागो में होगा, मंदिर में, उसके बाद लंच। रात वहीं बिताकर अगले दिन विंडसर आएँगे, फिर रात में यहाँ रिसेप्शन होगा।

''घर पर ?'' राहुल ने कहा, ''पानी बरसा तो ?''

''शामियाना लगा लेंगे,'' शिवेश ने कहा।

''जून में कहाँ पानी बरसता है'' वाना ने आगे जोड़ा।

''खाना बाहर से मँगाना पड़ेगा, वेटर, बर्तन मेज़ें सबका प्रबन्ध करना पड़ेगा। होटल में सुविधा नहीं रहेगी ?''

''खाना मैं बनाऊँगी।'' वाना ने सहसा, बिना सोचे-समझे कहा, ''मैं और शिवेश मिलकर।''

''मगर क्यों ? क्यों इतना झंझट ?''

''मेरी मर्ज़ी ! मैं बनाऊँगी खाना।'' वाना ने अंतिम निर्णय दे दिया।

''सत्तर-अस्सी तो हो ही जाएँगे–होगा तुमसे इतना ?'' राहुल अनिश्चय में है।

''सत्तर-अस्सी नहीं, डेढ़ सौ–''

''ठीक तो है।'' चाची को यह बात पसंद आई है, ''मिलकर बना लेंगे। मिठाई बाज़ार से आ जाएगी।''

''सोच लो–'' राहुल ने कहा।

दिन-रात कैनेडा से बेबी के फ़ोन आने लगे हैं, क्या बनेगा, कौन किसकी ज़िम्मेदारी लेगा।

''चिकन करी की सोच रहे हो'' बेबी शिवेश से कहती है, ''वह एकदम 'हो–हम', माने रोज़मर्रा की बात नहीं है ? मटर पनीर, छोले डिटो, यानी साधारण, मामूली, कुछ विशेष होना चाहिए, कि नहीं ?''

"सौ बादाम वाली करी सोच रहा हूँ, वेजिटेबिल तो वाना का विभाग है।"

"दो नौनवेज हों तो अच्छा रहेगा।" बेबी कहती है।

"उफ़ ! यह लड़की !" चाची कहती हैं, "मैं तो मांस के पक्ष में नहीं हूँ। अपने रीति-रिवाजों की दावत होनी चाहिए। यहाँ वाले भी तो समझें, हर जगह फ्रीज़र से मैदे की ठंडी नान निकाल कर रख देते हैं।"

"रीति-रिवाजों के अनुसार रसे की और सूखी तरकारियाँ, मीठा और नमकीन, रायता, दही बड़े, सोंठ, चटनी और पाँच मिठाइयों का शिरीदान। हाँ पूरी और कचौड़ी, पापड़, पुलाव–"

शिवेश कहते हैं, "सब हो जाएगा, पर मटर पनीर सभी को पसन्द है, वह तो बनेगा ही। खोया मटर ? बघारे बैंगन ! ख़स्ता कचौड़ियाँ चाची अपने हाथों से बनाएँगी।"

वाना को शिवेश पर पूरा विश्वास है, "वह कहते हैं तो बन जाएगा।"

"अंजी की असिस्टेंट ख़ैरुन्निसा हैदराबाद की है, वह बघारे बैंगन बना लेगी, आर्डर पहले से देना होगा, बैंगन और मसाले, इमली समेत।"

"इस बात की कोई ज़रूरत नहीं" राहुल बार-बार कहता है। "होटल के हॉल में कर लें–कोई झंझट या सर दर्द नहीं। बस चेक काटकर देना होता है।"

वाना चुप रहती है। चाची और शिवेश सुनने वाले नहीं।

वह नितान्त अकेली पड़ गई है, बच्चों पर खीजती है, तनाव की गोली खा कर निढाल पड़ जाती है।

"यह सिरदर्द पहले तो नहीं होता था।" राहुल सहानुभूति से कहता है।

"बस–होने लगा है, न जाने क्यों ?" वह कहती है, वह राहुल की तरफ़ सीधे देखती नहीं।

"वाना ! क्या बात है ?" वह पूछता है।

"बात ? कुछ भी नहीं।" वह रसोई में प्याले चम्मच उठाने रखने में अपने को इतना व्यस्त जताती है कि उसे राहुल की ओर देखने तक का समय नहीं है। देखेगी तो यह थरथराती पलकों से आँसू टपकने लगेंगे। क्यों राहुल, क्यों ? उसके मन से बार-बार कराह उठती है, तुम यह क्यों कर रहे हो। अगर राहुल आकर कहता मुझे एक लड़की मिली है, सुन्दर, पढ़ी-लिखी, मैं उससे प्यार करने लगा हूँ, शादी करना चाहता हूँ, तब भी वाना के दिल पर आघात लगता, मगर राहुल एक साधारण, ठीक-ठीक तलाक़शुदा देवप्रिया से शादी कर रहा है, क्योंकि अब शादी कर लेनी चाहिए, क्योंकि बेबी का आग्रह है, यह वाना से किसी तरह बरदाश्त नहीं हो रहा।

वह हाथों में सर पकड़े बैठी है। खोपड़ी के बीच जैसे दरार है और रक्त की हर बूँद के साथ कनपटी से टीस उठती है और गर्दन तक भिद जाती है।

और बाहर, आस-पास सब कुछ उसी तरह। अपनी गति में बँधा हुआ चलता जा रहा है। धरती सूरज के चारों तरफ़ परिक्रमा करती है, रात को चाँद निकलता है। पानी की हलकी-हलकी लहरें किनारे के पत्थरों से टकरा कर बिखर जाती हैं। अप्रैल का सुन्दर, निरभ्र आकाश, चमकीली धूप। पेड़ों पर नई कोपलें, झाड़ियों में फूल; चिड़ियाँ सुबह तड़के से ही गाने लगती हैं और सारे दिन चहकती हैं। लोग पार्क और सड़कों पर स्वास्थ्य बनाने के लिए दौड़ते दिखाई देने लगे हैं।

और जो दिखाई नहीं देता, उसके आगे, क्षितिज के पार—सारे समुद्रों में ज्वार-भाटा आता है, मछलियाँ, डौल्फ़िन, शार्क, व्हेल, इधर-से-उधर तैरती रहती हैं—आकाश में जहाज़ यात्रियों को लिए इस पार से उस ओर तक ले जाते रहते हैं। प्रेमी एक-दूसरे की बाँहों में सोते होंगे, आँखों में आँखें डालकर हँसते होंगे, शराब पीते होंगे, प्यार करते होंगे, डूबकर, सराबोर होकर, और वाना ? हिसाब लगा रही है, कितनी मटर, कितना पनीर। कितने बैंगन और कितने मसाले। कितनी पिट्ठी और कितना तेल—अतिथि अब सौ सवा सौ हो जाएँगे। अंजी आजकल उसके लिए नेवी ब्लू शिफ़ान की साड़ी पर रुपहली ज़री का काम करने में व्यस्त है।

ग्रेस डेव के घर उसके साथ रहने लगी है। वह फ़ोन पर वाना से कहती है कि नए ऑफ़र की फ़ाइलें वह घर पर दे जाए। ग्रेस की गाड़ी भी इधर ले आए और बाद में उसे घर छोड़ दिया जाएगा। वाना को मालूम है शिवेश देर से आएँगे। बच्चे भी 'सौकर' खेलने जाएँगे। ऑफ़िस का काम ख़त्म करके वाना ग्रेस की गाड़ी में डेव का घर ढूँढ़ती हुई जब पहुँचती है तो शाम के चार बज रहे हैं। डेव का घर फ़ार्म पर है; पुराना फ़ार्म हाउस। तालाब; उसमें तैरती बत्तखें, दूर-दूर खुली ज़मीन; अभी खेतों में बुवाई शुरू नहीं हुई है।

डेव वकील है। ग्रेस से उम्र में छोटा। वह एक बनियाइन पहने है जिसमें से उसकी चौड़ी छाती और गठी हुई मांस पेशियाँ झलक रही हैं।

"तो तुम हो वाना। ग्रेस से मैंने तुम्हारे बारे में बहुत सुन रक्खा है"—वह मुस्कराता है। उसके दाँत सुन्दर और उजले हैं।

"उम्मीद है कि अच्छा ही सुना होगा," वाना उसकी तरफ़ देखकर अमरीकी मुस्कराहट फेंकती है।

अब वाना कमरे के बीच खड़ी है; खिड़की के काँच के पार डूबते सूरज का प्रकाश बिखरा हुआ है।

"आओ वाना !" ग्रेस 'बार' में बैठी है, वह मार्टीनी पी रही है।

वाना ने फ़ाइल मेज़ पर रख दी। प्रशंसा की दृष्टि से देखते हुए कहा, "सब बहुत अच्छा है, है न ?"

कमरे में दीवारों पर पुरानी लकड़ी की नक्काशी और कँगूरे है, भारी खम्भे।

"यह फ़ार्महाउस डेव के परिवार में डेढ़ सौ साल से चला आ रहा है," ग्रेस ने कहा।

"आओ बैठो।" वह खिसक कर सोफ़े पर वाना के लिए जगह बना देती है।

"क्या पियोगी ?" डेव पूछता है, "वाइन ! बीयर ! पेप्सी ?"

"मैं भी मार्टीनी लूँगी," वाना ने कहा, "दो ऑलिव के साथ।"

दोनों उसका मुँह देखने लगते हैं।

"मार्टीनी ?" ग्रेस ने कहा, "तुम्हें कभी पीते देखा नहीं।"

"बस ! आज से शुरुआत सही," वाना ने कहा।

"एक मार्टीनी, दो ऑलिव, अभी आई।" डेव ने कहा।

"सिर का दर्द कैसा है ?" ग्रेस पूछती है।

"आज नहीं है, थैंक गौड।" वाना धीरे-धीरे मार्टीनी की चुस्कियाँ ले रही है। पेय में ऐसा स्वाद तो नहीं कि इतना श्रेय दिया जाए। वह सोचती है।

"वाना के एक परिचित मित्र का विवाह होने वाला है"—ग्रेस डेव से कहती है, "एकदम भारतीय। तय किया हुआ। दो-तीन बार मिल कर ही दोनों ने रज़ामन्दी दे दी।"

"अच्छा ?" डेव ने कहा, "तुम्हारी भी तय की हुई शादी थी ?"

"हाँ !" वाना थोड़ी-सी सिमटने लगी।

"एक अपरिचित से कोई कैसे अपने को बाँध सकता है, मेरी समझ से यह परे है" ग्रेस अपना गिलास हलके-हलके हिलाती है। "बिना जाने-पहचाने, बिना पहले साथ सोए हुए—"

वाना हँसने लगती है, यह बात ग्रेस से कई बार सुनी है, मगर इस समय उसे यह बहुत हास्यास्पद लग रही है।

ग्रेस अपनी धुन में कह रही है, "मेरे विचार में हमारी वाना उससे प्यार करती है।"

"किससे ?" डेव पूछता है।

"अरे उसी से, जिसकी शादी होने वाली है"—

"बिल्कुल नहीं।" वाना ज़ोर देकर कहती है, "क़तई नहीं। प्रश्न ही नहीं उठता ? तुम ऐसा सोच भी कैसे सकती हो ?"

वह लाल हो आई है, शर्म से वह गले से गालों तक गर्मी महसूस कर रही है।

डेव नए गिलासों में एक-एक मार्टीनी दोनों के आगे रख देता है।

''अच्छा, मुझे समझने दो यह बात।'' वह कहता है, ''वाना को उससे प्यार है, पर वह किसी अपरिचित लड़की से शादी करने वाला है, क्यों ?'' डेव वकीली मुद्रा में पूछता है–

''तुमने उसे जताया नहीं ? तो तुम्हें उसे जताना नहीं चाहिए ? कोई संकेत देना चाहिए। वह तुम्हारी जैसी स्त्री से विमुख तो रह ही नहीं सकता।''

डेव एकटक दृष्टि से वाना को देख रहा है, ''वह पुरुष एकदम मूर्ख है क्या ?''

''मूर्ख तो यह है, परम्परावादी एक भारतीय स्त्री। इसे अपने रूप की शक्ति की पहचान ही नहीं है।'' ग्रेस हँस रही है।

''उस फ़ालतू, बिना किसी व्यक्तित्व के कमज़ोर पति से अपने को बाँधे हुए है–''

''ग्रेस यों ही कह रही है, इसकी बात का कोई विश्वास नहीं।'' वाना ने कहा।

''उसे पता ही नहीं कि इस बिचारी के दिल में क्या है–'' ग्रेस ने कहा।

वाना ग्रेस को ग़ौर से देखती है। वह उसे यों अकारण ही क्यों सता रही है। ग्रेस उसे देख रही है। वाना को लगता है कि ग्रेस की आँखें कठोर और निष्ठुर हैं। उसे यों सताकर, खिजाकर, वह आनन्द ले रही है।

वाना एकाएक उठ खड़ी होती है–''अब मैं चलूँगी।''

उसे बहुत बुरा लग रहा है। ग्रेस उसकी बॉस है, पर यों डेव के सामने उसकी बेइज़्ज़ती करना मानवीय नहीं है। उस समय उसे ग्रेस बहुत बुरी मालूम देती है।

''वाना को तुम छोड़ आओगे डेव !'' ग्रेस कहती है, ''लौटते हुए बेजिंग गार्डन से चाइनीज़ भी लेते आना। घर में अब कुछ बनाने का मूड नहीं है।''

''ओ.के. बॉस–'' डेव जेब से चाभी निकालकर उँगलियों पर झुला रहा है। वाना सावधानी से चलकर बाहर आती है, नशे का कोई लक्षण नहीं मालूम होता, बस चेहरा फुँक रहा है।

खेतों को पार करके वह नई बस्ती की तरफ़ आते हैं। शहर अभी सात-आठ मील दूर है। इधर नए घर बन रहे हैं। आधे बने घरों की रेखाकृति शाम के झुटपुटे में आकाश में चुप खड़ी हैं। सड़कें बन रही हैं। ट्रक और ट्रैक्टर जहाँ-तहाँ छोड़कर मज़दूर चले गए हैं। डेव ने कार दायें मोड़ी।

''नहीं उधर नहीं।'' वाना ने कहा, ''हमें आगे जाकर सॉ मिल रोड पर दायें मुड़ना है। इधर तो अभी सड़क भी नहीं है।''

सड़क थोड़ी दूर जाकर ख़त्म हो गई। पर डेव ने गाड़ी मोड़ी नहीं, चाभी घुमाकर बन्द कर दी। गाड़ी खड़ी हो गई।

''उधर सीधे जाकर–'' वाना के शब्द बीच में ही रुक गए। डेव ने झुककर उसके होठों पर अपने होठ रख दिए। उसका दायाँ हाथ वाना की ब्लाउज़ के बटन

खोलने बढ़ा।

वाना एकाएक हतबुद्धि रह गई। अपनी सीट पर बुत। फिर उसने सायास डेव को धक्का देते हुए कहा, "स्टाप ! स्टाप। यह क्या पागलपन है–"

डेव ने उसे फिर पकड़ लिया, इस बार उसकी जकड़ गहरी थी। वाना छटपटाई, उसे पहली बार उन बाँहों की मांसपेशियों की शक्ति का अनुभव हुआ।

एक अदमनीय बल से वह तड़प कर डेव की बाँहों से निकल आई। दरवाज़ा खोला और सड़क पर भागने लगी।

डेव ने उसका पीछा नहीं किया।

उस ऊबड़-खाबड़ कंकड़-पत्थरों से बिछी सड़क पर वाना विक्षिप्त की तरह दौड़ रही थी। उसकी आँखें कहीं उजाले या किसी व्यक्ति के नाम निशान को ढूँढ़ रही थीं। मगर दूर-दूर तक सन्नाटा था। अँधेरे, निर्जन, अधबने घर शाम के झुटपुटे में चुप खड़े थे। हाँफती हुई वह एक टीले की ओट में दम लेने को छुप गई।

डेव की गाड़ी सड़क से होकर सर्र से निकल गई।

उसके कुछ मिनटों बाद ही बगल की गली से दूसरी गाड़ी निकलकर उसके पीछे हो ली। कौन था उस दूसरी गाड़ी में। उसकी रक्षा के लिए क्यों नहीं आया।

वाना ने अपना चेहरा हथेलियों से रगड़ा, बाल थपथपाए। अपने को सुस्थ करके वह बस्ती की ओर धीरे-धीरे चल दी। उसके होठ अभी भी घायल थे। वह बार-बार उन्हें पोंछती मगर डेव का स्पर्श अभी भी दंश की तरह होठों पर था।

उसे नहीं मालूम वह कितनी दूर चली, या उसे कितनी देर लगी। एक छोटी-सी बस्ती में मकानों में बत्तियाँ जल रही थीं। वाना के शरीर में प्राण लौटे।

उसने पहले घर में घंटी बजाई। एक स्त्री के दरवाज़ा खोलने पर उसने कहा, "मेरी गाड़ी ख़राब हो गई, क्या मैं एक फ़ोन कर सकती हूँ ?"

"अंजी।" वह कहती है, "अंजी, कुछ पूछो मत, प्रार्थना करती हूँ, आकर मुझे ले जाओ।" वह घर का पता बताती है, "मेपल ग्रोव रोड पर पहला मकान है।"

वह अन्दर रुकती नहीं। धन्यवाद देकर बाहर आ जाती है और खंभे से टिककर खड़ी हो जाती है। अब उसे रोना भी आने लगता है और पैर भी लड़खड़ाने लगते हैं।

उसे लगता है एक बहुत लम्बे समय के बाद अंजी आकर सामने रुक जाती है।

वाना बिना कुछ कहे गाड़ी में बैठ जाती है। अब वह रो रही है। सुबकियों के बीच वह कहती है, "ग्रेस के ब्वॉय फ्रेंड ने मुझे–"

"तब क्या करना है ? पुलिस कि अस्पताल ?"

"वैसा कुछ नहीं हुआ ! बस घर ले चलो–"

"तुमने कुछ पी रक्खा है क्या ? मुँह से भभक आ रही है–"

"एक मार्टीनी पी थी–"

अंजी आगे कुछ नहीं कहती। वह वाना को अपने घर ले आई है। उसके लिए चाय बना रही है।

"अपने को कंट्रोल करो वाना। ऐसी हालत में घर जाओगी तो सब परेशान होंगे–"

"हालत ?" वाना सामने से फाड़ा गया ब्लाउज़ जैसे पहली बार देखती है। क्या सोचा होगा उस स्त्री ने भी।

पर इस सबका समय निकल गया है।

सप्ताहान्त पर वाना निढाल पड़ी रहती है। "किसी से कुछ कहने की ज़रूरत नहीं है।" अंजी ने समझाया, "मर्द बड़े शक्की होते हैं, बात और बिगड़ जाएगी।"

"ग्रेस से तो कहना पड़ेगा ना ?"

"क्यों ? वह तुम्हीं को दोष देगी– तुम्हें ज़रूरत क्या थी शराब पीने की ? उसे लगा होगा कि तुम आसान स्त्री हो–"

"तुम भी मुझी को डाँट रही हो–"

"डाँट नहीं रही हूँ–आगा-पीछा सोचकर चलना चाहिए। शराब पिए हुए, अनजान पुरुष के साथ गाड़ी में बैठकर चल दीं। बियाबान रास्ता है, यह नहीं सोचा ?"

कुछ नहीं सोचा, बिस्तर में पड़े-पड़े वाना सोचती है, फिर पूरे अस्तित्व को भेद कर, तड़कता हुआ विचार उठता है–"मैं राहुल से प्यार करती हूँ, यह ग्रेस ने ठीक ही तो कहा। जो मैं स्वयं अपने से कह नहीं पाई, इतनी स्पष्टता से स्वीकार नहीं कर सकी, वह ग्रेस कैसे जान गई ? क्या यह आँखें इतनी पारदर्शी हैं ? तब राहुल क्यों नहीं देख पाता है। और देखता भी, जानता भी तो क्या करता। यह राह तो उसके लिए, वाना के लिए बन्द ही है। बीच में शिवेश जो हैं, आकाश-विकास हैं। वही जकड़ी हुई है।

राहुल वही कर सकता था जो कर रहा है, विवाह; नई जगह, नया जीवन।

सुख पर उसका हक़ भी बनता है, सारी ज़िन्दगी यों ही तापस की तरह बिता दे ?

चट्टानों, पहाड़ों, अस्तित्व के रेशे-रेशे को भेदकर यह जो मीठे पानी की धार उमड़ी है, उसने वाना को ऊपर से लेकर नीचे तक एकदम भिगो दिया है। वाना उसे अंजुलि में भरकर आँखों और कंठ से लगाना चाहती है। प्यार–जिसका कोई भविष्य नहीं; जो अपने बोध में ही सम्पूर्ण है। जिसकी अनुभूति अलौकिक है, जिसकी मिठास गूँगे के गुड़ की तरह, वाना के होंठों में बसी है, पर वह खुले आकाश के नीचे बाँहें फैलाकर, चीख़कर जता नहीं सकती। किसी से कह नहीं सकती।

उसे लगता है जीवन के अनुभवों की पोटली टटोलते-टटोलते एक माणिक अनायास उसकी हथेली पर आ टिका है, उसकी उँगलियों ने उसे कसकर पकड़ लिया है। यह मेरा है, केवल मेरा। वह कहती है, यह प्यार; किस क्षण उगा, और पनपा; वह अच्छी तरह जानती है, मगर अपने आप से यह सब दुबारा जताना क्यों ? दुहराना क्यों ?

सोमवार को दफ्तर जाने पर ग्रेस से क्या कहेगी, वाना ने कुछ समय के लिए यह भुला दिया है। वह शय्या पर पड़ी रही। बच्चों का भड़ाक से दरवाज़ा खोलना, फिर हड़बड़ाते हुए सीढ़ियाँ चढ़ना, नीचे शिवेश की खटपट—पिछवाड़े चिड़ियों की पुकार—वह सब सुन रही है, और कुछ नहीं कर रही।

"वाना !" शिवेश कमरे में आ गए हैं, "उठोगी नहीं ! मुझे कोलोरैडो जाने की तैयारी करनी है।"

"फिर जा रहे हैं ?" वह कहती है, "अभी तो लौटे हैं।"

"हाँ ! काम आ गया है, सप्लाई ख़त्म हो रही है, यही तो सीज़न है।"

"वह जुल्मई क्यों नहीं जाता ? यहाँ शादी का कितना काम पड़ा है।"

"वह दुकान देखता है, सेल्स करता है, ठीक जगह पर रहता है। मैं दिन-रात वहाँ कैसे रह सकता हूँ—"

शिवेश उसकी ओर बढ़ते हैं। वाना उनके चेहरे के भाव पढ़कर झटपट उठ बैठती है—उन्हें टालती हुई कहती है, "मैं अभी नहा लूँ—"

नहीं, अब किसी पुरुष का स्पर्श वाना को सहन नहीं होगा। इतने वर्षों तक शिवेश की ज़रूरतें सब अच्छी तरह से पूरी कर दीं; दो बेटे, अब वह रहेगी, विप्रलब्धा तपस्विनी की तरह। अंजी भी तो कितने वर्षों से अकेली रह रही है। पुरुष संसर्ग से वंचित। किसी की ओर देखती भी नहीं। यद्यपि स्वयं आकर्षक है।

वाना शिवेश का अटैची तैयार कर रही है। वह विवाह से पाँच-छह दिन पहले ही लौटेंगे। शामियाना, कुर्सी-मेज़, वेटर सभी बुक कर दिए हैं, सौ बादाम वाला मुर्ग आकर ही बनेगा।

"तुम बस बादाम भिगो देना। मुर्ग़े मैंने साफ़ करके दही मसाले में लपेट कर फ्रीज़र में डाल दिए हैं। अपना ख़याल रखना, यह सरदर्द वग़ैरा कुछ नहीं चलेगा। डर लगे तो चाची को अपनी तरफ़ सुला लेना।"

उसके पति कितने अच्छे, कितना ख़्याल करने वाले हैं, वाना कृतज्ञ है। वह शिवेश को छोड़ने बाहर तक आती है—"ज़रा सँभाल कर ड्राइव करना।" मिनी ट्रक आँखों से ओझल हो गई है।

सोमवार, वाना ने सोचा है कि वह ग्रेस से सब कुछ, सही-सही बता देगी। उसे सावधान कर देगी जिससे आगे कभी डेव को ऐसा करने की हिम्मत न पड़े।

पौने आठ बजे उसने दफ़्तर खोला है। यूनिफ़ार्म की जैकेट पहनकर वह

अपनी डेस्क की ओर गई है। मेज़ पर एक लिफ़ाफ़ा है, जिस पर उसका नाम है। वह बिना कुछ सोचे लिफ़ाफ़ा खोलती है। अन्दर दो सप्ताह के वेतन का चेक है, और अलग कागज पर एक इबारत—ग्रेस ने वाना को बर्ख़ास्त कर दिया है। अपना चेक ले, यूनिफ़ार्म उतार कर खूँटी पर टाँग दे, चाभियाँ मेज़ पर रख दे और चली जाए।

वाना कुर्सी पर बैठ जाती है। यह सब क्या है ? उसका कोई दोष नहीं, अपराधी डेव है, और दंड उसे ? वाना को गुस्सा आ रहा है। उसका मन चारों ओर तोड़-फोड़ करने का हो रहा है। वह अन्दर ही अन्दर ग्रेस को हानि पहुँचाना चाहती है। क्या करे ? राहुल से पूछकर कम्प्यूटर में ऐसा कीटाणु लगा दे कि सारी फाइलें, सारी सूचना नष्ट हो जाए ?

एक तो राहुल कभी ऐसा करने को राज़ी नहीं होगा—दूसरे, हर फाइल का बैकअप उसने स्वयं ही किया है।

वह चेक उठाकर पर्स में डाल लेती है, और अपने पीछे दरवाज़ा बन्द करके खटखट करती हुई सीढ़ियाँ उतर जाती है। बस के लिए खड़े हुए उसे लगता है कि उसने इतने समय ग्रेस का साथ देकर, उसके प्रति वफ़ादार रहकर भूल की। उसके पति की ऐजेन्सी में रहती तो ग्रेस को पता चलता। कौन इतनी लगन से उसकी एजेन्सी सँभालता।

वह रास्ते में रुक कर चेक तुड़ा लेती है।

''आज दफ़्तर नहीं गई ?'' चाची रसोई में बेसन, प्याज़ के पराँठे बना रही हैं।

''आओ, तुम भी खा लो।'' राहुल उठकर अलमारी से वाना के लिए साफ़ प्लेट निकालता है। चाची गुलाबी सिंका हुआ पराँठा, बैंगन और रायता सलीके से प्लेट में रखकर वाना को पकड़ा देती हैं।

''मेरी नौकरी ख़त्म हो गई।'' कहते-कहते वाना का गला भर आता है।

''कैसे ?'' राहुल ने अचंभे से पूछा। फिर हलके से कहा, ''चलो, अब कुछ आराम करना। तबीयत भी ठीक नहीं रहती।''

वाना ने कुछ देर बाद कहा, ''राहुल, वह बम फूटने वाला कीटाणु दे सकते हो ?''

''क्या करोगी ? अच्छा, समझा—ग्रेस एजेन्सी के कम्प्यूटर को रोग लगाओगी ? यह तो ग़ैर-कानूनी है।''

''मुझे मालूम था तुम यही कहोगे।'' वाना ने शिकायत भरे स्वर में कहा।

''जाने दो, लेट इट गो।'' राहुल ने कोमल स्वर में कहा।

''यू आर हर्ट नाउ, मगर शायद तुम्हारे हित में अच्छा ही है। ग्रेस तुम्हारा बहुत शोषण करती थी।''

सुनकर शिवेश फ़ोन पर कहते हैं, "मैं तो तुमसे कहना ही चाहता था कि वह टुटपुँजिया नौकरी छोड़ दो। दूकान कितनी अच्छी चल रही है, सब ठीक हो जाएगा–"

वाना को शिवेश का तक़िया कलाम सुनकर हँसी आ जाती है। कितने दिनों बाद उसे हँसी आई है।

"जल्दी से लौटो।" वह कहती है, "मुझे तुम्हारी याद आती है।"

एक मित्र की तरह, सहचर की तरह। घर में एक पुरुष की उपस्थिति न हो तो कुछ काम ही नहीं रहता।

अंजी को भी आजकल फुरसत है। असलम अहमद के साथ जाने के विचार से उसने नया काम लेना बन्द कर दिया था। शॉपिंग सेंटर भी पुराना हो गया है, उसे बेचने की बात चल रही है। पैसा लेकर अमरीक सिंह पत्नी के साथ भारत लौटने की बात करते हैं। चारों बेटे-बेटियाँ यहाँ सब अच्छी तरह जम गए हैं। स्वयं तो निर्वाह किया, ड्राईक्लीनिंग, पेट्रोलपम्प, बजाजी और परचूनी से। पोते नवासे सब क़तार की क़तार डॉक्टर, इंजीनियर बन कर निकल रहे हैं। दादा-दादी से उनका कोई संवाद नहीं; न अपनी भाषा, न अपने संस्कार। बोलचाल, रहन-सहन, रीति-रिवाज में सौ प्रतिशत अमरीकन; बस त्वचा का रंग गवाही देता है कि हम हज़ारों साल पुरानी संस्कृति के उत्तराधिकारी थे, पर अब वह हमारा प्राप्य नहीं रहा। मार्क और जेसन भी उसी राह पर जा रहे हैं और छोटे-छोटे आकाश-विकास भी। अंजी चाची से यही बातें करती अघाती नहीं। वाना चुप सुनती है। कभी कुछ कहना चाहती है पर कहती नहीं। चाची बड़े होने के नाते तरह-तरह की बातें पूछती रहती हैं, "अरे अंजी ! तुम डॉक्टर साहब के साथ काहे नहीं गईं ?"

"क्या करूँ चाची ! दिल ने गवाही नहीं दी–मैं दिल की गहराइयों से उन्हें माफ़ नहीं कर सकी। कुछ सदमे ऐसे होते हैं जिनकी टीस कभी नहीं जाती।"

"दुकान तो खूब चल निकली है, तुम्हें हाथ ख़र्च बढ़ाया कि नहीं।" चाची ने आगे पूछा।

"एक पैसा नहीं। जो कचहरी ने तय कर दिया है, बच्चों को वही मिलता है, मुझे कुछ भी नहीं।"

"यह तो ज़्यादती है, साथ जातीं तो कम से कम आराम से रहतीं।"

वाना और अंजी एक-दूसरे को देखती हैं, कितनी सरल और भोली हैं, "जब दिल को कोई नोचता रहता हो तो फूल शैया भी छेदती है–" अंजी ने कहा।

"पैसा हो तो दुख उतना नहीं सालता।"

चाची ने हँसकर कहा, "मैंने तो पैसे को सरताज पाया। अब देखो, छः बहनों में सबसे छोटी थी। बाप मुंसिफ़, सभी बहनें कोई तहसीलदार, कोई पुलिस अफ़सर, कोई वकील–ऐसों को ब्याही गईं। घर में खाने-पीने, नौकरों-चाकरों से भरपूर।

पिताजी कहते थे कि मैं गायत्री की शादी पी.सी.एस. से नीचे नहीं करूँगा। संयोग देखो; मास्टर साहब से गाँठ जुड़ी, दो-दो बच्चे, यह राहुल तो तीन महीने का भी नहीं था। मैं क्या जानती थी बच्चा पालना ? आई तो देखा, खरहरे खटोले पर चुपचाप पड़ा रहता है, न रोता है न कोई आवाज़ गले से निकलती है। मुझे लगा कहीं गूँगा-बहरा तो नहीं, उठाकर छाती से लगा लिया। स्वेटर बुने, टोपा, मोज़े, गद्दियाँ सिलीं। देहरादून से ग्लैक्सो के डिब्बे मँगाकर पिलाए, तब कहीं पनपा और कैसा पनपा। तरुण तमाल वृक्ष की तरह। पूरे प्रान्त में प्रथम आया। स्कॉलरशिप मिली। तभी तो किसी ने उस पर टोना-टुटका कर दिया। बदल ही गया तब से यह लड़का ! अभी भी देखो, शकल पर कहीं हँसी-खुशी के चिह्न हैं कि दस दिन में बरात जाएगी। वही डिब्बी रोज़-रोज़ फ़ोन करती रहती है—''

''फ़ोन करती है ? रोज—'' वाना ने बुझे स्वर में दोहराया।

''यहाँ भी, वहाँ भी, डिपार्टमेंट में।'' चाची ने कहा, ''चलो, अब दिन ही कितने बचे हैं—जो भाग्य में है, वही होगा।''

राहुल दफ्तर में बैठा है; धीरे-धीरे काम समाप्ति पर आ रहा है। उसे अभी भी सोच कर यह बड़ा आश्चर्य-सा लगता है कि कुछ दिन में ही वह देवप्रिया से विवाह करने वाला है। उसे इस संबंध के बारे में कोई भ्रम नहीं है। उसने बड़े तर्कसंगत ढंग से, सोचकर यह क़दम लिया है। देवप्रिया पढ़ी-लिखी है, समझदार है। राहुल की ज़िम्मेदारी समझती है, चाची को आदर-सम्मान से साथ रक्खेगी। वह स्वयं गृहिणी बनकर रहना चाहती है और परिवार प्रारंभ करने के लिए प्रतीक्षा नहीं करना चाहती।

राहुल जानता है कि उसके साथ जीवन कैसा रहेगा। वह बच्चे को जन्म देगी, पालेगी, पोसेगी। नए बनते हुए घर की देखभाल करेगी। खिड़कियों पर झालरदार पर्दे लगाएगी। उसके साथ दाम्पत्य जीवन में न सुख की ऊँचाइयाँ होंगी, न दुख की गहराई, सम, सुचारु रूप से दिन बीतते जाएँगे।

कितना चाहा था कि वाना कोई संकेत दे, पर वह मौन ही रही। कवचबद्ध, अपने में कहीं दूर खोई हुई, वह पहल कर सकता था। पर उसमें यह ख़तरा था कि वाना उसे ग़लत न समझ ले; और यदि वाना के हृदय में उसके लिए कोई मृदुल कोना हो भी तो—वह शिवेश को कभी नहीं छोड़ेगी—वह इसी तरह रसोई में खटपट करती रहेगी, शिवेश के कपड़े धोकर तहाती रहेगी और बच्चों के पीछे-पीछे

घूमती रहेगी।

सब कुछ कितना स्पष्ट, सीधा, सपाट। राहुल एक समर्थ, सक्षम पति बनेगा; देवप्रिया बहुत ज़्यादा नहीं चाहती, एक नाम, एक नया घर, एक बच्चा—राहुल यह सब उसे देगा। यद्यपि बच्चे की कल्पना करके उसे अजीब-सा लगता है। वह बच्चा केवल देवप्रिया का ही होगा, उसने अभी से अपना अधिकार क़ायम कर लिया है।

''क्यों देवप्रिया—'' राहुल ने फ़ोन पर हँस कर कहा, ''तुम मुझसे मेरी अच्छी नस्ल के लिए विवाह तो नहीं कर रहीं ? मुझे लग रहा है कि मैं तुम्हारे लिए 'स्पर्म बैंक' तो नहीं हूँ।''

''ऐसा नहीं, राहुल !'' देवप्रिया कहती है, ''तुम्हें ऐसा क्यों लगा ?'' ''बात यह है कि मुझे लगता है कि मेरी बायोलौजिक घड़ी टिकटिक करके विस्फोट करने वाली है। शायद इसीलिए मुझे ऑबसेशन-सा हो गया है। मैं तुम्हें हर प्रकार से सुखी रखने का प्रयत्न करूँगी। तुम्हें मालूम नहीं मैं कितनी उत्सुकता से यह दिन गिन रही हूँ—''

देवप्रिया की बातचीत, और सोच में खुलापन है। राहुल को यह बात सबसे अच्छी लगी।

जो कुछ है, सपाट सामने। कम्प्यूटर स्क्रीन की तरह जो देखोगे, वही पाओगे—कोई गोपनीय, रहस्य नहीं। पर राहुल ने स्वभावानुसार, अपने जीवन में जो गोपन रहा है उसे खोलकर रखने की आवश्यकता नहीं समझी। वह सुन्दर अतीत है। और वाना ? वह एक तरफ़ा उन्माद, एक तर्कहीन, दुरूह गुत्थी—जिसमें वह उलझ कर रह गया है। एक वर्ष आस्ट्रेलिया और ब्रूनई में रहकर जब वह लौटेगा, तब देखा जाएगा—विंडसर लौटना ज़रूरी तो नहीं और भी जगहें हैं—

देखा जाएगा, वह कहता है।

देवप्रिया के साथ द्वन्द्व और संघर्षहीन जीवन बीतेगा। समय के चलते वह अच्छी भी लगने लग सकती है, बिना खुमार, बिना मदहोशी के भी शारीरिक संबंध स्थापित हो सकता है। इतने विवाह होते हैं, पहले विवाह, फिर पहचान, फिर बच्चा, फिर बच्चा दोनों को जोड़ता है, उनके संबंधों को प्रगाढ़ करता है, नहीं तो प्रारंभ में क्या होता है ? रीति-रिवाज, समाज की गवाही, शरीर सुख !

राहुल के अन्दर कभी-कभी कोई फुसफुसाकर कोंचता है, आकंठ डूबकर प्यार करने का सुख—वह उन्माद; वह बेख़बरी ? याद है ? राहुल उँगलियों में उँगलियाँ फँसाकर बाँहें फैलाकर अँगड़ाई लेता है। वह भी था—है, अपनी जगह, गिने-चुने भाग्यशाली लोगों को प्राप्त होता है, हाँ—मैंने जाना है वह सुख—पर अब तो एक तर्कसंगत लीक पकड़ी है, उसी पर चलना श्रेयस्कर है।

वाना दिन गिनती है, चुपचुप, मन ही मन; अब दस दिन, अब नौ, अब एक सप्ताह रह गया है–शिवेश कभी लौट सकते हैं। बादाम भिगोने हैं, पीसने हैं, मसाले तैयार करने हैं, प्याज़ उबालनी है, पीली साड़ी में गोटा टाँकना है। देवप्रिया की सुहाग पिटारी तैयार करनी है, चाची ने यह भार उसी पर छोड़ दिया है। बिन्दी, मेंहदी, काजल, बिछुआ, देवप्रिया नाटे क़द की भरे बदन की युवती है। स्कूल कॉलेज में स्पोर्ट्स में आगे रहती थी। गाल ऐसे लाल कि जैसे टमाटर, आगे बेबी हँसती हुई कहती है; राहुल भाई कुछ विटैमिन वग़ैरह खा रहा है कि नहीं। डेबी बिना नागा हेल्थक्लब जा रही है।

हाय दैया–वाना आप-से-आप कहती है। बुआओं ने शहज़ादी नाउन से रोज़ाना मालिश करवाई थी, हल्दी, बादाम मलाई का चेहरे पर उबटन। इस सबके बाद सात सुहागिनों से हल्दी तेल की रसम पूरी करवा कर जब वाना को नहला-धुला कर लाल बनारसी साड़ी पहनाई गई थी, उफ़ ! क्या रूप बरस रहा था उस पर, कितनी बार हरेक ने नज़र उतारी थी। यहाँ न गाना न बजाना, न कोई रसम। सब गाड़ी पर लदकर शिक़ागो चले जाएँगे, आकाश सहबाला। क्या कोई घोड़ी या पालकी है कहीं। मंदिर में मंडप है, वहीं विवाह हो जाएगा। खा-पीकर लोग लौट आएँगे। उस वक्त बेबी, वाना, अंजी सब पीली साड़ियाँ पहनेंगी, गोटा लगी। बाद में जिसका जो मन चाहे, बेबी राई नोन की रस्म में जड़ाऊ ठुस्सी माँग रही है, वही, जो चाची ने राहुल की दुल्हन के नाम पर सहेज रक्खी है और दुल्हन को ही मुँह दिखाई में देंगी, चाहे वह पहने या नहीं। बेबी बार-बार लाड़ली बच्ची की तरह ज़िद कर रही है।

दफ़्तर में आख़िरी दिन है। राहुल ने इलेक्ट्रॉनिक मेल में सूचना दे दी है, राहुल करोली एक सप्ताह के लिए अनुपलब्ध हैं–और दफ़्तर के दरवाज़े पर लगाने के लिए पर्ची पर लिख रहा है, बैक औन फ़ोर्थ जून। ज़रूरत नहीं है, फिर भी विद्यार्थियों, सहयोगी को सूचित करना उसकी आदत बन गया है। वह ब्रीफ़केस वग़ैरा लेकर चलने को उठा है कि फ़ोन बजने लगता है। बजने दो–वह सोचता है। फिर न जाने किस प्रेरणावश वह फ़ोन उठाकर 'हलो' कहता है।

उधर शिवेश है, "राहुल !"

"लौट आए तुम ?"

"राहुल सुनो, ध्यान से सुनो, मैं बहुत परेशानी में फँस गया हूँ–"

"तुम ठीक हो न ?"

"सब सत्यानाश हो गया। जुल्मई के अपार्टमेंट से क्रैक कोकेन और उसे प्रोसेस करने का सामान निकला है, पुलिस उसे पकड़ ले गई है और मुझे ढूँढ़ रही है–"

"शिवेश ! हाउ कुड यू–"

"मैं एकदम निर्दोष, निरपराध हूँ। मेरा विश्वास करो, मुझे बिल्कुल मालूम नहीं था।"

"तुम हो कहाँ ?"

"मैं सुल्तान के साथ हूँ। हम देश से निकलने का प्रयत्न करेंगे–"

"शिवेश ! सुनो ! अगर तुम निरपराध हो तो तुम्हें पुलिस को सरेंडर कर देना चाहिए–"

"राहुल ! सब कुछ इतना सीधा, सहज नहीं हैं, तुम एक काम करो। वाना और बच्चों को कम-से-कम दो-तीन दिनों को घर से निकाल कर कहीं ले जाओ। मैं नहीं चाहता उनके सामने छापा पड़े। पुलिस आने वाली ही होगी–"

"शिवेश !" राहुल पहले आघात से अपने को संयत करता हुआ कहता है, "तुम सीधे विंडसर आओ। हम वकील करेंगे। तुम सचमुच निर्दोष हो तो कोई चिन्ता की बात नहीं–"

"राहुल–मेरी फ्लाइट का समय हो रहा है–वाना का ख़्याल रखना। अगर हो सके तो कुछ पैसे पी.टी. लक्ष्मण के नाम भेज देना–"

"पागल मत बनो शिवेश–"

फ़ोन लाइन कट गई है और राहुल एक क्षण को स्तब्ध रह गया है–राहुल अब अपने दफ़्तर में चुप खड़ा है। उसका दिमाग़ यहाँ-वहाँ भटकने लगा है। उसे कुछ करना है, तुरन्त, समय नहीं है, पर अभी-अभी जो कुछ हुआ है, क्या सच है ? क्या शिवेश सचमुच मादक द्रवों का उत्पादन और विक्रय करने में साझीदार थे। ड्रग भी भाँग, चरस नहीं, ठोस और घातक, क्रैक कोकेन ! मन में अन्दर शिवेश पर क्रोध करना स्थगित कर बह जल्दी से घर की ओर चल पड़ता है, मगर राहुल के विचार एकदम गडमड हैं–घर पहुँचकर उसने चाची, वाना को एकदम चल देने को कहा है। चाची इतनी आसानी से सुनने वाली हैं, बहस कर रही हैं, "इतनी जल्दी में कहाँ जाना है ? क्या हड़बड़ी है ? इतना काम पसरा पड़ा है–चार दिन में शादी है ऐसा क्या काम आ गया है ?"

"चाची ! मुझ पर भरोसा रक्खो" वह वाना की ओर गया है, "देर क्या है। जल्दी ! जल्दी !! वाना, जल्दी करो–ट्रस्ट मी।"

सोफ़े पर विवाह वाला अटैची रक्खा है। वाना बाँहों में बच्चों के नाइटसूट लिए खड़ी है, हक्की-बक्की। राहुल उसके हाथ से सूट लेकर अटैची खोलकर ठूँस देता है। फिर वह वाना को क़रीब-क़रीब खींचता हुआ बाहर ले आता है। खटाक से दरवाज़ा बन्द करता है और वाना को गाड़ी की तरफ़ जाने का संकेत करता हुआ वह गुस्से से चीखता है–"चाची !"

चाची तौलिया में कपड़े लपेटे भुनभुनाती हुई निकली हैं।

राहुल का चेहरा देखकर बच्चे इस बार बिलकुल नहीं लड़ते हैं कि आगे ड्राइवर

के पास कौन बैठेगा।

गाड़ी तेज़ी से सड़क पार करती है।

"यह तो बता दो कि हम कहाँ जा रहे हैं ?"

"शिकागो !"

"ऐसी क्या ज़रूरत आन पड़ी है ?" चाची कहती हैं।

"बाद में बताऊँगा—"

"और इस बीच में शिवेश आ गए तो ? उनके लिए पर्ची तक नहीं छोड़ पाई—" वाना ने कहा।

"शिवेश से मेरी बात हो गई है, उसी का काम है—"

"फिर हमारी ज़रूरत—"

"ज़रूरत है तभी ले जा रहा हूँ—"

"कोई दुर्घटना हो गई है क्या ?" वाना का स्वर डरा हुआ है।

"वह एकदम मज़े में, हट्टा-कट्टा है।" राहुल ने कड़ाई से कहा, "कोई दुर्घटना नहीं हुई है। अभी कुछ कहने का अवसर नहीं आया।" गाड़ी कुछ देर बाद हाइवे पर आ जाती है।

"यह शिकागो का रास्ता नहीं है"—विकास बोल पड़ता है।

वाना सिर पर हलकी-सी धौल लगाती है, "तू बीच में टाँग मत अड़ा। राहुल को मालूम है कि क्या करना है। हम सब वही करेंगे—है न ?"

पर उसकी आँखें, उसका चेहरा चिन्ताकुल और शंकित है। राहुल को उसका प्रतिबिम्ब शीशे में दिखाई देता है। उसका दिल भर आता है, बेचारी वाना ! और बच्चे ! इन्हें कहाँ ला घसीटा शिवेश ?

अब राहुल के मन में रत्ती भर संदेह नहीं है, दूकान में नीचे क्रैक कोकेन का व्यापार था। शिवेश को पहले दिन से ही पता रहा होगा। इसके लिए बायोकेमिस्ट्री में पी-एच.डी. की डिग्री की ज़रूरत नहीं; पर व्यापार प्रारंभ करने में शिवेश का सहयोग आवश्यक था। तभी इतनी-सी दूकान से इतनी आमदनी थी। और यह कौलोरेडो की यात्राएँ, कच्चा माल लाने के लिए। शिवेश इसमें पूरी तरह फँसे हुए हैं। एकदम शिवेश की मानसिकता के अनुसार—इस क़दम का आगे क्या नतीजा होगा इसकी क़तई परवाह नहीं। वाना और बच्चों का क्या होगा ? एक बार शिवेश देश से निकल गए तब फिर लौटकर कभी आ ही नहीं सकते। ज़हर की तरह राहुल के शरीर में क्रोध की लहरें उठ रही हैं। वह वाना से क्या कहेगा ? कैसे उसे बता पाएगा। टूट कर बिखर जाएगी। उसे कौन सम्हालेगा ?

शिवेश, तुमने यह क्या किया।

अगर घर में कुछ ड्रग वग़ैरह निकले तो राहुल का नाम भी बीच में खिंच आएगा। अख़बार वाले खूब उछालेंगे। देवप्रिया ?

इतनी देर बाद राहुल को देवप्रिया का ध्यान आया। कुछ दिन बाद उसका देवप्रिया से विवाह है।

आगे-पीछे सपाट सड़क, कोई पीछा नहीं कर रहा है। राहुल लम्बी साँस लेता है। सामने पड़ाव है। वह गाड़ी उधर ही रोककर खड़ी कर देता है।

"तुम लोग जाकर कुछ खा लो। आइसक्रीम। और मेरे लिए कॉफ़ी ले आना !"

चाची बच्चों के साथ अन्दर गई हैं, वाना उसके पास खड़ी है। कई बार प्रयत्न करने के बाद वह पूछ ही लेती है, "क्या बात है राहुल ? तुम इतने परेशान क्यों हो ? इतनी जल्दी क्या थी—ऐसी घबराहट तो मैंने कभी नहीं देखी।"

"बाद में बताऊँगा—" वाना गर्मी के कपड़े पहने है, उन्नाबी रंग का एक सलवार-कुर्ता, गले और बाँहों पर कश्मीरी कढ़ाई का काम। कमर से नीचे छोटी-छोटी चुन्नटें, पैरों में सैंडल। राहुल खुद गर्मी का हलका सलेटी सूट पहने है, सफ़ेद कमीज़। टाई, वही सब जो पहनकर दफ़्तर गया था।

तीसरे पहर की धूप में वाना के हाथ की चूड़ियाँ चमकती हैं।

"यह सोने की चूड़ियाँ ?" वह पूछता है, वाना के होठों पर हलकी-सी मुस्कराहट आ जाती है, वह ऐसे प्यार से चूड़ी छूती है कि राहुल को जलन होती है।

"शिवेश पिछली बार लाए थे, कह रहे थे वहाँ सस्ती पड़ी थीं।"

धूप में खड़े-खड़े वाना के फीके, पीले चेहरे पर थोड़ी अरुणाई आ गई है, उसकी लम्बी नुकीली पलकें नीचे झुकी हुई हैं, मुस्कराते हुए होठों के कोनों से चेहरा खिल उठा है। वाना इस समय उसे बहुत आकर्षक लग रही है। मन में उसे शिवेश के निरपराध होने की सफ़ाई पर विश्वास नहीं है। शिवेश एक कमज़ोर व्यक्ति है, लोभी और आलसी भी। उसके पास कौन पदार्थ किस मात्रा में मिलाया जाए इसका भी ज्ञान है।

तभी तो ऽ —राहुल तेज़-तेज़ क़दमों से अपनी गाड़ी की ओर बढ़ रहा है। तभी तो ऽ —छोटी-सी सुविधा दुकान से इतनी सम्पन्नता ? बग़ल में शराब की दूकान; सामने पेट्रोल पम्प। हर समय का यातायात। लोग, गाड़ियों के आने-जाने पर किसे सन्देह होगा। वह वाना से क्या कहेगा ?

अब उसे शिवेश पर भयंकर रूप से क्रोध आ रहा है। शत-प्रतिशत शिवेश ! सरासर ग़ैर-ज़िम्मेदारी। हमेशा की तरह शिवेश की बेवकूफ़ी और नासमझी को सँवारने की ज़िम्मेदारी उस पर !

इस झमेले में पड़ने की ज़रूरत क्या पड़ी थी शिवेश को। क्या साधारण आय में सीधी-सादी राह पर चलना इतना मुश्किल लग रहा था ? यदि ऐसा ही था तो इतने साल क्यों गँवा दिए ? कभी मन लगाकर लैब में काम नहीं किया। उसका हर प्रोजेक्ट लटका ही रहता था। कभी किसी काम को पूरा

करना लक्ष्य ही नहीं रहा।

राहुल घड़ी देखता है, साढ़े दस बज रहे हैं। अब चलना चाहिए। सब अपने-अपने विचारों में लीन हैं—राहुल लीक से हटकर किसी छोटे शहर में ठहरने की सोच रहा है; एक के बाद एक बस्तियाँ पीछे छूटती जा रही हैं; वह प्रान्त की सीमा से दूर जाना चाहता है। उसकी आँखें सड़क पर स्थिर हैं, हाथ स्टीयरिंग पर टिके हुए हैं। उसका चेहरा कसा हुआ है, होठ एकदम भिंचे हुए।

राहुल को कभी ऐसे नहीं देखा ! वाना सोच रही है, मालूम नहीं कितने दिनों बाहर रहना पड़े। जल्दी में अपने लिए रात की नाइटी तक नहीं पैक कर पाई। राहुल ने इतनी हड़बड़ी मचाई कि देवप्रिया की सुहागपिटारी और साड़ियों के अटैची को ही उठा लिया। चलो, कोई बात नहीं, इन्हीं कपड़ों में सो जाऊँगी। कल की कल देखी जाएगी।

वह शादी की दावत और उसकी तैयारी के बारे में सोचने लगी है, बैंगन, शाही चामन यह सब तो दिन के दिन ही बनेगा। बस बादाम भिगोने होंगे और मुर्ग फ्रीज़र से निकालकर बनाने की देर है। वह शिवेश का काम है। बस लौटने ही वाले होंगे। आज नहीं तो कल। कौलोरैडो हज़ार बारह सौ मील है। दो दिन में यात्रा मज़े से पूरी हो जाएगी।

और अब मध्याह्न है; न गर्मी, न सर्दी—सुखद मौसम है। गाड़ी के शीशे से धूप वाना के चेहरे पर पड़ रही है। खाना खाने के बाद दोनों लड़के सो गए हैं, कितना प्यार आता है जब यह ऊधमी शान्त हो जाते हैं। वाना हलके-हलके उन्हें दुलराना चाहती है पर जगाने के भय से छूती नहीं।

"कितनी दूर जाना है राहुल ?" चाची ने पूछा। वह अब भी गुस्सा हैं। उनकी आँखें चढ़ी हुई हैं।

"बस, पहुँचे ही जाते हैं।"

"मेरी तो समझ में तुम्हारा यह नाटक नहीं आ रहा ! घर में कितना काम है ? पिट्ठी ख़राब हो जाएगी। कढ़ाई में घी वैसे ही छोड़कर चली आई। ऐसे निकले जैसे किसी से भाग रहे हों—"

राहुल चुप है शीशे में वाना से आँखें मिलती हैं, वह खेद से मुस्कराता है—"पीछे की सीट पर बड़ी शान्ति है।"

"सो गए हैं दोनों बन्दर !" वाना कहती है।

इस नदी का नाम फ़ौक्स रिवर है। छोटा-सा शहर; बड़े शहरों की हलचल से दूर। अलग, अकेला, पहाड़ियों, जंगल और खेतों से घिरा हुआ, पहाड़ियों का नाम इंडियन हिल्स है, पर भारत से उनका कोई संबंध नहीं, आदिम अमरीकीवासी नाम; वही नाम शहर का भी।

राहुल की गाड़ी बीच बाज़ार से होती हुई एक होटल के आगे रुक गई है।

यह एक बड़ा-सा पुरानी पद्धति का होटल है। बाहर से भव्य; अन्दर से बासी। पर अभी यह उसे मालूम नहीं है। होटल का नाम है रेडफ़ॉक्स इन। यानी लाल लोमड़ी सराय।

चाची उतरकर नाम पर हल्का-सा मुस्कराती हैं। वह लोग लौबी में इन्तज़ार कर रहे हैं। राहुल गाड़ी रखकर कमरों की चाभियाँ लेकर आया है। वह एक-एक चाभी चाची और वाना को पकड़ा देता है। अपने कमरे की चाभी उसने जेब में रख ली है।

सड़क के पार बैस्किन रौबिंस आइसक्रीम की दूकान है। बच्चे झपकी से उठकर ताज़े हैं, और राहुल उन्हें लेकर आइसक्रीम खिलाने चला गया है। चाची को इस समय चाय पीने की आदत है—आइसक्रीम की दूकान पर चाय मिलेगी? वह पूछती हैं।

कमरे में मँगा लेना—राहुल कह गया है।

लिफ़्ट पुराने ढंग की है, खटर-पटर करती हुई एक वृद्ध, जर्जर प्राणी की तरह ऊपर रेंगती है, और तीसरी मंज़िल पर रुक जाती है। वाना के हाथ में अटैची है, चाची के हाथ में अपनी पुटलिया।

दोनों गलियारे में खड़ी हैं—लौटती धूप दीवारों पर चमकती है।

"होटल अच्छा है" चाची ने कहा। वाना ने अपने कमरे को चाभी से खोला; दोनों अन्दर आ गईं। खूब बड़ा कमरा है; चौकोर; उसमें पास-पास दो डबल पलंग पड़े हैं; एक तरफ़ दो कुर्सियाँ, मेज़; और कॉफ़ी बनाने की मशीन।

"शायद यहीं चाय बन जाए—" वाना देख रही है। एक पात्र में कॉफ़ी, चॉकलेट और चाय के पैकेट सजे हुए हैं, साथ में चीनी और सूखा हुआ दूध भी है, "चलो, बना लो। नीचे से मँगाने की क्या ज़रूरत है।"

चाची कहती हैं, "ज़रा अपना कमरा भी देख लूँ।" वाना उनके साथ जाती है। उनके कमरे की भी साज-सज्जा वैसी ही है; परन्तु छोटा है; एक व्यक्ति के लिए सँकरी पलंग, छोटा साफ़-सुथरा गुसलख़ाना, कॉफ़ी की मशीन उस कमरे में भी है।

"सुबह की चाय का भी प्रबन्ध हो गया—" चाची धीरे-धीरे सुस्थ हो रही हैं—"वैसे मेरे लिए अलग कमरे की ज़रूरत तो नहीं थी, तुम्हारे कमरे में दो बड़े-बड़े पलंग हैं। पर चलो, तुम आराम से सोना।"

वाना उन्हें चाय बनाकर देती है, अपने लिए उसने कॉफ़ी बनाई है। अपना प्याला लेकर चाची आराम करने चली गई हैं। वाना खिड़की से पर्दे हटा देती है, होटल एकदम नदी तट पर है; शाम के प्रकाश में नदी का पानी गहरा और स्थिर लगता है। उस पार कुछ नावें बँधी हैं और उनकी डेक पर लोग बैठे नज़र आते हैं। बड़े-बड़े वृक्ष नदी पर झुके हुए हैं। सब कुछ शान्त, मन्थर।

वाना देर तक बाहर देखती रहती है। कॉफ़ी पीने से थोड़ी स्फूर्ति-सी लगती

है। वह इस समय कुछ नहीं सोच रही है। यह अप्रत्याशित अभियान कुल मिला कर अब उसे उत्फुल्ल कर रहा है। उसे होटल, उसका कमरा और आराम एक छोटी-सी छुट्टी लगने लगा है, विशेष तौर से आने वाले दिनों की व्यस्तता को सोच कर।

वह फिर बादाम, प्याज़, पनीर, पिट्टी के बारे में सोच उठी है।

कमरे का दरवाज़ा भड़ से खुलता है और आकाश-विकास अन्दर घुस आते हैं, राहुल उनके पीछे-पीछे है। हाथ की डलिया बैग वह मेज़ पर रख देता है। एक दृष्टि में सब देख कर वह कहता है।

"कमरा तो ठीक लगता है।"

"अच्छा है।"

"राहुल के कमरे में बहुत बड़ा किंग साइज़ पलंग है" विकास कहता है।

"आइसक्रीम खाने में बड़ी देर लगा दी ?" वाना ने पूछा।

"ज़रा घूमने चले गए थे। पास में ही एक बहुत बड़ा दक्षिण का मंदिर है। पट तो बन्द थे, मगर डाइनिंग रूम खुला था। तो शाम के लिए खाना ले आए। चाची अपने कमरे में हैं ?"

"हाँ—आराम कर रही हैं।"

"उठा लूँ ? खाना अभी गरम है, दोपहर में तुम लोगों ने कुछ नहीं खाया—" राहुल दरवाज़े की ओर बढ़ा।

"तुमने भी तो नहीं।" वाना ने कहा।

जब तक चाची आई हैं, तब तक वाना ने डलिया में से डब्बे खोलकर खाना निकालना शुरू कर दिया। साँभर की खुशबू से जैसे भूख जाग्रत हो आई है। इडली साँभर, मसाला दोसा, इमली भात, मेदुवडा—साथ में चटनी, अचार, प्लेटें, चम्मच, नैपकिन—सभी कुछ।

"पास में मंदिर है ?" चाची पूछती हैं।

"बहुत बड़ा, पर कल सुबह चलेंगे। इस समय पट बंद हो गए थे।" राहुल कहता है।

आकाश-विकास चुपचाप खाना खा लेते हैं, कोई भी झगड़ा या फ़साद नहीं करते। वाना को ताज्जुब होता है।

"हमारे और राहुल के कमरे के बीच दरवाज़ा है," विकास बाद में कहता है।

"अब राहुल के पास जाने की ज़रूरत नहीं है, उन्हें आराम करने दो, सारे दिन ड्राइव किया है।"

वाना ने जूठे पेपर कप और प्लेटें बटोर ली हैं। खाना कुछ नहीं बचा, देखने में बहुत लगा था, सभी भूखे थे, सब कुछ उसी भूरे पैकेट में डालकर वाना मेज़

पोंछ रही है।

"हम जाने वाले भी नहीं थे।" आकाश ने बताया, "राहुल ने इत्ती मोटी किताब ख़रीदी है। रात भर पढ़ेंगे।"

"क्यों, क्या कोई इम्तहान देंगे ?" वाना हँसती है।

बच्चे भी हँस देते हैं। नदी पर रात का गहरा अँधेरा झुक आया है।

बच्चों ने रात के कपड़े पहन लिए हैं, "मौम, हम यहाँ क्यों आए हैं ?"

"एक छोटी-सी हौली डे है न ?" वाना कहती है, "राहुल इन दिनों कितना व्यस्त था। इसीलिए छुट्टी ली है घूम-फिर कर हम वापस चले जाएँगे। देखो, कितनी अच्छी जगह है।"

"सुबह हम बोटिंग के लिए भी जा सकते हैं–" विकास ने कहा।

"मंदिर भी–" आकाश बोला।

"तुम लोग देखकर टी.वी. बन्द कर देना। मैं नहाने जा रही हूँ–"

वाना गुसलख़ाने में चली गई है। यह पुरानी पद्धति का बाथरूम है। संगमरमर की दीवारें और फ़र्श। खूब गहरा और बड़ा-सा टब, खूँटियों पर खूब रोयेंदार बड़े तौलिए लटक रहे हैं। टब के पास शैम्पू, मंजन, साबुन, लोशन सब रक्खा है।

वाना गरम पानी का नल खोल देती है। उसने झाग बनाने का एक पैकेट उठाया है। वह उसे खोलकर टब में डाल देती है, पानी की तेज़ धार के नीचे झाग के बुलबुले उठने लगे हैं। वह कुछ देर तक प्रतीक्षा करती है फिर टब में दायाँ अँगूठा डुबाकर देखती है कि पानी में ठीक गरमी है ? वाना को टब में बैठकर नहाना अच्छा लगता है, सारे कपड़े उतारने में लज्जा आती थी। कपड़े पहनकर तो सिर्फ़ गंगास्नान होता है टब में कौन बैठता है। क्रिस्तीन प्रेरक थी; दोनों ने साथ-साथ टब में नहाया था, तब उसे लज्जा नहीं आई थी। क्रिस्तीन ने उसे बोध दिया था कि अपने शरीर को उघाड़ने में कैसी शर्म–जैसा भी हो, अपने शरीर पर लज्जा नहीं करनी चाहिए, उसे स्वीकार कर लेना चाहिए। जैसे भूख, प्यास, सर्दी, गर्मी लगने को स्वीकार कर लेते हैं और उसे आराम देने के साधन जुटाते हैं, है कि नहीं ? फिर भी–वाना हिचक रही थी और अब तो वह गुसलख़ाने में अकेली है। झागदार पानी उसकी ठोड़ी तक है, बुलबुलों ने उसका शरीर ढक दिया है। हाथ बढ़ाकर वह नल बन्द कर देती है और पैर फैलाकर वह टब में अपने को खुला छोड़ देती है। क्रिस्तीन–कितना और कैसे प्यार किया था उसने ! कभी किसी ने ऐसे नहीं छुआ; उसके साथ चली जाती तो ? पर वह इस गहरे, मीठे अनुभव के बाद भी जानती है कि उसकी प्रवृत्ति समलिंगी नहीं है। उस समय उसे अवश्य क्रिस्तीन ने आकर्षित और उत्तेजित किया था। वाना का शरीर जैसे धीरे-धीरे जागने लगा है। मालूम नहीं कि यह टब का गुनगुना पानी है कि क्रिस्तीन के साथ की रात की याद–मगर यह संवेदन अच्छा लग रहा है। वह गरम पानी में बैठी-बैठी

काँप उठती है। उसके पूरे शरीर में एक उत्तेजक बेचैनी व्यापने लगी है।

वह अपने को स्पंज से धीरे-धीरे रगड़ने लगती है; गर्दन, गला, वक्ष, जाँघें; उसके हाथ रुक जाते हैं, वह पानी को अंजुलि में भर कर साबुन धो रही है पर वह रेशमी बुलबुले फूट-फूटकर उसकी त्वचा को सहला रहे हैं।

चार दिन बाद देवप्रिया दुल्हन बनेगी। स्वयं अपने विवाह के पहले कितनी उबटन मालिश हुई थी; वह कितनी डर रही थी; तब क्या मालूम था कि वर शिवेश होंगे। उसने तो झलक राहुल की देखी थी, और वही छवि मन में थी। पर देवप्रिया डर नहीं रही होगी—क्यों डरेगी वह तो अनुभवी है। पहली रात में छुई-मुई, डरी, सिमटी क्यों रहेगी; पूरी-पूरी साझीदारी करेगी। राहुल भी तो स्वयं—उसने इस सोच पर सायास रोक लगा दी है।

वह टब से निकल आई है। आदमक़द शीशे के आगे खड़ी हुई वह तौलिया से शरीर पोंछ रही है। गीले बाल माथे पर चिपके हुए हैं; आँखें जैसे चढ़ते हुए ज्वर के कारण अतिरिक्त चमकीली। मैं सचमुच सुन्दर हूँ, वह अपने से कहती है, पाँचों प्रकार की सुन्दरता—सुन्दर काया, न नाटी न बहुत लम्बी, सुन्दर दाँत और अस्थियाँ, सुन्दर बाल, और पाँचवीं; सन्तान होने पर भी वयक्षय नहीं; एक तन्वंगी देह।

वह अपनी बाँहों पर लोशन लगाने लगी है। हलके-हलके थपकते दुलराते हुए। गरम पानी से निकलने पर ठंड के कारण कुचाग्र एकदम तीक्ष्ण हो आए हैं, और मुट्ठी भर बाल भी एकदम मुलायम और घुँघराले। वाना आत्ममुग्ध है।

उसने होटल की बाथरोब पहन ली है। बाथ लोशन में सुगंध नहीं है, पर वाना की अपनी सारी देह एकदम हलकी-फुलकी, एकदम रेशमी लग रही है। एक इच्छा उसके कानों में फुसफुसाने लगी है। एक वंशी का स्वर उसका आह्वान कर रहा है। वह जैसे सुध-बुध खो बैठी है।

वाना नीचे फ़र्श पर रक्खे अटैची को बन्द करने झुकती है। बच्चों ने अपने नाइटसूट निकाले हैं और ढकना खुला छोड़ दिया है। देवप्रिया की कत्थई रेशमी तन्चोई के सुनहरे फूल कमरे की हलकी रोशनी में झिलमिलाते हैं। वाना ने साड़ी बाहर खींच ली है; एक रंगीन झरने की तरह साड़ी वाना के हाथ से लेकर नीचे कार्पेट पर बिखर गई है। वाना ने कंधों से बाथरोब गिरा दी; एक त्वरित दृष्टि से अपने को फिर आश्वस्त किया कि दोनों बच्चे गहरी नींद में सो गए हैं। उसकी उँगलियों ने साड़ी का छोर पा लिया है। कमर को घेर कर उसने एक छोटी-सी गाँठ बाँधी है, नाभि के नीचे; असली रेशम का स्पर्श कितना सुखकर है; कितना कोमल। उसने चुन्नटें खोंस ली हैं और पल्ला कंधे पर डाला है। वह नीचे लटकते पल्ले का भार महसूस कर रही है।

यह केवल एक उत्सुकता मात्र है। वह शीशे के आगे खड़े होकर बालों में कंघा फेर रही है। मैं देवप्रिया की सुहागसाड़ी में कैसी लगती हूँ; वाना अपने को

फुसला रही है। उसका दायाँ कंधा खुला है, चिकना और सुगढ़। फिर उसने इत्र की शीशी खोली है; विकल्प दो हैं, "अफ़ीम" या "विष"। दो नामी इत्र। वाना ने "विष" चुना है और शीशी के ढक्कन को कानों की लवों में, गर्दन में, वक्ष में कुचों के बीच और नाभि में हलके-हलके छुआया है। साड़ी उसकी एड़ियों को चूम रही है, वाना आत्ममुग्ध दर्पण के सामने खड़ी है, सुगन्ध के छोटे से बादल से घिरी हुई। लाली की ज़रूरत नहीं, चेहरा अपने आप तप रहा है। वाना ने हथेली से राहुल के दरवाजे को ठेला है, दरवाज़ा अपने आप निशब्द खुल गया है।

राहुल पलंग पर लेटा किताब पढ़ रहा है। पलंग के ऊपर पढ़ने के लिए लैम्प जला हुआ है। उसने पृष्ठ पर से आँखें उठा कर देखा है, अचरज की लम्बी साँस बीच में टूट कर रह गई है। वह उठकर बैठ गया है; वाना पलंग के पास खड़ी है, राहुल ने हाथ बढ़ा कर उसको अपनी ओर खींचा है और वह एक अदम्य नदी की धारा की तरह उसके ऊपर आ गिरी है। राहुल के उस स्पर्श ने उसे बिजली के करेंट की तरह अचेत कर दिया है पर उसका शरीर सजग है, उसका रोम- रोम, पोर-पोर जो इसी क्षण की प्रतीक्षा में तपरत था।

राहुल के होठ सूखे हैं, तप्त; वाना उन्हें चूमती है और वह दोनों आपस में उलझ कर रह जाते हैं। कौन किसको कैसे प्यार कर रहा है, इसका किसी को न बोध है, न ज्ञान। शरीर एक-दूसरे को पी रहे हैं; उनकी अपनी इच्छाएँ, अपनी ज़रूरतें हैं। वाना बस अपने शरीर सुख में डूबी हुई है, राहुल की कसी बाँहों की पकड़, राहुल के सीने की गंध, राहुल का कसा-कसा शरीर; वह धीरे से अपनी आँखें खोलती है, उस पर झुके हुए राहुल का चेहरा कितना समीप, कितना सुन्दर लग रहा है।

"तुम सपना हो क्या ?"—उसकी आवाज़ टूटी-टूटी, एक फुसफुसाहट मात्र है।

"सपना नहीं, सच—"

"सच ?"

"हाँ।"

"तुम्हें यह सच लग रहा है।"

"हाँ—कितने सालों से मैं यह चाहता आया था।"

"और मैं भी। शायद उसी क्षण से, जबकि जनेऊ उत्सव में गाड़ी में चढ़ते हुए तुम्हारी झलक देखी थी, मैं समझी थी कि—" वह चुप हो जाती है, उसके बाल चेहरे पर ढलक आए हैं, उसकी आँखें मुँदी हुई हैं, राहुल के रंध्र-रंध्र से मीठे रस की हज़ारों बूँदों ने टपक-टपक कर उसे एकदम सराबोर कर दिया है।

वह राहुल की बाँहों की पकड़ महसूस कर रही है। वह आलिंगनपाश इतना कड़ा है जैसें कि वह कभी उसे छूटकर जाने नहीं देगा। उसे जाना भी नहीं है, आजन्म बंदिनी बनकर योंही पड़ी रहेगी—अरे ऽ उसे एकाएक देवप्रिया की साड़ी का ख़्याल

आ जाता है जो कब की उसके शरीर से अलग हो चुकी है। केवल दो छोर गाँठ में बँधे नाभि के नीचे अटके हुए हैं।

वह कुहनियों पर बल डाल कर थोड़ा ऊपर उठना चाहती है पर राहुल का भार उसे फिर पलंग पर लेट जाने को बाध्य कर देता है। आज की पूरी रात हमारी है, पू ऽऽ री—वाना नींद और जागरण के बीच की तन्द्रावस्था में है, सपने उसकी पलकों के आगे तिरते हैं; गंगा की आरती के घंटे घड़ियाल, मंदिरों की ध्वजाएँ हवा में फड़फड़ा रही हैं; बनारस की दूकानों में इन्द्रधनुषी रंगों की साड़ियाँ लटक रही हैं, सारनाथ के तालाब खचाखच कमल के फूलों से भरे हुए हैं। सफ़ेद परिधानों में स्त्रियाँ उसके सम्मुख हैं, चाँदी के कटोरों में लबालब भरी खीर उनके हाथों में है।

वाना जाग गई है। उसे एक निमिष सोचना पड़ता है कि वह कहाँ है, पास में यह कौन है ? राहुल निःशब्द पास सोया है, वह अभी भी उसके पाश में है। राहुल का गाल उसके गाल पर टिका है और वह वैसे ही निश्चल लेटी-लेटी राहुल की गरम साँसों का स्पर्श आत्मसात कर रही है। यह स्पर्श, यह सामीप्य, यह गरम साँसें, राहुल के हृदय की समगति; यह सब उस पर ऐसी छाप छोड़ रहा है जो शरीर में अनन्त काल तक बसी रहेगी।

राहुल जाग गया है, उसने अपना चेहरा वाना के दोनों उरोजों के बीच सटा लिया है।

वाना की उँगलियाँ उसके बालों में उलझी हुई हैं; उसके बालों के घूँघर सुलझा रही हैं, उसका बायाँ हाथ राहुल की पीठ को धीरे-धीरे सहला रहा है।

"उठने दोगे ?"

"नहीं।"

"क्यों—अभी मन नहीं भरा ?" वाना की छोटी-सी हँसी खनकती है।

"अभी से कैसे ? तुम ?"

"मेरा भी नहीं—"

खुँदने दो देवप्रिया की साड़ी—वाना की बाँहों की पकड़ कड़ी हो जाती है, अब वह प्यार करेगी, केवल अपने लिए, अपनी तुष्टि के लिए। वह राहुल के ऊपर औंधी पड़ी है, झुक कर उसने अपनी जीभ की कोर से राहुल की पलकों को चूमा है, फिर उसने राहुल को अपनी ओर खींच लिया है। वाना धीरे-धीरे, छोटे-छोटे चुम्बनों से उसका चेहरा भर देती है—पहले माथे का तिल, फिर मोटी-मोटी पलकें, आँखें, कान की लवें, गला—धनुष के तरह कसे हुए राहुल के होठों का तनाव घुल गया है। उसके वक्ष से सटी-सटी वाना राहुल के शरीर में रह-रहकर उठता हलका कम्पन महसूस करती है। इस समय बाहर का सारा स्थूल जगत् जैसे अंधकार में खो गया है। उसी के साथ सारे सम्बन्ध, सारे

उत्तरदायित्व सारे बंधन। वह केवल एक स्त्री है, तन्वंगी देह वाली, अनछुई, अनाहत, राहुल की प्रेयसी—जैसे शिवेश, आकाश-विकास, कुछ भी इस क्षण के अतिरिक्त उसके जीवन में नहीं घटा है—या फिर, जो कुछ तीता-मधुर जिया है वह इसी क्षण के लिए प्रस्तुत कर रहा था। जो भी असंतुष्टि, अभाव मन में बसे बैठे थे, राहुल के होठों की मिठास में घुल गए हैं; राहुल ने उसका आँचल मोतियों से भर दिया है, उसे अब कुछ नहीं चाहिए—बस, राहुल योंही उसकी बाँहों के पाश में बँधा पड़ा रहे और वह उसके थरथराते होठों को यों ही चूमती रहे। सागरों में ज्वार-भाटे आते रहें; सारे विश्व के प्रेमी एक-दूसरे के आलिंगन में यों ही पड़े रहें।

तो ऐसे प्यार किया जाता है, जान लो राहुल ! वह अपने में ही कुछ गुनगुना रही है।

"तुमने कुछ कहा ?"

"जिनके माथे पर तिल होता है उन्हें बहुत यश मिलता है—तुम्हें मालूम—" वह कहती है।

"और जिनकी जंघा पर—?" अँधेरे में भी राहुल के स्वर में निहित हँसी और कौतूहल उसे गुदगुदाता है।

"वह होते हैं लोभी, लोलुप, लालची—"

"प्यार के ?" राहुल ने पूछा, "तुम हो क्या ? प्यार की लोभी—"

"मेरी बात कहाँ से आ गई ?" वह अनजान बन गई है।

"जंघा पर तिल नहीं है ?"

"तुम्हें कैसे मालूम—" उसके ठहर गए होठ अचरज से भर गए हैं।

"कितनी बार देखा—इतनी ऊँची स्कर्ट पहनती हो, जाँघिये जैसी—"

"तुम्हें ख़राब लगती है ?"

"नहीं—अच्छी लगती है। इतनी सुन्दर टाँगें दिखाई देती हैं, मैं नज़र बचाकर देखा करता हूँ—"

"अरे ऽ—तुम्हें इतना छोटा तिल याद रहा—"

"तिल ही नहीं, सब कुछ याद रखता हूँ, तुम्हारी कलाई की चूड़ी, तुम्हारे गले की माला—तुम्हारी पलकों के रंग—जब तुम मेरी तरफ़ देखकर हँस देती हो तो मैं सारे दिन ख़ुश रहता हूँ— लैब में भी अपने ग्रुप के साथ-साथ हँसी-मज़ाक करता हूँ और वह कहते हैं, राहुल, इतने अच्छे मूड में हैं।"

वाना ने कहा, "मैं भी रात को जगती रहती हूँ तुम्हारे घर लौटने के इंतज़ार में।"

"मुझे मालूम है।"

"कैसे ?"

"कमरे में टी.वी. जो चलता रहता था। मुझे मालूम था कि तुम जग रही होगी।"

"और तब भी देर-देर से आकर सताते रहे।"

"मुझे यह सोचकर बड़ा अच्छा लगता था कि कोई मेरे इन्तज़ार में जाग रहा है।"

वाना झूठमूठ में नाराज़ हो गई है।

"जाओ, मैं रूठ गई।"

"मना लूँ ?"

"उफ़ !" वाना के गले से आकस्मिक आह निकल आई, राहुल एकदम निश्चल हो आया "वाऽऽना ?" उसने उसके चेहरे से बाल हटा दिए हैं।

"रुको मत–" उसने फँसी आवाज़ में कहा, "मुझे प्यार करते रहो राहुल, क्योंकि बस तुम ही हो, मेरे लिए केवल तुम, प्राण ! कितने दिनों से मैंने–"

वाना को मालूम नहीं वह क्या प्रलाप कर रही है। वह ऊपर उड़ रही है, सागर की एक बड़ी, वेगवान हिलोर के ऊपर टँगी हुई है, उसका सारा संवेदन राहुल की गति पर केन्द्रित है। वाना के शब्द एक विक्षिप्तता, एक सम्पूर्ण अचेतन अवस्था में होठों से निकल कर फिसलते जा रहे हैं; वह न स्वयं सुन रही है, उसे लगता है कि राहुल इस समय एक लोभी मधुमक्खी की तरह उसका रस पीने में एकाग्र है, उसके कानों में शब्द पड़ते होंगे मगर ग्रहण नहीं होते होंगे।

अब राहुल उसे चूम रहा है।

"तुम्हारे होठ एकदम ठंडे हो आए हैं–"

वह धीरे से अपने को अलग कर लेता है। वह उठकर गुसलख़ाने की ओर चला गया है।

वाना वैसे ही तन्द्रिल, आलस्यभरी अवस्था में पलंग पर पड़ी रहती है। उसे फिर नींद आ रही है।

बच्चों ने उसे जगाया है, "मौम उठो, कब तक सोती रहोगी ?"

वह आँखें खोलती है, कमरे में काफ़ी धूप है। वह अपने पलंग पर है, और चादर कम्बल के नीचे निर्वस्त्र है।

"क्या है ?"

"उठो। नीचे चलना है, ब्रेकफ़ास्ट के लिए। चाची और राहुल नीचे हैं–"

"तुम लोग जाओ–" वह कहती है, "मैं थोड़ी देर में नहा कर आती हूँ–"

आकाश-विकास के जाने के बाद भी वह पलंग पर लेटी ही रहती है। नहीं, वह सपना नहीं था; वह सारे शरीर पर अभी भी राहुल का स्पर्श अनुभव कर रही है, संसर्ग की छाप है।

वह जल्दी से नहाकर, तैयार होकर नीचे गई है। डाइनिंग रूम में सभी नाश्ता

कर रहे हैं। राहुल पूरी तरह से तैयार है, टाई समेत। उसकी दृष्टि वाना से बँधकर रह गई है। वाना उसका सामना नहीं कर पाती। एक अनुभूत लाज से वह लाल हो गई है; वह अपने गालों और गर्दन पर ताप महसूस करने लगी है। वह सामने बैठी है पर सीधे राहुल को देख नहीं पाती। राहुल भी उससे कुछ नहीं कहता, चुपचाप टोस्ट पर मक्खन लगाता है। झुकी हुई आँखों से वाना उसके हाथों की गति देख रही है। इन्हीं हाथों ने अभी कुछ समय पहले मुझे छुआ, दुलराया था—वह सोचती है। अब देखो कैसे शुद्ध, बुद्ध, प्रबुद्ध बैठे हैं, टाई घड़ी बाँधे—एक छोटी-सी मुस्कान उसके होठों के कोनों पर टिकी हुई है।

राहुल चाहने पर भी दृष्टि उसके चेहरे से अलग नहीं कर पाता। एक नववधू की तरह आभामंडित, एक अपूर्व सौन्दर्य से देदीप्यमान, उसकी अपनी आँखें झुकी हुई हैं, वह अपना टोस्ट कुतर रही है।

चाची कहती हैं, "क्या बात है ? तुम दोनों झगड़ लिए हो क्या ?"

दोनों के बीच कुछ घटित हुआ है; यह लहरें वातावरण में तैर रही हैं। मगर क्या, यह बेचारी भोलीभाली चाची के सोच के परे है।

"शायद वाना को घर पहुँचने की हड़बड़ी है"—राहुल कहता है, "मैं सबको खींचकर ले आया, इससे गुस्सा हैं—"

वाना झटके से आँखें उठाती है, राहुल हँस रहा है; वह इतना अच्छा कभी नहीं लगा जितना कि इस क्षण। रात को जब अपने वक्ष पर उसका गाल टिका हुआ था तब भी नहीं।

"तो चाची, घर वापस चलें ?" वह अब भी हँस रहा है, उसका रोम-रोम उत्फुल्ल और आह्लादित है।

"यहाँ आने का तुक ही क्या था ?" चाची फिर क्षोभ से भर उठी हैं—उन्हें अपनी कचौड़ी, पिट्ठी और कढ़ाई भरे घी का ध्यान आ जाता है। वाना चुप है। बस मन ही मन राहुल के नैकट्य और माँ बेटे की मीठी तक़रार क़ा रस ले रही है।

"हम बोट पर जाएँगे—"

विकास कहता है, "हाँ-हाँ क्यों नहीं, फिर घर—"

नाव मोटर से चलती है, चप्पू से नहीं, बीच के तख्ते पर वाना और चाची बैठी हैं, सामने बच्चों के साथ राहुल, बीच में जगह कम है, राहुल का पैर वाना के पैर से छू रहा है; शरीरों ने पहचान बना ली है; वाना के पैरों में मीठी-मीठी थकान है, और पूरे शरीर में ढेर-सी शराब पी लेने का-सा खुमार। उसके पैर की छगुनी तक इस समय सम्पूर्ण तुष्टि से छकी हुई है।

नाव नदी के पानी में धारा काटती हुई बढ़ी जा रही है। धूप अब सुख़द लग रही है और ठंडी हवा राहुल के बालों से खेल रही है।

वाना को हवा से जलन होने लगती है। धूप के पड़ने से राहुल के बालों में कहीं-कहीं चाँदी झिलमिलाती है। उसके माथे का तिल इस समय चमक रहा है।

कल वहाँ मेरे होठ थे, उसने सोचा।

तीन दिन बाद राहुल का ब्याह है।

"अगर मैं इस समय नदी में कूद जाऊँ तो ?" वह अकस्मात बोल पड़ी है।

सभी हक्के-बक्के उसका चेहरा देखने लगे। यह क्या बात हुई—चाची की भावमुद्रा कह रही है।

वाना चुप है, कह दे, तीन दिन बाद तुम्हारा ब्याह है राहुल, उस दिन मैं नदी में डूब जाऊँगी। घर के पिछवाड़े भी तो सहारा नदी है। चालक ने नाव मोड़ दी है।

वह लोग होटल की जेटी पर उतर गए हैं।

कहीं निकलने के पहले चाची बाथरूम ज़रूर जाती हैं। भारतीय आदत पड़ी है, यद्यपि यहाँ क़दम-क़दम पर सुविधा है, बच्चे भी साथ गए हैं।

जेटी में धूप में खड़े राहुल ने पूछा, "यह नदी में डूबने की क्या बात हुई ?"

"तीन दिन बाद तुम्हारा ब्याह है—" उसकी आवाज़ थरथरा गई।

"ब्याह अब नहीं होगा" राहुल ने उसकी हथेलियाँ हाथों में भर ली हैं।

वाना अनझिप आँखों से उसे देख रही है।

"तुम कल रात बाढ़ की गंगा थीं, उसमें तुम मुझे बहा ले गई हो, स्वेप्ट मी ऑफ़"—वह अँगरेज़ी में कहता है, "अब ब्याह का सवाल ही नहीं उठता, नो क्वेश्चन—"

पर वह देवप्रिया, मंडप, पुरोहित, सुहागपिटारी, डेढ़ सौ लोगों का खाना, बघारे बैंगन और वह ओनीडा स्टील की प्लेटें जिन पर बेबी ने राहुल-देवप्रिया खुदवा लिया है, पाँच-पाँच मिठाइयाँ उन पर सजाई जाएँगी। चाची बच्चे आते दिखाई देते हैं। राहुल थोड़ा अलग हटकर खड़ा हो जाता है।

वह लोग अब विंडसर लौट रहे हैं। सुबह पौ फटने के साथ नदी के किनारे वृक्षों पर सैकड़ों चिड़ियाँ गाने लगी थीं, राहुल जागा था। वाना अभी भी सोई थी, उसकी घनी तीखी बरौनियाँ आँखों पर पूर्णतः झुकी हुई थीं। पार्श्व में सोई हुई वाना को वह चुपचाप देर तक देखता रहा था; गाँठ अभी भी बँधी हुई थी। उजाले में उसने साड़ी के झिलमिलाते रंग देखे थे, उसे छोटी-सी खुशी हुई कि वाना पर यह साड़ी कितनी सजी थी। उसने वाना की अनावृत जंघा का तिल छूना चाहा; पर वह उसे जगाना नहीं चाहता था।

जब वह गुसलख़ाने से वापस लौटा तो पलंग ख़ाली था। वाना अपने कमरे

में चली गई थी, पर उसकी साड़ी राहुल के पलंग पर बिखरी हुई थी।

थोड़ा दिन चढ़ने पर राहुल ने अंजी को फ़ोन किया। पुलिस आई थी, शिवेश व असलम अहमद दोनों की गिरफ़्तारी का वारंट था। तलाशी में कुछ नहीं निकला।

''अच्छे को तुम लोग घर पर नहीं थे।'' अंजी ने कहा।

''बहुत दहलाने वाला हादसा हो गया, वाना को तो मालूम नहीं होगा ?''

''नहीं–'' राहुल ने कहा। ''मैं उससे क्या कहूँ, यह समझ नहीं पा रहा हूँ–''

''वह अपने आप समझ जाएगी'' अंजी ने थके-थके स्वर में कहा।

वाना एक कटे वृक्ष की तरह गिर जाती है। आँखों पर हाथ रखकर ''नहीं, नहीं–ऐसा हो ही नहीं सकता। वो ये कर ही नहीं सकते।'' कहकर वह बिलख उठती है। अंजी उसके पास है, वह उसे सान्त्वना देने के बजाय स्वयं गहरे मौन में डूबी हुई है।

चाची रसोई में एकदम व्यस्त हो गई हैं।

''यह सब करने की ज़रूरत नहीं है।'' राहुल शान्त स्वर में कहता है।

मैदा सने हुए हाथ रोक कर चाची बोलीं, ''क्या कहा ?''

''यह सब ख़त्म करो–''

''पर यह तो करना ही है, ब्याह सिर पर आन पड़ा है।''

''ब्याह नहीं होगा–'' राहुल का स्वर दृढ़ है।

''क्या कह रहे हो ?'' चाची के हाथ उठे के उठे ही रह गए।

''मैं यह ब्याह नहीं करूँगा।''

''क्यों नहीं करोगे ? मैं भी तो सुनूँ–''

''मेरे अपने कारण हैं–''

''अपने कारण हैं–'' चाची ने दोहराया, ''ज़रा मुझे भी तो पता चले।''

''मैं देवप्रिया से विवाह नहीं कर सकता। मैं ग़लती करने वाला था–''

''अरे तो पहले क्यों नहीं सोचा। तब तो झट से हाँ कर दी। अब बहुत देर हो गई है। अब तो तुम्हें यह ब्याह करना ही पड़ेगा, चाहे हँस के करो या रो के–''

चाची का स्वर तीक्ष्ण हो आया है।

रसोइयों के बीच का दरवाज़ा खुला है और इधर बैठी वाना और अंजी हर शब्द सुन रही हैं।

अंजी की भौंहें प्रश्न की मुद्रा में माथे पर चढ़ गई हैं, यह क्या ?

''मुझे क्या मालूम–'' वाना फुसफुसाती है।

''राहुल–ज़रा सोचो बेटे, कितनी बेइज़्ज़ती की बात है, वह लोग क्या सोचेंगे ? लड़की पर क्या बीतेगी। ऐसे कोई बिना बात, बिना वजह शादी नहीं

तोड़ता–''

चाची ने अपना रास्ता बदल दिया है, वह उसकी मिन्नत कर रही हैं।

''मैं समझता हूँ चाची। पर मेरी मजबूरी है, मैं देवप्रिया को सब बताने जा रहा हूँ–''

''एक बार ठंडे दिमाग़ से सोच लो राहुल–''

''मैंने खूब सोच समझ कर ही निर्णय लिया है–'' उनकी आवाज़ें दूर होती जा रही हैं, शायद वह ऊपर जा रहे हैं।

वाना अंजी के चेहरे पर आँखें गड़ा देती है, ''अब हमारा क्या होगा अंजी? शिवेश गिरफ़्तार हो गए तो हम क्या करेंगे, कहाँ जाएँगे–''

अंजी कुछ देर चुप रहकर कहती है, ''मालूम नहीं मैं क्या कहूँ–''

अकेले घर में बैठी वाना सोचती है; क्या वह कुछ ही घंटे पहले राहुल की बाँहों में थी ? नई स्थिति और घटनाओं ने उसे कितनी दूर ला पटका है।

''तो आप हैं वाना'' देवप्रिया की आँखें अंगारों जैसी दहक रही हैं, ''आप ही हैं वह सर्वगुण सम्पन्न, जिससे राहुल इतना प्रभावित है कि उसने मेरे और अपने भविष्य को मिटा डाला, आप ही हैं इसकी तह में। यह सब आपकी ही करनी है।'' देवप्रिया बहुत आक्रामक ढंग से उसके सामने खड़ी है। वाना का मुँह रक्तहीन है, उसके शरीर में कँपकँपी उठ रही है, उसे लगा कि अब गिरी, अब गिरी। वह दयनीय मुद्रा से देवप्रिया और बेबी को ताक रही है।

''वाना भाभी। तुम्हें तो उसे समझाना चाहिए। तुम्हारी बात राहुल भाई कभी नहीं टालेगा। समझाओ कि शादी कर ले। अभी भी समय है–सब कुछ सँभल सकता है।'' बेबी उसकी चापलूसी कर रही है।

वाना कुछ कहे भी तो कैसे–शब्द उसके गले में फँस रहे हैं। उसे चुप, निश्चल बैठा देखकर बेबी चीख़ कर कहती है ''डेबी ठीक कह रही हैं। तुम्हीं हो इसकी जड़। तुम जलन के मारे राख हो गईं, तुम राहुल की खुशी सहन न कर सकीं। तुम्हारे स्वार्थ के विरुद्ध था न। राहुल यों ही रहता रहे, तुम्हारा घर भरता रहे, तुमने हमेशा उससे फ़ायदा उठाया–और अब तो तुम्हें उसकी और ज़रूरत है–''

देवप्रिया उस चीख़ने में सम्मिलित हो जाती है।

''बिच ! मैं मार डालूँगी तुम्हें–''

हल्ला-गुल्ला सुनकर चाची हड़बड़ाती हुई अन्दर आ गई हैं। बेबी को हलके से हटाती हुई कहती है, ''डेबी तो पागल है ही, पर तुम्हें क्या हो गया है ? इसे क्यों बुरा-भला कह रही हो ? यह तो स्वयं दुखियारी है–''

वह दोनों का हाथ पकड़ कर कमरे से बाहर ले गई हैं।

वाना के पैर पानी हो गए हैं, उसमें उठकर खड़े होने तक का दम नहीं बचा है, वह एकदम हक्की-बक्की है। मुँह पर ऐसी तू-तू मैं-मैं उसके स्वभाव के विरुद्ध है। मैं यहाँ से कहाँ चली जाऊँ। वह सोचती है। मेरे लिए इस घर के अलावा कहीं ठौर नहीं है।

उसने बीच का और सामने का दरवाज़ा बन्द रखना शुरू कर दिया है। वह अंजी, चाची, राहुल किसी के लिए उपलब्ध नहीं है। बस वह अकेली है, अंधकार के इस गहरे गर्त में डूबी हुई।

पर घर के उस पार क्या हो रहा है इससे वाना बेख़बर नहीं है। राहुल के ऐन अवसर पर विवाह न करने के निर्णय से सब बौखलाए हुए हैं। डेबी माता-पिता को लेकर दौड़ी आई है, साथ में अतिरिक्त समर्थन के लिए बेबी।

पर राहुल एक चट्टान की तरह अडिग है। एक बार 'ना' की तो की।

''देवप्रिया !'' वह गंभीर संयत स्वर में कहता है, ''यह निर्णय मैंने बहुत सोच-समझ कर किया है। मैं तुम्हें सुखी नहीं कर सकूँगा। तुम्हें सुख देना मेरी सामर्थ्य के बाहर है। इसमें तुम्हारा कोई दोष नहीं है।''

''मुझे एक अवसर तो दो। मैं तुमसे अपनी ख़ुशी कब माँगती हूँ ? मैं तो तुम्हारे रिक्त-जीवन को एकदम भर दूँगी।''

राहुल चुप है। उसका चेहरा रिक्त और क्लान्त है।

देवप्रिया एकाएक चीख़ने लगती है, ''मुझे मालूम है, मुझे खूब अच्छी तरह पता है कि तुम क्यों पीछे हट रहे हो, कायर ! साँप ! पत्थर के नीचे रहने वाले कीड़े–''

''कह लो जो भी चाहो–तुम्हें पूरा हक़ है।'' राहुल उठकर पिछवाड़े चला जाता है।

दोनों दरवाज़े बन्द हैं, सामने का भी, बीच का भी। वाना राहुल के फ्लैट में होते क्लेश से अलग रहना चाहती है। पर बैठे-बैठे वह ऊँची आवाज़ें, भिन्न-भिन्न पदचाप, चीखें, रुदन, सुन सक़ती है। यह सब क्या मेरे कारण ? वह यह विचार मन से सायास ठेल देती है। फिर भी वह कहीं अटका ही रहता है। फिर उधर सन्नाटा हो जाता है। देवप्रिया लौट गई है, बेबी भी मुँह फुलाए है, वह पीछे रह गई है, उसे अभी भी क्षीण-सी आशा है, और उस विवाहोत्सव का सामान ! मुर्ग़ अभी भी फ्रीज़र में, प्याज़ आलू की बोरियाँ, तेल के कनस्तर; मैदा।

चीनी दूकान ने आर्डर के अनुसार पनीर और बैंगन डेलीवर कर दिए, और अब वह पीछे बरामदे में पड़े-पड़े सड़ रहे हैं। वाना को कुछ होश नहीं। राहुल ने स्थिति सम्हाल ली है–वह क्राइसिस में भी स्थिर और संयत है। मिठाई वाले, मंदिर और ए टु ज़ेड रेंटल को उसने सबसे पहले फ़ोन करके सब कैन्सिल कर दिया।

यह सब क्या हो गया–कैसे ? शिवेश ने ड्रग वालों के चक्कर में कैसे अपने

को उलझा लिया। क्या असलम अहमद को सब मालूम था ? या वह भी जुल्मई और सुल्तान की क्रिया-कलापों से अनभिज्ञ थे। सूली पर चढ़ गए भोले-भाले शिवेश।

देश से बाहर, पकड़े गए या फ़रार हैं। वाना हथेलियों को उलट-पलट कर देखती है, उसकी आँखों के आगे अभेद्य, काला अंधकार है। उसे आगे कोई किरण, कोई दिशा नहीं दीखती।

फ़ोन की घंटी चिहुँक उठती है, उस ओर राहुल है, "मैं विभाग में हूँ, तुम आ सकोगी। तुमने दरवाज़े क्यों बन्द कर लिए हैं। मुझे बाहर करना चाहती हो ?"

"नहीं, ऐसा नहीं।" वह कहना चाहती है कि मैं देवप्रिया और बेबी के सम्मिलित प्रहारों से अपने को बचाना चाहती थी।

"अच्छा ! आ जाऊँगी।"

"आधे घंटे में ?"

"हाँ–"

आकाश-विकास को चाची के पास जाने को कह कर वह घर से निकली है, गाड़ी काफ़ी दिन से खड़ी है। स्टार्ट होने में समय लेती है।

रात के समय यूनिवर्सिटी में आवाजाही भीड़भाड़ कम हो गई है, यद्यपि सड़कों पर मोटरें और छिटपुट लोग आ-जा रहे हैं–कम्प्यूटर साइंस बिल्डिंग में कभी अँधेरा नहीं होता। बड़े-बड़े क्लासरूम में शाम के क्लास चल रहे हैं। चौड़े गलियारे पार करती हुई वाना अपने को बहुत नगण्य, बहुत छोटा पाती है। लिफ्ट लेकर वह अठारहवीं मंज़िल पर गई है। फ़ैकल्टी के सारे ऑफ़िस बन्द हैं, गलियारों में प्रकाश है। राहुल का दरवाज़ा उढ़का हुआ है। वह निःशब्द दरवाज़ा थोड़ा-सा खोलती है। राहुल उसकी ओर पीठ किए खड़ा है और खिड़की से बाहर देख रहा है–वाना अपने पीछे दरवाज़ा बन्द कर देती है। आहट सुनकर वह मुड़ा है और बिना कुछ कहे उसने वाना को बाँहों में ले लिया है।

वाना एक आहत पक्षी की तरह उसके सीने में सिमट जाती है। फिर उनके होठ मिलते हैं, और राहुल अधीर चुम्बनों से उसका माथा, उसकी पलकें, उसके गाल उसकी कान की लवें भर देता है।

सारा गडमड, ऊपर-नीचे डोलता हुआ संसार अपनी जगह आ जाता है। सबकुछ सही, सटीक। वह राहुल से लगी खड़ी रहती है और उसकी कानों में राहुल की धड़कन गूँजती रही है। राहुल का सामीप्य–राहुल के शरीर की उष्णता, राहुल का रसायन; वाना की बाँहें राहुल के इर्द-गिर्द कस जाती हैं। दीवार पर घड़ी घंटे बजाने लगती है। वह दोनों आप-से-आप अलग हो जाते हैं।

"कहीं बाहर चलें। तुमसे बात करनी है–" वाना सहमति में सिर हिलाती है। राहुल के साथ-साथ उसके विभाग में चलती हुई, यद्यपि कोई देखने वाला नहीं है, उसका शरीर स्पंदित है; उसकी छाती में ठंडक है, उसे लगता है कि उसकी

जगह यही है, और मुझे इतना समय लगा यहाँ तक पहुँचने में। और उसकी पूरी चेतना में यह बोध है कि अब इस बिन्दु से पीछे जाने के सारे रास्ते बन्द हो गए हैं।

रेस्तराँ के धुँधले, रोमांटिक प्रकाश में बैठकर वाना जो पी रही है, उसमें रम की मिठास में फलों का रस मिला है। राहुल ख़ालिस सिंगल माल्ट—वह एक घूँट लेकर लम्बी साँस लेता है; वह मुस्करा रहा है, "लगता है कि एक भूकम्प आकर निकल गया, है न ?"

"भूकम्प और वर्षा का तूफ़ान, दोनों। धरती भी फटी और पानी भी बरसा—" वाना ने कहा।

"अब आगे क्या वाना ?" वह हलके से पूछता है।

"मैं क्या कहूँ—" वह कहती है।

"तुम मेरे साथ आस्ट्रेलिया चलो—"

वाना अचकचाकर उसे देखने लगती है।

"हाँ वाना !" वह कहता है; "मैंने मेलबोर्न और ब्रूनई में अपने को कमिट कर दिया है। उससे मैं फिर नहीं सकता। मैं तुम्हें, और बच्चों को साथ ले जाना चाहता हूँ—"

"मगर ?"

"अगर मगर कुछ नहीं।" वह कहता है, "अब तो गेंद मेरे कोर्ट में है। मैंने अनुभव किया कि मैंने अनिश्चय में इतने साल बरबाद किए। मुझे पहल करनी चाहिए थी—तुम्हें बताना चाहिए था कि मैं तुम्हारे लिए कितनी गहराई से महसूस करता हूँ—अब वह सब पीछे छूट गया है। मेरी दृष्टि आगे है।"

वाना चुप रहती है, वेटर मेज़ पर खाना लगा रहा है। यह महँगा रेस्तराँ, यह पेय, यह खुशबूदार गरम-गरम भोजन; सामने राहुल। उसे यह सब सपना-सा लग रहा है। कितनी लालसा थी कि वह भी बाहर जाकर होटलों, रेस्तराँ में खाया करे—और अब सब कुछ सामने है।

"मुझे सोचने का समय चाहिए—" वह कहती है।

"अब और सोचना क्या ?"

"मैं शिवेश को ऐसे कैसे छोड़ सकती हूँ—" वाना अटककर कहती है।

राहुल बात बीच में काटना चाहता है पर वह हाथ से संकेत करके उसे रोक देती है।

"शिवेश के लौटने पर उनसे सबकुछ कह कर ही मैं मुक्त हो सकूँगी—"

राहुल ने हाथ बढ़ाकर उसकी हथेली पकड़ ली है, "मालूम नहीं शिवेश कहाँ है, कब लौटेगा ? कब तक उसके लिए—"

"कभी न कभी तो।" वाना कहती है। यह सब कुछ पहले से सोचा या

रिहर्सल किया नहीं है, यह हृदय की सहज अभिव्यक्ति है।

"ड्रग बेचने की कम-से-कम सात-आठ साल की सज़ा होती है–"

वाना आह भरती है, वह चुप है।

"मेरे साथ चलो वाना ! अब यही हमारे लिए सहज और तार्किक राह है। शिवेश अगर–जब लौटा तो वह अपने आप समझ जाएगा।"

राहुल ने वकील से बात की है। वाना यदि शिवेश को तलाक़ देना चाहे तो वह बिलकुल उपयुक्त और उचित होगा। कोर्ट से बच्चे भी उसे ही मिलेंगे। कोई भी जज बच्चों को माँ से अलग करके ड्रग बनाने और बेचने वाले बाप को नहीं देगा।

पर राहुल यह सब नहीं कह सकता।

"मैं तुम्हें अकेले छोड़कर जा नहीं सकता। तुम्हें लेकर ही जाना होगा।" राहुल ने कहा।

"तुम्हारे साथ जाने की बात मुझे कितनी प्रिय लग रही है मैं बता नहीं सकती। परन्तु शिवेश को कुछ समय देना ही पड़ेगा राहुल। समझ रहे हो न ?"

"समझ रहा हूँ।" राहुल कहता है, गाड़ी में बैठकर वह उसे हलके से चूमता है, "पर मैं अब और इन्तज़ार नहीं करूँगा–"

वाना को वह गराज में उसकी गाड़ी के पास छोड़ देता है और जब तक वह स्टार्ट नहीं करती, रुका रहता है।

वाना आँखें पसार-पसार कर अपने चारों ओर देखती है। उसका राहुल के साथ चला जाना ही ठीक है, हर दृष्टि से। वह यह भी जानती है कि यह उसका स्वार्थ है। यहाँ से दूर, नए महाद्वीप में, बिना किसी चिन्ता या अतीत के यह नया पृष्ठ, नया अध्याय। पर अतीत है, सत्य है कि वह शिवेश से बँधी हुई है और जब उनका पता-ठिकाना भी नहीं है, वह इस संबंध के यथार्थ को कैसे झुठला दे ?

"तुमने मुझे धोखा दिया–" वह शिवेश की आँखों में आँखें डालकर कहना चाहती है। "और अब मैं इस पत्नी धर्म को एक दिन भी नहीं झेलना चाहती। मैं तुम्हें छोड़कर जा रही हूँ–" उसमें इतना साहस, इतना दम है। पर बिना कुछ कहे, दरवाज़े पर ताला ठोंक कर वह चोर की तरह अँधेरे में नहीं लोप होना चाहती।

"मैं कमज़ोर पड़ रही हूँ राहुल–" वह कहती है।

"मुझे यही डर था–" वह कहता है।

वह रोज़ शाम को विभाग से फ़ोन करता है।

वाना फ़ोन को हाथ में पकड़े-पकड़े उसका कमरा, शेल्फ़ पर चुनी किताबें, खिड़की से बाहर बिखरा परिसर–सब मनश्चक्षुओं से देख रही है। वह चुप है।

"मुझे यही डर है।" राहुल कहता है।

"एक बार शिवेश के लौटने पर तुम फिर उसी पत्नीत्व में न खो जाओ और

मैं वह होने नहीं दूँगा। जो मेरा प्राप्य है वह मैं दुबारा शिवेश को सौंप नहीं सकता।''

''वाना—'' वह रोज़ कहता है, ''अभी भी समय है—मेरे साथ चलो—''

रोज़, रोज़, दिन-रात, राहुल का स्वर आग्रह करता है और वाना जैसे शरीर से अपने रक्त को बूँद-बूँद रिसते देख रही है।

''तुम मेलबोर्न होकर लौट आओ। मुझे एक वर्ष दो राहुल—एक वर्ष के बाद जो तुम कहोगे वही करूँगी—''

''यह तुम्हारा अंतिम निर्णय है ?'' उसका स्वर उदास है।

''यही समझो। मैं भी इस निर्णय से हार्ट ब्रोकेन हूँ, पर इस समय यही मुझे उचित लगता है—''

राहुल जा रहा है। उसे जाना ही है, बेबी चाची को लेकर कैनेडा जाएगी। वाना चुप है, राहुल वाना को समझाता है, ''इधर-उधर, छोटी-मोटी नौकरी के लिए भटकने की ज़रूरत नहीं है। एक वर्ष के लिए मैंने पैसे तुम्हारे खाते में डाल दिए हैं; अगर तुमने उनका उपयोग नहीं किया तो मुझे बड़ी तकलीफ़ होगी। तुम्हारे और बच्चों के लिए एक गाड़ी का ऑर्डर दिया है। दो-तीन दिन में आ जाएगी, और कुछ ?''

वाना चुप, टुकुर-टुकुर उसे देख रही है। वह उसका हाथ हलके से छूकर कहती है, ''तुम मत जाओ राहुल—मैं कैसे रहूँगी—''

''मैं जाना नहीं चाहता, तुम स्वयं मुझे निष्कासित कर रही हो—एक वादा करो, जैसे ही शिवेश आए, उससे बात करोगी। या फिर मुझे फ़ोन कर देना, हम दोनों साथ ही उसका सामना करेंगे—''

वाना उस दृश्य की कल्पना से ही थरथरा जाती है।

''ठीक है, तुम्हें फ़ोन करूँगी।''

राहुल को शिवेश के लौटने की आशा नहीं है—पुलिस ने उसे पकड़ा नहीं है। उसके नाम वारंट है और राहुल के भेजे पैसे आइसलैंड से वापस आ गए हैं। पर वाना की तसल्ली और दिलासे के लिए वह चुप है।

''एक साल बहुत लम्बा समय है—''

वाना अस्फुट स्वर में, अपने आप से कहती है।

राहुल उसे भर आँख देखता है फिर वह धीरे-धीरे चला जाता है।

वाना पिछवाड़े बरामदे में खंभे से टिकी बैठी रहती है। यह विंडसर में भरपूर गर्मी का समय है; आकाश में सफ़ेद-सफ़ेद बादल यहाँ से वहाँ तक बिखरे रहते हैं। नदी में दूर तक सफ़ेद पालों वाली नावें तिरती रहती हैं; जिधर देखो उधर चमकते हुए रंग और खुशबू, रात में झींगुरों की अनवरत झंकार !

राहुल को क्यों जाने दिया, वाना सोचती है, जैसे अपने भरे आँचल से मोती ढलका दिए; अगर वह कहती तो वह सारे कान्ट्रैक्ट रद्द करके पीछे रह जाता।

पर वह, वाना लोगों को क्या मुँह दिखाती ? बेबी को, चाची, अंजी—सभी यह सोचते कि शिवेश के हटते ही अब सब स्पष्ट रूप से सामने आ गया। छुपा कर न जाने कब से चल रहा होगा। वह इस अमूल्य निधि को कीचड़ में कैसे लिपट जाने दे। वह गोप्य रखना चाहती है, सिर्फ़ अपने और राहुल के बीच में। कम से कम जब तक स्थिति स्पष्ट न हो जाए। राहुल का घर बन्द करके बेबी चाभी खन्न से वाना के आगे डाल देती है। सब यह खूब अच्छी तरह समझ रहे हैं कि राहुल के देवप्रिया से विवाह न करने के पीछे वाना कहीं ज़िम्मेदार है—उसने राहुल को भड़का दिया है, कैसे, क्यों, ईर्ष्या या अपना स्वार्थ—परन्तु इसके मूल में असल में क्या है, शायद उतनी दूर तक उनका सोच नहीं जा सकता।

चाची की आँखों में करुणा और सहानुभूति है, ''हम तो जा रहे हैं दुल्हन ! तुम अकेले रह लोगी ?''

''रहना ही पड़ेगा चाची। शिवेश जल्दी ही लौटेंगे—''

''तब तक ख़र्च-वर्च का प्रबन्ध तो है न—''

''हाँ चाची, काम चल जाएगा।''

वह उठकर चाची के पैर छूती है। चाची का हाथ उसके सिर पर ठिठक कर रह जाता है, उसे क्या आशीर्वाद दें, शायद वह असमंजस में हैं।

''राहुल का नम्बर डायरी में लिख लिया है न ? कोई ज़रूरत हो तो ख़बर करना—''

वाना अब अकेली है, नितान्त अकेली। राहुल जाकर एकदम व्यस्त हो गया है फिर भी फ़ोन करता है। वाना की समझ में नहीं आता कि वह क्या कहे। शब्द उसके होठों तक आ-आकर रुक जाते हैं।

शिवेश की कोई ख़बर नहीं—धरती निगल गई कि आकाश खा गया—वारंट निकला हुआ है, जुल्मई जेल में, दूकान बन्द। असलम अहमद तो दुबई में हैं, केवल पूँजी ही लगाई थी, दूरी के कारण सुरक्षित रहे। उनके ख़िलाफ़ कुछ कार्रवाई नहीं की गई।

गरमी के दिन, धीरे-धीरे सरकते हैं। वाना ने अंजी को फ्रीज़र दे दिया है, मुर्ग वग़ैरह हरेक चीज़ के सहित जब वह बनाती है तो आकाश-विकास उसी के पास खाते हैं। सारे दिन स्विमिंग पूल पर बिताते हैं, धूप में तप-तप कर रंग पक गया है।

आस्ट्रेलिया में ठंडक है। राहुल कहता है।

वाना उससे कुछ कहना चाहती है, पर रुक-रुक जाती है। अभी जैसा चल रहा है वैसा ही चले। इसमें अभी और व्याघात नहीं।

यह तो होना ही था, वाना अपने आप से कहती है, उस प्यार की रात की परिणति यही है। जब मेनका की तरह उसने तापसी राहुल को रिझाया था, तो

शकुन्तला का जन्म तो स्वयंभावी ही था।

वह खंभे के सहारे बैठे-बैठे नाम सोचती है, 'अ' से शुरू करके अभिजित, आलोक अमन, बानी, बुन्नी, बँसरी, चेतन, चयन, चारु, दमयन्ती, दामिनी, बेचारी देवप्रिया—वाना को कभी-कभी लगता है; देवप्रिया की साड़ी में, देवप्रिया के भावी पति से, देवप्रिया की कोख की संतान उसने देवप्रिया के हक़ पर डाका डाला है। यह तो होना ही था, स्वातिबिंदु; तुम्हें तो आना ही था; राहुल बार-बार उस पर सघन बादल की तरह बरसा था; उसने पिया था जलती हुई धरती की तरह, तृषित पक्षी की तरह—

राहुल—तुम्हारा—यह शिशु—वह कहना चाहती है, पर अभी नहीं। कुछ दिन वह यह सुख, यह आह्लाद अपने तक सँजोकर रखना चाहती है।

अंजी उसे देखकर सिलाई की मशीन बन्द कर देती है, वाना देखती है कि वह मखमल की फ्राक सिल रहीं है।

"नया काम मिला है ?" वाना ने पूछा।

"हाँ।" अंजी रुककर कहती है, "वाना, हम दोनों मिलकर बच्चों का डेकेयर सेंटर क्यों न खोल लें ? हम दोनों लायसेंस लेंगे तो आठ-आठ बच्चे रख सकते हैं।"

"ना बाबा ! कौन भागेगा बच्चों के पीछे। उनको खिलाना-पिलाना, कपड़े साफ़ करना—"

वाना ने एकदम बात को आगे नहीं बढ़ाया। पर अंजी रुकने वाली नहीं है; "राहुल का फ्लैट ख़ाली है, उसमें नीचे किचेन भी है। एक कमरे को डेएक्टिविटी रूम बना लेंगे, तुम्हारी बैठक में दिन में सोने का प्रबंध कर लेंगे। मैंने डॉक्टर साद से बात कर ली है। हमें लाइसेंस मिलने में कोई दिक्कत नहीं होगी—"

"अंजी, मुझे सोचने का समय चाहिए—"

"कब तक सोचती रहोगी ? समय और लहरें किसी के लिए नहीं रुकतीं, और कुछ बातें छिपाने से भी नहीं छिपतीं—"

"जैसे कि—?" वाना ने पूछा।

"जैसे कि नया शिशु।" अंजी ने कहा, "मुझसे भी छिपा रही हो—"

फिर वह उठकर वाना से लिपट गई, "मैं कब से इन्तज़ार कर रही हूँ कि तुम आज कहोगी—आज कहोगी, फिर मुझसे ही नहीं रहा गया—"

"तुम्हें कब से मालूम ?" वाना ने रुक-रुक कर पूछा। "शुरू से ही।" अंजी ने हँसते हुए कहा, "तुम्हारे चेहरे पर एक आभा है वाना ! एक अनोखी, अपूर्व रौनक़—एक ऐसी तुष्टि की जो ऐसी अवस्था में स्त्री के ऊपर छा जाती है। तुम पर जैसे रूप बरस रहा हो—"

दोनों कुछ देर चुप रहीं। फिर अंजी ने हिचकते हुए कहा, "एक बात पूछूँ

वाना–तुम बुरा मत मानना–"

"नहीं, मत पूछो। मुझे सताओ मत।"

अंजी उसका चेहरा देखकर चुप रह जाती है।

पर बात को बीच में छोड़ देना अंजी की आदत नहीं है, "डॉक्टर को दिखाना है ? डॉक्टर मूँदड़ा से अपौएंटमेंट ले लूँ–" वह कुछ दिन बाद पूछती है।

डॉक्टर के पास से लौटकर अंजी वाना के पास चाय पीने रुक गई है, "मूँदड़ा ने तारीख़ देर में नहीं बताई ? क्यों ? मैंने सोचा था कि इससे पहले ही समय पूरा हो जाएगा।"

चाय प्याले में डालते हुए वाना ने कहा, "नहीं, ठीक ही बताई है–"

"पर शिवेश तो–"

वाना ने चायदानी मेज़ पर ठक् से रख दी।

"तुम सीधे-सीधे क्यों नहीं कहती जो कहना चाहती हो ?"

"तो लो ! पूछ रही हूँ राहुल को तुमने बताया है ?"

वाना निढाल होकर सोफ़े से टिक जाती है–"नहीं।"

"उसे हक़ है जानने का, है कि नहीं ?"

वाना अब और नहीं छुपा पाएगी। कब तक अंजी से पर्दा रक्खे। फिर भी वह कहती है, "तुम्हें कैसे पता कि राहुल–"

"यह तुमने क्या पागलपन कर डाला वाना ! तुम तो इतनी समर्पित, इतने सम्पूर्ण रूप से शिवेश की पत्नी थीं–"

वाना चुप है। उसकी दृष्टि कहीं दूर अटकी हुई है।

"यह सब कैसे हो गया ? राहुल के जीवन में कितनी उथल-पुथल हुई, और अब तुम क्या करोगी ? शिवेश के साथ रहती रहोगी कि जैसे कुछ हुआ ही नहीं–"

"शिवेश हैं कहाँ ? आएँगे तो सब कुछ साफ़-साफ़ बता दूँगी उन्हें–"

"तुम्हारा क़त्ल कर देंगे–मर्द ऐसी बातें बरदाश्त नहीं कर पाते–"

"नहीं, शिवेश में क़त्ल करने का माद्दा नहीं है, चीख़ेंगे, चिल्लाएँगे, धमकी देंगे। बच्चों को रखने की कोशिश करेंगे–"

"मेरी तो समझ के बाहर है, तुम क्या पागल हो गई थीं। तुमने बनी बनाई गृहस्थी को लात मार कर ढहा दिया। आग लगा दी।"

"यह तो एक दिन होना ही था। बल्कि मुझे बहुत दिन पहले ही...। मैं डरती थी, पर अब नहीं, मेरे मन में कोई डर या दुविधा नहीं है।"

अंजी उठ खड़ी हुई, "भाग्यवान हो वाना ! किसी को पागलपन की हद तक चाहा तो–और तुम्हें प्यार मिला भी। मुझे देखो, उन्नीस साल की उम्र में शादी हुई और तीस की होते-होते शादी, बच्चे, तलाक़ सभी कांड हो गए। तीन ज़ीरो पर ज़िन्दगी ख़त्म हो गई–तुम फ़िक्र मत करो। हम सब तुम्हारे साथ हैं, पर राहुल

को बता दो–''

''बता दूँगी–जल्दी ही–''

गरमी की शुरुआत, राहुल के विवाह की तैयारी, शिवेश का फ़रार हो जाना। गरमी का शिखर। अकेलापन और गरमी का अन्त एकाएक आ गया। जैसे विंडसर में आता है। एकाएक बदली और कई दिन तक धुआँधार बरसात। उसके साथ अँधेरा और ठंड। पानी से सारी पत्तियाँ झड़ने लगती हैं, फूलों की पँखुड़ियाँ नीचे गिर कर गीली मिट्टी में लिथड़ने लगती हैं। नदी की लहरों की गति तीव्र हो जाती है। कुछ ही दिन में नावें जाड़ों के लिए पानी से निकालकर स्टोरेज में रख दी जाएँगी और जाड़ा अपने सारे अस्त्र-शस्त्रों के साथ फिर चढ़ाई कर देगा।

कैसे बीतेगा यह जाड़ा, यह लम्बे-लम्बे ख़ाली दिन। बैंक का खाता दिन पर दिन घट रहा है; उसने राहुल के पैसों को हाथ नहीं लगाया है। वह गर्व और आत्माभिमान से जीना चाहती है। उसने अंजी को हाँ कर दी है। अंजी ने राहुल से आज्ञा ले ली है, जब तक वह नहीं है तब तक के लिए नीचे का घर वह प्रयोग में लाएँगी। अंजी के पास मॉण्टेसरी स्कूल में पढ़ाने का अनुभव है। वाना को लाइसेंस लेने के लिए तीन दिन कक्षाएँ लेनी पड़ी हैं। नगर तंत्र से उन्हें सहायता मिली है। पीछे तार लगवाने पड़े हैं, बच्चों को दुर्घटना से बचाने के लिए, कुछ खिलौने, खेलकूद का सामान, छोटे-छोटे पलंग और गद्दियाँ, उनके आराम करने के लिए।

अंजी ने छोटा-सा साइन बनवाकर बरामदे में लगा दिया है, 'ए एंड वी डेकेयर।'

मिस्टर साद ने कुछ बच्चे भेजे हैं। वह सोशल वर्क विभाग में काम करते हैं। अंजी और वाना की पहली ग्राहिका चौदह साल की शैरोन है। छोटी-सी तीन महीने की बच्ची की माँ। वह स्वयं ही बच्ची है, माँ-बाप ने घर से निकाल दिया है; बच्ची का बाप और शैरोन दोनों ही स्कूल में पढ़ते हैं। दिन में बच्ची डेकेयर में रहेगी। बच्ची का नाम मिकेला है। वह हर वक्त रोती है। वाना को अंजी का नया रूप देखने को मिला है। वह रोज़ सबेरे आती है; कमरे खोलती है, बच्चों का स्वागत करती है, उनके लड़ाई-झगड़ों में बीच-बचाव करती है, उन्हें रंगों से कागज़ पर ड्राइंग करने को देती है, मिकेला को गोदी में पकड़े-पकड़े वह सब काम प्रफुल्ल मुख से करती है। वाना बच्चों का लंच बनाती है, उन्हें खाना खिलाती है, और दोपहर में सोने के लिए अलग-अलग पलंगों पर लिटा देती है। शुरू में ऐसे प्राब्लम बच्चे थे, जिन्हें कोई और रखने को तैयार नहीं था, चीखते-चिल्लाते थे, तोड़-फोड़ करते थे या हर वक्त दोनों से चिपके रहते थे–पर जल्दी ही कोटा पूरा हो गया। हर सप्ताह हज़ार डालर से ऊपर की आय होने लगी।

अंजी प्रसन्न है, ''शुक्र है उस ड्राइक्लीनिंग दूकान की गंध से छुट्टी मिली, सिलाई करते-करते मेरी उँगलियाँ छलनी हो गई थीं।''

लूपे आकर कह गई है कि अगर कभी ज़रूरत पड़े तो वह एवज़ी के लिए तैयार है। राहुल के चले जाने से उसकी सफ़ाई की नौकरी छूट गई है।

राहुल आजकल यात्रा पर है, जगह-जगह उसके सेमिनार और वर्कशाप हैं। कैसी-कैसी जगहों पर जिनका वाना ने नाम भी नहीं सुना।

उसने अभी भी राहुल को कुछ नहीं बताया है। सुनते ही राहुल सब छोड़-छाड़कर आना चाहेगा। बीच सत्र में कैसे आ सकता है। मेलबोर्न में अध्यापन तो समाप्त करना ही है। वह दिसंबर के प्रारंभ से पहले नहीं आ सकता। तब तक शिवेश ?

मालूम नहीं कहाँ है।

अंजी हर वक्त गुनगुनाती रहती है—उसका स्वर मीठा है। धूप निकलने पर वह बच्चों को पिछवाड़े ले गई है—वह खेल रहे हैं; अंजी मिकेला को गोद में लिए झूले पर बैठी है—

आह—वह कैसा सागर उमड़ा था हमारी नसों में
उस रात तूफ़ान उठा था
जिसमें सारी नावें बह गई थीं, न जाने कहाँ गईं वह सब
किस छोर पर जाकर टकराईं
कैसा उद्दाम, उत्ताल सागर उमड़ा था हमारी—

वाना रसोई में खड़े होकर बच्चों का लंच बना रही है। कुछ अपने घर से खाना लाते हैं, और जो माँएँ सरकारी अनुदान पर हैं, उनके बच्चों का खाना भी देखभाल में शामिल है। वाना टोस्ट सेंक रही है, अंडे और मटर, जूस, बाद में जेली।

वह अंजी का गाना सुन रही है। अंजी बेख़बर गा रही है, उसकी आँखें बच्चों पर हैं और बाँहें मिकेला को झुला रही हैं। मिकेला की आँखें अधमुँदी हैं, वह चुप हो गई है। अब रोती नहीं।

पर वाना का दिल भर आया है। हर क्षण उसे एहसास दिलाता है कि वह कितनी अकेली, कितनी असम्पूर्ण है। उसे पूरा विश्वास है कि शिवेश देर-सबेर लौटेंगे ज़रूर। वह वाना से दूर रह ही नहीं सकते और तब उसे कहना ही होगा।

उसे लगता है उसने ग़लती की। राहुल के साथ चला जाना ही उचित होता। कम-से-कम शिवेश से साक्षात्कार से तो बच जाती।

पर तब आगमिष्यत का क्या मालूम था।

आकाश विकास को मार्क बता देता है। उन्हें भाई तो नहीं चाहिए, हाँ बहन हो तो चलेगा। उसका नाम जेनी रक्खेंगे—विकास ने उछलकर कहा।

"धत्। जेनी पुराना नाम है।" अंजी ने कहा।

"तो फिर ?"

"सपना।" अंजी कहती है।

दोनों को यह नाम पसंद नहीं आया, वह सिर हिलाते हैं।

"उमा !" अंजी कहती है।

"मुझे ऐसे नाम नहीं देने हैं।" वाना कहती है, "उनके जिन्होंने पुरुषों के कारण दुख झेले, कितनी तपस्या की थी। पार्वती ने, शकुन्तला ने भी अकारण इतना दुख सहा। सीता, राधा–दमयन्ती ऐसा कुछ नहीं–"

"फिर राहुल से ही पूछना।"

"राहुल से क्यों ?" विकास कहता है, "राहुल तो यहाँ है भी नहीं–"

एक दिन इन बच्चों को भी बताना होगा। पर यह अमरीका में पले, बड़े हुए बच्चे हैं, तलाक़ इनके लिए कोई नई बात नहीं। एक पुरुष से नहीं पटी तो और भी हैं–

कभी-कभी वह ऊपर जाकर राहुल की स्टडी में बैठ जाती है। अंजी बाल्कनी में खड़ी हुई है, और गुनगुना रही है। कुछ पंक्तियाँ गाने के बाद अगर भूल जाती है तो कड़ी पकड़ कर वह कुछ और गाने लगती है।

वाना को राहुल की स्टडी में राहुल की कुर्सी पर तल्लीन बैठा देखकर वह गा रही है, जो वाना के कानों में पड़ती है, "लगनिया लगाइ के, वंशी सुनाई के, कहाँ गए कान्हा ओ कान्हा ऽ रे–"

"यह क्या गाने लगीं ?" वाना ने कहा।

"क्यों ?" अंजी नटखट मुस्कान से कहती है, "बाउल संगीत है–तुम्हें अच्छा नहीं लगता ? नहीं गाऊँ–"

"गाओ–गाओ–मज़े ले लेकर गाओ !" वाना कहती है।

अंजी हँसती हुई नीचे उतर जाती है। यह बच्चों के झपकी लेने का समय है, सब सो रहे होंगे। वाना को कोई जल्दी या हड़बड़ी नहीं है; वह निश्चल बैठी रहती है। कितनी किताबें हैं, कितने कौम्पेक्ट डिस्क। टेप। राहुल को संगीत का शौक़ है। हर प्रकार का, पाश्चात्य, अपना सितार, सरोद, वंशी, सन्तूर, सभी के टेप हैं। सुनता है तो इतने मन्द स्वर में कि दीवार के पार कहीं आवाज नहीं जाती।

वाना को एक बार फिर लगता है कि राहुल और वह स्वयं कितने विपरीत हैं, फिर भी कितने निकट जुड़े हुए। शब्दों की आवश्यकता हीं नहीं है, एक-दूसरे को रवहीन ही पढ़ लेते हैं, समझते हैं।

मुझे इस सबका अवसर ही कहाँ मिला। पूजा-पाठ, मंदिर से जो पिता को आय होती थी उसमें चार प्राणियों की गुज़र ही मुश्किल से होती थी। किताबें पढ़ने, या संगीत सुनने की रुचि कहाँ से पैदा होती। कुछ भी नहीं आया। न तैरना; न साइकिल चलाना तक नहीं। और शादी के बाद भी व्यस्तताएँ ही रहीं, शिवेश को खाने का शौक़ था, तो वह सीख लिया, काम चलाने लायक भर ! मिसेज़ पोर्टर ने घर गृहस्थी चलाना सिखाया, और–

वाना नीचे जाने से पहले स्वयं बाल्कनी में खड़ी हो गई है। वह शान्त, उज्ज्वल पानी की धाराओं के पार शहर की इमारतें अनमनी दृष्टि से देख रही है। उसने अपने आप पर, स्वयं निष्कासन का दंड लगाया है। एक दिन उसका भी अंत होगा। तब तक वाना के जीवन में प्रतीक्षा के अतिरिक्त और कुछ नहीं है। उसका जीवन शिवेश की पकड़ में बंदी है, गतिहीन है। शिवेश कब लौटेंगे, कभी तो कोई समाचार, सूचना मिले, एक सतर ही सही। मैं यहाँ हूँ, मैं सकुशल हूँ। इस बड़े से मौन के आगे-पीछे अन्धकार ही अन्धकार है। एक भय वाना के हृदय में गुंजलक बाँधे बैठा रहता है और उसे खाता रहता है।

वाना अपना लक्ष्य पहचान गई है, अंततः। कितने वर्ष ऊहापोह दुविधा में बिता दिए, अन्दर, बाहर की दुनिया में द्वन्द्व चलता ही रहा; और शायद उसी तरह आधी ज़िन्दगी जीती हुई बाक़ी समय भी बिता देती, यदि शिवेश ने उसके साथ छल प्रपंच न किया होता। यद्यपि दोनों बातें तर्कसंगत नहीं हैं; और हैं भी। यदि शिवेश फ़रार न हो गए होते तो अब तक राहुल विवाह करके देवप्रिया को साथ लेकर आस्ट्रेलिया चला गया होता, वह कुछ घटित न हुआ होता, पर हाय ! मैं कितने सुख से वंचित रह जाती। राहुल का यह प्यार जो उसे साँझ-सबेरे सींचता रहता है; उसके रक्त को ललाई बख़्शता है, जो उसके शरीर में एक नया प्राण फूँक कर गया है; अब वही है मेरी दिशा, मेरा ध्येय, बस; शिवेश लौट आवें तो यह अध्याय समाप्त कर नया पृष्ठ खोले।

वाना को शिशु के प्रति चिन्ता नहीं है, वह आकाश विकास की तरह ही स्वस्थ होगा। बिना अधिक पीड़ा दिए उसका सहज, स्वाभाविक रूप से आगमन होगा। और वह विश्व का सबसे सुन्दर शिशु होगा।

वाना अंजी के घर से लौटी है, फ़ोन घनन-घनन करके बजता ही जा रहा है। उसकी आवाज़ ख़ाली अँधेरे कमरे में गूँजती है।

राहुल के अतिरिक्त कोई और दस घंटियाँ नहीं देता। कुछ लोग इतने अधीर होते हैं कि तीसरी घंटी पर ही फ़ोन रख देते हैं।

जल्दी से ताला खोलकर वह अंदर आती है, राहुल ही है।

और वह गुस्से में है, वह उबलता नहीं, उसका गुस्सा एकदम गहरा और ठंडा होता है, और बहुत दिनों तक पलता है। उसका चेहरा कड़ा और आँखें अभेद्य हो आती हैं। उसका स्वर ठंडा और दूरी से भरा है।

"कैसी हो ?"

"ठीक ! तुम कहाँ हो ?"

"तुम्हें अभी भी मुझ पर विश्वास नहीं है ? ऐसा ही न। क्या यह सच है ?"

"हाँ !" वह अपराधी स्वर में कहती है।

"मैं तुमसे बहुत नाराज़ हूँ, बेहद।"

"आइ' म सौरी। मैं तुम्हें बताने ही वाली थी—नाराज़ मत हो। मैं सह नहीं पाऊँगी—"

"शिशु ?" राहुल बहुत मन्द पर मृदुल स्वर में जैसे आप से पूछ रहा हो।

"हाँ।"

"अब भी वहीं, विंडसर में बैठी रहोगी ?"

"तुम बताओ !"

"तुम यहाँ आना चाहोगी वाना ? मैं आकर तुम्हें लिवा लाऊँ—"

"बच्चों का स्कूल—?" वह फिर पीछे हट रही है।

"वह सब छोटी-छोटी नगण्य बातें हैं। यहाँ भी स्कूल हैं, सुनो; मुझे निकलने में दो हफ्ते लगेंगे। बंगलोर में एक मीटिंग है, वहाँ दो-तीन दिन में जा रहा हूँ, वहाँ से होता हुआ आऊँगा, और वाना—अब मैं अगर मगर नहीं सुनने वाला। सुख पाने का कुछ मेरा हक़ भी बनता है।"

"ठीक है।" वह एकदम निश्चय कर लेती है।

"दो हफ़्तों में—" और उसके अन्दर, कितने दिनों बाद ख़ुशी की एक लहर दौड़ गई है। कितना अनजाना हो गया है यह अनुभव।

"मैंने तुम्हारे आने की, अभी से, इसी क्षण से प्रतीक्षा शुरू कर दी है, और राहुल, नाराज़ मत हो। मैं समझ नहीं पा रही थी कि क्या करूँ। इतनी बड़ी-बड़ी घटनाएँ, इतनी तेज़ी से हुईं कि मैं सम्हाल नहीं पाई—"

"वाना ! तुम बहुत बहादुर और केन्द्रित स्त्री हो। बस अब कुछ ही दिन और—"

लूपे उसकी जगह काम सम्हाल लेगी। वाना अभी किसी से कुछ नहीं कहती, तैयारी करने में कुछ समय नहीं लगेगा। वाना अपनी दराज़ खोलती है, ऊपर ही देवप्रिया की कत्थई साड़ी रक्खी है, तहाई हुई। पर उसकी तहों के बीच सिलवटें हैं, सिकुड़नें हैं, राहुल के चिह्न हैं। वह साड़ी उठाकर गाल से सटा लेती है जैसे राहुल को पकड़ना चाह रही हो।

वाना आजकल आँखें पसार-पसार कर सब ओर देखती है। कितने यत्न से यह गृहस्थी जुटाई है, कितने प्यार से बर्तन-भाँड़े सँजोए, फ़र्नीचर की दिन-रात झाड़-पोंछ की। अलमारी में कपड़े लटक रहे हैं। वह अलमारी बंद कर देती है। यह कपड़े उसे जल्द ही छोटे और तंग होने लगेंगे।

उसे कुछ भी साथ लेकर नहीं जाना है। बस दोनों बच्चे और स्वयं। हर जगह हर चीज़ उपलब्ध है। बच्चों के पासपोर्ट बनवाने के लिए उसने अर्ज़ी दी है और एक सप्ताह में जल्दी बनने के लिए अतिरिक्त पैसे भी।

वाना को, सब कुछ ऐसे ही, चुपचाप पीछे छोड़ जाने के विचार से बड़ा चैन आ गया है। पीछे शिवेश आ गए तो ? वह बार-बार सोचती है, अंजी सब उन्हें समझा देगी। वह हतबुद्धि बैठे रह जाएँगे। उनकी पत्नी उन्हें छोड़कर राहुल के पास चली गई है, वह यह सत्य कैसे बरदाश्त करेंगे। पर अब इन बातों में उलझ कर गति हीन रह जाने का समय नहीं है। वाना उनकी पहुँच, उनकी पकड़ से बहुत दूर जा रही है। पर मैं ही इस शर्मिन्दगी को क्यों ढोऊँ। ड्रग बनाते और बेचते समय उन्होंने परिणाम नहीं सोचा ? वाना आक्रोश से अपना अपराधी भाव छिपाना चाहती है। वह राहुल को प्यार करती है, इसलिए नहीं; वह शिवेश को इस स्थिति में अकेले छोड़ रही है इसलिए। पर हरेक का उस पर हक़ है उस पर माँग है। इस स्वाति बिंदु शिशु का भी जिसे वह अपने रक्त से पाल-पोस रही है, राहुल का; जो इसका पिता है; वह केवल शिवेश की पत्नी मात्र नहीं; उसके अतिरिक्त भी बहुत कुछ।

वाना को अन्दर-अन्दर मालूम है कि शिवेश उस अपराध में पूरी तरह भागीदार रहे हैं। वह तो स्वाभाविक आवरण थे; बाल बच्चेदार, पढ़ा-लिखा, सीधा-सादा, दिखने वाला पुरुष। ड्रग डीलर के उनमें कोई लक्षण नहीं थे। कौलोरैडो से सामान लाते हुए वह साधारण से दूकानदार लगते थे, दूकानदार, जिसका सप्लायर दिवाला निकली दूकान का सामान ख़रीदकर दुबारा बेचता है, सप्लायर सुलतान है और बक्सों डिब्बों में क्या है, यह कौन बार-बार खोलकर देखता है।

शिवेश का क्या बनेगा ? वह सोचती है। अगर लुकते-छिपते आए भी तो पुलिस से कितने दिन बचेंगे ? फिर कितने साल की सज़ा होगी ?

वाना अपने को विंडसर का सब कुछ यों ही छोड़कर चले जाने के विचार पर केन्द्रित कर रही है। कैसा होगा आस्ट्रेलिया ? नया घर, नई गृहस्थी, नया शिशु। रोज़ सुबह आँख खोलकर राहुल को अपने निकट पाना। कितना अननुभूत, कितना अनिर्वचनीय—वह उँगलियाँ खोलेगी और राहुल का कपोल छू सकेगी। उसकी दाढ़ी के बाल कितनी जल्दी बढ़ते हैं। उनका खुरदुरा स्पर्श अपने चेहरे पर सँजोना, कितना उन्मत्त अनुभव।

वाना अपने अकेले ठंडे बिस्तर पर अँगड़ाई लेती है। वह फिर गिनने लगी है, अब दस दिन, अब नौ, अब एक सप्ताह। जब राहुल आकर सामने खड़ा हो जाएगा, तब तो सबको पता ही चल जाएगा। दोनों साथ झेलेंगे। अभी से अंजी से क्या कहना।

वाना का चेहरा विवर्ण है, वह शिथिल, तन्द्रामय बैठी है।

"यह सरदर्द फिर कैसे होने लगा ?" अंजी ने एकाएक पूछा।

वाना अचकचा गई, सायास अपने बिखरेपन को बटोर कर एकाग्र करना चाहा।

"मालूम नहीं," उसने भोली मुद्रा से उत्तर दिया।

"कोई बात है ?" अंजी ने कुरेदा।

"नहीं तो।"

अंजी लंच के बाद नैपकिन उठाकर रख रही है, फिर वह झुक कर मेज़ पोंछने लगी है।

"वाना ! मैं तुम्हें अन्दर-बाहर पहचानती हूँ।" हाथ रोक कर वह कहती है, बाहर आकाश की धूमिलता वाना के चेहरे पर उतर आती है।

"राहुल आ रहा है।" वाना ने सीधी सच्चाई से कह दिया।

नैपकिन रखकर अंजी ने दरवाज़ा भेड़ा।

"कब ?"

"जल्दी ही, हफ़्ते दस दिन में—"

"क्या उसकी छुट्टी—?"

"नहीं। हमें लिवाने के लिए—"

अंजी ने लम्बी साँस ली।

"यह तो बहुत अच्छा समाचार है—तुम इतनी—" वाना ने टूटकर दोनों हथेलियाँ दुखती कनपटी पर ज़मा लीं—"शिवेश आ कर—क्या सोचेंगे ?—"

अंजी उसे अभेद्य, ठंडी दृष्टि से देख रही है, "यह सोचने के लिए देर नहीं हो गई ?—"

रक्तहीन वाना अंजी की दृष्टि का उत्तर देती है, आजकल बात-बात पर आँखें भर आती हैं। अंजी ने तरलता की वह पर्त चीन्ही है। वह पास आकर बैठ गई है; "अच्छा ही है कि तुम आमने-सामने खड़े होकर सवालों का जवाब देने को नहीं होगी। यह ख़ाली घर ही तुम्हारा स्टेटमेंट होगा—कि शिवेश, बरसों मैंने साथ दिया, पर तुमने जैसे मेरे विश्वास को तोड़ा, वह मुझे ग्राह्य नहीं है—"

वाना अपने विचारों के तार पकड़ने में खोई हुई है; "मैं कब से एकाधिक स्तरों पर जीती आई हूँ, पत्नी, माँ—जो मेरी शिक्षा रही; पर अन्दर की स्त्री, जो हमेशा इस शान्त मुखाकृति के भीतर रेस्टलेस, खोज में व्यस्त, इधर-उधर भटकती रही, जहाँ भी जो कुछ मिला, उसी को कंगाल की तरह सँजोती रही, अब यह बेईमानी और नहीं चल पाएगी अंजी ! मैं कब तक अपने को ठगती रहूँगी—कब तक अपने 'स्व' को अपूर्ण रक्खूँगी।"

अंजी ने कोमलता से कहा, "अब तुम अपूर्ण नहीं रहीं वाना ! मगर बात बहुत आगे जा चुकी है, पुल के नीचे से कितना पानी बह गया है," उसने अँगरेज़ी कहावत का सहारा लिया, "पता नहीं शिवेश कहाँ हैं—कभी लौटेंगे भी या नहीं ? वारंट निकला हुआ है, आते ही पुलिस पकड़ लेगी। तुम कब तक बैठी रहोगी उनकी आशा का पल्ला पकड़े ? फिर यह शिशु—" वह चुप हो जाती है।

"तुम कुछ फ़िकर मत करो। मैं लूपे से बात कर लूँगी, डेकेयर चलता रहेगा। तुम्हारा घर भी देखती-भालती रहूँगी–"

इतनी आसानी से–वाना हथेलियों से आँखें पोंछ लेती है–अंजी ने कितनी सहजता से यह स्वीकार कर लिया कि वाना, और शिशु की सही जगह राहुल के साथ ही है।

राहुल की प्रतीक्षा में अपने को कुछ सजाना, सँवारना चाहिए कि नहीं ? वाना अपने आप से कहती है। जिनैल, जो ब्यूटीशिन बनने की शिक्षा ले रही है, शाम को अपने बच्चे सहित रुक गई है। उसने वाना को फ़ेशल दिया है, भौंहें सँवारी हैं, बाल धोये, काटे और सेट किए हैं, अब वह नाख़ून रँगने की तैयारी में है।

"कौन से रंग की पालिश ?" वह शीशियाँ उठाकर वाना को दिखा रही है, शिवेश को वाना का साज-शृंगार कभी नहीं अच्छा लगा, लिली के फूल को सजाना–वह कहते थे। आज वाना पैरों के नाखूनों पर गहरा रंग चाहती है–"वह गहरा चाकलेटी–"

"गुड च्वायस !" जिनैल कहती है, "तो तुम्हारा ब्वॉय फ्रेंड आ रहा है ?"

ख़बर फैलने में देर नहीं लगी–वाना ने सोचा, "येस !"

बिना विवाह साथ रहना; ब्वॉय फ्रेंड–उसका शिशु; जिनैल की सभ्यता में यह आम बात है। जिनैल के दोनों बच्चो के दो अलग-अलग पिता हैं, और साथ में एक भी नहीं रहता, सरकारी ख़र्च पर पल रहे हैं।

वाना अपने को देखती है; बहुत देर तक मुग्ध भाव से देखती रहती है–उसके शरीर में उत्कंठा की हिलोरें दौड़ रही हैं, "अब और प्रतीक्षा मेरे बस की नहीं–" यह संबोधन राहुल के लिए है।

विंडसर का मौसम, सुबह धूप, दोपहर मेघिल आकाश, तीसरे पहर घनघोर वर्षा और रात को बर्फ़। सीज़न की पहली बर्फ़। ऐसी-वैसी, हल्के-फुल्के तिरते टुकड़ों वाली नहीं, एकदम तूफ़ान। कल सुबह उठेगी तो चारों तरफ़ सफ़ेद पहाड़ लगे होंगे।

इस बार बर्फ़ इतनी जल्दी आ गई, हर साल जाड़ा जल्दी आ जाता है और देर तक रहता है। सड़क के लैम्प के पीले प्रकाश में वह छोटे-छोटे बर्फ़ के टुकड़ों को निरंतर झरता देख रही है। प्रकाश के दायरे से नीचे गिर कर वह धीरे-धीरे सड़क के किनारे पर एक छोटे टीले के रूप में इकट्ठे हो रहे हैं।

दरवाज़े पर खटखटाहट है, धीमी-धीमी। पर सोकर भी वाना जैसे इसी आहट पर केन्द्रित थी। वह झपटकर उठ बैठती है, "राहुल ! आ गए !"

"आती हूँ–" वह ऊपर से ही आवाज़ देती है। शाल खींचकर कन्धों पर डालती हुई वह नीचे उतरती है, उसने दरवाज़ा खोला है और उसे अलग हटाते हुए

जो व्यक्ति तेज़ी से अन्दर घुस आया है, वह राहुल नहीं है। वाना की आँखें खुली की खुली। स्वप्निल छायाओं से अपने को केन्द्रित करती हुई वाना नीरव, निस्तब्ध खड़ी रह गई है।

शिवेश ने दरवाज़ा बन्द करके चटख़नी लगा दी है। सोफ़े के साथ की भारी कुर्सी घसीटते हुए वह दरवाज़े तक ले गए हैं और उसे दरवाज़े से सटा दिया है–

तब सीधे खड़े होकर वाना को देखा है और टूटकर, पागलों की तरह उसे बाँहों में घसीट लिया है–वह सिमट आई है, पर उसका शरीर ठंडा है। वह शिवेश के आह्लाद और उत्तेजना से बहुत दूर है–

"वाना–वाना–" जैसे शिवेश के होठ उसे छूने को आकुल हैं, वैसे ही वह इस शिकंजे से निकलने को छटपटा उठी है।

उसने अपने को अलग कर लिया है, पर शिवेश के हाथ उसे हलके-हलके छू रहे हैं, "बेबी ! वाना ! इतने दिनों के बाद ? मैंने तो नये की आशा ही छोड़ दी थी।" उनके स्वर में अचरज है।

वाना रसोई में आ गई है; अब पहली बार उसने शिवेश को आँख भर कर देखा है–दाढ़ी मूँछ बढ़ा ली है, चेहरा पतला हो गया है, आँखें गड्ढों में धँस गई हैं–"कहाँ चले गए थे ? मैं तो फ़िक्र से–" उसका स्वर द्रवित हो आया।

शिवेश बैठ गए हैं, "कुछ पीने को है वाना ? कुछ दो–तब बात करेंगे–"

वाना अलमारी खोलकर खखोल रही है–एक बिना खुली, पूरी बोतल उसके हाथ आ गई है, वह बोतल लाकर शिवेश के सामने रख देती है। अब उसके अन्दर तूफ़ान उठ रहा है; उसे आज ही, अभी ही सब कुछ कह देना है, पर एकदम अभी नहीं–

"कहाँ चले गए थे ? कहाँ रहे इतने दिन ? मेरे ऊपर क्या गुज़री–" उसकी आवाज़ पतली चीख़ की तरह है।

शिवेश ने बोतल खोली है; उसे मुँह से लगाकर उन्होंने एक लम्बा घूँट पिया है, तब तक वाना ने गिलास सामने रख दिया है और बर्फ़ निकालने लगी है।

"कहाँ से शुरू करूँ–" शिवेश ने कहा, "वह सुनकर भी क्या करोगी ? इतना समझ लो कि छः-सात महीने से यहाँ से वहाँ लुकता छिपता फिर रहा हूँ–"

"मगर यह सब करने की ज़रूरत क्या थी ?"

शिवेश ने उसे देखा, "तुम्हारे लिए किया, तुम्हारी खुशी के लिए किया। तुम्हें सभी कुछ चाहिए था न–?"

नहीं, यह झगड़ा करने का अवसर नहीं है। वाना अपने को सम्हालने का, एकाग्र करने का प्रयत्न करती है।

"पर ऐसे नहीं ! ड्रग बनाओ और बेचो–इस शर्मिन्दगी और ज़िल्लत के साथ नहीं–जो कुछ था, उसमें काम चल ही रहा था–" उसने सायास अपने स्वर

को संयत रक्खा।

"मैं जुल्मई की बातों में आ गया, उसने कहा कि मैं बाल बच्चेदार शरीफ़, पढ़ा-लिखा इंसान हूँ। पुलिस को कभी शक नहीं होगा–"

वाना सिर हिलाती है, निषेध में–"तुमने सोचा नहीं कि परिणाम क्या होगा–"

शिवेश चुप हैं, पी रहे हैं, फिर पूछते हैं–

"राहुल कहाँ है ?"

"आस्ट्रेलिया।"

"शादी हो गई होगी ?"

"नहीं हुई।"

"क्यों ?"

"मालूम नहीं"–वाना ने कहा और सोचा कि कैसे, कब, कहाँ से शुरुआत करे–

पर शिवेश ने स्वयं ही कहा, "सुलतान गिरफ़्तार हो गया है, बस मैं इत्तफ़ाक से बच गया। सुलतान को पुलिस ने फोड़ लिया है–अब मेरे पीछे हैं, पुलिस भी–और ड्रग कारटेल के लोग भी–"

"तब ?"

"तब क्या वाना। हम सब मारे जाएँगे–हम, तुम और यह बच्चा–"

वाना सहमकर पीछे हट गई है–"क्यों ?"

"मुझे उनके भेद पता हैं न–हमें पकड़ पाएँगे तो हत्या कर देंगे–"

वाना शिवेश को एकटक ताक रही है–शिवेश की आँखें एक विक्षिप्त दीप्ति से लाल हैं, क्या यह सच हो सकता है ? क्या ड्रग वाले लोग शिवेश के साथ-साथ परिवार को भी ख़त्म कर सकते हैं। असंभव कुछ भी नहीं, ऐसी ख़बरें अक्सर पढ़ने में आती ही हैं। वाना शिवेश को घूर रही है।

"पुलिस को आत्मसमर्पण कर दो–" वाना एकाएक कहती है।

"कभी नहीं। मैं बरसों जेल में सड़ता रहूँ–यह मेरे लिए संभव नहीं है–"

वाना अपने को एकदम असहाय पा रही है। काश यहाँ कोई और होता–अंजी या राहुल–वह कुछ भी सोच नहीं पा रही है। कितने दिनों से उसने इस साक्षात्कार की कल्पना की है, और आज, जब वह क्षण सामने है तो वह समझ नहीं पा रही है कि कहाँ से शुरू करे।

"पुलिस को समर्पण कर दो !" वह फिर कहती है, इस बार रोष से।

"नहीं !"

"फिर–?"

"अभी कुछ न कहो वाना। यहीं बैठने दो और शराब पीने दो।"

वाना शिवेश को देख रही है; उसे एक बार फिर लगता है कि शिवेश कितना स्वार्थी व्यक्ति है, ग़ैर-ज़िम्मेदार, आत्मकेन्द्रित। उसने हमेशा अपने और अपने सुख के बारे में सोचा है। महीनों तक गुप्त रहा और अब आकर बैठा है और अपने किए की ग़लती को बिल्कुल नहीं स्वीकार रहा है।

"शिवेश !" वाना ने कहना शुरू किया, और रुक गई, शिवेश ने उसे देखा—

"मुझे तुमसे कुछ कहना है—"

वह एकदम कूद पड़ी है, बिना भूमिका, बिना किसी प्रस्तावना के—

बाहर बर्फ़ गिर रही है, एकदम अँधेरा है। खिड़कियाँ मोटे-मोटे भारी पर्दों से ढकी हुई हैं। रसोई में एक बल्ब जल रहा है—मेज़ के आर-पार शिवेश और वाना—बीच में बोतल और गिलास, वाना को अपने शब्द कहीं दूर से आते हुए सुनाई देते हैं—उसका स्वर उसके शरीर से दूर, अलग है।

"शिवेश ! आइ'म लीविंग यू—" यह अँगरेज़ी जुमले की ढाल एक छोटा अंतराल है, जिसमें वह दूसरे, घातक प्रहार की तैयारी कर रही है।

"मैं तुम्हें छोड़ रही हूँ, शिवेश—" इन सब बातों के लिए अपनी भाषा कितनी अशक्त है; जैसे इन शब्दों में कोई भार ही नहीं।

शिवेश का चेहरा रक्तहीन है, शरीर एकदम सख़्त, दोनों आँखें अब भी अंगारों की तरह दहक रही हैं। सब कुछ कहकर वाना अब चुप है। उसका सिर झुक आया है उसकी बाँहें आगे बँधी हैं, अपने ऊपर आने वाले प्रहार से अपने को बचाने के लिए—

वह एकदम चिहुँक उठी है। शराब की बोतल दीवार से जाकर टकराई है और वाना की स्तब्ध आँखें दीवार पर फैलते धब्बों और फ़र्श पर बिखरे काँच के टुकड़ों को देखती हैं।

फिर वह बिना कुछ कहे उठ खड़ी होती है, और सीढ़ियाँ चढ़ने लगती है। मुड़कर वह शिवेश को देखती है, वह वैसे ही निश्चल बैठे हैं—

वाना ने कमरे का दरवाज़ा आहिस्ते से बंद कर दिया है।

फिर वह अन्दर से सिटकिनी लगा लेती है। बच्चों के कमरे में हैं, सोफ़ा है, शिवेश कहीं भी सो सकते हैं, पर अब वाना के पलंग पर नहीं। वह बहुत देर तक बिस्तर पर बैठी रहती है। उसका पूरा शरीर डर से थरथराने लगा है। उसे कैसे वश में करे—शिवेश चीख़े-चिल्लाए नहीं, गाली-गलौज भी नहीं, लांछना-प्रताड़ना भी नहीं।

पत्थर की-सी चुप्पी।

वाना अपने दिल की तीव्र धड़कन को सम करने के लिए लम्बी-लम्बी साँसें लेने की चेष्टा करती है। फिर भी उसे लगता है कि वह नीचे, और नीचे धँसती जा रही है।

यह कालरात्रि कैसे समाप्त होगी ? उसकी आँखें जल रही हैं, उसका गला सूख रहा है। खिड़कियों के चौखटे अँधेरे हैं, बाहर सब कुछ, पिछवाड़े के पेड़, सामने की झाड़ियाँ, सड़कें, दूर नदी, मकानों की छतें एक सफ़ेद आवरण से ढकी हुई मौन खड़ी हैं। शायद राहुल अब भारत से चल पड़ा हो; शायद वह जहाज़ में कहीं पूर्वी योरप से उड़ रहा हो। वह लन्दन से फ़ोन करेगा, वाना क्या कहेगी ?

वह पानी पीने उठती है, निःशब्द कमरे का दरवाज़ा खोला है। कुछ देर वह सीढ़ियों के छोर पर खड़ी रहती है। रसोई में अँधेरा है। शिवेश कहाँ हैं ? क्या वह नीचे जाए ?

पर उसे साहस नहीं होता। गुसलख़ाने के नल से पानी पीकर वह चुपचाप कमरे में वापस लौट आई है, दरवाज़े पर दुबारा सिटकिनी चढ़ा ली है।

शिवेश को सुबह समझाना-बुझाना पड़ेगा। कब तक पुलिस से बचते फिरेंगे? यहाँ की पुलिस के हाथ कितने लम्बे हैं, दूर सुदूर देशों से अपराधी पकड़ लेती है, बेचारे शिवेश किस खेत की मूली हैं।

वाना के हृदय में शिवेश के प्रति करुणा उमड़ रही है। वह समझ नहीं पा रही है कि कैसे आचरण करे। पर वह जानती है कि यदि ज़रा भी झुकी तो पाँव उखड़ जाएँगे, वह डूब जाएगी आपादमस्तक। इसलिए वह भरसक प्रयत्न कर ढहती कगार पर जैसे पैर जमाने की कोशिश कर रही है। उसका शिशु अपने सही पिता की छाँह में पलेगा। यह राहुल का हक़ बनता है—उसे नींद आ गई है।

सुबह, आँख खुलते ही सब कुछ एक नाटकीय दृश्य की तरह सामने आ जाता है; शिवेश आ गए हैं, और उसने उन्हें सब बता दिया है और राहुल आ ही रहा है। वाना समझ नहीं पा रही है कि इस कान में बजती दिल की तेज़ धड़कन को कैसे काबू में लाए। दाहिनी कनपटी पर दर्द धीरे-धीरे जाग रहा है। वह देर तक गुसलख़ाने में खड़ी-खड़ी मुँह धोती रहती है, फिर वह वही पुरानी शाल कंधों पर डालकर धीरे-धीरे नीचे उतरती है। आकाश और विकास मेज़ पर नाश्ता कर रहे हैं—कार्नफ्लेक्स और ठंडा दूध। टी.वी. चल रहा है।

शिवेश सोफ़े पर नहीं हैं, यद्यपि एक कम्बल वैसा का वैसा तहाया हुआ रक्खा है, जैसे वाना ने रक्खा था। वाना की आँखें एक क्षण उन्हें ढूँढ़ती हैं। दरवाज़े के आगे कुर्सी वैसी ही सटी रक्खी है, शायद ऊपर मेहमान कमरे में जो पलंग है, उस पर सो गए होंगे। वह उठने पर कैसे सामना करेगी ? बच्चों की आड़ लेना ही ठीक रहेगा। वह बच्चों को दुलराती हुई कहती है, ''पापा रात को आ गए !''

उसने भगौने में पानी डाला और आँच पर रख दिया।

''पापा ?'' विकास उछलकर बोला।

''कहाँ हैं ?''

"शायद ऊपर होंगे, देखो, अगर सो रहे हों तो जगाना मत—"

हलकी-हलकी ठंडी हवा उसकी पीठ छूती है। वह मुड़ कर देखती है, रसोई से गैरेज जाने का दरवाज़ा अधखुला है।

"कितनी बार कहा कि यह दरवाज़ा खुला मत छोड़ा करो—आकाश। दरवाज़ा बन्द कर के ऊपर जाना।"

आज्ञाकारी भाव से आकाश दरवाज़े तक बढ़ गया—दूसरे क्षण उसकी चीख़ों से वाना का शरीर हिल गया—

"क्या है ?" कहती हुई तेज़ी से बढ़ी। अधखुले दरवाज़े से उसकी आँखें कुंडे से झूलते शिवेश को देखकर पत्थर हो गई हैं।

"हाय दैया—" क्या वह स्वयं चीख़ी है; उसके आगे अँधेरा छा जाता है और आकाश की पकड़ के बावजूद वह नीचे गिर पड़ती है।

परिशिष्ट

चाची, बेबी और तिमिरबरन ख़बर सुनते ही अगला जहाज़ पकड़ कर आ गए हैं। घर में भयानक, वहशी सन्नाटा है; केवल यमन कभी-कभी रोती है। वाना सुन्न है, वह शाल में अपने को लपेटे चुप बैठी रहती है; उसके अन्दर क्या तूफ़ान उमड़ रहे हैं इसकी भनक किसी को नहीं है। मुझे समय देना चाहिए था, वह अपने को कोंचती रहती है; कहाँ-कहाँ से भटकते हुए वह लौटे थे; और मुझसे एक रात भी रुका न गया। क्या-क्या झेला उन्होंने इस बीच; एक दिन यहाँ, एक दिन वहाँ दिहाड़ी करके निर्वाह किया; पत्नी और बच्चों से मिलने की आशा में, और लौटने पर पाया क्या–?

न कहते हुए भी कि शिवेश की आत्महत्या की ज़िम्मेदार वही है; वाना समझ रही है कि चाची, बेबी और तिमिर उसी को दोषी मान रहे हैं। पर समझ नहीं पा रहे हैं कि क्यों और कैसे ? उनके चेहरे पर वही भाव हैं जैसे राहुल के विवाह से इंकार करने पर थे।

''क्या हुआ था दुल्हन ?'' चाची ने पूछा था।

''कुछ नहीं'' वह कहती है, पूरे विश्वास से।

''मैंने कहा था पुलिस को आत्मसमर्पण कर दो। देर-सबेर तो पकड़े ही जाओगे–''

चाची लम्बी आह भरती हैं।

वाना चुपके-चुपके, धीरे-धीरे, अपने में सम्पृक्त, औरों से छुपा कर रोना चाहती है। पर जो आँखें हर बात पर छलछला उठती थीं, अब रोती हैं–

''कुछ खा लो वाना–'' अंजी खाना बना कर लाई है।

''मुझे भूख नहीं है–''

''लो, थोड़ा सूप पी लो'' बेबी कटोरा और चम्मच ले आई है; ''अपने लिए नहीं तो–''

टमाटर के सूप में अंजी ने मिर्च ज़्यादा डाल दी है। बिना कुछ कहे वाना ने कटोरे से सूप पिया है। फिर उसने कटोरा अलग रख दिया है और धीरे से शाल खींचकर मुँह ढक लिया है।

शिवेश के शव को पुलिस ले गई है, पहले पोस्टमौर्टम होगा तभी अंत्येष्टिक्रिया हो सकेगी।

बेबी लगातार फ़ोन पर बैठी राहुल को सम्पर्क करने की कोशिश कर रही है। वह आस्ट्रेलिया से चल पड़ा है, ब्रूनई में दो दिन रुककर बंगलोर—वह अभी वहाँ पहुँचा नहीं है, जैसे यह संदेसा मिले, फ़ौरन फ़ोन करे। कुछ सोचकर बेबी संदेसे में "शिवेश अब नहीं है" जोड़ देती है।

सबकी राय बनती है कि पुलिस जैसे ही शव लौटाए अंत्येष्टि हो जानी चाहिए। राहुल की प्रतीक्षा करना व्यर्थ है। चाची वाना के सम्मिलित होने के पक्ष में नहीं हैं, परन्तु डॉक्टर कुमार जो एक बार फिर जीवन में लौट आए हैं, राय देते हैं कि दुख और सोग की समाप्ति के लिए अंत्येष्टि में शरीक़ होना बहुत आवश्यक है। पर चाची उसे सफ़ेद वस्त्र पहनने नहीं देती। वह अपनी एक हल्के छापे की नई साड़ी निकाल कर देती हैं, "चूड़ी बिछुए कुछ मत उतारना—" वह वाना से कहती हैं। बिछुए तो वाना पहनती नहीं, न सेंदूर बिन्दी ही लगाती है। हाथों में सोने की एक दर्जन चूड़ियाँ पड़ी हैं जो शिवेश कौलोरैडो की पिछली यात्रा में साथ लाए थे।

एक बार फिर उसी फ़्यूनरल होम में गाड़ी रुकती है। पर पार्किंग लौट में चन्द ही गाड़ियाँ हैं। सारिका की बारी जैसी भीड़ थी वैसी कुछ नहीं, बच्चे भयभीत न हों, इसलिए चीड़ का ताबूत बन्द ही रक्खा गया है। शिवेश की एक मुस्कराती हुई फ़ोटो मेज़ पर रक्खी है, उस पर एक माला पड़ी है। पुरोहित शिकागो से आए हैं, वह संस्कार करने के लिए कुर्सी पर बैठे हैं। वाना के साथ अंजी है, डॉ. तिलकराज की पत्नी, जिन्हें वह पहली बार देख रही है, श्रीमती कुमार अपनी नौकरानी सिल्वी के सहित, कुछ पुरुष हैं, शायद शिवेश की पुरानी लैब के होंगे। मसूद, जावेद, तिमिर बरन काले सूटों में; आकाश और विकास की आँखें फटी-फटी हैं, चेहरे कुम्हलाए हुए।

जैसा पंडितजी कहें, वैसे ही करना बेटे—चाची ने समझाया है। गंभीरता से आकाश ने सर हिलाया है। चंचल और वाचाल विकास एकदम चुप है।

वाना ने काली शाल नीचे तक खींच ली है,. उसका चेहरा ढक गया है। वह इस समय एकदम रिक्त है, जीवन के एक बंद होते अध्याय की मौन साक्षी। पूजा की समाप्ति पर अन्दर के कमरे से चार पुरुष निकले हैं, उनके चेहरे गंभीर हैं, ताबूत को उन्होंने कंधे पर उठा लिया है और दाह के लिए अन्दर ले गए हैं। तब विकास रोया है, पा ऽऽ पा ऽऽ —

और उसके साथ वाना का दिल पिघलता हुआ जैसे नीचे भूमि पर आ गिरा है–

"सबर से काम लो दुल्हन–" चाची समझाती हैं "ऐसे मत रोओ। आत्मा को शान्ति नहीं मिलेगी–"

वैसे भी पब्लिक में रोना-धोना अच्छा नहीं माना जाता। वाना ने रुलाई अन्दर ही अन्दर भींच ली है, और उसी के साथ जैसे पत्थर हो गई है।

घर पर कुछ लोगों का आना-जाना, सहानुभूति, सान्त्वना, वाना इसके परे चली गई है। कितना बड़ा दोष, कितना बड़ा लांछन शिवेश उसके गले डाल गए हैं। आत्महत्या करने वाले पति की गर्भवती विधवा–कुछ तो कारण रहा होगा, जैसे वह फुसफुसाहटें सुन सकती है; ऐसे तो कोई बेवजह फाँसी नहीं लगा लेता–"कारण केवल एक ? दोषी केवल मैं ?"–वाना अपने आप से कहती है। जैसे उनका सात महीने फ़रार रहना, उनके नाम का वारंट, उनके पीछे पड़ी पुलिस और ड्रग सप्लाई करने वाले लोग, उनका असंयमित मानसिक सन्तुलन, इनका कोई भाग नहीं था।

पर यह जो राहुल की धरोहर, उसके प्यार का प्रमाण अन्दर-अन्दर अपने रक्त से सिंच रहा है, दिन-दिन पल रहा है, वही उसकी साँसों का आधार है, उसका सूक्ष्म यथार्थ है, वही कारण है सुबह शैया से उठने का; उसे जीवित और सुरक्षित रखना ही है।

वह इतनी बड़ी बेईमानी कैसे कर सकती थी ? कैसे चुप रहकर शिवेश को यह सोचने देती कि वह स्वयं इस शिशु के पिता हैं, वह अन्याय होता, सभी के साथ। सच बोलने की इतनी बड़ी सज़ा। गले में फन्दा ही लगा लिया।

यदि उस रात शिवेश को अपने कमरे, अपनी शैया पर आ जाने देती तो शायद उन्हें अवसर न मिलता। पर मैं उनसे डर गई थी, मुझे डर लग रहा था कि वह कहीं मुझे–इसे, मेरे गर्भ को हानि न पहुँचाएँ। शिवेश नशे में थे, उनकी आँखें गुस्से से लाल थीं, मैंने सिर्फ़ बचाव की ख़ातिर यह किया–

वाना के अन्दर-अन्दर यह स्वगत भाषण चलता रहता है।

मगर रोज़ की चर्या में नए-नए प्रश्न हैं–उसे उनसे जूझना ही है। घर का भार बेबी ने ले लिया है, बच्चों का अंजी ने, तिमिर बाहर की बातों में व्यस्त हैं, न्यूयार्क की एक भारतीय कूरियर कम्पनी को शिवेश की अस्थियाँ सौंप दी गई हैं। भारत भेजकर हरिद्वार में विसर्जन करने की कम्पनी ने ज़िम्मेदारी ली है। कम्पनी पंडितजी ही बता कर गए हैं; वैसे तो यह आकाश को ही करना चाहिए पर परिस्थितियाँ ऐसी नहीं हैं, फिर भी चाची को पूरा भरोसा नहीं है। कौन जाने हरिद्वार तक पहुँचेंगी भी या नहीं, कि कूरियर कम्पनी वहीं कहीं पूर्वी नदी में ही न सिरा दे, या सड़क के किनारे कूड़े के डब्बे में फ़ेंक दे। मरने पर भी शान्ति न मिले बेचारे शिवेश को–

"ऐसा कैसे चाची–" तिमिर बरन कहते हैं, "ऐसा करने लगें तो कम्पनी कैसे चलेगी।"

चाची एक उसाँस लेकर चुप हो जाती हैं।

"अब क्या बनेगा इनका ?" वह कुछ देर बाद कहती हैं।

"शिवेश ने यह भी नहीं सोचा कि बीवी-बच्चों पर क्या बीतेगी–क्यों बेबी–राहुल कब तक पहुँचेगा ?"

"मेरा सन्देश मिलने पर दो दिन तो लग ही जाएँगे–" बेबी ने कहा।

बाहर ठंड है और लगातार बर्फ़ गिरे जा रही है। चाची का पहला वर्ष है, वह कुछ ही दिनों में तंग आ गई हैं, "अरे अंजी, कब तक ऐसा चलेगा ? तुम बताओ, तुम्हारा देस है।"

"छः महीने।" अंजी कहती है।

"अब हम क्या करेंगे–" आकाश पूछता है, "बताओ मम्मी–"

"अब हम यहाँ नहीं रहेंगे, कहीं चले जाएँगे," वाना ने दोनों बच्चों को बाँहों में पकड़ लिया है।

दोनों बेटों को पकड़ रक्खा है।

"कहाँ ? इंडिया ?"

वाना अभी उत्तर नहीं देना चाहती–वह आकाश के गालों पर सूखी हुई आँसुओं की रेखाएँ देखती है, वह उसे अपने से सटा लेती है, "डरने की कोई बात नहीं है मेरे बेटे ! मैं हूँ; मैं तुम्हारे लिए, तुम्हारी देखभाल करूँगी–"

"पापा ने ऐसा क्यों किया ?" विकास को हिचकी आ रही है।

"हमारे लिए ! हमारी सुरक्षा के लिए ! वह हमें बहुत प्यार करते थे न; उन्हें डर था कि दुष्ट लोग हमें कहीं हानि न पहुँचाएँ–"

"वह ड्रग वाले बुरे लोग–?"

"हाँ, वही–"

बेबी बताती है, राहुल से सम्पर्क हो गया है, उड़ान अगले दिन सुबह मिलेगी। वह सीधा आ रहा है।

"तुम्हारे लिए पूछ रहा था, मैंने कहा तुम सो रही हो–"

"जगा लिया होता–" वाना ने अस्फुट शब्दों में कहा। शायद बेबी समझी नहीं, कम्बल खींचकर वाना को ढक दिया और बाहर चली गई।

वाना लेटे-लेटे सुन रही है, आकाश-विकास अंजी से बात कर रहे हैं–"हम यहीं रहेंगे हमारे स्कूल भी तो हैं, फिर मम्मी की डेकेयर भी तो है–"

अंजी लगातार खाना बनाकर ला रही है। डेकेयर कुछ दिनों के लिए बन्द है। वह जब भी हुआ वाना के पास आकर बैठ जाती है।

"वाना ! तुम अपने को दोष नहीं दे रही होगी–"

"फिर और किसे ?"

"शिवेश का वह अपना निर्णय था—" अंजी मृदुल स्वर में कहती है, फिर, "उठो वाना कुछ खाओ पियो ! राहुल आने वाला ही होगा—"

पर वाना आँखें बंद किए पड़ी रहती है। उसमें उठकर खड़े होने का बल नहीं है—

"वाना ! वाना !!" राहुल की आवाज़ उसे पुकारती है, और उमड़ती है आँसुओं की बाढ़; वाना रोती है। दारुण दुख और भीषण आतंक से उसकी छाती में दरारें पड़ गई हैं। उन्हीं से यह आँसू धीरे-धीरे यूँ ही बह रहे हैं, वह अपने को रोक नहीं पाती। वह गिरने-गिरने को है, पर राहुल ने उसे पकड़ लिया है।

राहुल फ़ैकल्टी क्लब में ठहरा है। घर में काफ़ी लोग हैं और कुछ दिन और रहेंगे ही; जब तक शान्ति हवन नहीं हो जाता तब तक।

वह वाना को साथ ले आया है। आकाश-विकास मार्क और जेसन के साथ खाना खाने चले गए हैं। वाना मौन बिना प्रतिवाद, बिना चाची, बेबी, तिमिर की प्रतिक्रिया की परवा किए उसके साथ चली आई है।

फ़ैकल्टी क्लब का यह कमरा बहुत कुछ फ़ौक्स रिवर के किनारे के होटल की याद दिलाता है। ओक लकड़ी का भारी फ़र्नीचर, संगमरमर की अँगीठी, जिसमें इस वक्त हल्की-हल्की आग जल रही है। उसकी सुनहली लपटों का ताप कमरे में है और कभी-कभी लकड़ी चटख़ने की आवाज़ के अतिरिक्त कमरे में सन्नाटा है।

अँगीठी के आगे एक सोफ़ा है। काली शाल में लिपटी वाना निचुड़ी, निढाल उस पर बैठी हुई है; वह छोटी-छोटी लपटों का उठना लहराना और विलीन हो जाना निर्लिप्त भाव से देख रही है।

राहुल ने कमरे में रक्खी बार वाली अलमारी चाभी से खोली है; दो गिलासों में बर्फ़ डालकर वह आकर पास बैठ गया है; एक डिब्बा खोलकर अनन्नास का रस गिलास में डाला है, और छोटी बोतल खोलकर अपने लिए, शायद व्हिस्की, आग के प्रकाश में सुनहरा पेय, उसने बायीं बाँह से वाना का कंधा घेर लिया है और धीरे से अपनी ओर खींच कर उसके माथे को चूम लिया।

वाना की आँखें छलछला आईं।

"तुमने सब कुछ अकेले ही झेला।" राहुल ने कोमल स्वर में कहा, "मुझे तुम पर गर्व है।"

वाना ने आँखें पोंछ लीं। वह इस समय शिवेश के लिए रोकर इस क्षण का माधुर्य नहीं भंग करना चाहती, पर उसका हृदय दारुण दुख से फट रहा है।

"मुझे क्या मालूम था कि वह अपनी जान ही ले लेंगे–" वह फँसे हुए गले से कहती है, फिर वह थोड़ा-सा अलग हटकर राहुल के चेहरे पर आँखें गड़ाकर कहती है, "और उसका एकमात्र निमित्त मैं बनी, केवल मैं–"

"तुम ऐसा मत सोचो।" राहुल ने उसके बाल थपथपाए, "हम सब निमित्त थे। यह क्यों भूल रही हो कि शिवेश ने स्वयं ही अपनी समस्याओं को आमंत्रित किया था, उसे फंडिंग आने पर नौकरी मिल ही जाती, ड्रग बनाने और बेचने में कोई तर्क नहीं था–"

राहुल अँग्रेज़ी में विचारों का सीधा अनुवाद बोल रहा है।

वाना मौन है, फिर वह हलके से कहती है, "मैं वह दृश्य भूल नहीं पाती, जब भी आँखें बन्द करती हूँ, वही सीन सामने आता है, शहतीर से लटकते हुए–"

"मैं पूरी तरह समझता हूँ।" राहुल ने रस का गिलास उठाकर उसे पकड़ा दिया और स्वयं एक घूँट ली।

राहुल बहुत थका दीख रहा है, उसका चेहरा संवेदना से कोमल है, पर ध्यान से देखने पर आँखों में चिन्ता की छाया है।

"जब इसे देखा–" वाना सोचती है कि कहूँ या न कहूँ, पर अपने को रोक नहीं पाती, उसने अपने पेट के उभार को हाथ से छुआ, "तो इतना खुश हुए–जब मैंने बताया कि–तो उसी क्षण मृतवत् हो गए वह ! उनकी आँखें पथरा गईं"–वह आँसू पोंछती नहीं, गिरने देती है, राहुल उन्हें धीरे से पोंछता है और उसे सीने में समेट लेता है, वाना सुबक रही है, राहुल का अनमना हाथ उसके बालों को थपक रहा है।

"अपने-अपने अतीत को बेरहमी से काट फेंकना, उसे एकदम भुलाने की कोशिश करना ही हमारे लिए अच्छा होगा–नहीं ?" वह मृदुल स्वर में कहता है, "वह शिवेश का अपना निर्णय था, अपनी ज़िम्मेदारी–" मन ही मन वह जान रहा है कि यह सज़ा उन दोनों को मरते-मरते शिवेश दे गए हैं, उस अपराधी भाव से उभरने में वाना को बहुत समय लगेगा, और वह उसके लिए प्रस्तुत है।

"मैंने चाची से कह दिया है कि मैं तुम लोगों को आस्ट्रेलिया ले जाऊँगा–कि मैं तुमसे विवाह करना चाहता हूँ–"

वाना ने अपना आँसुओं से भीगा मुँह ऊपर उठाया, "उन्होंने क्या कहा–"

"उन्होंने कहा, ठीक है, मैं भी ऐसा ही कुछ सोच रही थी।"

"चाची ने कहा ?"

"हाँ, बेबी, तिमिर सभी थे, सबके सामने बात हुई।" राहुल ने रुककर पूछा, "तुम साथ चलोगी न वाना ? तुमने अपना इरादा बदला तो नहीं ?"

वाना ने सिर हिलाकर जताया; नहीं, नहीं बदला। उसने धीरे से आँखें पोंछ लीं। थोड़ा अलग होकर उसने सुस्थ होने का प्रयत्न किया। कमरे में एकदम सन्नाटा

है, राहुल के गिलास उठाकर पीने से बर्फ़ हल्की सी खनकती है।

वाना थक गई है। उसकी आँखें रोते-रोते सूज गई हैं, उसका गला एकदम शुष्क है सूखी जीभ पर काँटे उग आए हैं। उसे शिवेश की इस प्रकार मृत्यु से गहरा विषाद है; पर—वह राहुल की ओर देखती है। उसके मन में कचोट उठती है। वह स्वयं कितना थका होगा। क्या उसे शिवेश, अपने इतने पुराने मित्र की आत्महत्या पर बेहद दुख नहीं हो रहा होगा ? यह तथ्य निर्विवाद रूप से दोनों के बीच अदृश्य छाया-सा डोल रहा है, कहीं न कहीं तो वे दोनों ही शिवेश के विश्वास को तोड़ने के ज़िम्मेदार हैं ही। पर अब वह पीछे छोड़ना ही होगा। मुड़-मुड़कर अतीत को देखने से अब कुछ नहीं होने वाला।

वह राहुल को देख रही है, उसके ललाट का तिल आग की लपटों की अरुणाई में और भी चमक रहा है, 'दोष वहन करने की सामर्थ्य वाले नए कम्प्यूटर' नामक कान्फरेन्स के उद्घाटन के बाद वह तुरन्त चल पड़ा, उसने अपना लेख भी नहीं पढ़ा, अपना भार किसी और को सौंप कर, वह कहाँ से कहाँ, बंगलोर से बम्बई से फ्रैन्कफ़र्ट से न्यूयार्क से विंडसर पहुँचा है। अंततः; और मैं; घोर स्वार्थी, वाना सोचती है, अपने दुख और पीड़ा में डूबती-उतराती। अपने ही दिल को नोचने-खरोचने में लीन।

राहुल ने आँखें उठाईं तो वाना को अपनी ओर एकटक देखते पाया। वाना ने अपने अन्दर उठती आह कुचल दी और सायास संवाद को मोड़ देते हुए पूछा, "तुमने इसका कोई नाम सोचा ?" उसने राहुल की हथेलियाँ अपने हाथों में बाँध लीं और उन्हें अपने उदर पर हलके से टिका लिया।

राहुल का कसा चेहरा एकदम कोमल हो आया। वह हलके से मुस्कराया, इतने हलके से कि होठों के कोनों में कम्पन मात्र हुआ। उसकी आँखों में स्निग्ध आलोक है।

"हाँ, सोचा तो।" उसने हथेलियाँ, वैसे ही वाना के हाथों में बँधी रहने दी हैं, पर उन्हें अपनी ओर खींचकर होठों से छुलाया है।

राहुल शरमा गया है; वाना ने नोटिस किया और उसके मन में कौतूहल की गुदगुदी हुई।

"क्या सोचा ?" वाना पूछती है।

"सम्युक्ता" वह अब मुस्करा रहा है।

"या समीप।"

"सम्युक्ता या समीप—" वाना नाम दोहराती हुई—"अच्छे नाम हैं, एकदम उपयुक्त—"

दोनों एक क्षण को मौन हो आए हैं; अपने-अपने विचारों के सम्पुट में एक बार फिर खो गए हैं। राहुल के गिलास में अब सिर्फ़ बर्फ़ के टुकड़े ही बचे हैं, वह

गिलास हिलाकर आख़िरी घूँट लेता है। फिर उसने गिलास मेज़ पर रख दिया है, एक बार वाना को फिर वक्ष से सटाकर उसका माथा चूम लिया है।

"चलो, तुम्हें घर वापस छोड़ दूँ—नहीं तो रात ज़्यादा हो जाएगी—चाची लोग फ़िक्र करेंगी।"

वाना ने उठकर खड़े होते हुए, रस का एक घूँट पिया है, वह मिठास उसके होठों पर देर तक टँगी रही।

❑❑❑